파우스트 2

 재생종이로 만든 책

요한 볼프강 폰 괴테

파우스트 2

김재혁 옮김 · 작품해설

펭귄클래식코리아

파우스트 2

1판 1쇄 발행 2012년 4월 30일
1판 14쇄 발행 2023년 12월 18일

지은이 | 요한 볼프강 폰 괴테 옮긴이 | 김재혁
발행인 | 이재진 단행본사업본부장 | 신동해
편집장 | 김경림 마케팅 | 최혜진 이은미 홍보 | 반여진 허지호 정지연 송임선
국제업무 | 김은정 김지민 제작 | 정석훈

브랜드 펭귄클래식 코리아
주소 경기도 파주시 회동길 20
문의전화 031-956-7430 (편집) 02-3670-1123 (마케팅)
홈페이지 www.wjbooks.co.kr
인스타그램 www.instagram.com/woongjin_readers
페이스북 www.facebook.com/woongjinreaders
블로그 blog.naver.com/wj_booking

발행처 ㈜웅진씽크빅
출판신고 1980년 3월 29일 제406-2007-000046호

Penguin Classics Korea is the Joint Venture with Penguin Random House Ltd.
Penguin and the associated logo are registered and/or unregistered trademarks of
Penguin Random House Limited. Used with permission.
펭귄클래식코리아는 펭귄랜덤하우스와 제휴한 ㈜웅진씽크빅 단행본사업본부의 브랜
드입니다. 펭귄 및 관련 로고는 펭귄랜덤하우스의 등록 상표입니다. 허가를 받아야만
사용할 수 있습니다.

이 책은 저작권법에 따라 보호받는 저작물이므로 무단 전재와 무단 복제를 금지하며,
책 내용의 전부 또는 일부를 이용하려면 저작권자와 ㈜웅진씽크빅의 서면 동의를 받아
야 합니다.

한국어판 ⓒ 웅진씽크빅, 2012

ISBN 978-89-01-14494-8 04800
ISBN 978-89-01-08204-2 (세트)

• 잘못된 책은 구입하신 곳에서 바꾸어 드립니다.
• 책값은 뒤표지에 있습니다.

차례

비극 제2부

제1막 · 9
제2막 · 107
제3막 · 205
제4막 · 283
제5막 · 337

작품해설 / 『파우스트』 속으로 흐르는 리듬과 생명의 이야기 · 393
작가 연보 · 408
옮긴이 주 · 426

1권 차례

헌시(獻詩) · 7
무대에서의 서곡 · 9
천상의 서곡 · 18
비극 제1부 · 25
옮긴이 주 · 267

비극 제2부

제1막

정겨운 풍경

(파우스트는 화사한 풀밭에 지친 모습으로 누워 뒤숭숭한 마음에 잠을 청하고 있다.
때는 땅거미가 질 무렵이다.
요정의 무리가 너울댄다, 작지만 우아한 모습들이다.)

아리엘   (아이올로스의 하프 소리에 맞추어 노래 부른다.)
      꽃무리가 봄비처럼 뿌려
      이 땅을 온통 뒤덮을 때면,
      들판이 다시 푸르러져
      모든 이에게 축복을 전할 때면,
      작은 요정들 너른 마음으로
      도움 부르는 곳으로 달리네,
      성직자건 죄인이건 관계없네,
      불행한 이 누구나 사랑하니.
  이분의 머리 위로 나풀대며 나는 요정들아,
  이분에게 요정만의 치유의 힘을 보여줘라,

이분의 가슴속에 이는 고투 달래주고,
살을 에는 듯한 자책의 화살 뽑아다오,
두려움의 흔적일랑 모두 깨끗이 씻겨줘라,
하룻밤 야경에도 네 번의 휴식[1]이 있듯
이 영혼을 위해서도 마땅한 안식을 주어라.
먼저 그의 머리를 시원한 잔디에 누이고,
이어 그의 몸을 레테의 강물로 씻겨주어라,
하룻밤 한숨 푹 자고서 원기를 회복하면
뻣뻣해졌던 사지도 부드러이 풀릴 것이다.
요정들이 맡은 바 숭고한 의무를 다하여
그분에게 숭고한 햇살을 돌려주어라.

합창 (독창으로, 또는 이중창으로, 또는 다중창으로, 교대로)

    그리고 다 함께
    초록으로 물든 너른 들판에
    서늘한 바람이 가득 차면,
    달콤한 향기, 아지랑이 앞세우고
    황혼이 찾아온다.
    황혼은 달콤한 평화를 속삭여주고
    마음속 근심을 잠재워준다.
    그리고 지쳐버린 두 눈앞에
    하루의 문을 조용히 닫아준다.

    어느새 밤은 이슥해져,
    별들은 성스러이 어깨를 맞대고
    어른 불빛, 아이 불빛 초롱초롱
    멀리서 가까이서 반짝반짝 빛난다.

이쪽 편 호수에 비쳐 반짝이고,
맑은 밤하늘 위 저편에서 빛난다.
깊디깊은 휴식의 행복을 건네며
달은 휘영청 하늘을 밝힌다.

어려웠던 시간도 이젠 꺼져버려
기쁨도 고통도 다 사라져버렸다.
확신하라, 그대의 병은 낫는다,
새날이 밝아오리, 믿어야 하리.
골짜기는 푸르고, 언덕은 우거져
어딜 가나 나무그늘 지천이다.
이제 씨앗은 은빛으로 휘날리며
물결쳐 수확의 계절을 향해 간다.

가슴에 가득 찬 소망을 이루려면
저편에 빛나는 아침 햇살을 보라!
살포시 잠의 품에 안겨 있는 그대,
껍질을 벗듯 잠을 털어버려라!
다른 무리가 겁먹고 주저하더라도
그댄 주저치 말고 과감하게 나서라.
현명하고 잽싼 고귀한 사람이라면
이 세상에 이루지 못할 게 무언가.

(굉굉 울리는 소리, 태양이 가까이 왔음을 알린다.)

아리엘
들어라! 들어라! 호렌[2]의 저 우렁찬 소리를.
요정들의 귀에는 이미 굉굉 울려대며
새날이 태어나는 소리 들렸으리라.[3]
바위 문이 덜커덕하며 우르르 열리고
아폴론의 수레바퀴 소리 요란하다.
새날이 트는 소리 정말로 굉장하여라!
나팔 소리 울리고, 트롬본 소리 크다,
눈이 부시고 귀가 먹먹하다,
어마어마한 이 소리 견디지 못하니,
어서 꽃송이 속으로 숨어라,
더 깊이 들어가 조용히 살아라,
바위틈 속으로, 나뭇잎 속으로,
저 소리 들으면 귀머거리 될 테니.

파우스트
생명의 맥박이 되살아나
새벽하늘에게 살포시 인사한다.
견고한 대지여, 넌 간밤에도 잘 견디다
내 발밑에서 새로운 탄생을 숨 쉬며
나를 다시 생의 기쁨으로 감싸 준다,
너는 최고의 존재가 되어보겠다는
나의 결심을 내 안에 불러일으킨다.
세상은 어느새 여명 속에 빛난다.
숲에는 수천의 생명의 소리 울려 퍼지고,
골짜기 굽이굽이 안개의 띠가 흐른다.
그러나 아무리 깊은 곳에도 빛은 닿아,

큰 가지, 작은 가지 겨우내 잠들었던
향기로운 곳에서 힘차게 뻗쳐 나온다.
꽃과 이파리에는 이슬방울 매달리고,
색깔마다 뚜렷이 형형색색으로 빛난다,
이곳이야말로 나의 낙원 아니런가.

위를 보라! 거인 같은 산봉우리들은
장엄한 시간이 다가옴을 알린다,
우리가 나중에 가서나 볼 수 있는
영원의 빛을 산봉우리들은 먼저 맛본다.
어느새 알프스의 푸른 언덕 발치까지
새로운 빛살이 선명하게 드리우며
차츰 아래쪽까지 환하게 빛난다.
태양이 떠오른다! 너무나 눈이 부셔
눈이 아파 고개를 돌리지 않을 수 없다.

바로 이런 거야, 끝없는 열망으로
각고의 노력 끝에 드높은 목표에 이르니
성취의 문이 눈앞에 활짝 열려 있지만
영원한 심연으로부터 쏟아져 나오는
거대한 불길 앞에 당혹해하는 격이지.
생명의 횃불에 불을 붙이려다가
불바다에 휩싸이다니, 이 불길 좀 봐!
이 무슨 불길인가? 사랑인가? 미움인가?
기쁨과 슬픔의 교차에 너무나 눈부셔
우리는 다시 땅 쪽으로 눈길을 돌려

젊은 아침의 안개베일에 몸을 감춘다.

태양아, 그냥 내 등 뒤에 머물러주렴!
바위벼랑을 타고 쏟아져 내리는 폭포를
바라보면 이 마음 더욱 황홀해진다.
물길은 우당탕탕 수천 갈래로 쏟아져
다시 몇만 갈래로 퍼부어 내리고
휙휙 허공에 분말처럼 물거품이 인다.
그러나 이 노도 같은 폭포에서 떠오르는
사라질 듯 영원한 저 멋진 무지개를 보라!
때론 뚜렷하게 때론 허공에 흩어지며
서늘하고 향기로운 물방울을 뿌려준다.
인간이 하는 노력은 저 무지개와 같다.
저 무지개를 잘 보면 깨닫게 되리라,
인생이란 저렇게 반사되는 무지개임을.[4]

황제의 성

옥좌가 있는 홀

(황제의 입장을 기다리는 고위관리들
나팔 소리가 울리자
화려한 복장의 조정 신하들이 등장한다.
황제가 옥좌에 오른다.
황제의 오른편에는 점성술사가 있다.)

황제
  이렇게 방방곡곡에서 와준
  경들에게 감사를 표하는 바요.
  현자는 이미 대령해 있는데,
  어릿광대는 어디 가 있는가?
시종
  폐하의 도포자락을 뒤따르다
  계단에서 고꾸라졌사옵니다.
  그 뚱보 녀석을 치우긴 했는데
  죽은 건지 취한 건지 모르겠나이다.

두 번째 시종

　순간 비호같이 웬 놈이
　그 자리로 비집고 들어왔습니다.
　제법 그럴싸하게 차려입기는 했는데
　인상이 고약해서 아주 섬뜩했지요.
　초병들이 도끼칼을 얼굴에 들이대며
　녀석을 문간에서 막았지요.
　해도 들어왔습니다, 저 막무가내 녀석요!

메피스토펠레스 (옥좌 앞에 무릎을 꿇고서)

　불청객이면서도 늘 환영을 받는 게 뭐죠?
　늘 보고 싶어 하면서도 쫓아버리는 게 뭐죠?
　늘 보호를 받는 게 뭐죠?
　원망을 듣고 욕을 먹는 게 뭐죠?
　불러들여서는 안 될 자가 누구죠?
　누구나 듣고 싶어 하는 이름이 뭐죠?
　폐하의 옥좌 계단에 다가오는 자 누구죠?
　버림받는 걸 자처하는 자 누구죠?

황제

　오늘은 말을 아끼는 게 좋을걸!
　수수께끼 놀이나 할 때가 아니야.
　그런 건 이 양반들이나 하는 거야.
　네가 풀어보거라. 내 들어줄 테니.
　아무래도 내 광대 녀석은 멀리 떠난 듯하니,
　네가 그 자리에 앉아라. 내 곁으로 오너라.
　(메피스토펠레스, 계단을 올라가 황제의 왼편에 가서 선다.)

웅성대는 소리
>   새 광대 녀석이라니 — 골칫거리가 또 생겼군 —
>   대체 어디서 온 녀석이야 — 여긴 어떻게 들어온 거야 —
>   먼젓번 녀석은 고꾸라졌어 — 골로 간 거야 —
>   먼젓번 녀석은 술통 같더니 — 이번 녀석은 완전 널빤
>   지네.

황제
 자, 친애하는 경들이여,
 방방곡곡에서 이렇게 와주니 정말 반갑소.
 그대들은 별자리가 좋은 시점에 모였소,
 하늘에는 행운과 만복의 기운이 서려 있어요.
 허나 말해 보시오, 이렇게 걱정도 털어버리고
 멋진 수염에 가면이나 쓰고 놀면서
 즐기면 그만인 이런 날[5]에
 왜 굳이 골칫거리로 머리를 썩이려는 건지?
 자, 경들의 뜻이 그렇다면야 할 수 없지,
 일단 이렇게 모였으니 회의를 시작합시다.

재상
 이 세상에 제일가는 덕성이 후광처럼
 폐하의 머리에 빛나거늘, 오로지 폐하만이
 이 덕성을 제대로 발휘하실 수 있나이다.
 그건 바로 정의입니다! 모두가 원하고
 요구하고 바라고 또 없어서는 안 되는 것을
 백성에게 베푸는 것은 폐하께 달린 일입니다.
 하지만 인간에게 오성이라는 게 있은들,
 마음에 선의가 있은들, 손에 의지가 있은들,

온 나라에 악이 창궐하고 번지는 판국에
이 모든 게 다 무슨 소용이란 말인가요?
이 높은 홀에서 광대한 왕국을 내려다보노라면
혹시 이게 악몽이 아닌가 하는 생각이 듭니다.
별의별 해괴하게 생긴 것들이 온통 판을 치고,
불의가 법을 무시하고 안하무인으로 나대고,
세상은 완전히 잘못되어 돌아가고 있나이다.

어떤 놈은 가축을, 또 어떤 놈은 처자를 빼앗고,
제단에 있는 잔과 십자가, 촛대까지 훔치고서도
터럭 하나 상하지 않고 온전한 몸으로
몇 해를 두고 그 짓을 떠벌이며 돌아다니지요.
법정마다 고소하는 사람들로 가득합니다,
재판관은 높은 의자에 앉아 뻐기기나 할 뿐,
그사이 사람들의 소요는 커져만 가서
그들의 분노는 점점 더 노도하고 있습니다.
든든한 뒷배를 가진 녀석들은
제 잘못을 대놓고 자랑하지만,
순전히 믿을 게 자기밖에 없는 사람은
판사에게서 '유죄!'라는 말만 듣습니다.
그리하여 세상은 완전 산산조각이 났고,
옳은 것이 외려 사라질 지경입니다.
우리를 유일하게 정의로 이끌어줄
의식은 이제 더 이상 찾아보기 힘듭니다.
이러면 끝내는 마음이 올곧은 사람도
아첨꾼이나 뇌물에 넘어가기 마련입니다.

재판관도 죄를 처벌하지 못하고 결국엔
범죄자들과 한편이 되고 마는 거지요.
제가 그림을 너무 검게 그렸습니다,
그림을 검은 천으로 가리고 싶나이다.

(잠시 사이)

이제 결단을 피할 도리가 없습니다,
서로가 피해를 주고 피해를 받다 보면
폐하께서도 희생을 피하기 어렵나이다.
군사령관
  참으로 난세 중의 난세이옵니다.
  서로 때리고 맞아 죽고 하는 상황이라
  아무리 명령을 해도 소용이 없어요.
  시민들은 장벽 뒤에 진을 치고,
  기사들은 암벽 요새에서 버티며,
  우리를 향해 모반을 꿈꾸며
  결속을 다지고 있습니다.
  용병들은 갈수록 불만을 터뜨리며
  당장 급료를 지불하라 야단입니다,
  그러나 녀석들은 급료를 받고 나면
  너 나 할 것 없이 다 도망칠 겁니다.
  이들의 요구를 들어주지 않으면
  벌집을 쑤셔놓은 것처럼 될 겁니다.
  이들이 지켜주기로 약속했던 나라가
  약탈과 유린의 대상이 되어버렸습니다.

이들이 미쳐 날뛰며 휘젓고 다니게
놔두는 바람에 왕국은 반이 결딴났습니다.
국경 너머에 다른 왕들이 있긴 하지만
아무도 이 일에 끼어들려 하지 않습니다.

재무상
동맹국들이 있어봤자 무슨 소용입니까!
그들이 대주기로 했던 원조금은
미심쩍은 수돗물처럼 끊겨버렸습니다.
게다가 폐하, 이 넓은 왕국의
소유권이 누구의 손에 가 있는지 아십니까?
어디를 가나 누구나 자기가 주인이라 하며,
아예 따로 독립하여 살겠다고 합니다.
그런 꼴을 우리는 그냥 보고만 있어야 합니다.
이런저런 권한을 다 넘겨주다 보니
우리 수중엔 아무 권한도 없습니다.
당이라고 하는 것들도 이름과 관계없이
요즘에 들어서는 믿을 게 못 됩니다.
칭찬을 하나 비난을 하나 그게 그거죠,
미워하든 좋아하든 결과는 똑같으니까요.
황제당이든 교황당이든 할 것 없이
자기들만 살려고 몸만 사릴 뿐입니다.
요즘 세상에 누가 남을 도우려 하나요?
다들 자기 일에 빠져 있는 세상인걸요.
보물창고의 문은 굳게 닫혀버렸습니다.
누구 할 것 없이 긁고 파내고 모으니,
나라 살림살이가 텅 빌 수밖에 없습니다.

집사장

  제가 겪는 곤란은 말도 못 합니다!
  매일 어쨌든 아껴 써보려 하지만
  날마다 쓸 곳이 더 생깁니다.
  저는 매일매일이 고통입니다.
  요리사들이야 부족할 게 없습니다,
  멧돼지, 사슴, 토끼, 노루,
  칠면조, 닭, 거위, 오리 등등
  땅을 부치는 대가로 농부의 현물들이
  아주 많이 들어오고 있지요.
  그러나 포도주는 결국 떨어졌습니다.
  예전 같으면 지하실에 술이 가득했고
  산지나 생산 연도도 최상이었지요.
  귀족 양반들이 계속해서 퍼마시니
  이젠 한 방울도 남지 않았습니다.
  시의회의 술 창고까지 열어
  부어라 마셔라 퍼마시고
  식탁 밑에다 죄다 토해 놓습니다.
  제가 모두의 값을 치러야 하는데
  유대인 사채업자는 봐주는 게 전혀 없습니다.
  그래서 다음 해 예산을 앞당겨 쓰지요,
  해마다 먼저 먹어치우는 겁니다.
  돼지는 살찔 틈도 없고
  침대의 베개까지도 저당 잡혀 있습니다.
  식탁의 빵도 다 외상이지요.

황제　(잠시 생각하더니 메피스토를 향해)
　　어릿광대, 자네도 뭐 고민거리가 있는가?
메피스토펠레스
　　소인요? 없나이다. 폐하와 폐하의 신하들만
　　뵈어도 황홀할 지경입니다! 뭐 부족할 게 있나이까?
　　폐하가 멋지게 다스려주시니.
　　막강한 군대가 적들을 막아주고,
　　지혜와 다양한 솜씨까지 갖춘
　　선의가 있으니 무슨 걱정인가요?
　　별들이 이리 빛나고 있으니
　　무슨 재앙, 무슨 어둠이 있겠나이까?
웅성대는 소리
　　　　저런 사기꾼 녀석 — 약아빠졌어 —
　　　　잘도 속이는군 — 갈 때까지 가는 거야 —
　　　　뻔한 수작이야 — 무슨 계략이 있는 거야 —
　　　　그다음에 또 뭘까? — 뭔가 꿍꿍이가 있는 거야 —
메피스토펠레스
　　이 세상은 늘 뭔가 부족한 게 아닌가요?
　　여긴 이게, 저긴 저게, 우린 돈이 말이죠.
　　마룻바닥을 파보았자 돈이 나오진 않지요,
　　하지만 지혜는 땅속 깊이 묻힌 것을 파냅니다.
　　산속의 광맥이나 낡은 성벽 바닥을 파면
　　주조된 거든 안 된 거든 황금을 찾을 수 있죠.
　　그걸 누가 캐내느냐고 물으시겠죠.
　　바로 지혜로운 자의 정신력과 자연력이죠.

재상
    자연과 정신이라니! 기독교도에게 안 맞는 말이야.
    그러니 무신론자들을 화형에 처하는 거야.
    그런 말은 아주 위험하거든.
    자연은 죄악이고 정신은 악마야!
    이것들이 의혹을 만들어내는 거라고,
    끔찍하게 생긴 잡종 말이다.
    그건 안 돼! 유서 깊은 이 황제의 나라에는
    오로지 두 종족만이 있어왔고,
    이들은 옥좌를 정성껏 받들어 모신다.
    이들은 바로 성직자와 기사들로서
    어떤 폭풍우와도 맞서 싸우며
    교회와 나라를 그 대가로 받은 거야.
    혼란스럽고 천박한 정신에서는
    반항심만 생겨나는 거라고,
    그들은 바로 이단자들! 마술사들이야!
    이들이 온 나라를 다 망친단 말이다.
    네 녀석은 뻔뻔스러운 농담으로 그런 인간들을
    슬쩍 이 고귀한 궁정에 끌어들이려 하는 거야.
    폐하께서 이런 못된 놈을 믿으시다니요,
    이런 광대 녀석은 이단자들과 한통속입니다.

메피스토펠레스
    듣자 하니 학식깨나 있으신 분이군요!
    당신이 못 만져 본 것은 저 먼 데 있는 거고,
    당신이 움켜잡지 못한 것은 없는 거나 마찬가지고,
    당신이 생각할 수 없는 것은 진실이 아니고,

당신이 무게를 달지 않은 것은 무게가 없는 거고,
당신이 주조하지 않은 동전은 통용 안 된다는 식이군요.
황제
그런다고 우리의 고민이 해결되는 건 아니오.
그딴 사순절 설교가 다 무슨 소용이오, 재상.
밤낮 어쩌고저쩌고 하는 말에 난 질렸소.
우린 돈이 없으니, 어서 돈을 내라 이 말이야.
메피스토펠레스
원하시는 대로 제가 얼마든지 만들어드리죠.
쉬워 보이는 게 사실은 더 어렵습니다.
물건이야 이미 있지만, 어떻게 손에 넣느냐,
그게 솜씨죠. 그 솜씨를 누가 쓸 줄 아나요?
제 말씀 좀 들어보세요. 그 끔찍했던 도피의 시절에,
온 나라와 백성이 이민족의 홍수에 먹히던 그때
이 사람 저 사람 할 것 없이 공포에 질려서
아끼던 물건들을 여기저기 숨겨놓았지요.
저 강대했던 로마 시대에도 그랬고,
이후 어제까지, 아니 오늘까지도 그랬습니다.
그 모든 게 그대로 땅속에 묻혀 있어요.
땅이 황제의 것이니 돈은 마땅히 폐하의 것입니다.
재무상
광대 녀석치고는 말솜씨가 나쁘지 않군.
자고로 그건 본디 황제의 권한이었으니까요.
재상
황금을 미끼로 한 사탄의 올가미에 불과해요.
이건 결코 신실하지도 정당하지도 못합니다.

집사장

    궁중에 필요한 것을 마련해 주기만 한다면야

    까짓 약간의 부정 정도야 눈감아 주겠소.

군사령관

    광대 녀석이 제법이야. 필요한 것을 약속하는 폼이.

    병사들은 돈의 출처 같은 건 묻지도 않을 테니.

메피스토펠레스

    혹시 제 말이 거짓말 같다면

    여기 있는 이분! 이 점성술사에게 물어보시오!

    이분은 별의 궤도나 별자리, 시간을 잘 알지요.

    자, 오늘의 별자리는 어떤지 한번 말해 보시오.

웅성대는 소리

        웃기는 두 놈이야 — 죽이 잘 맞아떨어지는군 —

        광대와 몽상가 — 그래, 옥좌에 바짝 달라붙으라고 —

        아주 닳고 닳은 — 옛 노래군 —

        바보가 속삭이면 — 현자가 말하는군 —

점성술사   (말한다, 메피스토펠레스가 속삭이는 대로)

    태양이란 그 자체가 순금이지요.[6]

    수성은 전령으로서 사랑과 보답을 추구하고,

    금성 부인은 여러분 모두의 마음을 끌며

    그녀의 매력적인 눈빛은 언제나 빛나지요.

    순결한 달은 변덕이 아주 심하고요,

    화성은 실제 치지는 않지만 평화를 위협하죠.

    그래도 목성의 아름다운 빛을 따라갈 자 없지요,

    토성은 덩치는 크지만 멀어서 작게 보이지요,

    금속으로서야 별로 크게 가치를 안 쳐주지요,

토성은 가치는 없지만 무게는 굉장합니다.
　　그래요! 해와 달이 혼인을 하면
　　금과 은의 결합이라 세상은 유쾌해지지요.
　　그 밖의 것들은 자동으로 따라옵니다,
　　궁전, 정원, 예쁜 젖가슴, 붉은 뺨 등등,
　　이런 거야 박식한 그분이 얼마든지 만들어내지요,
　　우리가 손도 못 대는 걸 그분은 하시니까요.
황제
　　같은 말이 두 번씩 들리는데도
　　뭐가 뭔지 전혀 모르겠노라.
웅성대는 소리
　　　　무슨 개소리야 — 닳고 닳은 소리 —
　　　　오늘의 일진 — 아니면 연금술 —
　　　　늘 듣는 얘기지 — 헛된 꿈이나 꾸는 거지 —
　　　　그놈이 온들 — 다 똑같은 바보겠지 —
메피스토펠레스
　　사람들은 둘러서서 입만 헤벌리고
　　이 멋진 발견을 믿지 않으려 하지요.
　　그러면서 만드라고라 뿌리[7]나 아니면
　　지옥의 검은 개 얘기나 떠들어대지요.
　　왜 괜히 비웃거나
　　마술이라고 비난하는 건가요?
　　누구나 한 번쯤 발바닥이 근지러운 적이 있고,[8]
　　잘 걷던 걸음이 안 떼어질 때가 있는데.

　　여러분은 누구나 영원히 섭리하는

자연의 은밀한 힘을 느낄 겁니다.
그리고 땅속 깊은 곳에서
생명의 흔적이 위로 솟아오르지요.
뭔가가 사지를 꼬집는 것 같거나
괜히 어느 장소가 섬뜩하게 느껴지면
당장 그 자리를 파헤쳐 보시지요,
악사(樂士)[9]나 보물이 거기 묻혀 있을 거요!

웅성대는 소리

내 발이 납덩이가 되었나 봐 —
팔에 경련이 이네 — 그건 통풍이야 —
엄지발가락이 근지러워 —
왠지 온 등짝이 아프군 —
징조로 보니 아마도 여기에
보물창고가 묻혀 있나 봐.

황제

냉큼 해봐라! 다시는 못 빠져나가,
네 엉터리 말을 증명해 보이거라,
당장 그 보물창고를 보여달라 이 말이다.
네 말이 거짓이 아니라면
나도 이 검과 왕홀을 내려놓고
이 고귀한 손으로 직접 파볼 테다,
만약 네 말이 거짓이면 넌 지옥행이다!

메피스토펠레스

지옥으로 가는 길이야 얼마든지 알지요.
하지만 어디에 무엇이 주인도 없이
묻혀 있는지는 정확히 알 수가 없지요.

농부가 밭고랑을 갈다가
　　흙더미에서 황금단지를 캐내기도 하고,
　　흙 담장을 파헤쳐서 초석을 캐려다
　　황금 꾸러미를 발견하고서 깜짝 놀라
　　가난한 손에 들고 기뻐하기도 하지요.
　　보물이 묻힌 곳을 아는 사람이라면
　　지하의 둥근 천장이든 뭐든 뚫어야 하고
　　심연이든 갱도든 파고 들어가야 합니다,
　　지하 세계 근처까지라도 개의치 말고!
　　케케묵은 널찍한 지하창고에 들어가면
　　황금 술잔과 대접, 접시들이
　　줄을 지어 늘어서 있지요.
　　루비로 만든 큼직한 술잔이 있어서
　　그 잔으로 한잔 마실까 하니
　　옆에 엄청 오래된 술까지 있는 거지요.
　　그러나 전문가들의 말에 따르면
　　술통은 오래전에 썩어 문드러져
　　주석(酒石)이 술통 구실을 한다는 거죠.
　　황금과 보석은 물론
　　귀한 포도주의 정수까지도 빛이 두려워
　　어둔 밤 속에 숨어 있는 겁니다.
　　현자라면 바로 이곳을 줄기차게 뒤지지요.
　　낮에 보이는 것들이야 정말 시시한 겁니다.
　　신비스러운 것은 어둠을 집으로 삼지요.
황제
　　그런 건 너나 가져라! 어둠 같은 게 무슨 소용이냐!

가치가 있는 거라면 의당 빛 속으로 나와야지.
칠흑 같은 어둠 속에서 악당이 누군지 누가 아느냐?
암소도 검게 보이고 고양이도 잿빛으로 보일 거다.
저 아래 황금으로 가득한 단지들을 말이다,
네 쟁기를 가져다가 그 단지들을 파내란 말이야.

메피스토펠레스

직접 괭이와 삽을 드시고 파보시지요,
농부의 일이 폐하를 위대하게 해줄 겁니다,
그러면 황금 송아지 떼가
땅을 헤치고 튀어나올 겁니다.
그다음엔 그저 황홀한 표정으로
폐하뿐만 아니라 애인도 치장해 주세요.
찬란한 색깔과 화려한 보석이
아름다움과 위엄을 한층 드높여 주겠지요.

황제

어서! 당장 시작하라고! 뭘 꾸물거리는가!

점성술사 (아까처럼)

폐하! 너무 그렇게 급히 서두르지 마시고,
먼저 이 잡다한 사육제나 끝맺음 해주소서,
마음이 흐트러져서야 어찌 목적을 이루겠나이까.
먼저 마음을 가다듬고 죄를 뉘우쳐야 합니다,
위를 잘 모셔야 아랫것을 다스릴 수 있나이다.
선을 원한다면 먼저 선해져야 할 것이고,
즐거움을 원한다면 먼저 피를 진정시켜야 하고,
포도주를 원한다면 먼저 잘 익은 포도를 짜야 하고,
기적을 원한다면 먼저 굳건한 믿음을 가져야 합니다.

황제

자, 우리 그저 즐거운 시간이나 갖도록 하자고!
재의 수요일이 오니 간절히 바라던 사순절도 온다.
그러니 누가 뭐래도 우리
사육제나 신 나게 즐겨보기로 하자.

(나팔 소리. 퇴장)

메피스토펠레스

뭘 해놓은 게 있어야지 행운도 따른다는 걸
저런 바보 녀석들이 알 턱이 없지.
저런 녀석들한테 현자의 돌[10]이 주어진들,
현자는 가고 돌만 남을 거야.

방이 여러 개 딸린 넓은 홀

(가장무도회를 위해 화려하게 장식되어 있다.)

의전관

독일식 잔치에서 그러는 것처럼 악마의 춤이나
광대 춤, 해골 춤 같은 것을 생각하진 마세요.
그보다 더 멋진 축제를 기대하셔도 좋습니다.
로마 원정길에 우리의 폐하께서는
당신도 즐기고 여러분도 기쁘게 하려고
그 높은 알프스 산을 넘으면서

유쾌한 나라[11]를 하나 받아 오셨지요.
황제께서는 교황의 발에 입을 맞추고서
맨 먼저 통치권의 윤허를 부탁하시어
왕관을 하사받으셨고,
우리에게 어릿광대 모자를 갖다 주었죠.
이렇게 해서 우리는 새로 태어났지요.
처세에 능한 사람이라면 누구나
이 모자를 기분 좋게 푹 눌러쓰지요.
겉모습이 좀 바보처럼 보일지 모르지만
이 모자를 쓰면 은근히 꾀를 부릴 수 있어요.
사람들이 벌써 무리를 지어 몰려옵니다,
흩어지기도 하고 사랑스레 짝을 짓기도 하면서.
합창단들도 연이어 찾아옵니다,
나가고 들어오고 정말 끝이 없군요.
허나 예나 지금이나 늘 다름없는 것,
정말 웃기고도 웃기는 장난 같은 것,
세상은 그야말로 둘도 없는 광대놀음이랍니다.

꽃 파는 처녀들 (만돌린의 반주에 맞추어 내는 노랫소리)

여러분의 박수갈채가 그리워
이 밤 우리는 치장을 했어요,
우리 피렌체의 젊은 처녀들은
화려한 독일 궁정이 좋아요.

갈색 곱슬머리엔 멋지게
예쁜 꽃 몇 송이 꽂고,
비단실, 비단 꽃송이로

장식하고 멋을 내지요.

우리가 아니면 누가 해내겠어요,
정말 우리는 자랑스럽답니다,
우리가 만든 찬란한 꽃들은
일 년 내내 피어 있지요.

온갖 색깔로 물들인 꽃 조각들은
좌우 대칭을 멋지게 이루어
낱개로 보면 별 볼 일 없지만
전체로 보면 아주 멋지지요.

우리는 정말로 멋쟁이,
꽃을 파는 처녀들, 매력이 넘쳐요,
우리 여자들은 원래가
예술과 하나가 아니던가요.

의전관
   너희들 머리에 이고 있는
   그 풍성한 바구니 좀 보여다오,
   꽃들이 양팔에 화사하게 피어나니
   여러분 마음에 드는 것을 골라보시오.
   자, 어서, 정자와 통로마다
   꽃밭이 피어나게 해라,
   꽃 파는 처녀들이나 물건이나
   모두 너무나 사랑스럽지요.

꽃 파는 처녀들

    자, 어서들 오셔서 즐겁게 사세요,
    하지만 시장바닥처럼 깎으면 안 돼요.
    짧고 지혜로운 말로
    꽃말을 한번 새겨보세요.

열매가 매달린 올리브 가지

    저는 다른 꽃을 질투하지 않아요,
    싸움 같은 것은 정말 싫어해요,
    저는 본디 그런 성격이 아니에요.
    하지만 저는 이 땅의 정수로서
    꽃피어 나는 들판마다 확실하게
    평화의 증표로서 놓인답니다.
    오늘 같은 날엔 고상한 머리를
    제가 장식하였으면 좋겠어요.

이삭으로 만든 관 (황금빛이다.)

    케레스[12]의 선물로 장식해 봐요,
    당신은 얼마나 사랑스러울까요.
    없어서는 안 될 양식인 저는
    장식으로도 정말 멋질 거예요.

환상의 화환

    당아욱처럼 다채로운 꽃,
    이끼에서 피어난 기적이여!
    자연의 것은 아니더라도
    유행이면 그만 아닌가요.[13]

환상의 작은 꽃다발

    나의 생김새가 너무나 희귀하여

테오프라스토스[14]도 나를 모를 거예요.[15]
그래도 나는 모든 이는 아니어도
많은 이의 마음에 들었으면 좋겠어요.
나를 갖고 싶은 사람이라면
나를 머리에 꽂거나
어서 마음을 정하고서
가슴에 꽂으세요.
(도발적 어투)[16]
화려한 환상의 꽃들아,
오늘의 유행을 위해 피어나라,
자연에서는 절대 볼 수 없는
아름다운 모습으로 피어나라,
푸른 줄기, 금빛 꽃송이
풍성한 머리칼 사이로 비쳐라!

장미꽃 봉오리

그래도 우리는 숨어 있을 테요,
우리를 찾아내는 이 기뻐하겠죠.

여름이 불타오르고
장미꽃 봉오리 터질 때면
누군들 그런 행복을 마다할까요?
약속을 하면 약속을 지키는 것!
그것이 플로라[17]의 나라에서는
눈과 마음을 지배하는 원칙이죠.

(초록이 우거진 통로에서 꽃 파는 처녀들이 물건들을 예쁘게 정

리하고 있다.)

과일 파는 남자들   (테오르베[18]의 반주에 맞추어 부르는 노랫소리)
    꽃들은 가만히 싹을 틔워
    그대들 머리를 예쁘게 꾸며주겠지만,
    과일의 유혹에 빠지면 안 되지요,[19]
    과일이야 그냥 맛있게 즐기면 그만.

    구릿빛 얼굴들이 여기 내놓습니다,
    버찌, 복숭아, 자두가 있어요.
    어서 사세요! 혓바닥에 비하면
    눈이야 판관으로서 형편없지요.

    어서 와서 이 무르익은 과일들을
    맛있게 먹으며 즐겨보세요!
    장미야 시로 노래하면 그만이지만
    사과야 깨물어 봐야만 맛을 알지요.

    우리 당신들의 화사한 젊은 꽃과
    한 쌍의 배필이 되어봅시다.
    우리는 이 많은 달콤한 과일들을
    그대들 옆에 높이 쌓아 올리고 싶어요.

    나뭇가지 멋지게 뒤엉킨 곳 밑에서
    아름답게 꾸며진 둥근 정자 아래서
    모든 것을 한 번에 볼 수 있답니다.

꽃봉오리, 잎사귀, 꽃과 열매까지요.

(기타와 테오르베의 반주에 맞추어 번갈아 노래하면서 두 합창단은 물건들을 차곡차곡 쌓아 올리며 손님들을 부른다.)

(어머니와 딸 등장)

어머니
    네가 이 세상에 태어났을 때
    이 손으로 예쁜 모자를 만들어주었어.
    너는 얼굴도 아주 귀엽고
    몸도 나긋나긋했단다.
    신부가 된 네 모습을 떠올렸어,
    부잣집으로 시집을 갈 거라고,
    네 모습을 그렇게 그려보았다.

    아! 그런데 벌써 여러 해를
    축복도 없이 헛되이 흘려버렸어.
    별의별 구혼자들이 찾아왔지만
    너를 그냥 두고 금세 가버렸지.
    웬 녀석과 멋진 춤을 추기도 했고,
    다른 녀석에게는 팔꿈치로
    은밀한 신호를 주기도 했었어.
    묘안을 짜서 별 잔치를 다했지만
    다 아무런 소용이 없었고,
    벌칙게임과 수건돌리기까지

다 허탕이었다.
오늘은 바보들이 날뛰는 날,
애야, 좋은 남자 하나 잡아서
영원히 네 것으로 삼도록 해라.

놀이동무들
(젊고 예쁜 여자 친구들까지 합세하여 정다운 이야기 소리가 더욱더 커진다.)

어부와 새 사냥꾼들
(그물과 낚싯대, 끈끈이 장대 그리고 그 밖의 여러 도구들을 들고 나타나 예쁜 소녀들 틈에 끼어든다. 서로 상대의 마음을 붙잡으려 하고 거기서 도망치려 하고 다시 붙잡고 하는 가운데 대화가 점점 더 무르익어 간다.)

나무꾼들 (우락부락한 몸놀림으로 등장하며)
저리 비켜! 물러서라고!
나무꾼은 자리가 필요해,
우리는 나무를 베어
쿵 하고 쓰러뜨리고,
나무들을 운반하다 보면
여기저기 쿵쿵 부딪히지.

우리 자랑 하나 합시다,
똑똑히 잘 알아둬요.
이 나라에 말이죠,

나처럼 거친 인간이 없다면
그 잘나고 고상한 분들,
제아무리 머리를 쓴들
어떻게 살아가겠소!
이 점을 잘 알아둬요,
땀 흘리는 우리가 없으면
당신들은 얼어 죽을 거요.

어릿광대 (말투는 서툴지만, 비아냥대는 투로)
너희들이야 멍청이지,
허리가 굽은 채로 태어났어.
우리는 똑똑한 사람들,
왜 무거운 짐을 나르나.
우리가 쓰는 모자나
저고리나 몸에 걸친 넝마나
모두가 가볍다네.
우리는 마음도 가볍게
언제나 한가하게
슬리퍼나 끌면서
장터나 장꾼들 틈으로
어슬렁거린다네.
발걸음을 멈추고 구경하던 차
뭔가 큰 소리 들리면
그 소리를 듣고서 우리는
붐비는 사람들 틈을 비집고
뱀장어처럼 빠져 들어가
함께 어울러 경중경중 뛰면서

무리 지어 놀아본다네.
너희가 우리를 칭찬을 하든
너희가 우리를 욕을 하든
그런 건 신경도 안 쓴다네.

식객들　(아첨하는 투로, 좀 탐욕스럽게)
당신들 건장한 짐꾼들,[20]
그리고 당신들의 친척인
숲 굽는 남자들은 모두
우리의 귀한 분들이라오.
아무리 허리를 굽실거린들,
말로만 고개를 끄덕거리고
번지르르한 말만 늘어놓은들,
상대의 기분이나 맞추려고
때론 따스하게 때론 차갑게
이랬다저랬다 입김을 분들,[21]
그게 다 뭐란 말이오.
이를테면 불길이,
아무리 어마어마한 불길이
하늘에서 떨어진다 해도
만약 장작이 없다면
아궁이를 활활 타오르게 할
숯덩이가 없다면
그게 다 무슨 소용이오.
그래야 굽고 부글부글 끓이고
삶고 펄펄 끓이지요.
진정한 미식가라면,

　　　　접시까지 핥는 미식가라면,
　　　　굽는 고기 냄새도 알아채고,
　　　　생선 냄새만 봐도 척 알지요.
　　　　잔칫집에서 밥을 얻어먹으려면
　　　　그 정도는 해야지요.
술주정꾼　(거의 인사불성이 되어)
　　　　나 오늘 거칠 것이 없다!
　　　　너무나도 자유롭고 속이 탁 트인다!
　　　　상쾌한 기분과 즐거운 노래들,
　　　　다 여기 내가 가져왔노라.
　　　　자, 나는 마시고 또 마신다!
　　　　자네들을 위해 건배! 마시자! 마셔!
　　　　저 뒤에 있는 친구, 이리로 오쇼!
　　　　자, 건배! 그래, 바로 그거야!

　　　　내 마누라가 버럭 소리를 질렀어,
　　　　이 알록달록한 옷이 뭐 어쨌다나.
　　　　내가 아무리 우기고 대들어도
　　　　내가 가장무도회 가면걸이 같대.
　　　　그래도 에라 마시자! 마시자고!
　　　　자, 건배! 마시고 또 마시는 거야!
　　　　어이, 가면걸이 여러분, 건배!
　　　　쨍그랑! 그래, 바로 그거야!

　　　　나더러 떠돌이라고 말하지 마라,
　　　　내 발길 닿은 대로 갈 뿐이다.

외상술을 주인이 안 주면, 여주인한테,
그래도 안 되면 하녀한테 달라면 되지.
언제나 마시고 또 마시는 거다!
여러분 건배! 마시고 또 마시자!
서로서로 잔을 부딪쳐요! 계속
자, 건배, 그래, 바로 그거야!

어디서 어떻게 즐기든 간에
마음껏 마시며 즐기도록 합시다.
나를 그냥 누워 있게 내버려 둬요,
서 있을 수 없으니 어쩔 거요.

합창
나의 형제들아, 모두 마시고 마시자!
자, 건배합시다, 쨍그랑, 쨍그랑!
걸상과 의자에 그냥 앉아 있어라,
식탁 밑에 엎어지면 그걸로 끝장이다.

의전관
(여러 종류의 시인들이 등장한다고 알린다. 자연시인, 궁정 음유시인, 기사 음유시인, 차분한 시인 그리고 격정의 시인 등등. 온갖 종류의 시인들이 서로 앞서서 낭송을 하려다 보니 아무도 앞으로 나서지 못한다. 그 틈에 한 시인이 슬쩍 나와 몇 마디 읊는다.)

풍자시인
지금 이 순간 내가 시인으로서
가장 즐거운 것이 뭔지 아시오?
아무도 내 노래 들으려 하지 않아도
노래하고 말해도 된다는 거 아니겠소.

(밤과 묘지의 시인들[22])은 막 부활한 흡혈귀와 흥미롭기 짝이 없는 대화를 나누는 중이라며 양해의 말을 전해 왔다. 이런 대화에서 새로운 시가 나타날 수도 있는 것이라면서. 의전관은 그 점은 인정하면서도 그리스 신화 속의 인물들을 불러낸다. 이들은 현대적인 복장으로 가장을 했지만 본래의 성격과 매력은 그대로이다.)

　(우미의 여신들)
아글라이아
　　우리는 삶에 우아함을 준다.
　　무엇을 줄 때에도 우아함이 있어야 한다.
헤게모네
　　뭔가를 받을 때에도 우아함이 있어야 한다.
　　소망이 성취되니 기쁜 일이다.
오이프로지네
　　조용한 일상을 살아가면서도
　　자고로 감사는 우아해야 한다.
　(운명의 여신들)[23]
아트로포스
　　나이 제일 많은 내가 여기 이렇게
　　실을 잣는 일에 초대를 받았다.
　　연약한 실을 자을 때에는
　　많이 생각하고 공을 들여야 한다.

　　부드럽고 유연한 실을 뽑아내려고
　　나는 가장 고운 아마를 선택했다.

매끄럽고 가늘고 고른 실이 되도록
이 현명한 손가락으로 다듬어야 한다.

그대들 흥겨이 춤을 출 때
너무 도를 넘는 것 같거들랑,
이 실의 적절한 절제를 생각하라,
조심하라, 실이 끊어지지 않도록!

클로토
보라, 얼마 전에 내 손에
이 가위가 주어졌다.
우리 큰언니가 하는 일이
사람들의 마음을 못 산 탓이다.

전혀 쓸모없는 실은 빛과 공기 속에
아주 길게 잡아 늘어뜨려 놓고
가장 전도가 양양한 실은 잘라서
무덤으로 끌고 가니 말이다.

나 역시 젊었을 땐 혈기에 넘쳐
너무나 많은 실수를 저질렀다.
그래서 오늘은 마음을 억누르려고
가위를 여기 가위집에 넣어놓았다.

오늘은 이렇게 가위를 잡지 않고서
이곳에서 기쁜 마음으로 바라본다.
그대들은 이 자유로운 시간을

쉬지 말고 마음껏 누려보라.
라케시스
사리 판단을 할 줄 아는 이 나뿐이라서
내가 맡아 질서를 잡아준다.
내 물레는 쉼 없이 돌아가지만
지나치게 빨리 돈 적은 없다.

실이 나오면 물레로 실을 감으며
실 가닥마다 제 길을 찾아가게 한다.
어느 실도 길을 잘못 들지 않게 하여
모두 다 돌아가며 제 길을 따라간다.

내가 잠깐이라도 정신을 깜박하면
내가 바라던 세상은 끝장날 터라,
시간을 세고, 해를 헤어가며,
영원한 직조공[24]이 실타래를 넘겨받는다.
의전관
아무리 여러분이 고대의 글을 잘 알아도
지금 오고 있는 이들은 알지 못할 겁니다.
숱한 재앙을 뿌리기는 하나 이들의 외모에
여러분은 이들을 기쁜 마음으로 맞을 겁니다.

안 믿기겠지만 이들은 복수의 여신들입니다.
예쁜 얼굴, 멋진 몸매에 젊고 상냥하지요.
이들을 잠시만 대해 보아도 금세 알게 되지요,
이런 비둘기가 뱀처럼 상처를 입힌다니까요.

이들이 사악하기는 해도 오늘은 모두가
바보로서 자신의 단점을 내세우는 날이니까,
이들 역시 천사 같은 명성을 요구하는 대신
자신들을 도시와 시골의 재앙이라 자백합니다.

(복수의 여신들)[25]

알렉토

그런 말 다 소용없어요, 당신들은 우리를 믿을 거예요,
우리는 예쁘고 젊고 그리고 애완고양이 같거든요.
당신들 중에서 누가 애인을 사귀게 되면
우리는 그 사람의 귀를 줄곧 긁어줄 거예요.

마침내 그 사람을 쳐다보며 이렇게 말하게 되겠죠,
그 여자는 아무 놈한테나 추파를 던지고
머리는 텅 비었고 등은 굽고 절름발이이며
그런 여자 얻어봤자 아무 쓸모도 없을 거라고요.

그다음엔 신붓감을 말로써 괴롭히는 거죠.
"당신 남자 친구가 말이야, 몇 주 전에
그 여자 앞에서 당신 욕을 하는 걸 봤어!"
서로 화해를 한들 앙금까지 지워지겠어요?

메게라

그 정도는 애 장난이죠! 둘이 결혼을 하면
내가 슬쩍 끼어들어 사사건건이 간섭하여
이들의 가장 행복한 순간에 재를 뿌립니다.
사람도 변하기 마련, 시간도 변하기 마련이죠.

자기가 원했던 것을 손아귀에 쥐는 순간
인간은 바보처럼 더 높은 것을 원하지요,
최고로 행복한 순간도 익숙해지면 버리지요,
태양을 피하고 서리로 몸을 덥히려는 거죠.

이런 방법들을 나는 잘 다룰 줄 알아요,
나의 충실한 악당 아스모데오[26]를 데려와
때를 보아 불행의 씨를 뿌리는 거지요,
짝을 이룬 인간들을 다 망쳐놓는 겁니다.

티지포네

그까짓 독설보다 훨씬 날카롭게 나는
칼과 독약으로 배신자를 다스려줄 겁니다.
당신이 다른 여자와 사랑에 빠지면
언젠가 파멸이 당신 인생을 꿰뚫을 거요.

한 순간의 달콤함은
거품과 쓸개즙으로 변할 거요!
여기에는 흥정 같은 건 없지요,
무슨 짓을 저질렀건 대가를 치러야 하지요.

용서란 말은 입에도 올리지 마시오!
바위를 향해 이 일을 고발하는 바요,
들어봐요! 메아리를! 복수라 하는군요.
애인을 바꾼 자 죽어 마땅하다고요.

의전관

자, 옆으로 물러나는 게 좋을 거요,

지금 오고 있는 것은 당신들과는 비교도 안 돼요.
저기 산더미 같은 게 들이닥치는 게 보이죠.[27]
양 옆구리에는 멋진 양탄자를 자랑스레 매달고,
머리에는 긴 엄니, 뱀처럼 긴 코가 달려
정말 희한하네요, 이게 뭔지 내가 살짝 알려줄게요.[28]
목덜미에는 앙증맞은 여인 하나가 걸터앉아
가느다란 막대기로 녀석을 잘 몰고 있지요.
더 높은 곳에 앉아 있는 또 다른 고귀한 여인은
광휘로 감싸여 있어 눈이 부셔 볼 수가 없어요.
양옆에 품격 있는 두 여인이 사슬을 차고 가네요,
한 여인은 두려워 보이고, 다른 여인은 즐거워 보입니다.
한 여인은 뭔가를 바라고, 다른 여인은 자유를 느낍니다.
각자 자신을 소개해 봐요.

두려움

> 흐릿한 횃불, 등불, 촛불들,
> 난잡한 축제의 장을 비추네요.
> 이 가짜 얼굴들 틈바구니로
> 나 사슬에 묶여 끌려왔네요.
> 당장 꺼져라, 이 비웃는 무리야!
> 히죽대는 너희 얼굴 내겐 찜찜해.
> 오늘 밤엔 나의 적들이 모두
> 내게 마구 달려드는군요.
>
> 이것 봐! 친구인 줄 알았더니 적이군,
> 녀석의 가면을 난 진작 알아봤죠.
> 녀석은 나를 죽이려다가

발각되어 슬쩍 도망치네요.

아, 아무 쪽이라도 좋으니 나도
세상 밖으로 도망치고 싶어라.
그러나 저편으로 가봤자 끝장,
연기와 공포 속에 있어야 하네.

희망

자매 여러분, 안녕하신가요,
어제와 오늘 여러분은
가면무도회를 실컷 즐겼지요,
여러분이 어찌할지 다 알아요,
내일이면 가면을 벗겠지요.
이곳 햇불의 불빛 속에서
별로 기분이 좋지 않았다면,
밝은 대낮이 되면
우리가 하고 싶은 대로
사람들과 어울리거나 혼자서
마음껏 아름다운 들판을 거닐다가
맘 내키면 쉬고, 아니면 뭔가 하는 거죠,
그리고 아무 걱정 없이 살면서
포기하지 않고 늘 노력하지요.
어디를 가든 우리는 당당하게
환영받는 손님이지요.
이 세상 어디엔가는
큰 행운이 우리를 기다릴 겁니다.

지혜

>   인류의 두 가지 최대의 적,
>   바로 두려움과 희망을 사슬로 묶어
>   인간 사회에서 격리시켜 놓았어요,
>   어서 물러서요, 여러분은 구원되었으니.
>
>   살아 있는 이 거대한 몸집의 짐승을
>   내가 부리는 중이죠, 등엔 가마를 얹고
>   이 녀석은 꾸준히 한 걸음 한 걸음
>   비탈길을 따라 올라가고 있지요.
>
>   그러나 코끼리 저 꼭대기 가마에는
>   날렵한 여신이 양 날개를 펼치고서
>   뭔가를 얻으려고
>   사방을 휘둘러보지요.
>
>   광휘와 후광이 여신을 에워싸니
>   그 빛이 멀리 사방으로 빛나지요.
>   그녀의 이름은 빅토리아, 인간사
>   모든 것을 관장하는 여신이지요.

초일로 ― 테르지테스[29]

> 이것 보라고! 내가 이곳에 온 까닭은
> 당신들의 운명을 욕하기 위해서야!
> 하지만 이번에는 저 위에 있는
> 빅토리아 부인이 내 밥이 될 거야.
> 자기한테 두 날개가 달려 있다고

자기가 독수리라도 되는 줄 알아,
　　　그리고 제 눈에 들어오는 것이면
　　　백성과 땅이 다 제 거라고 생각해.
　　　어디서든 좋은 소식이 들려오면
　　　나는 배알이 뒤틀려 못 참아.
　　　낮은 건 높게, 높은 것은 낮게,
　　　굽은 건 곧게, 곧은 것은 굽게,
　　　이리 되어야만 나는 기분이 좋아.
　　　나는 온 세상이 이렇게 되길 원해.
의전관
　　　이런 비열한 자식, 어디
　　　이 멋진 의전봉의 맛 좀 봐라,[30]
　　　당장 몸뚱이를 배배 꼬게 될걸!
　　　저런! 두 놈의 난쟁이 형상이 금세
　　　엉겨 붙어 구역질 나는 덩어리가 되네!
　　　아니, 저것 좀 봐! 덩어리가 알이 되더니,
　　　점점 부풀어 쩍 둘로 갈라지네.
　　　알에서 쌍둥이 한 쌍 밖으로 나오는데,
　　　한 놈은 살무사고, 또 한 놈은 박쥐다.[31]
　　　한 녀석은 먼지 더미 속을 기어 다니고,
　　　시커먼 또 한 녀석은 천장 주위를 맴돈다.
　　　나가서 하나로 다시 합칠 궁리를 하는군,
　　　세 번째 녀석 꼴은 보고 싶지 않아.
웅성대는 소리
　　　　　저길 봐! 벌써 춤판이 벌어졌어 —
　　　　　싫어요! 나는 이곳을 뜨고 싶어요 —

우리 주위를 귀신 패거리들이
　　　에워싸고 있는 게 안 느껴져?—
　　　뭔가 내 머리를 스친 것 같아—
　　　내 발밑에서 뭔가 꿈틀댄 것 같아—
　　　그래도 다친 사람은 없는걸—
　　　하지만 다들 겁에 질렸어—
　　　산통 다 깨졌다고—
　　　저 짐승들이 노린 게 바로 그거야.
의전관
　　나는 이번 가장무도회의
　　의전관 직책을 맡고서부터
　　온 힘을 다해 문간을 지키고 있어요.
　　여러분의 이 즐거운 자리에
　　분위기 깨는 것들이 들어오면 안 되죠.
　　나는 피하지도 물러서지도 않아요.
　　그래도 혹시 창문 틈으로
　　떠도는 유령들이 숨어들어 올까 겁납니다.
　　여러분을 유령이나 마법으로부터
　　지켜줄 힘이 나는 없습니다.
　　저 난쟁이 녀석도 미심쩍었어요,
　　저기 뭔가가 마구 쏟아져 들어옵니다,
　　저 형상들이 대체 무엇인지
　　내 직책에 걸맞게 설명해 주고 싶지만
　　내 자신이 이해하지 못하니
　　설명한다는 것 역시 불가능합니다,
　　저게 뭔지 나 좀 가르쳐줘요!

저기 사람들 사이로 떠도는 게 보이죠?
네 마리 용마가 끄는 화려한 마차가
군중 사이를 헤집고 달려옵니다.
그런데도 군중은 갈라지지 않고,
한쪽으로 몰려가지도 않는군요.
멀리서 갖가지 색깔들이 반짝이네요,
길 잃은 별들이 온갖 색으로 반짝입니다,
마법의 불빛을 받아 반짝이는 것 같네요.
코를 씩씩대며 폭풍처럼 달려옵니다!
어서 피해요! 가슴이 오싹하네요!

마차몰이 소년

자, 멈춰라!
말들아, 날개에서 힘을 빼고
이 주인어른의 고삐를 느껴라,
내가 고삐를 죌 테니 너희도 마음을 죄어라,
내가 힘을 주면 그땐 쏜살같이 질주해라.
이 궁전의 경의를 받아보자,
봐라, 사람들이 모여든다,
우리를 경탄하는 사람들이 자꾸만 모인다.
의전관은 앞으로 나오시오! 어서 잘 알아서,
우리가 떠나기 전에, 사람들에게
우리의 모습이 어떤지, 이름이 뭔지 말해 보시오.
우리는 알레고리이니,[32]
우리를 그렇게 생각하면 될 거요.

의전관

이름을 댈 수는 없지만

모습을 묘사할 수는 있을 것 같소.
마차몰이 소년
그럼, 어디 한번 해봐요!
의전관
솔직히 말해서,
당신은 젊고 아름답구려.
아직 앳된 소년의 모습이지만, 여자들은
당신을 어른으로 생각할 거요.
장차 여자깨나 후리겠소.
타고난 난봉꾼이라는 얘기요.
마차몰이 소년
듣던 중 반가운 소리군요! 계속해 봐요,
수수께끼를 풀 상상력을 더 발휘해 봐요.
의전관
검은 두 눈의 광채와 밤처럼 검은 머리칼은
보석 박힌 머리띠 때문에 사뭇 돋보이는구려!
그리고 품격 있는 의상은
어깨에서 발아래까지 치렁치렁하고요,
자색 단에 술이 반짝이는군요!
생김새가 계집애 같다고 욕할 수도 있지만
행일지 불행일지 모르겠지만
처녀들의 혼깨나 빼놓을 것 같소.
처녀들은 당신에게 사랑의 기술을 가르쳐줄 거고.
마차몰이 소년
그렇다면 여기 이 멋진 분은 누구요?
마차의 옥좌에 빛나는 모습으로 계신 이분은?

의전관
    외모에서 임금의 부유함과 온화함이 느껴지오,
    저분의 총애를 받는다면 정말 행운이지요.
    그러면 더 애쓸 필요도 없지요.
    혹시라도 뭐가 부족하면 저분이 살펴주실 거고
    뭔가를 주고 싶어 하는 저분의 순수한 마음은
    모든 재산이나 행복보다도 더 크니까요.

마차몰이 소년
    그 정도로 끝나면 안 돼요,
    좀 더 상세하게 저분을 묘사해 봐요.

의전관
    품격을 말로 표현하기는 힘드오,
    그래도 건강한 둥근 얼굴,
    도톰한 입술, 불그레한 뺨,
    터번의 깃털 장식 아래로 반짝이오.
    주름 진 옷에 기품이 대단하오!
    그 모습 어찌 말로 다 하겠소?
    외모만 보아도 통치자임을 금방 알겠소.

마차몰이 소년
    플루토스,[33] 바로 재물의 신,
    그분께서 이렇게 성장을 하고 직접 오신 거요.
    고귀한 황제께서 너무나 뵙고 싶다고 해서요.

의전관
    이번엔 자신이 뭐하는 사람인지 직접 말해 주겠소?

마차몰이 소년
    나는 낭비요 시라고 하지요.

자기가 갖고 있는 재산을 마음껏 써버림으로써
완성되는 시인입니다.
나 역시 재산이 엄청나게 많아요,
플루토스에 비해도 뒤지지 않지요.
그분의 무도회와 연회에 활기와 풍요로움을 주지요,[34]
그분이 갖지 못한 것을 내가 담당합니다.

의전관

그렇게 뻐기는 폼도 매력적이구려.
아무튼 당신 재주나 한번 보여줘 봐요!

마차몰이 소년

자, 간단히 이렇게 손가락만 튕겨도
마차 주위가 번쩍번쩍 하잖아요.
서기 멋진 진주목걸이가 튀어나오네요.
(사방을 향해 손가락을 계속해서 튀기면서)
어서, 금목걸이와 귀고리를 받아 들어요.
여기 빗과 흠집 없는 왕관도 받아요,
귀중한 보석이 반짝이는 반지도 받아요.
가끔은 불꽃을 일으키기도 하지요,
불이 잘 붙기를 기대하면서요.[35]

의전관

이 사람들 선물을 잡으려고 난리를 치는군!
선물하는 사람을 밀쳐 넘어뜨릴 기세야.
보석을 마치 꿈결인 양 튕겨내면
사람들은 그걸 잡으려고 우왕좌왕 난리야.
그런데 이게 다 술책에 불과하군.
아무리 용을 쓰고 움켜잡아 봤자

다 헛수고야,
선물이 흐물흐물 사라져버리거든.
진주목걸이가 풀어져
손바닥 안에서 풍뎅이들이 기어 다니고,
이 불쌍한 바보가 풍뎅이들을 내동댕이쳤더니
이놈들이 귓전에서 맴도는군.
잡아봤자 단단한 물건은 없고
다 아무 가치도 없는 나비들뿐이야.
이 엉터리 자식이 뭐든 다 주겠다고 약속하고선
고작 허울만 번쩍거리는 것을 준 거야.

마차몰이 소년

당신은 가면은 구분할 줄 아는 것 같군요.
껍질 속에 뭐가 들어 있는지 알아내는 것은
물론 의전관이 해야 할 일은 아니오.
꽤나 예리한 눈이 필요하니까요.
아무튼 당신하고 말싸움하기는 싫어요.
주인어른, 당신께 직접 물어볼게요.
(플루토스를 향해)
바람을 가르는 사두마차를
저한테 맡기셨죠?
주인께서 원하시는 대로 마차를 몰았죠?
원하시는 곳이면 어디든 가드렸죠?
그리고 거침없이 내달려
주인어른을 위해 종려나무를 구했죠?
주인어른을 위해 싸울 때마다
늘 승승장구했죠.

주인어른의 이마에 월계관이 씌워질 때,
  제 마음을 담아 이 손으로 만들지 않았던가요?
플루토스
  나의 증명이 필요하다면
  이렇게 말해 주겠다. 너는 나의 정신 중의 정신이다.[36]
  너는 언제나 내 뜻대로 움직이고,
  나보다도 훨씬 부자다.
  내 너의 공로를 높이 사니
  이 푸른 나뭇가지[37]가 내 어떤 왕관보다 소중하다.
  나의 진심을 담아 모두에게 말한다,
  사랑하는 아들아, 너는 나의 기쁨이다.
마차몰이 소년 (군중을 향해)
  내 수중에 있던 아주 소중한 선물마저도
  나는 사방으로 아낌없이 뿌렸다오, 보시오.
  사람들 머리 머리마다 작은 불꽃이 타오르네요,
  내가 흩뿌려 놓은 불씨들이죠.
  불씨는 파닥파닥 이 사람 저 사람 튀어 다니다
  어디 가선 달라붙고 어디 가선 도망칩니다.
  간혹가다 불길이 치솟으며
  잠시 활짝 피어나기도 합니다.
  하지만 대개는 채 알아채기도 전에
  애석하게도 다 타서 꺼지고 말지요.
여자들의 재잘거림
    사두마차에 타고 있는 저 인간,
    야바위꾼임이 분명해.
    뒤에 쪼그려 앉아 있는 광대 녀석은

먹고 마시지 못해 아주 뼈만 남았어.
정말 목불인견이야,
아마 꼬집어도 못 느낄 것 같아.

깡마른 남자
가까이 오지 마, 이 더러운 년들아!
너희가 나를 좋아할 리가 없지.
화덕과 가정을 여자들이 돌보던 시절,
내 이름은 아바리치아[38]였다.
그때만 해도 우리 집은 형편이 좋았어,
수입은 많고 지출은 없었거든.
나는 열심히 궤짝을 관리했어.
열심히 하는 게 왜 죄가 되겠어?
하지만 얼마 전부터인가
여자들은 더 이상 아끼지를 않았어,
그러다가 고약한 빚쟁이처럼
있는 돈보다 더 욕심을 냈지.
남편들은 꾹꾹 참아야 했지,
어디를 봐도 빚더미뿐이었어.
여자들은 물레질해서 번 돈을
몸치장과 정부에게 다 써버리는 거야.
더러운 정부 녀석들과 쏘다니며
더 좋은 걸 먹고 더 많이 마시는 거지.
그러니 나도 돈에 욕심이 생겼지.
남성이 되었고, 이름은 가이츠[39]다.

우두머리 여자
다투려면 용들하고나 다툴 것이지,[40]

이 인간의 말은 새빨간 거짓말이야!
남자들을 자극하려는 수작이라고,
안 그래도 남자들은 나쁜 것들인데.

여자들의 무리

저런 허수아비 녀석! 따귀나 한 대 올려줘!
십자가처럼 생긴 자식이 뭘 어쩌자는 거야?
그깟 인상 좀 쓴다고 꿈쩍이나 할 줄 알고!
까짓 놈의 종이용 무서워할 것 없어,
자, 어서, 녀석 버르장머리를 고쳐주자고!

의전관

내 의전봉을 따르시오! 거기 조용히 좀 해!
허나 나로서도 어쩔 수가 없어.
저것 좀 봐, 저 끔찍한 괴물이
어느새 사람들을 다 쫓아버리고서
양쪽 쌍날개를 펼치려 하는군.
용들은 분노가 치밀어 비늘 덮인
아가리로 불을 뿜으며 몸을 비트는군.
사람들이 도망쳐버려 아주 휑하군.

(플루토스 마차에서 내린다.)

의전관

마차에서 내려오는 모습이 꼭 왕 같다!
그의 눈짓에 용들은 몸을 움직여
가이츠가 앉아 있는 황금 상자를
마차에서 끌어내리는군.

상자는 이제 그의 발치에 놓여 있다.
일하는 솜씨 한번 기가 막히군.

플루토스 (마차몰이 소년에게)

힘겨운 네 임무는 다 마쳤다,
넌 자유의 몸이니 네 영역으로 떠나라.
이곳은 네가 있을 곳이 못 된다! 이곳엔 추악한 것들이
온통 뒤엉켜 얼룩덜룩, 거칠게 우리를 에워싸고 있다.
네가 맑은 눈으로 아름다움의 얼굴을 볼 수 있는 곳,
오로지 네 것이며 오로지 너만을 신뢰할 수 있는 곳,
선함과 아름다움 속에만 참된 기쁨이 있는 그곳으로,
그래, 고독 속으로 가라! 거기서 네 세계를 창조하라.

마차몰이 소년

당신의 가까운 친척으로 당신을 사랑하니
당신의 이름에 값하는 사자가 되겠습니다.
당신과 풍요로움이 함께하고, 저와 함께하면
누구나 영광스러운 수확이 있다고 여깁니다.
이 세상 살아가면서 자주 갈피를 잡지 못해
당신을 따를지, 저를 따를지 누구나 헷갈리지요.
당신을 따르는 이들이야 편히 쉴 수 있지만,
저를 따르는 이들은 늘 뭔가 추구해야 합니다.
제가 하는 일은 남모르게 할 수가 없습니다.
제가 숨만 쉬어도 금방 다 드러나거든요.
안녕히 계세요! 당신은 제게 행복을 베풀어주신 분,
나직한 소리로 부르셔도 금세 돌아오겠습니다.
(올 때와 같은 방식으로 퇴장한다.)

플루토스

    드디어 보물을 풀어놓을 때가 되었군,
    의전관의 지팡이로 자물쇠를 쳐야지.
    열렸다! 여기 좀 봐! 아니, 청동 가마솥에서
    황금의 피 같은 것이 부글대며 흘러나온다.
    왕관, 목걸이, 반지 등 장신구들이 쏟아지고,
    황금이 들끓어 이것들을 녹여 삼켜버릴 기세다.

번갈아 가며 떠들어대는 군중 소리

        아니, 저기 좀 봐! 황금이 들끓더니
        상자 가장자리까지 차올랐네. ─
        황금 그릇들이 녹고,
        동전들이 나뒹군다. ─
        막 찍어낸 듯 금화들이 튕기고,
        오, 내 가슴 환희에 벅차오른다. ─
        꿈에 그리던 것들이 여기 다 있네!
        저기, 마룻바닥에 굴러떨어지네. ─
        자, 저기 금은보화가 얼마든지 있으니,
        허리를 구부려 어서 부자가 되시오. ─
        우리는 번개처럼 잽싸게
        저 궤짝을 차지할 터이니.

의전관

    이런 바보들이 뭘 하는 거야? 뭐 하는 거냐고!
    여긴 그저 가장무도회 놀이를 하는 거요.
    오늘 밤에 다른 욕심을 부리면 안 돼요.
    정말로 진짜 황금이 나온 걸로 생각하는 거요?
    이런 무도회 놀이에서

가짜 동전이라도 공짜로 얻을까 봐!
　　한심한 작자들! 그럴듯한 가짜를
　　무슨 대단한 진실처럼 생각하다니.
　　당신들이 생각하는 진실은 말이야, 퀴퀴한
　　망상을 온 손가락으로 움켜잡는 거요.
　　가면의 플루토스, 가장무도회의 주인공이여,
　　이 인간들을 이곳에서 당장 내몰아 주오.
플루토스
　　이럴 땐 당신의 의전봉이 제격이야,
　　잠깐만 의전봉을 빌려주오.
　　타오르는 불꽃에다 잠시 담그리다.
　　자! 가면 여러분, 조심하라고요,
　　번쩍이며 터지면서 불꽃이 쏟아질 테니!
　　의전봉이 달아오를 대로 달아올랐군.
　　너무 가까이 다가왔다가는
　　다 타 죽을 줄 알아요.
　　이제 주위를 한번 돌아볼까.
비명 소리와 아우성
　　　　사람 살려! 우린 이제 끝장이야. ―
　　　　어서 힘껏 도망쳐요!―
　　　　뒤쪽에 있는 분, 어서 물러서요. ―
　　　　앗, 뜨거, 얼굴에 불똥이 튀었어. ―
　　　　시뻘건 지팡이 때문에 꼼짝도 못하겠어. ―
　　　　우리는 다 죽은 목숨이야. ―
　　　　어서 뒤로 물러나, 이 가면의 무리야!
　　　　어서 뒤로 물러나, 이 생각 없는 것들아!―

         내게 훨훨 날아갈 날개라도 있었으면. —

플루토스

　에워싸며 대들던 녀석들이 뒤로 물러났군요.

　불에 덴 사람은 아무도 없을 거요.

　다가오던 군중이

　놀라서 도망쳤소.

　그래도 질서를 잡아놓는 차원에서

　눈에 안 보이는 원을 하나 그려놓을 거요.

의전관

　참으로 훌륭한 일을 하셨습니다.

　당신의 지혜에 정말 감사드립니다.

플루토스

　좀 참아요, 친구여.

　앞으로도 소동이 더 있을 테니.

탐욕

　이제 꼴리는 대로

　느긋하게 인간들 하는 꼴을 구경하게 됐군.

　무슨 구경거리나 먹을거리가 있으면

　여자들이 늘 앞장서서 나타나거든.

　이 몸이 아직 녹슬어 빠지진 않았어,

　예쁜 것들은 언제 봐도 늘 예뻐.

　게다가 오늘은 돈 한 푼 안 내도 되니

　마음껏 수작을 걸어봐야지.

　그러나 사람들이 이렇게 우글대면

　큰 소리로 해도 잘 알아듣지 못할 테니

　꾀를 써서, 상대가 잘 넘어가도록

손짓 발짓 다해 봐야지.
손짓 발짓 몸짓으로 안 되면
짓궂은 장난이라도 동원해야지.
진흙을 이기듯 황금을 이겨보는 거야,
이걸로 뭐든 다 만들 수 있거든.

의전관

저 비쩍 마른 자식이 뭘 하려는 거지?
배배 비틀어진 놈이 웃길 줄도 아나?
저놈이 황금을 이겨서 반죽을 만들잖아.
저놈이 주무르니까 금이 물컹해지네.
그런데 녀석 아무리 만지작거려 봐야
모양새는 볼썽사나운 것일 뿐이군.[41]
건너편의 여자들, 그가 보여주는 물건을 보더니
비명을 지르며 후다닥 도망치려 하네,
몸짓으로 보아 아주 진저리를 치는군.
저 자식, 장난 한번 고약하군.
풍기문란을 아주 업으로 삼으며
그걸 즐기는 놈이야.
저런 꼴을 보고 가만있을 수는 없어,
저 자식 좀 내쫓게 의전봉을 돌려줘요.

플루토스

저놈은 밖에서 위험이 다가오는 걸 모르오.
바보짓이나 좀 더 하게 그냥 둬요.
바보짓 하는 것도 얼마 안 남았으니까.
법이 강하다 해도, 비상상황만큼 강할까요.[42]

아우성의 노래

　　　　거친 무리가 쳐들어오네, 저 높은
　　　　산꼭대기에서, 수풀 우거진 계곡에서.
　　　　천하무적의 이들 무리 저벅저벅 걸어와
　　　　위대한 목양신 판을 찬양하여 노래하네.
　　　　이들은 남들이 전혀 모르는 비밀을 알며
　　　　텅 빈 원 안으로 들이닥치네.

플루토스

　　나는 그대들도 알고 그대들의 위대한 판도 안다!
　　판과 함께 그대들은 대담한 모험을 감행했다.
　　그대들이 전하는 중한 비밀을 나는 알고 있으니
　　그대들을 위해 이 엄한 원을 마땅히 열어준다.
　　이들의 운명에 행운이 따라주기를 바란다!
　　아주 놀라운 일을 겪을지도 모르지만,
　　이들은 자기들 가는 길이 어디인지 모른다,
　　가긴 가지만 어디로 가는지 전혀 모른다.

거친 노래

　　　　멋을 잔뜩 부려 겉만 번지르르한 양반들아!
　　　　그들이 거칠게 온다, 그들이 난폭하게 온다,
　　　　한걸음에 높이 내달려 잽싸게 다가온다,
　　　　그들의 모습, 건장하고 튼튼해 보이는구나.

목양신들[43]

　　즐겁게 춤을 추는
　　목양신 무리,
　　곱슬머리엔
　　참나무 관을 쓰고,

덥수룩한 머리칼 사이로
뾰족한 귀가 솟아 나왔네,
코는 뭉툭하고 얼굴은 넙데데하지만
그렇다고 여자들에게 인기 없는 건 아니네,
목양신이 앞발을 내밀어 춤을 청하면
아무리 예쁜 여자도 거절 못 한다네.

사티로스[44]

사티로스가 껑충 뒤따라 들어오네요,
발은 염소 발에 다리는 깡말랐지요.
마르고 억센 다리를 선호하지요.
그리고 영양처럼 높은 산정에 올라
유유히 사방을 휘둘러본답니다.
자유를 흡입하여 기분이 상쾌해지면
아이와 여자와 남자를 비웃어주지요,
이들은 계곡의 뿌연 공기를 마시면서도
제 스스로 안락하다고 느끼니까요.
산꼭대기의 세상은 누구도 건들지 못하게
깨끗한 상태로 오로지 그들 것이니까요.

땅의 정령들[45]

작은 무리가 종종걸음으로 들어오네요.
짝을 짓기보다는 모두 함께 다니지요.
이끼 옷을 입고 작은 등불을 들고서
이리저리 잽싸게 움직여
맡은 바 제 할 일을 합니다.
반딧불이들처럼 우글거리면서.
이리저리 분주하게 움직이며

지극히 열성으로 일을 한답니다.
우리는 착한 난쟁이 요정들과 인척관계이고
바위의 외과의로서 의술에 능하지요.
높은 산 탱탱한 핏줄에서
우리는 피를 뽑아냅니다.
'몸조심해!'라는 인사말을 주고받으며
금속을 산더미처럼 캐내지요.
다 좋은 뜻에서 하는 일이지요,
우리는 착한 사람의 친구니까요.
그러나 우리가 황금을 캐놓으니
사람들은 도둑질에 오입질을 하지요,
또 우리가 캐낸 쇠로 힘센 인간은
대량 살인도 서슴지 않습니다.
이 세 가지 계명[46]을 어기는 자는
다른 계명들도 우습게 여깁니다.
이 모든 게 우리 책임은 아닙니다,
그러니 우리처럼 관대하게 생각하세요.

거인들

우리는 말 그대로 거친 사나이들,
하르츠 산에서는 우리를 알아준다.
자연처럼 벌거숭이에 힘이 장사다,
우리 하나하나가 다 거인이다.
오른손엔 전나무 줄기를 움켜쥐고,
허리에는 옹이 진 넝쿨을 동여매고,
나뭇가지와 잎의 튼튼한 앞치마를 두른,
교황에게도 없는 보디가드들이다.

님프들   (합창으로)
　　(위대한 판을 에워싼다.)
　　　　　그분이 오셨네요!
　　　　　이 세상의 모든 것,
　　　　　정수인
　　　　　위대한 판이라오.
　　　　　너희 유쾌한 무리야, 저분을 에워싸라,
　　　　　덩실덩실 춤을 추며 주위를 맴돌아라,
　　　　　저분은 속이 깊으면서도 어진 분이라
　　　　　너희 역시 즐겁기를 바란다네.
　　　　　대낮의 푸르게 드리운 하늘 밑에서
　　　　　언제라도 깨어 있는 저분이지만,
　　　　　미풍이 산들산들 불어오고
　　　　　시냇물 졸졸대면 살며시 잠이 들지요.
　　　　　한낮에 잠든 저분을 위해
　　　　　나뭇잎 하나 꼼짝하지 않고
　　　　　초목이 내뿜는 부드러운 향기가
　　　　　고요한 대기를 가득 채우지요.
　　　　　요정들도 가만히 입을 다물고
　　　　　선 채로 잠이 든답니다.
　　　　　그러다가 느닷없이 그분의 목소리
　　　　　청천벽력처럼, 노한 파도처럼
　　　　　우렁차게 울려 퍼지면
　　　　　누구나 어쩔 줄 모르고 허둥대지요,
　　　　　싸움터의 용사들도 뿔뿔이 흩어지고
　　　　　영웅들도 이 와중에 덜덜 떨지요.

찬양합시다, 이분을,
우리를 이끌어주는 분 만세!
땅의 정령의 대표　(위대한 판에게)
빛나는 광석이 바위 속으로
실타래처럼 뻗쳐 있을 때에는
지혜로운 마법 지팡이만이
뒤엉킨 미로를 알려주지요,

깊은 땅속에다 혈거종족처럼
움막을 짓고 사는 우리에게
당신은 환하게 밝은 햇살 속에서
자비로운 손길로 황금을 나눠주지요.

근처에서 우리는
놀라운 샘[47]을 하나 발견했지요.
아무리 해도 찾을 수 없던 것을
손쉽게 약속해 주는 샘이랍니다.

당신만이 약속을 성취할 수 있으니,
어서 이 샘을 챙기세요,
당신이 선사하는 보물 하나하나가
온 세상을 위해 도움일 것입니다.
플루토스　(의전관에게)
자, 우리 침착합시다.
무슨 일이 일어나든 받아들입시다.
당신이 보여준 용기는 참으로 대단했소.

곧 끔찍한 일을 목격하게 될 거요.
현세나 후세 사람들은 터무니없다 생각할 테니,
일어나는 일을 빠짐없이 기록하도록 하시오.

의전관 (플루토스가 들고 있는 의전봉을 잡으면서)
난쟁이들이 위대한 판을
아주 부드럽게 불의 샘으로 안내합니다.
샘은 속으로부터 펄펄 끓어오르다가
다시 사그라지며 심연으로 가라앉습니다.
시커먼 입은 그대로 열려 있습니다.
샘은 이내 부글대며 끓어오르고,
위대한 판은 흐뭇한 표정을 지으며
그 놀라운 장면을 지켜보네요.
진주 같은 거품이 좌우에서 튀는데,
뭘 믿고 저러는 걸까요?
아예 허리를 굽혀 안쪽을 들여다보는군요.
아차! 턱수염이 샘에 빠져버렸네요!
저 맨송맨송한 턱의 사나이는 누구죠?
손으로 가려서 안 보이네요.
이어 엄청난 일이 벌어지는군요.
불이 붙은 수염이 다시 날아와
화관과 머리와 가슴에 불이 붙었네요.
기쁨이 고통으로 변하는 순간입니다.
불을 끄려고 무리가 달려오지만
모두가 불길에 갇혀버리고 맙니다.
앞발로 두드리고 내리쳐 보아도
불길은 자꾸만 솟아납니다.

불길에 휘말리면서
가장한 무리가 모두 타버리네요.

그런데 이게 뭔가? 이 무슨 소식이란 말인가?
입에서 입으로, 귀에서 귀로 들려오나니!
아, 이 영원히 불행에 빠진 밤이여,
너는 너무나도 큰 고통을 불러일으켰다.
동 터오는 다음 날이 세상에 알리리라,
아무도 듣고 싶어 하지 않는 이야기를.
곳곳에서 비명 소리 들려오는군요.
황제께서 이런 고통을 겪고 있답니다.
아, 그 말이 사실이 아니기를!
황제도 불타고 그의 시종들도 불타네요.
에라, 엿 먹어라, 황제를 유혹하고
송진 묻은 나뭇가지를 몸에 걸치고서
미친 듯이 울부짖으며 노호하여
모두의 몰락을 가져온 것들아!
오, 젊음아, 젊음아, 너는 정말
기쁨을 절제할 줄 모르는가?
그리고 황제 폐하여, 당신은
전능과 이성을 공유하지 못하나요?

어느새 숲이 불길에 휩싸였습니다,
불길이 혀를 날름거리며 위로 치솟네요,
서까래로 짠 천장을 향해 솟구칩니다.
이러다 불바다가 되겠습니다.

이 고통을 어찌하겠습니까.
대체 어디서 도움의 손길이 올까요?
빛나던 황제의 영화도 내일이면
하룻밤 사이에 잿더미가 될 겁니다.

플루토스

공포심이 퍼질 대로 퍼진 것 같군,
이제 도움을 줄 때가 되었어!
성스러운 지팡이야, 힘을 써라,
이 땅이 흔들리고 울리게 하라.
너 광활한 창공아,
하늘을 서늘한 향기로 채워라.
축축한 안개야, 비구름아,
어서 내려와 떠돌면서
불타오르는 저 소요를 뒤덮어라.
뭉치는 작은 구름들아, 보슬보슬 내려라,
이리저리 잽싸게 떠돌며 불기운을 죽여라,
사방의 불을 꺼다오,
네 축축한 구원의 힘으로
이 허황된 불장난을
하룻밤 번개로 변하게 하라!
정령들이 해하려 들면
마법을 써야 하리라.

공원

아침 해

(황제, 신하들, 남자들 그리고 여자들
파우스트와, 메피스토, 궁정의 격식에 맞게 요란하지 않은 옷차림이다. 둘 다 무릎을 꿇고 있다.)

파우스트
　폐하, 어제 불장난을 친 데 대해 용서를 빕니다.
황제　(일어나라는 손짓과 함께)
　나도 그런 장난을 퍽 좋아하는 편이오.
　갑자기 내가 불바다 한가운데 있었소,
　플루토[48]가 된 듯한 느낌이었소.
　석탄 같은 바위 바닥은 밤새도록
　시뻘겋게 달아올랐고, 여기저기 구덩이에서
　수천수만의 불꽃이 활활 용솟음쳐 올라
　펄럭이며 둥근 천장을 이루었소.
　불길은 혀를 날름대며 치솟아 높은 성당을 만들었고,
　성당의 높이는 계속해서 줄었다 커졌다 했소.

불기둥들이 늘어선 널따란 홀을 따라
　　나의 백성들이 행렬을 이루어 움직이는 게 보였소.
　　이들은 크고 둥글게 원을 만들며 다가와
　　늘 하던 대로 내게 경의를 표했소.
　　가끔씩 눈에 익은 신하들의 모습도 보였소,
　　내가 수천의 샐러맨더[49]를 거느린 왕이 된 것 같았소.
메피스토펠레스
　　정말 그렇습니다, 폐하! 이 세상 어떤 원소도
　　폐하의 권위를 인정하지 않을 수 없나이다.
　　불을 시험하여 그 복종심을 알아보셨으니,
　　이번엔 노호하는 바다 속으로 뛰어들어 보소서.
　　진주가 널린 바다 바닥을 밟으시는 순간
　　바닷물이 부글대며 폐하를 에워쌀 것입니다.
　　보랏빛 단이 달린 연푸른 파도가 너울대며
　　더없이 화려한 궁전을 만들고, 폐하께서는
　　궁전의 한가운데 계십니다. 발걸음을 떼시면
　　어디로 가시든 궁전도 폐하와 함께하나이다.
　　사방의 벽들도 생명이 있어 화살처럼 잽싸게
　　움직이며 앞으로 왔다 뒤로 물러났다 합니다.[50]
　　바다괴물들은 이 신기한 모습에 반해서
　　달려들지만 벽 안으로 들어오지는 못합니다.
　　금빛 찬란한 비늘의 용들이 노닐며 다가오고,
　　상어는 입을 벌리죠, 그 목구멍을 보면 웃음이 나오죠.
　　조정의 신하들이 폐하 곁에서 기쁨을 선사하지만
　　아마 이런 장관을 구경하시지는 못했을 것입니다.
　　물론 사랑스러운 것들과 작별을 하는 것은 아닙니다.

호기심 많은 네레이스들[51]이 신선한 물속의
이 휘황찬란한 궁전을 구경하러 올 테니까요.
동생들은 수줍어하지만 물고기처럼 팔팔하고,
언니들은 꾀가 많지요, 테티스[52]도 소문을 들었으니
제2의 펠레우스에게 손과 입을 내밀지 않을까요.
그러면 폐하의 옥좌는 올림포스 산으로 가는 거지요.

황제

그 허공은 자네가 마음대로 하게나,
내가 그 옥좌에 오르기엔 아직 일러.[53]

메피스토펠레스

높으신 황제 폐하! 이 지상은 이미 당신 것입니다.

황제

그대가 이곳에 온 것은 내게 참으로 행운이로다.
그대는 천일야화 속에 있다가 금방 온 것 같아.
여기서 세헤라자데만 한 재주를 보여준다면
그대에게 가장 큰 은총을 내리겠다.
일상의 따분함 속에서 기분이 울적할 땐
그대를 부르겠으니 늘 대기하고 있도록 하라.

집사장 (화급하게 등장한다.)

전하, 제가 평생 이렇게 기쁜 소식을
전하께 직접 아뢰는
더없이 큰 행복을 누리게 될 줄은
꿈에도 생각 못 했나이다.
부채는 깨끗이 정리됐고,
고리대금업자들도 발톱을 거두어들였습니다.
저는 지긋지긋한 고통에서 벗어났습니다.

천국도 이렇게 행복하지는 못할 겁니다.
군사령관 (성급히 뒤따라오면서)
군대의 급료가 선불로 지급되었고,
병사들이 모두 계약을 새로 맺었습니다.
온 군의 사기가 하늘을 찌를 듯하고,
술집 주인과 여자들은 신이 났습니다.
황제
모두들 안도의 한숨을 쉬는군!
주름졌던 얼굴들이 다 환해졌어!
기분이 좋으니 발걸음도 날아갈 듯하고!
재무상 (등장하여)
이 일을 해낸 두 사람에게 물어보소서.
파우스트
아무래도 재상께서 아뢰는 게 좋을 듯합니다.
재상 (천천히 걸어 들어온다.)
노년에 이런 즐거움도 있군요.
자, 이 운명적인 글을 읽을 테니 보십시오,
고통을 일거에 행복으로 바꾸어놓았습니다.
(낭독한다.)
"관심 있는 모든 사람에게 알린다,
이 화폐는 금화 천 냥의 가치를 갖는다.
이에 대한 확실한 담보로서
제국에 매장된 엄청난 재화가 확보되어 있다.
이 풍부한 재화는 발굴과 동시에
화폐에 대한 대상(代償) 역할을 할 것이다."

황제
　이건 파렴치한 터무니없는 사기극이로다!
　여기 이 황제의 서명을 누가 위조한 건가?
　그 인간이 처벌을 면할 것 같은가?
재무상
　잘 생각해 보십시오! 폐하께서 직접 서명했습니다.
　어젯밤 일입니다. 위대한 판으로 분장하셨을 때입니다.
　재상께서 우리와 함께 폐하께 직접 말씀드렸습니다.
　"폐하, 이 즐거운 축제의 날에 폐하께서
　몇 획만 그어주시면 온 나라가 소생할 것입니다."
　폐하께선 몇 획을 그으셨고, 바로 어젯밤에
　재주꾼들이 수천 장의 사본을 만들었습니다.
　백성들이 똑같이 혜택을 누릴 수 있게 곧장
　우리는 일련의 지폐에 인장을 찍었습니다,
　십, 삼십, 오십, 백 냥짜리 화폐가 만들어진 거죠.
　백성들이 얼마나 환호했는지 아마 모르실 겁니다.
　도읍을 보세요, 전엔 죽어 곰팡이가 슨 것 같더니,
　이제는 모든 것이 살아 숨 쉬며 활기가 넘칩니다!
　폐하의 이름이 이미 오래전에 세상을 축복했지만,
　그래도 그렇게 열렬한 찬사를 받은 적은 없습니다.
　다른 철자는 이제 없어도 그만이고
　폐하의 이름 철자만 있으면 누구나 행복합니다.
황제
　백성들이 금화 대신 이 종이쪼가리를 쓴다는 거요?
　이걸로 군대와 궁중의 급여도 다 줄 수 있다는 거요?
　희한하긴 한데 인정해야지 어쩔 도리가 없군.

집사장

　순식간에 번져버리니 어쩔 도리가 없습니다.
　번개처럼 빠르게 뿔뿔이 제 갈 길로 달려갑니다.
　환전소들은 밤낮없이 문을 열어놓고,
　그곳에서 사람들은 지폐를 남김없이
　금화와 은화로 바꾸지요, 물론 할인이 있어요.
　이어 푸줏간이나 빵집, 술집으로 달려갑니다.
　세상의 절반은 흥청망청 먹는 것만 생각하고
　나머지는 새 옷을 차려입고 자랑하려 합니다.
　포목상은 옷감을 끊어주고 재단사는 옷을 짓지요.
　'황제 만세!' 하며 술집마다 거품이 넘치고,
　삶고 굽고 접시 부딪치는 소리 시끌벅적합니다.

메피스토펠레스

　테라스를 혼자서 쓸쓸히 거니노라면
　우아하게 차려입은 절세미인이 눈에 띄지요.
　한쪽 눈은 멋진 공작선으로 가리고서 그녀는
　우리에게 윙크합니다, 지폐를 향해 미소 짓지요.
　유머나 입담으로 하는 것보다 훨씬 빠르게
　종잇조각 하나로 사랑이 뜨겁게 완성되지요.
　뭣하러 지갑 같은 것을 귀찮게 갖고 다니나요?
　종이 한 장쯤은 품속에 가볍게 품을 수 있지요,
　사랑의 편지도 함께 넣으면 멋진 짝이 됩니다.
　성직자는 기도서에 끼워 엄숙하게 들고 다니고,
　병사들은 허리의 전대를 훨씬 가볍게 하여
　훈련을 할 때 더욱 잽싸게 움직일 수 있지요.
　폐하, 제 말투가 원대한 업적을 사소한 것으로

깎아내리는 것처럼 들렸다면 용서 바랍니다.

파우스트

엄청난 재화가 폐하의 왕국 지하에
깊이 묻힌 채 그대로 굳어[54]
손도 안 댄 채로 있습니다. 아무리 공상을 해도
이만한 재화를 떠올리기엔 그릇이 작습니다.
상상을 해서 아무리 멀리 날려본다 해도,
아무리 애를 써도 상상이 충분치 못합니다.
하지만 심연을 통찰할 수 있는 정신은
무한한 것에 대해 무한한 신뢰를 보입니다.

메피스토펠레스

금이나 진주에 비해 이런 지폐가
더 편하지요. 얼마나 있는지도 알기 쉽고요.
서로의 물건을 가지고서 흥정을 하지 않고도
원하는 대로 사랑과 술에 취할 수 있어요.
동전을 원한다면 환전소를 찾으면 되지요.
동전을 못 구하면 땅을 조금 파내면 됩니다.
잔이나 목걸이를 경매에 넘기는 겁니다.
상환이 끝나는 순간 우리의 지폐는 우리한테
별소리 다하던 녀석들을 창피하게 해줍니다.
익숙해지면 다들 우리 생각에 따를 겁니다.
이제부터 어딜 가나 폐하의 영토에는
황금과 보석, 지폐가 얼마든지 있습니다.

황제

이 나라가 잘살게 된 것은 다 그대들 덕분이오,
해서 그에 합당한 보상을 해야 한다고 생각하오.

이 나라의 땅 밑을 당신들한테 맡기겠소.
　　그대들은 이 나라 보물의 훌륭한 관리인이오.
　　그대들은 보물이 묻힌 곳을 훤히 꿰차고 있소.
　　보물을 캐낼 땐 그대들 말을 따를 거요.
　　자, 우리의 보물을 관리하는 두 수장은 뜻을 합쳐
　　주어진 책무를 기쁜 마음으로 다하시오.
　　지상의 세계와 지하의 세계가
　　하나의 조화를 이루게 하시오.[55]
재무상
　　저희 둘 사이에 사소한 분란도 없도록 하겠습니다.
　　마술사 분이 동료가 되어 기쁠 따름입니다.
　　(파우스트와 함께 퇴장)
황제
　　궁중의 백성 하나하나에게 지폐를 하사할 테니
　　각자 사용처를 밝히도록 하라.
시동　(받으면서)
　　제 마음에 드는 것을 사서 즐겁게 살겠습니다.
다른 시동　(마찬가지로)
　　애인한테 먼저 목걸이와 반지를 선물하겠습니다.
시종　(받으면서)
　　앞으로는 두 배는 더 좋은 술을 마실까 합니다.
다른 시종　(받으면서)
　　주머니 속의 주사위가 벌써 꿈틀대는군요.
기주 기사[56]　(생각에 잠겨)
　　빚을 갚아 성과 전답을 되찾겠습니다.

다른 기주 기사 (마찬가지로)

　모아놓은 돈에다 합치겠습니다.

황제

　뭔가 새로운 것을 향한 원대한 뜻을 말할 줄 알았더니만.
　하지만 평소의 모습으로 봐서 모르는 바가 아니지.
　아무리 재물이 많아 봤자
　달라지는 것 하나 없는 거야.

어릿광대 (가까이 다가가면서)

　폐하, 제게도 은혜를 조금 베풀어주소서.

황제

　네놈은 다시 살아나도 술로 다 탕진할 거야.

어릿광대

　마법의 종이! 이게 뭘 하는 건지 모르겠군.

황제

　그렇겠지. 쓸 줄 모를 테니.

어릿광대

　종잇장들이 또 떨어지는군. 이거 뭘 어떻게 하라는 거야.

황제

　주워라, 네 몫으로 떨어진 것이니까.

　(퇴장)

어릿광대

　오천 냥이라니! 이렇게 큰돈이 생기다니!

메피스토펠레스

　두 발 달린 술 자루야, 다시 살아났냐?

어릿광대

　늘 있는 일이죠, 그런데 이번엔 끝내주는군요.

메피스토펠레스

　좋긴 정말 좋은가 보군. 땀까지 흘리는 꼴을 보니.

어릿광대

　이게 금만큼의 가치가 있다는 거죠?

메피스토펠레스

　그거면 네 목구멍과 배가 원하는 걸 얼마든지 산다.

어릿광대

　그렇다면 전답과 집, 가축까지도 살 수 있나요?

메피스토펠레스

　여부가 있나! 내밀기만 해, 못 사는 게 없을 테니.

어릿광대

　그러면 성도 살 수 있나요? 숲과 사냥터, 양어장이 있는?

메피스토펠레스

　물론이지! 사람들이 널 '용감한 영주'라 부르는 걸 보고 싶다.

어릿광대

　오늘 밤엔 영지에서 잠을 자야겠군!

　(퇴장)

메피스토펠레스　(혼잣말로)

　어릿광대 녀석 참으로 똑똑하고 웃기는군.

어두운 회랑

(파우스트, 메피스토펠레스)

메피스토펠레스
 왜 나를 이런 으슥한 복도로 불러내는 거요?
 저 안에 있는 게 별로 재미가 없어요?
 저렇게 붐비는 궁중 인물들 틈에 있으면
 여자들 꼬실 기회가 얼마든지 있을 텐데요?
파우스트
 그런 말은 관두게, 그런 일은 예전에
 신발이 닳도록 해보지 않았는가?[57]
 자네 자꾸만 요리조리 내빼는데,
 내 면전에 대고 대답하기 싫어서 그러지?
 지금 나는 빼도 박지도 못할 궁지에 몰렸어.
 집사장하고 시종이 나를 몰아붙인다니까.
 황제가 당장에 헬레네와 파리스를
 면전에 대령하라는 거야.
 남자와 여자의 가장 이상적인 모습을
 눈앞에서 직접 확인해 보겠다는 거지.
 당장 시작해, 약속을 어길 수는 없으니까.
메피스토펠레스
 아니, 왜 그렇게 경솔하게 그런 약속을 해요?
파우스트
 자넨 혹시 자네가 하는 마술이
 어떤 결과를 가져올지 생각해 봤나?

우리의 마술로 황제가 부자가 되더니
이번엔 즐거움까지 제공하라는 거야.

메피스토펠레스

아니, 그게 무슨 애 장난인 줄 아쇼?
정말 아주 힘든 국면에 접어들었네요.
당신은 전혀 모르는 곳에 발을 디뎠고
결국에 가서는 좋지 않게 끝날 거요.
헬레네를 불러내는 일이 금화의 종이유령[58]
불러내는 것처럼 쉬운 줄 아시나 봐.
마녀나 무녀, 귀신이나 혼령, 혹부리 난쟁이라면
당장이라도 불러내겠소.
이런 악마의 애인들도 나름 장점이 없는 건 아니지만
아무래도 고대의 위대한 여인들[59]을 따라갈 수 있나요?

파우스트

허구한 날 또 그놈의 낡은 타령이야!
뭘 해도 되는 게 아무것도 없다는 투야.
자네는 막히고 안 되는 것의 아버지야.
뭐 하나 해달라고 하면 뭘 또 내놓아라 하고.
그냥 주문 몇 마디 중얼거리면 되는 거잖아.
잠깐 고개를 돌리는 사이에 데려올 수 있다고.

메피스토펠레스

이교도 종족들은 정말 내 소관이 아니지요.
그 인간들은 나름의 지옥에서 살고 있거든요.
흠, 한 가지 방법이 있긴 한데.

파우스트

어서 당장 말해 보게.

메피스토펠레스

　참, 이런 아주 비밀스러운 것까지 다 밝혀야 하나?
　여신들은 고독하고도 숭고한 모습으로 있습니다,
　이들은 시간과 장소의 세계를 벗어나 있지요.
　이들 이야기를 하는 것은 쉽지 않은 일이지요.
　이들은 어머니들이죠!

파우스트　(소스라치게 놀라며)

　어머니들이라고!

메피스토펠레스

　왜, 겁나요?

파우스트

　어머니들이라! 어머니들! 참, 묘한 느낌이 드는군.

메피스토펠레스

　사실 그래요. 여신들은 당신들 인간들에게는 낯설지요.
　우리도 그들의 이름을 부르는 것을 꺼리거든요.
　그들에게 이르려면 땅속 아주 깊이 파고들어 가야 해요.
　그 여신들을 찾는 건 다 당신 책임입니다.

파우스트

　어디로 해서 가야 하냐?

메피스토펠레스

　길은 없어요! 갈 수 없는 곳으로,
　발을 디딜 수 없는 곳으로 가는 거요. 애원을 받아주지도
　애원할 수도 없는 곳으로 가는 거요. 준비됐나요?
　자물쇠도, 들어 올릴 빗장도 없지요.
　고적함에 떠밀려 다닐 뿐이지요.
　황량함과 고독이 뭔지는 아시오?

파우스트

    그딴 말은 좀 아끼지그래.
    아무래도 마녀의 부엌 냄새가 나거든.
    먼 옛날의 기억이 떠오르잖아.
    이 세상과 교류하는 게 내 운명 아니었던가?
    공허함을 배우고, 공허함을 가르치면서?
    그런데 내가 뭔가를 이성에 따라 말하면
    아니요, 하는 목소리가 훨씬 크게 들렸어.
    그래서 그 꼴이 더 이상 견딜 수 없어서
    고독과 황량함 속으로 도망쳤던 거야.
    그래도 혼자 살아서는 안 되겠다는 생각에
    결국 악마한테 내 영혼을 팔아버린 거지.

메피스토펠레스

    대양을 계속 헤엄쳐 건너다 보면
    무한한 공간이 나타날 것이고,
    아직은 파도들이 밀려올 거요,
    혹시라도 죽을까 겁이 나겠지요.
    그래도 뭔가 보일 거요. 잠잠해진
    푸른 바다를 스쳐가는 돌고래들과
    떠가는 구름과 해, 달, 별이 보일 거요.
    공허뿐인 미지의 나라엔 무(無)뿐이오,
    내딛는 발소리도 안 들리고,
    잠깐 쉬어갈 단단한 돌 같은 것도 없소.

파우스트

    하는 말투는 꼭 새로 온 신도를 후리는
    그리스 비교(秘敎)의 우두머리 같군.

좀 다르긴 하지만, 나를 공허 속으로 보내

나의 힘과 재주를 키워놓으려는 속셈이야.

나를 동화 속 고양이[60] 취급을 하겠다는 거군,

불구덩이에서 밤을 집어 오라고 말이야.

계속해 봐! 네 밑바닥까지 밝혀낼 테니.

너의 무(無) 속에서 모든 걸 찾아내겠다.

메피스토펠레스

작별하기 전에 칭찬 하나 해드려야겠군요,

악마가 뭔지 제대로 아는 것 같소.

자, 여기 이 열쇠를 받아요.

파우스트

아니, 이런 조그만 걸!

메피스토펠레스

받기나 해요, 그렇게 우스운 물건이 아니거든요.

파우스트

아니, 열쇠가 내 손안에서 커지네! 번쩍거리는군!

메피스토펠레스

이 열쇠의 힘을 곧 알게 될 겁니다.

이 열쇠가 정확한 장소를 냄새 맡거든요.

열쇠를 따라 내려가요, 어머니들한테 안내할 테니.

파우스트　(몸서리를 치며)

어머니들! 번개처럼 내 가슴을 치는군!

왜 이리 이 말은 듣고 싶지가 않을까?

메피스토펠레스

새로운 말에 알레르기를 일으킬 만큼 그렇게 찌질해요?

밤낮 듣던 말만 듣고 살 거요?

무슨 말을 들어도 그렇게 움찔하지 마쇼.
여태 별의별 걸 다 겪었잖아요.

파우스트

하지만 무감각한 것으로 구원을 바라진 않겠다.
전율을 느끼는 건 가장 인간다운 거야.
이런 감정은 그 대가가 크긴 하지만
전율을 통해서만 비상한 것을 깊이 느낄 수 있지.

메피스토펠레스

어서 내려가요! 아니 올라가요! 해도 마찬가지요.
다 같은 거지요. 물질의 세계에서 벗어나
모든 형상에서 해방된 공간으로 가세요.[61]
형상들에서 벗어난 공간을 한번 즐겨보세요.
엉키는 구름처럼 뭔가 자꾸만 달라붙으면
열쇠를 흔들어 몸에서 털어버려요.

파우스트 (한껏 고무되어)

좋아! 열쇠를 꽉 움켜쥐니까 새 힘이 돋는다.
이 가슴으로 얼마든지 새 과업을 해낼 수 있겠다.

메피스토펠레스

마침내 벌건 삼발이 향로[62]가 나타나면
가장 깊고 깊은 바닥에 이른 겁니다.
향로의 불빛에 어머니들이 보일 겁니다.
어떤 이들은 앉아 있고, 어떤 이들은 서 있거나
오갈 겁니다. 형성과 변형,
영원한 마음의 영원한 재창조이지요,
이들 주위엔 온 피조물의 온갖 형태가 떠돌 거요.
그들은 당신을 못 봐요, 유령만 눈에 보이니까요.

위험이 아주 크니 마음을 단단히 먹고서,
곧장 삼발이 향로를 향해 가서
열쇠로 향로를 건드려요!

파우스트

(열쇠를 손에 들고서 단호하게 명령하는 몸짓을 한다.)

메피스토펠레스 (그를 쳐다보며)

그래, 그렇게 하는 거요!
향로는 당신을 따르며 충직한 하인이 될 겁니다.
차분하게 올라오세요, 행운이 당신을 올려줄 테니.
그들이 알아채기 전에 향로를 들고 돌아오면 돼요.
향로만 이곳으로 가져오고 나면
영웅과 미녀[63]를 밤의 세계에서 불러낼 수 있지요,
이런 행동은 당신이 처음으로 이루어내는 겁니다.
행동은 완수되고, 그것을 해낸 사람은 당신이지요.
이어서 마법을 써서
향불의 연기를 신들 모습으로 바꾸어야 합니다.

파우스트

지금 어떻게 하면 되는 건가?

메피스토펠레스

온 힘을 다해 밑으로 내려가요,
발을 굴러 내려가고, 발을 굴러 다시 올라와요.

파우스트 (발을 구르며 밑으로 내려간다.)

메피스토펠레스
　열쇠가 도움이 되었으면 좋겠군!
　다시 돌아올 수 있을까?

불이 환한 방들

(황제와 제후들, 분주하게 움직이고 있는 신하들)

시종　(메피스토펠레스에게)
　유령들을 보여주겠다고 했잖소,
　당장 해봐요! 폐하께서도 아주 궁금해하오.
집사장
　어떻게 되어가는 건지 폐하께서 물었어요.
　꾸물대서 폐하의 기분을 상하게 하지 마시오.
메피스토펠레스
　내 동료가 그 일을 처리하러 떠났소이다.
　일을 어떻게 할지 꿰차고 있는 친구요.
　연구실에 틀어박혀 조용히 실험 중이죠.
　기를 쓰고 일에 열중하고 있을 거요.
　아름다움의 보물을 지하에서 끌어 올리려면
　최고의 비법, 즉 현자의 마법이 필요하거든요.
집사장
　무슨 술수를 써서 하든 그건 알 바 아니고,
　아무튼 황제께서는 어서 마무리 지으라는 거요.

금발의 여인 (메피스토펠레스에게)
저기, 잠깐만요! 제 얼굴은 이렇게 깨끗하지만
망할 놈의 여름만 되면 문제가 생겨요!
불그스레한 반점이 군데군데 피어나
백옥 같은 피부를 지긋지긋하게 다 덮어버려요.
처방을 좀 내려주세요!

메피스토펠레스
참 딱하구려! 이렇게 어여쁜 얼굴이
오월엔 표범처럼 반점투성이가 되다니요.
개구리알과 두꺼비 혀를 약탕기로 짜서
보름달이 뜰 때 정성껏 체로 걸러요.
달이 기울 때 얼굴에 골고루 발라요.
봄이 돼도 반점들은 나타나지 않을 거요.

갈색 여인
사람들이 아주 난리군요.
저도 처방 좀요! 발에 동상이 걸려서
걷거나 춤출 때 아주 힘들어요.
인사할 때도 아주 어색하고요.

메피스토펠레스
내 발로 한번 밟아줄게요.

갈색 여인
그건 연인들끼리 하는 장난이잖아요.

메피스토펠레스
내가 밟아주는 건, 아가씨, 의미가 달라.
같은 것은 같은 걸로 고치는 거요.
발에는 발로, 다른 사지들도 마찬가지요.

이리 와봐요! 조심! 되갚는 건 안 해도 돼요!

갈색 여인　(비명을 지르며)

아파! 아이고, 아파 죽겠네! 뭐 이렇게 아프게 밟아!
말발굽에 밟힌 것 같아요!

메피스토펠레스

이렇게 하면 다 나은 거요.
이제 얼마든지 춤을 추러 다녀도 되고,
식사를 하면서 식탁 밑으로 발장난을 쳐도 돼요.

숙녀　(사람들을 밀쳐 대며)

좀 들어가요! 이 고통 어찌할까요,
가슴 깊은 곳이 칼로 에이는 듯해요.
어제까지만 해도 내 눈길만 봐도 좋다던 사람이
그 여자와 속삭이며 등을 돌려버렸어요.

메피스토펠레스

증세가 심하군, 내 말을 잘 들어봐요.
다정한 척하면서 슬쩍 그에게 다가가서
여기 이 숯으로 소매나 외투, 어깨,
어디든 줄을 하나 긋도록 해요.
그는 가슴속 깊이 회오의 아픔을 느낄 거요.
그런 다음 얼른 그 숯을 삼켜야 해요.
포도주나 물을 마셔서는 안 돼요.
오늘 밤 문 앞에서 그의 한숨 소리가 들릴 거요.

숙녀

혹시 이거 독약은 아니죠?

메피스토펠레스　(분기탱천하여)

고마워해야 할 건 고마워해야지!

이런 숯이 아무 데나 있는지 알아!
화형용 장작더미에서 가져온 거요.
예전에 거기서 불을 열심히 지폈었지.
시동
저도 사랑하는 사람이 생겼는데, 어른 취급을 안 해줘요.
메피스토펠레스 (방백으로)
대체 누구 말부터 들어야 할지, 원.
(시동에게)
젊은 여자만 쫓아다니면 안 돼.
나이 든 여자들이 너한테 잘해 줄 거야.
(사람들이 또 몰려온다.)
이런 또 오네! 이거 갈수록 태산이야!
결국 사실대로 털어놓을 수밖에 없어.
미봉책도 밑천이 다 떨어졌어! 정말 힘들어.
오, 어머니들이여, 어머니들이여! 파우스트 좀 얼른 보내줘요!
(주위를 휘둘러보며)
홀 안의 등불들이 어느새 희미해졌어,
황제와 신하들이 한꺼번에 자리에서 일어났어.
궁중서열에 따라 질서정연하게 걷는군,
긴 복도를 지나 회랑으로 접어들었어.
흠! 넓은 방에 가서 모이는군, 예전의
기사의 방이야. 다 들어가지는 못할 것 같아.
넓은 벽에는 벽걸이 양탄자가 화려하고,
모서리와 벽감에는 장비들이 즐비하다.
이런 데서는 마법의 주문이 없어도 되겠다,
당장이라도 유령이 선뜻 나올 것만 같다.

기사의 방

(흐릿한 조명, 황제와 신하들이 들어와 있다.)

의전관

　연극의 시작을 알리는 저의 오랜 직분이
　유령들이 나타나는 바람에 소홀했습니다.
　왜 그런 일이 일어났는지 아무리
　캐보려 해도 납득이 되지 않습니다.
　의자들도 질서정연하게 정리되었고,
　황제의 옥좌도 무대를 향해 있습니다.
　벽걸이 양탄자에 그려진 영웅시대의
　전쟁 장면을 편히 감상하실 수 있습니다.
　황제 폐하, 신하들 모두 둥글게 앉았습니다,
　뒤쪽에는 의자들이 아주 빽빽하군요.
　유령이 출몰하는 이 음산한 때에도
　애인은 애인 옆에 다정히 앉아 있네요.
　모두 다 제자리에 자리를 잘 잡았군요,
　그럼 시작합니다, 유령들아, 올 테면 와라!

　(나팔 소리)

점성술사

　황제 폐하의 명대로, 어서,
　연극을 시작하라, 벽들을 열어라!
　가로거칠 것 하나 없다, 이곳은 마법의 나라.

벽걸이 양탄자들은 불에 오그라들듯 사라지고,
벽은 갈라져 접혀지며 뒤로 물러선다.
안쪽 깊숙이 무대의 배경이 살짝 보인다.
한 줄기 빛이 신비로이 우리를 비춘다,
자, 이제 무대 앞쪽으로 올라가 보자.

메피스토펠레스   (프롬프터[64] 박스에서 불쑥 나타나며)
어디 사람들 마음이나 사볼까,
대사를 읊어주는 것도 악마의 화술이니까.
(점성술사에게)
그대는 별들의 운행을 잘 아니까,
내가 읊는 말도 금세 알아듣겠지.

점성술사
여기 우리 눈앞에 마치 기적처럼
고대의 육중한 신전이 보입니다.
옛날에 하늘을 떠받들고 있던 아틀라스처럼
이곳엔 기둥들이 죽 늘어서 있지요.
거대한 바위도 견딜 만한 기둥들이지요.
기둥 두 개만 갖고도 큰 건물을 떠받들 만합니다.

건축가
그 잘난 고대 양식이군! 이런 걸 좋다고 하니.
모양새도 전혀 없고 지나치게 육중하군.
거친 걸 고상하다고, 조잡한 걸 웅장하다고?
한없이 솟구치는 날렵한 기둥이 좋지요,
고딕 지붕은 정신을 드높여 주지요,
이런 건축물이 우리의 마음을 고양해 줍니다.

점성술사
 별자리 좋은 이 시간을 겸허하게 받아들여요,
 이성일랑 마법의 말로 꽁꽁 묶어놓고,
 반면에 대담하고 멋진 상상력은
 마음껏 날개를 펼치게 놔두세요.
 눈앞에 원하던 장면이 펼쳐집니다.
 불가능한 것이라서 더 믿을 만하지요.

파우스트 (무대 전면의 반대쪽으로 올라온다.)

점성술사
 화관을 쓰고 사제 복장을 한 기적의 사나이,
 당당히 시작한 일을 이제 완수하려 하네요.
 삼발이 향로를 들고 깊은 구렁에서 나오네요.
 벌써 향로에서 향냄새가 풍겨오는 듯합니다.
 숭고한 사업을 시작할 채비를 마쳤습니다.
 앞으로 가는 길에 행복만이 있을 뿐입니다.
파우스트 (웅장하게)
 당신들의 이름으로, 어머니들이여, 무한 속에
 군림하며 영원히 고독하게, 그러나 모여 사는
 어머니들이여. 당신들 머리 주위에 떠도는
 생명의 형상들은 활기차나 생명이 없습니다.
 한때 봄빛 속에 찬란하게 존재했던 것이
 거기서 꿈틀댑니다. 영원히 존재하고 싶어서죠.
 전능한 힘인 당신들은 생명의 형상들을 나누어
 낮의 천막이나 아니면 밤의 궁륭으로 보냅니다.

어떤 것들은 생의 사랑스러운 경로에 들 것이고
　　어떤 것들은 대담한 마법사[65]의 손에 들 것입니다.
　　자신에 찬 마법사는 사람들의 열망에 부응하여
　　우리 눈앞에 경이로운 것을 펼쳐 보여줍니다.

점성술사

　　시뻘건 열쇠가 향로를 건드리는 순간
　　희뿌연 안개가 방 안 가득 퍼집니다.
　　안개는 기거나 구름처럼 물결칩니다,
　　늘어나고, 뭉치고, 얽히고, 나뉘고, 짝을 짓습니다.
　　자, 유령의 대가가 만드는 걸작을 보세요!
　　안개가 흐르면서 음악을 만들어내는군요.
　　허공에 떠도는 음악에서 묘한 것이 솟네요.
　　안개가 움직이면서 모든 것이 음악이 되네요.
　　기둥들도, 기능의 세 줄의 홈도 소리를 내니
　　거대한 신전이 다 노래를 하는 것 같습니다.
　　안개가 가라앉고, 옅은 베일이 걷히면서
　　아름다운 청년이 당당한 모습으로 걸어옵니다.
　　내 임무는 여기까지고요, 그의 이름은 안 댈게요.
　　누가 저 아름다운 청년 파리스를 모르겠습니까!

　　(파리스 등장)

귀부인

　　오! 꽃피어 나는 청춘의 저 빛 좀 봐!

둘째 귀부인

　　즙으로 가득 찬 싱싱한 복숭아 같아!

셋째 귀부인

  부드러운 선의 달콤하고 도톰한 저 입술!

넷째 귀부인

  저런 잔을 홀짝거렸으면 좋겠지?

다섯째 귀부인

  세련되지는 않았지만 잘생기기는 했어.

여섯째 귀부인

  걸음걸이가 좀 더 우아했으면 좋겠어.

기사

  아무래도 양치기 같은 느낌이 나는걸.
  왕자 같은 기품이나 궁중 예절 같은 건 전혀 안 느껴져.

다른 기사

  그래, 맞아! 반쯤 벗었을 땐 그런대로 괜찮지만,
  갑옷을 입어봐야 제 모습을 알 수 있지!

귀부인

  부드럽게 자리에 앉네요, 저 우아한 모습.

기사

  저 무릎 위에 앉으면 날아갈 것 같은 기분이겠지요?

다른 귀부인

  머리 위에 올린 저 팔의 고운 선 좀 봐.

시종

  저런 버르장머리 하곤! 돼먹지 못했어!

귀부인

  당신들 남자들은 뭐든 흠만 잡는군요.

시종

  폐하의 면전에서 기지개를 켜?

귀부인

　그저 연기를 하는 거예요! 혼자 있다고 생각하고서요.

시종

　연극이라도 이곳에선 궁중의 예를 지켜야 해요.[66]

귀부인

　저 사랑스러운 청년이 살포시 잠이 들었어요.

시종

　보나 마나 코를 골 거요, 자연현상이지요!

젊은 숙녀　(황홀한 표정으로)

　향 연기 속에서 은근히 느껴지는 이 향기는 뭘까?

　가슴속 속속들이 상쾌해지네요.

나이 든 귀부인

　맞아! 향기가 마음속으로 깊이 파고들어.

　저 청년에게서 나오는 거야!

가장 나이 든 귀부인

　그게 바로 청춘의 꽃향기라오.

　저 젊은이에게서 만들어진 암브로시아[67]가

　공기를 타고 주변에 솔솔 번지는 거요.

(헬레네 등장)

메피스토펠레스

　흠, 저 여자군! 잠 못 이룰 정도는 아니야.

　예쁘기는 한데, 내 스타일은 아니야.

점성술사

　이 대목에서 내가 무슨 말을 할까요.

비극 제2부 제1막　101

제 명예를 걸고 솔직히 말합니다.
　　저런 미인 앞에서 불의 혀[68]가 있다면 몰라도!
　　자고로 많은 이가 아름다움을 찬미했지요.
　　저런 미녀 앞에서는 정신을 잃을 테고
　　저런 미녀를 가지면 너무나 큰 복이지요.
파우스트
　　내 눈이 정상인가? 내 가슴속 깊은 곳에 있던
　　아름다움의 봇물이 터진 걸까?
　　끔찍했던 나의 원정이 축복을 가져다주었어,
　　내게 세계는 무가치했고, 닫힌 문 같았었지!
　　사제의 길로 접어든 지금 세계의 모습은 어떤가?
　　비로소 희망에 차고 탄탄하고 영원해 보인다!
　　언젠가 내 마음 당신을 떠난다면 그날,
　　이 생명의 숨결 사라져도 좋으리라.
　　지난날 내 마음을 사로잡았던 어여쁜 모습,
　　마법의 거울 속에 나타나 나를 홀렸던 그 여인은
　　저 아름다움의 물거품에 불과했다!
　　당신에게 바치겠노라, 불끈 솟는 이 힘과
　　더없이 뜨거운 이 열정과
　　애정과 사랑과 흠모와 광기를!
메피스토펠레스　(프롬프터 박스에서)
　　좀 조심해요, 너무 오버하지 마요!
나이 든 귀부인
　　큰 키에 몸매도 좋긴 하지만 머리가 너무 작네.
젊은 귀부인
　　아니 발이 저게 뭐야! 정말 못생겼네!

외교관

저런 스타일의 영주 부인들을 가끔 보긴 하는데,
저 여자는 머리에서 발끝까지 아름다워 보이네요.

궁신

얌전한 척하며 저 여자 잠든 청년한테 걸어가는군요.

귀부인

젊고 순수한 모습 곁에 가서 서니까 아주 추해 보여요!

시인

그녀의 아름다움의 빛을 받아 저 청년이 빛나는 거지요.

귀부인

엔디미온과 루나[69]군요! 마치 한 폭의 그림 같아요!

시인

맞습니다! 달의 여신이 땅으로 내려온 것 같군요.
그녀는 몸을 구부려 그의 숨결을 마시려 하네요.
부러운 장면이야! 키스를 하네. 이거, 못 참아.

궁녀장

사람들이 다 보는 앞에서! 정말, 너무 심했어!

파우스트

저건 어린애한테는 너무 치명적이야!

메피스토펠레스

쉿! 조용히 해요!
그냥 유령이 하고 싶은 대로 하게 내버려 둬요.

궁신

저 여자, 살짝 뒤로 물러나네요, 젊은이가 잠에서 깹니다.

귀부인

저 여자가 뒤돌아보네! 그럴 걸로 짐작했지.

궁신
젊은이가 얼떨떨해하네요, 기적이 일어났으니 그렇겠죠.

귀부인
저 여자한테야 눈앞에 벌어진 장면이 기적이 아니죠.

궁신
여자가 예법을 갖추어 젊은이한테로 다시 가는군요.

귀부인
남자를 자기 식으로 길들이려는 속셈이죠.
남자들은 뭘 모르니까요.
자기가 첫 번째 남자인 줄 알죠.

기사
멋진 여자군요! 황후다운 고상함이 있어요!

귀부인
저건 창녀예요! 천하기 이를 데 없군!

시동
저 자리를 내가 차지했으면!

궁신
저런 그물에 안 걸려들 남자가 어디 있겠어?

귀부인
저 보물은 벌써 사람 손을 많이 탔어요,
도금한 껍질도 거의 다 벗겨졌어요.

다른 귀부인
이미 열 살 때 버린 몸이었죠.[70]

기사
누구나 기회가 되면 가장 멋진 걸 가지려 하죠,
나는 아름다운 저 찌꺼기로도 만족입니다.

학자

　내 눈으로 분명히 보고는 있지만, 솔직히
　저 여자가 정말 헬레네인지는 미심쩍어요.
　눈앞의 것은 사람을 현혹시키기 십상이죠.
　글로 기록된 것이 나는 훨씬 믿음이 가요.
　책에서 읽었는데,[71] 이 여자가 트로이의
　노인들의 마음을 몽땅 홀렸다고 하더군요.
　이 증거는 여기서도 완전히 맞는 듯합니다.
　젊지는 않지만 나 역시 마음이 끌리는군요.

점성술사

　이젠 애가 아닙니다! 담 큰 영웅입니다,
　그의 우람한 포옹에 여자는 꼼짝도 못합니다.
　힘센 팔로 그녀를 높이 들어 올리는군요.
　어디로 납치해 가려는 걸까요?

파우스트

　이런 뻔뻔스러운 바보 녀석 같으니!
　어디서 감히! 안 들려! 냉큼 그만둬! 쓸데없는 짓 말라고!

메피스토펠레스

　당신이야말로 지금 도깨비 유령 놀이를 하고 있어요!

점성술사

　딱 한 말씀만 더 드리죠! 자, 지금까지의 일로
　이 연극을 「헬레네의 납치」라고 하겠습니다.

파우스트

　납치라니! 내가 괜히 여기 있는 줄 아나!
　이 손에 있는 열쇠가 안 보이는가!
　이 열쇠가 고독의 공포와 파도를 넘어

나를 이 단단한 해안으로 데려다 주었다.
두 발로 여기 서 있다! 이곳은 현실이다!
이곳에선 정신이 유령을 상대할 수 있고,
이곳에 바로 위대한 이중의 세계[72]가 있다.
멀리 있던 그녀가 이렇게 가까이 와 있다.
그녀를 구할 테니, 그녀는 이중의 내 것이다.
가자! 어머니들이여! 내게 허락해 주소서.
그녀를 안 이상 그녀 없이는 살 수 없다.

점성술사

아니, 무슨 짓이요, 파우스트! 파우스트!
억지로 잡으니까 형체가 흐릿해지는군.
이번엔 열쇠를 젊은이 쪽으로 내미네,
건드린다! 아이고 망했다! 순식간에!

(폭발, 파우스트는 바닥에 쓰러져 있다.
유령들은 안개 속으로 사라진다.)

메피스토펠레스 (파우스트를 어깨 위에 들쳐 엎고서)
에라, 꼴좋다! 바보를 상대하는 게 아닌데,
괜히 그랬다간 악마만 손해 보게 돼 있어.

(어둠, 소란)

제2막

높은 아치형 천장의 좁은 고딕식 방

(파우스트가 쓰던 방 모습 그대로이다.)

메피스토펠레스　(장막 뒤에 있다가 나타난다. 그가 장막을 살짝 올리고 뒤를 돌아보자 기기에 파우스트의 모습이 보인다. 고풍스러운 침대에 누워 있다.)
여기 불행한 인간이 누워 있다!
풀기 힘든 사랑의 굴레에 묶이더니만!
헬레네에게 일격을 당한 자
정신 차리기 쉽지 않다네.
(주위를 둘러보며)
사방팔방 이리저리 다 둘러봐도
변한 것 하나 없이 옛날 그대로다.
채색 유리창이 좀 흐릿해진 것 같고
거미줄이 그사이 더 늘어났다.
잉크는 마르고 종이는 누렇게 변했지만
그날 그 자리에 그대로 놓여 있다.

파우스트가 악마에게 영혼을 팔 때 썼던
그 펜도 그대로 여기에 있다.
그래! 깃펜 안쪽에는 그의 핏줄에서
내가 옮아냈던 피 한 방울도 들어 있다.
이렇게 진귀한 물건들은
명품수집가의 손에 들어가면 괜찮을 거야.
낡은 모피 옷도 옛 옷걸이에 걸려 있고,
저 모피를 보니 그 장난이 떠오른다,
저걸 걸치고 아이를 가르쳤었지,
녀석은 아직도 그 강의를 되새길 거야.
자꾸만 이런 생각이 든다, 따뜻한 모피야,
너를 다시 한 번 걸치고서
자기 말만 옳다고 우겨대는 교수가 되어
<u>스스로 으스대고 뻐기고 싶다.</u>
학자들은 이런 짓을 아주 잘하지만
악마는 그런 걸 잊은 지 오래다.
(옷걸이에서 모피를 내려서 턴다. 귀뚜라미, 풍뎅이 그리고 나방 같은 것들이 튀어나온다.)

곤충들의 합창

> 반가워요! 반가워요!
> 그대 우리의 옛 수호자,[73]
> 윙윙대며 날며 우리는
> 그대 모습 알아보았죠.
> 씨 몇 개 은밀히 뿌려
> 당신은 우릴 만드셨지만
> 우리 이제 수천이 되어,

아버지, 춤추며 나와요.
가슴속의 익살꾼[74]은
잘도 숨어 있는데,
모피 속의 이[蝨]들은
금세 들킨답니다.

메피스토펠레스
이게 웬일, 내 어린 새끼들이 날 반겨주다니!
씨를 뿌려라, 때가 되면 수확하게 될 터이니.
이놈의 낡은 외투, 다시 한 번 털어보자,
여기저기서 한 마리씩 또 튀어나오는구나.
휙휙! 뿔뿔이! 수많은 귀퉁이에 어서
몸을 숨겨라, 요놈의 어린것들아.
저쪽 낡은 상자들 속에,
여기 누런 양피지들 틈에,
낡은 단지들 사금파리 틈에,
저 해골들 휑한 눈구멍 속에.
곰팡이 핀 허섭스레기 널린 곳엔
마땅히 귀뚜라미들[75]이 있어야 한다.
(모피를 몸에 걸치면서)
자, 어서 다시 내 어깨를 덮어주렴,
오늘 나는 다시 또 교수란다.
하지만 이름만 그렇게 한들 무슨 소용,
나를 인정해 줄 사람 하나 없는걸!

(그가 종을 울리자 귀청을 찢을 듯 날카로운 소리가 울려 퍼지며
방들이 흔들리고 문들이 덜컹 열린다.)

조교 (어두운 긴 복도를 따라)
이게 뭔 소리야! 왜 이리 흔들려!
계단이 흔들리고 벽이 요동치네.
창유리가 알록달록 흔들리면서
번갯불이 번쩍하는 게 보인다.
바닥이 튀어 오르고, 천장에선
석회와 파편들이 쏟아져 내린다.
빗장이 굳게 걸려 있던 문들이
무슨 조화인지 빗장이 풀렸다.
저기! 아이고, 무서워! 웬 거인이
파우스트 선생님의 모피를 입었네.
저분의 눈길과 저분의 손짓에
왠지 자꾸 무릎을 꿇고 싶어.
도망쳐야 하나, 서 있어야 하나?
아! 어떻게 할지 종잡을 수 없어!

메피스토펠레스 (손짓으로)
이봐, 친구! 자네 이름이 니코데무스이던가.

조교
경애하는 전하! 제 이름 맞습니다. 기도합시다.[76]

메피스토펠레스
그건 관두지!

조교
제 이름을 아시다니, 정말 놀랐습니다!

메피스토펠레스
알다마다, 나이 지긋한 대학생 양반,
만년 대학생! 학식이 많은 사람도

계속 대학에 다니지. 별 볼 일 없으니.
그러면서 그렇고 그런 카드 집을 짓지,[77]
아무리 뛰어나도 집을 완성하지는 못해.
하지만 자네 스승은 정말 정통한 분이야.
그 누가 고귀한 바그너 박사를 모르겠나,
현재 학계에서 제일가는 분인데 말이야.
사실 그분 혼자서 학계를 떠맡고 있지,
지혜를 날마다 늘려 나가시는 분이야.
지식욕에 불타는 청중과 학생들이
그분 주위로 떼를 지어 모여든다네.
그는 강단의 유일하게 빛나는 별일세.
성 베드로의 것과 같은 열쇠를 지녀
지상이든 천상이든 문을 다 연다네.
이 세상 누구보다 앞서 빛나는 분이라
어떤 이름, 어떤 명성도 대적이 안 돼.
파우스트의 이름조차도 희미해지지.
이분이야말로 새로운 것을 만든다네.

<u>조교</u>

경애하는 전하! 이렇게 말씀을 드려,
이렇게 다른 말씀을 드려 죄송합니다,
방금 하신 말씀은 아무것도 아닙니다,
그분은 타고난 겸손함을 지녔거든요.
그분은 존경하는 스승의 묘한 실종이
도대체 이해가 안 되는 모양입니다.
스승의 귀환만이 희망이자 위안이죠.
이 방도 파우스트 박사 때 그대로,

그분이 떠나신 뒤에도 그냥 그대로,
그저 옛 주인의 귀환만을 기다립니다.
이 방에는 저도 감히 못 들어오지요.
현재의 별자리 모양이 대체 어떻지요?
낡은 벽들은 잔뜩 겁에 질린 듯하고,
문기둥들은 요동치고 빗장은 열렸어요.
안 그랬으면 전하께서도 못 들어오셨어요.

메피스토펠레스

네 선생께서는 지금 어디 있느냐?
나를 그분께 안내하거나 모셔 오도록 해라.

조교

아이고! 그건 선생님께서 엄히 금하셨어요.
저로서는 감히 엄두를 못 내겠습니다.
벌써 몇 달째 위대한 작업을 끝내시려
칩거 상태로 조용히 일을 하고 계십니다.
학자들 중에서도 가장 멋진 분이시지만
지금 모습은 딱 숯 굽는 사람입니다.
귀에서 코까지 온통 검댕이 칠을 하고
불을 부느라 두 눈은 붉게 충혈됐어요,
그래서 자꾸만 콜록콜록 기침을 하지요,
부젓가락 부딪는 소리가 유일한 음악입니다.

메피스토펠레스

그분이 나더러 들어오지 말라고 하거들랑,
성공을 앞당겨 줄 분이 오셨다고 말씀드리게.
(조교 퇴장. 메피스토펠레스는 근엄한 표정으로 자리에 앉는다.)
여기 이렇게 자리를 잡고 나니,

저편 저 안쪽에 낯익은 손님 하나가 나타나는군.
저 녀석 자기도 이제 진보 서클에 들었다고
꽤나 까불 것 같군.

학사 (복도를 따라 내달려 오며)

아니, 대문, 방문 다 열려 있잖아!
야, 이제야 드디어 희망이 생겼어,
여태까지 그랬던 것처럼 산 사람이
곰팡이 속에 파묻혀 죽은 사람처럼
자꾸만 오그라들며 썩어 들어가
사는 게 죽는 것처럼 되진 않을 거야.

이 담벼락들, 사방의 이 벽들
결국엔 기울어 쓰러질 것 같다,
어서 빨리 몸을 피하지 않으면
무너지는 더미에 깔려 죽고 만다.
배짱 하나는 끝내주는 나이지만
암만 그래도 더는 안 들어갈 테다.

그러나 여기서 뭘 배운다는 거야!
여기 아니었던가, 그래 수해 전에
주눅이 들린 채 가슴을 두근대며
신입생으로 난 이곳엘 찾아왔었지.
늙은 선생들한테 내 마음 털어놓고,
그들의 허튼소리에 감동을 했었지.

그 인간들은 낡은 책을 들먹이며

우릴 속이면서 그걸 지식이라 했어.
자신들이 아는 걸 정작 믿지는 않고
자기들과 우리의 생을 빼앗아 갔어.

아니, 저건? 저기 서재 안쪽에
웬 남자가 어스름 속에 여전히 있잖아!
좀 더 가까이서 보니 기겁할 노릇이군,
옛날의 그 누런 모피를 입고 있잖아.
정말로 내가 옛날에 봤던 모습 그대로
그 투박한 모피를 입고 있어.
당시엔 패나 학식이 많은 것 같았지,
그때만 해도 내가 뭘 잘 몰랐으니까.
오늘은 그딴 수작에 안 넘어간다,
그래, 오늘 다시 한판 떠보는 거야!

이보시오, 레테의 검은 강물이
벗겨진 당신 대머리를 흠뻑 적시지 않았다면
여기 온 이 학생이 누군지 금세 알 거요.
대학의 매질 같은 거야 벌써 뗐지요.
보아하니 당신은 옛날 모습 그대로군요,
하지만 나는 옛날의 내가 아니지요.
메피스토펠레스
내 종소리를 듣고 찾아와 반갑군.
당시에 자네를 우습게 보진 않았네.
애벌레나 번데기만 봐도
미래의 멋진 나비를 떠올릴 수 있지.

곱슬머리에 레이스 옷깃을 한 모습이
　　어린애 같으면서 정겨워 보였네.
　　머리를 땋아 내려본 적은 없겠지?
　　오늘은 스웨덴식[78] 머리를 했군.
　　인상이 아주 강해 보여,
　　절대적 스타일[79]로 집에 돌아가진 말게.

학사
　　노인장! 우리가 옛날 그 자리에 있긴 해도
　　그사이 시대가 바뀌었다는 걸 명심해야죠.
　　그딴 애매하기 짝이 없는 말은 하지 마세요.
　　농담을 하는 방식도 우리는 서로 다르거든요.
　　당신은 순진한 젊은이를 제멋대로 놀린 거죠,
　　그것도 식은 죽 먹듯이 마음껏 농락했어요,
　　요즘 세상에는 그런 건 전혀 안 통해요.

메피스토펠레스
　　젊은 것들한테는 진실을 말해 줘봤자야,
　　이 샛노란 주둥이들은 거들떠도 안 보거든.
　　그러다가 세월이 흐르면서
　　그 모든 것들을 몸으로 직접 느끼는 거야.
　　그러면 그게 자기들 머리에서 나온 줄 알아,
　　그러고는 스승을 멍청이라고 부른다니까.

학사
　　사기꾼이겠지요! 대체 어떤 선생이
　　우리한테 대놓고 진실을 말해 주겠어요?
　　늘리거나 줄이거나 하면서 순진한 애들한테
　　때론 진지한 척 때론 똑똑한 척하는 거죠.

메피스토펠레스
　배우는 데는 물론 다 때가 있는 법이야.
　보아하니 자넨 벌써 가르쳐도 되겠어.
　그사이 달과 해가 숱하게 바뀌었으니
　자네도 경험깨나 쌓았을 것 같군.
학사
　경험 좋아하시네요! 그건 거품, 먼지지요!
　정신에 비하면 정말 아무것도 아닙니다.
　인정하세요! 오랜 세월에 걸쳐 알려진 것은
　사실은 전혀 알 만한 가치가 없는 것들이죠.
메피스토펠레스　(잠시 사이를 두었다가)
　나도 전부터 그런 생각을 했네. 내가 바보였어,
　겉껍질 밖에 모르는 천하 바보였던 거야.
학사
　정말 기뻐요! 아주 이성적인 말씀을 하셨어요.
　이렇게 합리적인 노인 분은 처음입니다.
메피스토펠레스
　나는 숨겨진 황금을 캐러 다녔어,
　하지만 찾은 것은 하찮은 석탄뿐이었어.
학사
　자, 말해 봐요, 당신의 늙은 대머리 두개골이
　저기 있는 속 빈 해골만큼의 가치가 있나요?
메피스토펠레스　(상냥한 눈빛으로)
　이보게, 거친 게 자랑은 아닐세.
학사
　독일어로 말할 때 사기꾼이나 예의 바른 척하는 겁니다.

메피스토펠레스　(바퀴 달린 의자를 타고서 무대 앞쪽으로 점점 다가와 일층 관람석을 향해)

여기 위에 있다 보니 눈도 침침하고 숨도 막히는군.
여보시오, 나도 그 아래 자리에 좀 앉을까요?

학사

오만하네요, 자기 시대가 끝나 버렸는데도
뭘 더 보겠다고 서성대며 우쭐대는 겁니까.
사람의 생명은 피에 의존하지요, 그런 피가
생동하는 곳이 어디죠, 젊은이의 핏줄이죠?
살아 있는 피는 새로운 힘을 취해
생명을 새롭게 하고 생명을 이어주지요.
모든 것이 살아 움직이고 행동이 있어요,
약한 것은 물러나고 강한 것이 앞장서지요.
우리가 세계의 절반을 정복하는 사이
당신들이 한 게 뭔가요? 졸고 궁상이나 떨고
꿈꾸고 궁리하고 계획, 늘 계획만 세웠죠.
늙음은 학질과 같죠, 덜덜 떨면서
추위 속에서 망상에 시달리는 병이죠.
나이가 삼십이 넘으면
죽은 거나 마찬가지죠.
당신 같은 자들을 적절히 제거하는 게 최곱니다.

메피스토펠레스

참, 나, 악마도 말문이 막히네.

학사

내 뜻이 없으면 악마 같은 것도 없어요.

메피스토펠레스 (좀 떨어져서)

네놈 언젠가 악마한테 다리를 걸려 큰 대자로 뻗을 거다.

학사

이게 젊은이에게 주어진 가장 숭고한 소명이오.
세계도 내가 창조하기 전엔 있지도 않았어요.
태양을 바다에서 끌어올린 것도 나이고,
나로 인해 달도 차고 이울기 시작한 거요.
낮은 내가 가는 길을 위해 꽃단장을 했고,
푸른 대지는 나를 반겨 꽃을 피웠지요.
그 첫날밤에 나의 눈짓에 따라
하늘엔 별들이 총총했던 거요.
속물근성에 사로잡혀 있는 당신들을
해방시킨 게 누구죠? 나 말고?
반면에 나는 정신이 일러주는 대로 자유롭게
그리고 즐겁게 내 내면의 빛을 따를 뿐이죠.
그리고 마음속 희열을 느끼며 잽싸게
눈앞의 영광을 쫓지요, 어둠을 뒤로하고서.

(퇴장)

메피스토펠레스

이 괴짜 자식아, 네 영광의 길을 가거라!
이런 사실을 넌 뼈저리게 느낄 거야,
이 세상에 멍청한 것이든, 현명한 것이든
옛 사람들이 이미 생각하지 않은 것은 없다고.
그래도 이런 놈은 위험할 것 없어,
몇 년 안 돼 생각이 바뀔 거거든.
포도즙이 별별 괴상한 모습을 보여봤자

결국 남는 것은 포도주지.
(박수를 치지 않는 일층 객석의 젊은이들을 향해)
너희는 내 말이 그렇게 썰렁하냐?
그렇다고 네 녀석들한테 뭐라 하지는 않겠다.
그래도 알아둬라, 악마는 나이가 무척 많아,
그러니 악마를 이해하려면 너희도 늙어야 해!

실험실

(중세풍의 실험실. 취급이 힘든 큼직한 기구들, 환상적인 목적에 쓰임 직하다.)

바그너　(화덕 앞에서)
　종이 울린다, 무시무시한 종소리에
　그을음 앉은 벽까지 몸서리를 치네.
　언제나 성취되나 하며 기다리던
　막연함도 이젠 얼마 남지 않았군.
　이젠 어둡던 부분에서 빛이 난다.
　시험관 가장 안쪽에서 뭔가가
　살아 있는 숯처럼 환히 빛난다.
　마치 불타는 홍옥처럼 빛살이
　어둠을 뚫고 번개처럼 번진다.
　자, 밝은 하얀빛이 나타난다!
　아, 이번에도 실패하면 안 돼!
　아니! 누가 문을 저리 흔드는 거야?

메피스토펠레스 (안으로 들어오면서)

안녕하시오! 좋은 뜻으로 한 말이오.

바그너 (걱정스레)

어서 오시죠! 마침 별자리가 좋아요.

(낮은 목소리로)

하지만 아무 말도 말고 숨소리도 죽여요.

곧 엄청난 것을 보게 될 거요.

메피스토펠레스 (더 낮은 목소리로)

그게 뭔데 그러시오?

바그너 (더 낮은 목소리로)

인간을 만드는 중이오.

메피스토펠레스

인간이라고? 사랑에 빠진 한 쌍의 남녀를

연기 자욱한 굴뚝[80] 속에 가둬두었다는 거요?

바그너

무슨 그런 말씀을! 지금까지 인류가 해온

아기 만드는 방식은 한물간 걸로 봐야 하오.

한 점의 연약한 생명의 씨앗이 뿌려지면서

그 안에서 숭고한 힘이 밀고 나와

주어진 제 모습을 그려가면서 먼저 가까운 것을,

다음엔 낯선 것을 받아들이며 주고받고 하던

그런 방식은 이제는 의미가 없습니다.

짐승들은 앞으로도 거기서 즐거움을 찾겠지만

우리 인간들은 본디 타고난 고귀한 재능에 맞게

이제 더 드높고 숭고한 근원을 가져야 합니다.

(화덕을 향해서)

봐요! 빛이 보이죠! 소망이 성취되는 순간입니다.
먼저 수백 가지 물질을 섞어서—
혼합하는 과정은 비밀입니다—
느긋하게 인간의 물질을 만들죠.
이 물질을 플라스크에 넣고 밀봉하고서
알맞게 증류합니다.
이렇게 해서 일이 은밀하게 끝나는 거죠.
(화덕 쪽으로 다시 몸을 돌리며)
된다! 물질이 움직이며 맑아지고 있어.
내 확신이 점차 현실로 드러나고 있어요,
자연의 신비라고 높이 칭송되던 것을
과학의 힘으로 여실히 증명한 겁니다.
자연이 유기적 과정을 통해 만들던 것을
이제 우리는 결정체로 만들어냅니다.

메피스토펠레스

수명이 긴 사람은 별별 경험 다 하지요,
그런 사람 입장에선 세상에 새로운 건 없어요,
나도 방랑하던 시절에[81]
결정화된 인간 종족을 만난 적이 있지요.

바그너 (꼼짝 않고 시험관을 주시하고 있다가)

부푸네요, 번쩍하면서 모양새를 갖춥니다,
소망이 현실화되는 순간입니다.
원대한 계획도 처음엔 미친 짓 같지요,
앞으로는 우연[82]이 조롱을 받을 겁니다.
훌륭한 사유 능력을 지닌 두뇌까지도
장래에는 사유하는 인간이 만들 겁니다.

(황홀한 눈빛으로 시험관을 바라보며)
사랑의 힘을 받아 유리 용기가 울리네요,
흐릿했던 것이 맑아진다, 다 된 것 같군요!
귀여운 모습의 작은 인간이
사랑스레 움직이는 게 보입니다.
이 세상에 이제 뭐 더 바랄 게 있나요?
신비의 베일이 벗겨졌는데요.
이 소리를 잘 들어봐요,
목소리가 되더니 언어가 되는군요.

호문쿨루스 (시험관 속에서 바그너에게 말을 건네며)
자, 아빠, 어때요? 장난이 아니었네요.
어서 저를 살포시 안아줘요,
너무 세게는 말고요, 유리가 안 깨지게.
사물의 이치가 그런가 봐요,
자연스러운 것은 우주도 모자라다고 하지만,
인공적인 것은 제한된 공간이 필요해요.
(메피스토펠레스를 향해)
아니, 악동 아저씨도 와 있었네요?
때맞춰서 잘 오셨어요.
이렇게 찾아주시니 정말 행운이에요.
저도 살아 있는 동안엔 뭔가 해야죠,
당장이라도 무슨 일을 하고 싶어요.
아저씨는 뛰어나서 지름길을 잘 알잖아요.

바그너
한마디만 더. 여태껏 나는 부끄러웠어요.[83]
노인이나 젊은이나 몰려와 내게 물었거든요.

이를테면, 이런 말을 하더군요,
영혼과 육체가 서로 떨어지지 않을 만큼
굳게 하나가 되어 붙어 있는데,
그런데 왜 날마다 서로 상처를 받고,
그리고 또 —

메피스토펠레스

잠깐만요! 차라리 이런 질문이 낫지 않나,
남자와 여자는 왜 그리 사이가 안 좋지요?
선생, 이 문제는 결코 해결할 수 없을 거요.
그 많은 문제를 위해 이 꼬마가 있는 거요.

호문쿨루스

할 일이란 게 뭐죠?

메피스토펠레스 (옆방 문을 손으로 가리키며)

저기 가서 네 재주를 보여줘!

바그너 (줄곧 시험관 속을 들여다보며)

참말로 넌 귀여운 아이야!

(옆방 문이 열리자 침대에 누워 있는 파우스트의 모습이 보인다.)

호문쿨루스 (놀라는 표정으로)

이것 참 대단하네요!
(시험관이 바그너의 손에서 빠져나가 파우스트 몸 위에서 떠돌며 빛을 뿌린다.)
풍경 한번 멋지네요! 깊은 숲 속
맑은 물에 여인들이 옷을 벗네요.
정말 예뻐요! 갈수록 더 예뻐지네요.

그중에서 한 여인이 단연 돋보여요,
　　최고 영웅이나 신의 혈통 같아요.
　　그녀는 해맑은 냇물에 발을 담그고서
　　고상한 육체에 깃든 다정한 생명의 불꽃을
　　수정처럼 맑고 부드러운 물결로 식히고 있어요.
　　순간 웬 날갯소리 이리 요란하지요?
　　잔잔한 수면에 들끓는 이 첨벙 소리는 뭐죠?
　　다른 처녀들은 화급히 도망치지만,
　　여왕만은 차분히 그 편을 바라보네요,
　　여성스러운 당당한 표정으로 쳐다보네요,
　　백조의 왕이 그녀의 품에 파고드네요,
　　집요합니다, 아주 익숙해 보이네요.[84)]
　　그때 느닷없이 안개가 피어올라
　　촘촘한 베일을 펼쳐
　　장면 중 가장 아름다운 장면을 가리네요.

메피스토펠레스

　　이야기 솜씨 한번 좋다!
　　몸집은 작지만 대단한 환상가야.
　　내 눈엔 아무것도 안 보이는데 —

호문쿨루스

　　그래요. 아저씨는 북방 출신이잖아요,
　　안개의 시대[85)]에 젊은 시절을 보냈고요,
　　기사와 승려가 날뛰던 혼란스러운 시절,
　　어찌 눈길이 자유로울 수 있겠어요!
　　안개의 나라가 고향인걸요.
　　(사방을 둘러보며)

누런 벽돌들, 곰팡이 슬고 너저분하고,
고딕식 천장, 허식적이고 졸렬하네요!
이분이 깨어나면 골칫거리가 생겨요,
당장 죽으려 들 거예요.
숲 속의 샘, 백조들, 벌거벗은 미녀들,
이런 것들을 멋지게 꿈꾸던 그가
어찌 이 형편없는 곳을 견디겠어요!
저처럼 반죽이 좋아도 힘든데요.
어서, 이분을 데리고 가요!

메피스토펠레스

그래, 그거 묘책이야.

호문쿨루스

전사들은 전장으로,
처녀들은 무도회장으로 데려가요,
이렇게 하면 상황 끝이에요.
막 생각났는데요, 마침 오늘이
고전적 발푸르기스[86]의 밤이에요.
때마침 아주 잘됐어요,
이분을 자신의 본바닥으로 데려가요.

메피스토펠레스

그런 얘긴 생전 처음인걸.

호문쿨루스

당신이 그걸 알 턱이 있어요?
아는 게 낭만적 유령들뿐인데.
진짜 유령이라면 고전적 기질도 있어야 해요.

메피스토펠레스

    그렇다면 대체 어디로 가자는 거야?
    나는 고전적인 친구들은 밥맛 떨어지는데.

호문쿨루스

    사탄 아저씨, 북서쪽이 아저씨 관할이지요,
    이번엔 동남쪽으로 떠나기로 해요.
    넓은 평원엔 페네이오스 강[87]이 유유히 흘러가고,
    주위엔 수풀이 우거지고, 곳곳에 만(灣)이 있어요.
    산의 협곡에 이르기까지 평야가 펼쳐지고,
    그 위쪽에 신구(新舊) 파르살루스 시가 있지요.

메피스토펠레스

    그만해! 밤낮 그놈의 싸움 이야기,
    독재와 노예제의 싸움,[88] 관두라고!
    그런 싸움 지긋지긋해, 끝났나 하면
    아예 처음부터 또다시 시작이고.
    아무도 눈치채지 못해, 아스모데우스[89]가
    배후에 숨어서 농락하고 있는데도.
    말은 언제나 자유[90]를 위해서라고 하지만
    잘 보면 노예와 노예 사이의 싸움이야.

호문쿨루스

    인간이 지닌 반항적 성격을 어쩌겠어요?
    누구나 할 것 없이 자신을 잘 지켜야죠.
    어려서부터 그러다 어른이 되는 거잖아요.
    지금 중요한 건 이분의 치유 문제예요.
    묘책이 있으면 지금 한번 해보세요,
    없으면 그냥 저한테 맡겨주세요.

메피스토펠레스
　브로켄 산에서 썼던 마법을 쓰고 싶지만,
　이교도의 빗장은 벌써 굳게 걸려 있어.
　그리스 종족은 아무 짝에도 쓸모가 없어!
　이들은 방일한 관능의 유희로 현혹하여
　사람의 마음을 쾌활한 죄악으로 이끌지.
　우리의 죄악은 늘 칙칙하게만 보인다고.
　아무튼 이제 어떻게 한담?

호문쿨루스
　아저씨는 얼굴이 두꺼우니까,
　테살리아의 마녀[91]라는 말만 해도
　금세 뭔가 알아들을 것 같은데요.

메피스토펠레스 (탐욕스럽게)
　테살리아의 마녀! 거 좋아! 내가
　정말 접해 보고 싶었던 것들이야.
　그것들과 매일 밤을 함께 보내는 건
　꺼림칙하지만
　한번 보는 것 정도야! 그래, 좋아!

호문쿨루스
　저 외투를 가져다가
　이 기사님을 감싸세요.
　이 넝마가 예전처럼
　당신 둘을 태워다 줄 거예요.
　제가 앞에서 불을 밝힐 게요.

바그너 (걱정스레)
　그럼 나는?

호문쿨루스
    아, 선생님!
    선생님은 여기 남아서 중요한 일을 하셔야 해요.
    선생님의 옛 양피지를 펼쳐놓은 다음
    생명의 요소들을 배열해 놓고서
    그것들을 잘 배합해 보세요.
    '무엇'도 중요하지만, '어떻게'를 더 생각하세요.
    그사이 저는 세상을 돌아다니며
    i 자 위의 반점[92]을 찾아볼게요.
    그러면 위대한 목적[93]이 이루어지는 거예요.
    이 정도 수고를 했는데 보상이 없겠어요?
    황금, 명예, 명성, 무병장수,
    그리고 어쩌면 학문과 덕망도 따르겠지요.
    그럼, 안녕히 계세요!

바그너 (침울하게)
    잘 가! 가슴이 메어진다.
    아무래도 너를 다시 못 볼 것 같다.

메피스토펠레스
    자, 페네이오스 강을 향하여 출발!
    내 사촌 녀석 정말 대단한 데가 있어.
    (관객 쪽을 향해)
    결국 우리는 우리가 만든
    피조물에 의존하는 거지요.

고전적 발푸르기스의 밤

(파르살루스의 들판[94]
암흑)

에리히토[95]
　이 밤 공포의 축제에, 늘 그랬듯이,
　나 불길한 여자, 에리히토, 나왔죠.
　심술궂은 시인들이 심히 흉봤듯이 나
　그리 흉악하진 않아요······. 욕이든 칭찬이든
　이들 시인들은 끝을 몰라요······. 잿빛 천막의
　물결이 계곡 저편까지 희끗희끗하군요,
　걱정으로 지샜던 그날 밤의 유령 같아요.
　벌써 얼마나 반복됐나요! 앞으로도 영원히
　되풀이될 거예요······. 아무도 왕국을 남에게
　넘겨주지 않지요, 힘으로 빼앗아 폭압하는
　자에게 안 넘겨주지요. 자기를 다스릴 줄
　모르는 사람은 자기 옹고집대로

남의 마음을 다스리려 하거든요…….
여기 전쟁에서 얻은 중요한 예가 있어요,
어떻게 폭력은 더 큰 폭력에 맞서는지,
어떻게 자유의 고귀한 수천 송이 화환이 찢기는지,
어떻게 뻣뻣한 월계관이 승자의 머리에 씌워지는지.
여기서 마그누스[96]는 지난날의 전성기를 꿈꾸고,
저기서 카이사르는 흔들리는 저울 바늘을 주시했죠.
힘 대 힘의 대결. 누가 이겼는지는 세상이 다 알죠.

화톳불이 붉은 불꽃을 내던지며 훨훨 타오르고,
흩뿌려진 피에 어리는 빛을 땅은 다시 마시고.
그리고 한밤중의 놀라운 야릇한 빛에 이끌려
그리스 전설 속 수많은 인물들이 모여드네요
화톳불마다 옛날 전설 속의 인물들이 불안스레
맴돌거나 아니면 아주 편하게 앉아 있어요…….
달은 보름달은 아니지만 밝게 빛나며
높이 떠서 부드러운 빛을 사방에 뿌리네요.
천막의 신기루 사라지고 불은 파랗게 타네요.

아니! 저 위에! 이게 웬 유성이지?[97]
저 유성이 빛을 내며 둥근 몸[98]을 비추네요.
생명의 냄새가 나네요. 살아 있는 것 쪽에
안 가는 게 좋지요, 나야 골칫거리일 뿐이니.
내 명성만 나빠지지 득 볼 거 하나 없지요.
어느새 내려오네. 여기서 피하는 게 좋겠어요!

(퇴장한다.)

(하늘 위를 나는 자들)

호문쿨루스

  다시 한 바퀴 돌아볼까요,
  저기 불빛과 섬뜩한 것들 위로.
  계곡이나 들판, 어디나 다
  귀신이 나올 것만 같네요.

메피스토펠레스

  황량하고 끔찍한 북방에 있을 때
  낡은 창문 너머로 봤던 것처럼
  여기서도 흉측한 유령들을 보는구나.
  그래서 여기나 거기나 다 집 같다.

호문쿨루스

  저기요! 저 앞에 키가 큰 여자가
  성큼성큼 걸어가고 있어요.

메피스토펠레스

  겁을 잔뜩 집어먹은 것 같은데,
  아마 우리가 나는 걸 봤나 봐.

호문쿨루스

  가게 둬요! 어서 그분을 내려놓죠,
  당신의 기사님요. 곧 생명이
  다시 돌아올 거예요. 그분은
  생명을 신화의 나라에서 찾으니까요.

파우스트 (땅을 밟자)

  그녀는 어디 있어?

호문쿨루스

> 그건 말씀드리기가 힘들지만
> 여기서 물어볼 수는 있어요.
> 해가 뜨기 전에 어서
> 화톳불마다 찾아보세요.
> 어머니 나라까지 가신 분이니까
> 두려울 게 뭐 있겠어요.

메피스토펠레스

> 나 역시 이 일에 관심이 많다고,
> 하지만 일을 성공적으로 하려면
> 각자 화톳불을 찾아다니면서
> 자신의 모험을 하는 수밖에 없어.
> 그런 다음 다시 만나는 거야,
> 꼬마야, 소리와 함께 빛을 내줘.

호문쿨루스

> 자, 불빛은 이렇게, 소리는 이렇게 낼게요.
> (유리병이 요란하게 울리고 강렬하게 빛을 발한다.)
> 그럼, 모험을 향해 출발!

파우스트 (혼잣말로)

그녀는 어디 있지?— 더는 안 묻겠다…….
이곳에 그녀가 밟았던 흙은 없어도,
그녀의 발을 건드렸던 물결은 없어도,
이 공기는 그녀의 말을 운반했던 것이다.
여기! 기적처럼 나는 여기 그리스에 있다!
흙을 밟는 순간 어디인지 나는 알았다.
나 잠에서 깨어나 새 정신으로 불타며

안타이오스[99] 같은 기분으로 서 있다.
나 여기서 기괴한 것들과 마주친다 해도
이 불꽃의 미로를 샅샅이 찾아보련다.
(퇴장한다.)

메피스토펠레스 (주위를 살피며)
화톳불들 사이를 누비다 보니
참으로 낯설긴 낯선 느낌이야,
거의 벌거숭이, 가끔 속옷 차림.
스핑크스는 철면피, 그라이프[100]는 뻔뻔이.
앞을 보나 뒤를 보나 보이는 건
곱슬머리에 날개 달린 것들뿐…….
우리도 점잖은 편은 아니지만
이 고대 것들 너무 발랄하네.
요즘 유행대로[101] 손을 좀 봐야지,
가릴 곳은 좀 가리도록 해야지…….
저질 족속들! 참 이것들 끔찍하지만
손님 입장에서 점잖게 인사를 건네자…….
안녕! 미녀 분들! 현명한 노인 분들!
그라이프 (그르렁대는 목소리로)
노인[102]이 아니라 그라이프요! 노인이라
부르면 누가 좋아하겠소. 낱말마다 그것이
어디서 왔는지 근원의 울림이 남아 있소.
그라우, 그램리히, 그리스그람, 그로일리히, 그래버, 그리미히,[103]
이것들은 어원상 그라이프와 같은 음이지만,

우리는 이들 낱말이 정말 듣기 싫소.

메피스토펠레스

그게 그거 같은데요.

존칭과 함께 그라이펜[104]이라 할 때의 그라이는 괜찮죠.

그라이프 (아까와 같은 목소리로)

여부가 있소! 그 인척 관계야 벌써 입증되었소.

욕을 먹기도 했지만, 칭찬이 더 많았소.

처녀든 왕관이든 황금이든 움켜잡아야 하오,

행운의 여신은 움켜잡는 자를 향해 미소 짓지요.

개미들 (거대한 종류이다.)

황금 말씀이시군요, 그거 우리가 많이 모았어요,

바위틈과 동굴에 몰래 꼬불쳐 놓았지요,

헌데 아리마스펜[105] 종족들이 낌새를 챘어요.

훔쳐 도망가서는 거기서 우리를 비웃고 있어요.

그라이프들

우리한테 맡겨, 이 녀석들의 자백을 받아내 줄게.

아리마스펜

이 신 나는 잔칫날 밤에 그러면 안 돼요,

아침까지 다 써버릴 거예요,

진짜 그렇게 할 수 있을 것 같아요.

메피스토펠레스 (스핑크스들 틈에 앉아 있다.)

이곳에 금세 적응이 되는군,

누구 말이든지 다 알아듣겠는걸.

스핑크스

우리가 유령의 목소리를 한숨처럼 내쉬면

당신들은 거기에 형체를 부여하는구려.

우선 당신 이름을 말해야 당신을 잘 알지.

메피스토펠레스

사람들이 나한테 많은 이름을 붙여줬소—
여기 영국인 없나? 이 사람들 평소 여행을 즐겨
전쟁터나 폭포수, 무너진 성벽 등등
칙칙하고 고풍스러운 곳을 잘 찾는데,
그 사람들이 여기 오면 아주 제격이겠어.
이 사람들이라면 증언해 줄 텐데, 옛 연극에서
나는 악덕장이 노인[106]으로 나왔거든.

스핑크스

어쩌다 그리되었소?

메피스토펠레스

그야 나도 모르지요.

스핑크스

그건 그래! 혹시 별자리 좀 볼 줄 아시오?
지금 이 시각의 별자리 모양새는 어떻소?

메피스토펠레스 (하늘을 올려다보며)

별똥별이 슛슛 떨어지고, 초승달이 환하군요.
이 아늑한 자리에 그냥 눕고 싶소,
당신의 사자 털로 몸을 덥히며.
별을 향해 오르는 건 다 헛된 일이오.
수수께끼나 글자 맞추기라도 합시다.

스핑크스

자신이 뭔지 말해 봐요, 이게 수수께끼니까.
자신의 깊은 본성이 뭔지 한번 풀어봐요.
'착한 사람이나 악한 사람 모두에게 필요하며,

착한 사람에게는 금욕의 흉갑이 되어주고,[107]
악인에겐 함께 미친 짓을 할 동료가 되어준다,
이 모두는 결국 제우스를 즐겁게 해줄 뿐이다.'

첫째 그라이프 (그르렁대는 목소리로)
저 자식 난 마음에 안 들어!

둘째 그라이프 (더욱 그르렁대는 목소리로)
저 자식 여기 무슨 볼일이야?

둘이 함께
더러운 자식, 당장 내쫓아 버려!

메피스토펠레스 (험악한 표정으로)
야, 이놈아, 이 손님의 손톱이
네 날카로운 발톱만 못할 것 같으냐?
당장 덤벼봐라!

스핑크스 (점잖게)
이곳에 있고 싶은 대로 있어도 됩니다,
하지만 당신 스스로 이곳에서 도망칠 거요.
당신 나라에서야 입맛에 맞는 대로 했겠지만,
이곳에서는 아무래도 마음이 편치 않을 거요.

메피스토펠레스
당신은 위쪽만 보면 아주 구미가 당기는데
아래쪽을 보면 짐승이라서 정말 끔찍하네요.

스핑크스
이 사기꾼 악마, 그러다가 대가를 톡톡히 치를 거요.
이 앞발이 얼마나 튼튼한지 아쇼?
쭈글쭈글한 말굽을 가진 당신 같은 자는
우리 틈에 있어봤자 창피하기만 할 거요.

(세이렌들이 머리 위에서 전주곡을 부른다.)

메피스토펠레스

   저기 강가 포플러 나뭇가지에서
   일렁대고 있는 저 새들은 뭐요?

스핑크스

   조심해요! 아주 고귀한 사람들도
   저 노랫소리에 넘어가고 말았어요.

세이렌들

      왜 하필이면 당신은 그 추하고
      괴기한 것들을 상대하나요?
      보세요, 우리 이렇게 함께 날아와
      멋진 화음을 맞추어 노래하잖아요,
      세이렌이면 이 정도는 해야지요.

스핑크스들   (세이렌들의 곡조를 따라 하며 조롱조로)

      저것들을 당장 끌어내려요!
      저것들은 끔찍한 매 발톱을
      나뭇가지 사이에 숨기고 있다가
      당신이 저들의 노래에 빠지는 순간
      당신을 결딴내 버리고 말 겁니다.

세이렌들

      미움이나 시기심은 던져버려요!
      하늘 아래 여기저기 흩어져 있는
      해맑은 기쁨 우리 한데 모아요!
      물 위에서나 땅 위에서나
      우리 쾌활한 몸짓으로
      오는 손님 반갑게 맞아요.

메피스토펠레스

    이거는 또 생전 처음 듣는 노래군,[108]
    목에서 나는 소리, 현에서 나는 소리,
    서로 달콤하게 뒤엉켜 나는 소리구나.
    저 떨리는 목소리 내겐 아무 감흥 없다,
    내 귓전에 와서 재잘대기는 하지만
    이 가슴 깊이 파고들지는 못한다.

스핑크스들

    가슴이라는 말은 안 어울려요! 말도 안 돼!
    쭈글쭈글한 가죽 주머니라 하면,
    당신 얼굴에 딱 어울리는군요.

파우스트 (가까이 다가오며)

    놀라워! 모습만 봐도 흐뭇해!
    역겨운 것에도 고상한 기운이 있어.
    아무래도 일이 잘 풀릴 것 같아.
    이 숭고한 광경 다음엔 무엇이 기다리나?
    (스핑크스들을 가리키면서)
    이들 앞에 옛날엔 오이디푸스 왕이 서 있었어.[109]
    (세이렌들을 가리키면서)
    이들 앞에서 밧줄에 묶인 채 발버둥을 쳤어.[110]
    (개미들을 가리키면서)
    이들은 최고의 보물을 잘 간직해 두었어.
    (그라이프들을 향해)
    이들은 보물을 한 치의 오차 없이 잘 지켰어.
    새로운 정신이 온몸에 휘도는 것 같다,
    인물들이 위대하니, 회상도 위대하다.

메피스토펠레스
　평소 같았으면 저런 것들 박살을 냈을 텐데,
　이제는 이런 것들도 소중한가 보네요,
　사랑하는 여인을 찾아온 마당에
　괴물인들 안 반가울까요.
파우스트　(스핑크스들에게)
　여자 행색의 당신들, 내 말에 대답 좀 해줘요.
　당신들 중 헬레네를 본 자 있소?
스핑크스들
　우리는 그녀가 살던 시대까지는 못 미쳐요,[111]
　헤라클레스에 의해 우리의 마지막 종족이 살해됐거든요.
　케이론[112]한테 한번 물어봐요.
　오늘 같은 유령의 밤엔 마구 뛰어다니거든요.
　멈춰서 당신 말을 들어주면 그걸로 대성공입니다.
세이렌들
　　우리의 말을 잘 들으면 실패가 없어요……!
　　오디세우스는 우리에게 와서 묵었죠,
　　우리를 우습게 여겨 지나치지 않았어요,
　　그때 그는 많은 이야기를 해주었어요.
　　그 이야기를 당신께 들려드리겠어요,
　　만약 당신이 우리의 은신처가 있는
　　푸른 바닷가를 찾아주신다면 말이죠.
스핑크스
　고귀하신 분, 속으면 안 돼요!
　오디세우스처럼 밧줄로 묶지 말고
　훌륭한 우리의 충고로 묶으세요.

위대한 케이론을 만나게 되면
제가 한 말이 맞았음을 알 겁니다.
(파우스트 퇴장한다.)

메피스토펠레스 (신경질을 내며)
날갯짓하며 꽥꽥대며 나는 건 뭐요?
너무 빨라 눈으로 쫓을 수가 없어.
늘 일렬로 죽 늘어서서 날아가는군,
저렇게 빠르니 사냥꾼도 피곤하겠어.

스핑크스
세차게 불어닥치는 겨울 폭풍 같지요,
헤라클레스의 화살도 미치지 못해요.
저것들은 스팀팔리드[113]라는 잽싼 새죠.
꽥꽥대는 소리는 반갑다는 인사지요,
생긴 것이 부리는 독수리, 발은 거위죠.
저것들은 우리 집단에 끼고 싶어 해요,
아무튼 우리와 동족이었으면 하지요.

메피스토펠레스 (겁을 집어먹은 듯)
웬 다른 놈의 쉭쉭 소리가 끼어들잖아.

스핑크스
그놈들한테는 겁먹을 거 없어요.
이것들은 레르나의 뱀[114]의 대가리들인데,
몸통에서 잘리고서도 살아 있다고 생각해요.
아무튼 뭘 원하죠, 어떻게 할 생각이죠?
왜 그리 좌불안석인가요?
가고 싶은 곳이 있나요? 어서 떠나요……!
보아하니 저쪽 합창단 쪽을

눈이 빠지게 쳐다보는군요. 괜히 참지 말고
당장 가봐요! 저 예쁜 것들을 어떻게 해봐요.
저것들은 라미에[115]로 값싼 똥갈보들입니다.
이들은 미소 띤 입술과 반반한 이마로
사티로스 종족의 혼을 빼놓지요.
염소의 발을 가진 자는 뭐든 용납돼요.[116]

메피스토펠레스

당신들 계속 여기 있을 건가? 다시 만나세.

스핑크스

네! 어서 저 쉬운 여자들 틈에 가서 끼세요.
우리야 이집트가 생긴 뒤로 수천 년간
이 자리를 지키는 데 익숙해졌지요.
다만 우리의 위치를 잘 지키려 주의하죠.[117]
우리가 달과 해의 움직임을 관장하거든요.
　　피라미드 앞에 자리를 잡고서
　　백성들의 심판관 노릇을 하지요.
　　홍수, 전쟁과 평화, 이런 것에
　　우리는 전혀 얼굴 찡그리지 않아요.

페네이우스

(물과 요정들로 에워싸여 있다.)

페네이우스

갈대여, 살랑살랑 속삭여라!

가만히 숨 쉬어라, 갈대의 누이여,
　　　실버들아, 산들산들 흔들려라,
　　　떨리는 포플러 가지여, 속삭여라,
　　　끊긴 꿈길 사이로……!¹¹⁸
　　　끔찍한 천둥소리와 살그머니
　　　흔들리는 떨림이 이 물결의
　　　조용한 흐름에서 나를 깨우네.
파우스트 　(강가로 다가가면서)
　　　분명 무슨 소린가가 들렸어,
　　　저 덤불과 잔나무들 우거지고
　　　나뭇가지들 얼기설기 얽힌 곳,
　　　저 안쪽에서 사람 소리가 났어,
　　　물결이 뭐라고 중얼거리고,
　　　바람도 살랑대며 뭐라 희롱한다.
물의 요정들 　(파우스트에게)
　　　　　어서 이리 오셔서
　　　　　여기 누우세요,
　　　　　이 시원한 곳에서
　　　　　지친 사지를 쉬세요.
　　　　　당신을 피하기만 하던
　　　　　안식을 이제 누려보세요.
　　　　　우리 살랑대며 졸졸대며
　　　　　당신 귀에 속삭여 줄게요.
파우스트
　　난 깨어 있어! 어여쁜 것들아,
　　너희 마음껏 노닐어라,

내 눈길 닿은 그곳에서.
내 몸 속속들이 신비한 느낌,
이게 꿈인가? 옛 기억인가?
지난날 이런 기쁨 맛보았지.
잔가지들 부드럽게 살랑대는
짙은 덤불 사이로 강물은 흐른다,
소리 죽여 조용조용 흐른다.
사방에서 솟는 수백의 샘물들
한데 모여 더없이 맑은 물빛으로
목욕하기 좋게 웅덩이를 이룬다.
젊고 건강한 여인들의 육체가
거울 같은 수면에 다시 비치니
이 눈길 너무나 황홀하여라!
기분 좋게 어울려 목욕을 하며
헤엄을 치고 물을 건너도 보다가
마침내 소리치며 물싸움을 한다.
이런 여인들로 만족하고
여기서 눈요기나 해도 좋으련만
이 마음 무언가 자꾸 그리워하여,
눈길은 우거진 덤불을 꿰뚫는다.
혹시 저 울창한 푸른 나뭇잎들이
사랑스러운 여왕을 숨기고 있을까.

놀라워라! 이번엔 백조들이 물가의
움푹 들어간 곳에서 헤엄쳐 온다,
아, 저 당당한 모습.

유연하게 떠돌며 다정히 어울리며
그러다 자랑스레 자기도취에 빠져
머리와 부리를 움직이는 저 모습…….
그중 단연 돋보이는 한 마리,
물결에 당당히 가슴으로 맞서며
우아한 자태로 앞장서 간다.
깃털을 잔뜩 부풀리고서
물결에는 물결로 답하면서
성스러운 그곳을 향해 다가간다…….
다른 백조들은 깃털을 은은히 반짝이며
이리저리 헤엄치다가
멋지게 장난싸움을 벌이기도 한다.
그러면 마음 여린 시녀들은
그 광경에 자신의 소임을 잊고서
자기 몸만 사릴 뿐이다.

님프들

    자매들아, 물가 푸른 언덕에
    너희의 귀를 대고 들어보라,
    내가 잘못 듣지 않았다면
    저 소리는 세찬 말굽 소리다.
    아, 이 한밤중에 저리 급히
    소식을 가져오는 자 누굴까.

파우스트

질주하는 세찬 말굽 소리에
지축이 꽝꽝 울리는 것 같다.
눈길을 들어보니, 아!

웬 이리 크나큰 행복,
  벌써 내게 오는 걸까?
  오, 비길 데 없는 기적이여!
웬 사내 말을 타고 달려온다,
얼굴에 기백이 서려 보인다,
눈부신 백마를 타고 온다…….
잘못 본 게 아니다, 아는 사람이다,
필리라의 유명한 아들이다!
멈춰요, 케이론! 잠깐, 내 말 좀 들어보시오.

케이론

  왜 그러오? 뭣 때문이오?

파우스트

  잠깐만 멈추시오.

케이론

  나는 쉬는 법이 없소!

파우스트

  그럼 부탁이니, 나를 태우고 가요!

케이론

  올라타요! 편히 좀 물어보게,
  어디로 가시오? 여기 강가에 서 있는 걸 보니,
  강을 건네주면 될 것 같군요.

파우스트 (말에 올라타고서)

  어디든 가시죠. 뭐라 감사드려야 할지…….
  고귀한 스승이자 지혜로운 분,
  영웅의 종족을 가르쳐 명성이 자자한 분,
  고귀하고 멋진 아르고 선원들뿐만 아니라

시인들의 세계를 장식한 영웅들을
　　길러내신 분이시죠.
케이론
　　이 자리에서 그런 이야기는 관둡시다!
　　팔라스마저도 스승다운 존경을 못 받았소.[119]
　　결국 제자들은 제멋대로 굴며
　　교육 같은 것은 받지도 않은 듯 행동한다오.
파우스트
　　약초 이름을 모르는 게 없고
　　약초의 효험까지 꿰뚫고 있어
　　환자를 치유하고 상처를 낫게 해준 의사,
　　당신을 심신을 다 바쳐 받들겠습니다.
케이론
　　옆에 있던 영웅이 부상을 입으면
　　도와주어 낫게 하려 애를 썼지요.
　　하지만 결국에 가서는 내 의술을
　　약초의 마녀와 중들한테 줘버렸소.
파우스트
　　당신은 참으로 위대한 분이세요,
　　칭찬의 말은 거들떠보지도 않지요.
　　되도록 그런 말은 피하려 하시죠.
　　누구나 그 정도는 한다고 보시죠.
케이론
　　비위 맞추는 데는 일가견이 있군,
　　왕이나 백성의 마음을 잘 사겠어요.

파우스트

　그래도 한 가지만 말씀해 주세요,
　당신은 당대의 최고의 인물들을 만났고,
　가장 고귀한 행동을 본받고자 했고,
　또 인생을 반신처럼 진지하게 보냈지요.
　그러면 이들 영웅들 가운데
　가장 위대했던 사람은 누구죠?

케이론

　아르고호의 고귀한 대원들은
　모두가 나름의 뛰어남을 지녔지요.
　때문에 자신의 영혼 속에 간직한 힘으로
　남이 갖지 못한 부분을 채워줄 수 있었어요.
　아름다움과 젊음의 매력이 필요할 땐
　디오스쿠로이 형제[120]가 늘 승리를 거두었소.
　과감한 결단과 잽싸게 남을 구하는 일은
　보레아스의 두 아들[121]이 수행했지요.
　힘과 사려와 꾀와 수완을 두루 갖추어
　원정대를 지휘한 것은 잘생긴 이아손이었고요.
　그리고 오르페우스는 신중하고 조용했지만
　칠현금을 뜯는 순간 모두를 압도했어요.
　혜안을 지닌 린케우스[122]는 밤 낮 없이
　암초와 모래톱을 헤치고 성스러운 배를 안내했소…….
　힘을 합쳐야 위험을 이겨낼 수 있지요,
　누군가 뭔가 해내면 모두 인정해야 하오.

파우스트

　헤라클레스 이야기는 안 하시나요?

케이론

아! 제발, 내 그리움을 건드리지 마시오…….
나는 아폴로를 본 적도 없고,
아레스나 헤르메스 같은 신도 못 봤소.
다만 모든 사람들이 신으로 섬기는
이들의 모습을 눈앞에 떠올려는 봤소.[123]

그는 왕이 될 만한 인물이었지요,
젊었을 땐 외모도 출중했고요.
형님 앞에서는 당연히 순종했고,
예쁜 여인들을 대할 때에도 그랬지요.
가이아[124]는 다시는 그런 인물 낳지 못할 테고,
헤베[125]는 다시는 하늘로 그를 데려가지 못하오.
노래로 아무리 불러봐도 소용없는 일이고
돌을 아무리 괴롭혀봤자 소용없는 일이오.[126]

파우스트

조각가가 아무리 자신의 솜씨를 자랑한들
조각으로 그의 멋진 모습 나올 리 없지요.
최고로 아름다운 남자 이야기를 하였으니
이번엔 최고의 미인 이야기도 해주십시오!

케이론

흠! 여자의 아름다움, 그거 하찮은 거지요,
고작해야 굳은 모습에 불과해요.
낙천적이고 생의 즐거움이 넘치는
그런 존재라면 칭송할 용의가 있어요.
아름다움은 자기만족으로 끝나지만,

우아함은 뿌리칠 수 없는 매력을 풍겨요.
내가 태워다 준 헬레네가 바로 그랬지요.[127]

파우스트

아니, 당신이 그녀를 태워다 주었어요?

케이론

그래요, 바로 이 등에다.

파우스트

지난 일로 이미 정신이 혼미한데,
이런 자리에 앉는 영광까지 맛보다니!

케이론

그녀도 내 머리채를 거머쥐었소,
당신이 지금 하듯 그렇게 말이오.

파우스트

이건 도무지 넋이 나갈 지경이야!
어떻게 된 건지 이야기 좀 해줄래요?
그녀는 나의 별이자 소망입니다!
어디서부터 어디까지 태워주었죠?

케이론

그 정도 질문은 답하기 어렵지 않소.
디오스쿠로이 형제가 그 당시에
그들의 여동생을 도둑의 손에서 구했지요.[128]
그러나 이 도둑들은 쉽게 물러서지 않고
용기백배하여 맹렬하게 뒤쫓기 시작했소.
그때 엘로이시스의 늪이
남매의 바쁜 발걸음을 가로막았지요.
형제들은 걸어서, 나는 첨벙대며 헤엄쳐 건넜소.

그녀는 껑충 뛰어내려서는 젖은 내 갈기를
　　　기분 좋게 어루만져 주었소, 그러면서
　　　고맙다는 인사를 하는데 예쁘고 똑똑했지요.
　　　어찌나 예쁘던지! 젊으니. 노년의 기쁨이었지!
파우스트
　　　겨우 일곱 살짜리를……!
케이론
　　　그러니까, 문헌학자라는 사람들이
　　　당신도 속이고 스스로도 속인 거요.
　　　신화 속의 여인은 어떻게 해도 그만이오.
　　　시인은 내키는 대로 그려낼 뿐이지요,
　　　나이를 먹지 않아 늙지도 않지요,
　　　지금도 보면 입맛이 당기지요.
　　　젊어서는 유괴당하고 만년엔 구애를 받아요.
　　　한마디로, 시인은 시간의 제약을 안 받소.
파우스트
　　　그러면 그녀도 시간에 제약되면 안 되죠!
　　　아킬레우스가 페레에서 그녀와 조우한 것도
　　　초시간적인 일이죠.[129)] 엄청난 행복이죠.
　　　운명에 맞서 가며 얻은 사랑이라니!
　　　나라고 그리움의 힘으로 못 할 게 뭔가요?
　　　절세의 그녀에게 생명과 빛을 주어야죠.
　　　위대하면서도 섬세하고, 고귀하면서도
　　　사랑스러운, 신과 다름없는 영원한 여인에게.
　　　당신은 옛날에 봤지만 난 그녀를 오늘 봤어요.
　　　매혹적으로 아름다웠고 사무치게 아름다웠어요.

이 마음, 이 영혼 그녀에게 흠뻑 빠졌어요,
그녀를 곁에 두지 못하면 내 인생 끝이랍니다.

케이론

나그네 양반! 당신에겐 인간적 황홀경이지만
유령들의 눈엔 당신이 미친 걸로 보일 거요.
그러나 당신한테 좋은 소식이 하나 있소.
나는 해마다 잠깐씩이나마
만토의 집에 들러요, 아스클레피오스의 딸이지요.[130]
조용한 기도로 그녀는 아버지에게 간절히 빌어요,
그의 명예를 위해 이제는 의사들의 마음을 돌려
무책임한 살인에서 손을 떼게 해달라고······.
여자 무당들 중 나는 그녀를 가장 좋아해요,
인상이 나쁘지 않고, 성격도 좋으니까요.
거기 좀 머물러봐요. 그녀가 약초의 힘으로
당신 병을 말끔히 고쳐줄 테니까요.

파우스트

치료 같은 건 필요 없소. 난 멀쩡한 사람이오.
그랬다간 나도 남과 똑같이 멍청이가 돼요.

케이론

이 고귀한 샘[131]에서 꼭 치료를 받도록 해요!
빨리 내려요! 다 왔어요.

파우스트

대체 이 끔찍한 밤에 자갈밭 강을 건너
어느 곳으로 나를 데려온 거요?

케이론

이곳은 로마와 그리스의 전쟁터요,

오른쪽엔 페네이오스 강, 왼쪽엔 올림포스 산이오.
가장 강대했던 제국이 모래 속으로 사라진 거요.
왕은 도망치고, 시민들은 만세를 불렀죠.
눈을 들어봐요! 바로 가까운 곳에
영원한 신전이 달빛 아래 놓여 있소.

만토 (꿈을 꾸는 듯한 목소리로)
    말굽 소리가
    성스러운 계단에 울려 퍼지는군,
    반신들이 오시나 보다.

케이론
    그래, 맞아!
    눈을 떠봐라!

만토 (잠에서 깨어나며)
어서 오세요! 한 번도 빠짐이 없으세요.

케이론
네 사원이 늘 있는 이상은!

만토
이렇게 돌아다니셔도 안 피곤하세요?

케이론
네가 안에서 조용히 평화롭게 사는 것처럼,
세상을 돌아다니는 것이 내 즐거움이란다.

만토
저는 한곳에 가만있고, 시간이 제 주위를 돌아요.
    그런데 이분은 누구죠?

케이론
이 불길한 밤이

비극 제2부 제2막

  소용돌이치며 이 사람을 이리로 데려왔지.
  마음이 온통 헬레네에게 사로잡혀서
  헬레네를 차지하고 싶어 해.
  하지만 어떻게 해야 할지를 몰라.
  네 치료가 필요할 것 같아.

만토

  저는 불가능한 것을 갈망하는 사람이 좋아요.
  (케이론은 벌써 멀리 가버렸다.)

만토

  안으로 드시죠, 용감한 자여, 기쁜 마음으로!
  저 문이 페르세포네[132]에게 가는 통로죠.
  올림포스 산 밑 지하 동굴에서 그녀는
  금지된 인사말에 귀를 기울이고 있어요.[133]
  오르페우스도 여기서 하계로 보냈지요.
  어서 들어가요, 잘해 봐요, 겁내지 말고요!
  (두 사람 밑으로 내려간다.)

세이렌들 (전처럼 페네이오스 강의 상류에서)

    어서 페네이오스 강물로 뛰어드세요!
    첨벙대며 헤엄치며 함께 놀아요,
    아름답게 노래하고 또 노래해요,
    불행을 당한 사람들을 위하여!
    물이 없으면 행복도 없어요!
    밝은 무리 거느리고 우리
    어서 에게 해로 발길을 향하면
    즐거움을 맘껏 맛볼 거예요.

(지진)

세이렌들
       거품 뿜어대며 물결 되돌아오고,[134]
       강바닥엔 물도 이젠 흐르지 않아.
       땅은 흔들리고, 물길은 막히고,
       자갈밭과 강가엔 연기만 자욱하고.
       자, 어서 빨리, 도망칩시다, 어서!
       이럴 땐 아무것도 소용없거든.

       어서! 너희 쾌활한 귀한 손님들아,
       즐거운 바다의 축제의 장으로 가자!
       저기 반짝이는 잔물결 춤추는 곳,
       기슭을 적시며 물결 넘실대는 곳.
       저기, 달이 두 개가 되어 빛나며
       우리를 성스러운 이슬로 씻어주는 곳.
       저기엔 가슴 확 트인 삶이 있지만
       이곳엔 땅만 무섭게 흔들릴 뿐.
       현명한 사람은 누구든 다 떠나요!
       이곳에는 무서운 공포만 커질 뿐.

자이스모스[135] (깊은 땅속에서 으르렁대고 쿵쾅대면서)
  에라, 또 한 번 힘껏 밀어보자,
  양어깨로 영차! 들어 올리자!
  이렇게 해서 땅 위까지 닿는 거다,
  모두들 겁나서 우리를 피할 거다.

스핑크스들

뭐가 이리 기분 나쁘게 떨리는 거야,
왜 이리 더럽고 무섭게 흔들리는 거야!
좌우로, 위아래로 마구 흔들리다
앞으로 갔다, 뒤로 갔다 흔들려,
정말 불쾌하기 짝이 없군!
그래도 우리는 자리를 뜨지 않겠다,
지옥이 다 터져 나와도.

아니, 저건, 아치 지붕이 불쑥
솟아오르잖아. 그런데 저 사람
그 노인네야, 호호백발의 남자,
이이가 델로스 섬을 만들었어,
산통을 겪는 한 여인을 위하여
파도를 헤치며 밀어 올렸어,[136]
낑낑대며 밀고 누르며 이 노인네,
양팔은 쭉 펴고 등은 구부려
아틀라스 같은 자세를 하고서
들어 올린다, 땅바닥, 잔디, 흙,
자갈, 잔돌, 모래 그리고 점토를,
우리 강가의 조용한 하상(河床)에서.
결국 계곡을 따라 대각선 모양으로
가만있던 표면을 쭉 찢어놓는다.
용을 쓰면서도 전혀 지치지 않아,
마치 거대한 여상주(女像柱) 같다.
가슴을 아직 땅속에 묻은 채

>   어마어마한 바위 덩이를 들고 있다,
>   그 정도에서 멈추는 게 좋으리라,
>   스핑크스들이 자리를 이미 잡았으니.

자이스모스
>   이게 다 내가 해낸 일이야,
>   이 정도면 내 힘을 인정해야지.
>   내가 마구 뒤흔들어 놓지 않았으면
>   이 세상이 이리 아름다웠겠어?
>   저기 너희의 산이 어찌
>   저 푸른 하늘 위로 우뚝 솟았겠어?
>   내가 힘껏 밀어 올리지 않았던들
>   어찌 저리 그림처럼 아름다웠겠어?
>   옛날, 태고의 신들이 지켜보는 앞에서
>   밤과 혼돈을 상대로 한껏 힘자랑하며
>   거인 족들과 어울려 공놀이하듯 나
>   펠리온과 오사 산을 던져 올렸어.[137]
>   젊은 혈기에 우리는 계속 날뛰었어,
>   그러다 싫증이 났지만 그래도 끝으로
>   파르나스 산에다 산봉우리 두 개를
>   모자처럼 짓궂게 씌워놓았지…….
>   아폴론이 멋진 뮤즈의 합창단과 함께
>   거기서 지금 즐겁게 지내고 있어.
>   게다가 번개를 던지는 제우스를 위해
>   안락의자를 높게 만들어주었어.[138]
>   이렇게 나 무진 애를 써서
>   심연에서 치솟아 올라왔으니,

소리쳐 요구한다, 나를 반기는 주민들아,
이곳에서 새로운 삶을 시작하라.
스핑크스들
저기 우뚝 솟은 저 산맥이야
태곳적부터 있었다고 봐야지요.
저 산들이 땅을 뚫고 나오는 걸
직접 못 봤으니 뭘 어쩌겠소.
울창한 숲이 산을 뒤덮는 지금도
바윗돌이 부딪치며 구르네요.
스핑크스가 그까짓 거 신경 쓰나요,
우린 신성한 자리에서 꿈쩍 안 하죠.
그라이프들
황금의 조각들, 황금의 박편들,
바위틈 사이로 은은히 반짝인다.
저 보물을 빼앗기지 말라,
개미들아 나서라! 어서 모아라!
개미들의 합창
거인족들이 저 산을
높이 밀어 올려놓았으니
너희 발발이 발들아,
어서 위로 내달려라!
자, 날래게 들며 나라!
저 바위틈을 찾아서
작은 조각 하나라도
소중하게 모아두어라.
작은 알갱이 하나라도

구석구석 살펴서
　　남김없이 찾아라,
　　어서어서 서둘러라.
　　바쁘게 움직여라,
　　너희 우글대는 무리야,
　　황금만 찾아오너라!
　　잡석일랑 그냥 버리고.[139]

그라이프들

　자! 어서! 가져온 황금을 쌓아라,
　거기다 우리의 발톱을 올려놓겠다.
　이것은 이 세상 최고가는 빗장,
　소중한 보물을 안전하게 지켜준다.

피그미들[140]

　　어쩌다 우리가 이곳에
　　살게 됐는지 모른다오.
　　어디서 왔느냐 묻지 마오,
　　우리 이미 이곳에 있으니!
　　그 어디라도 살다 보면
　　정이 붙는 법이지요.
　　바위 틈새가 나타나면
　　난쟁이는 금세 달려들지요.
　　남녀 난쟁이 모두 부지런하여
　　부부가 다 모범이 되지요.
　　에덴동산에서도 우리처럼
　　그랬는지는 잘 모르겠지만.
　　이곳의 삶이 너무나 좋아요,

　　　　우리가 사는 별에 감사하지요.
　　　　동쪽에서나 서쪽에서나
　　　　어머니 대지, 다산하니까요.
엄지족들[141]
　　　　어머니 대지가 단 하룻밤에
　　　　난쟁이들을 낳았으니,
　　　　더 작은 난쟁이들도 낳을 것이고
　　　　이들에게 짝도 지어줄 거예요.
원로 피그미들
　　　　어서 서둘러 좋은
　　　　자리를 차지해라![142]
　　　　어서 달려들어라,
　　　　신속이 우리의 장기이니!
　　　　지금은 평화롭지만,
　　　　어서 대장간을 지어라,
　　　　군인들에게 줄
　　　　갑옷과 무기를 만들어라.

　　　　개미들아, 너희 모두
　　　　벌 떼처럼 달려들어
　　　　우리에게 쇠를 대령하라!
　　　　그리고 너희 엄지족,
　　　　이 무수한 난쟁이들아,
　　　　나의 명령에 따라
　　　　장작을 모아 오너라!
　　　　층층이 쌓아 올리고

아궁이에 불을 때서
숯을 만들어다오!

총사령관[143]

활과 화살을 챙겨
어서 전진하라!
저 연못의
저 왜가리를 쏘아라!
수도 없이 둥지를 틀고
잘난 체 뻐기는 놈들,
단숨에 쓰러뜨려라.
한꺼번에 왕창!
그러면 우리, 깃털 장식
투구에 꽂고 나서리라.

개미들과 엄지족들

누가 우리를 구해 줄 텐가!
우리가 쇠를 만들어주었더니
저들은 쇠사슬을 만든다.
사슬을 끊기엔
아직 때가 되지 않았으니
이들에게 고분고분해야 한다.

이비코스[144]**의 학들**

죽음의 비명 소리와 단말마 소리,
두려움에 파닥이는 날갯소리,
웬 신음 소리, 웬 비탄 소리가
이 높은 곳까지 들리는 걸까!
저들은 몽땅 죽임을 당했고,

연못은 피로 붉게 물들었다.
잔인무도한 자들의 탐욕이
왜가리의 멋진 장식을 약탈해 간다.
배 볼록한 안짱다리 녀석들 투구엔
벌써 왜가리 깃털이 휘날린다.
너희 우리 부대의 동지들아,
바다 위를 날아가는 동지들아,
우리의 친족이 이리 당했으니
우리 함께 복수에 나서자.
피와 힘을 아끼지 말 것이며,
이 불한당들과 영원한 적이 되자.
(거친 울음소리를 지르며 허공으로 흩어진다.)

메피스토펠레스 (들판에서)
북방의 마녀들은 다루기가 쉬웠는데,
이 낯선 유령들은 으스스하단 말이야.
브로켄 산은 산책하기도 좋았어,
어딜 가나 집처럼 편하거든.
일제 부인[145]은 바위에 앉아 우리를 지켜주고,
하인리히는 언덕에 올라 한껏 즐기겠지,[146]
코골이 바위는 엘렌트에 대고 호통치지만,[147]
천 년을 늘 그래 왔던 것들이다.
여기선 도무지 어디가 어딘지 모르겠어,
혹시라도 발밑의 땅이 불쑥 올라오면 어쩌지?
애타는 마음으로 평탄한 골짜기를 걷는데
느닷없이 등 뒤에서 산이 하나 솟았지,
산이라고 할 정도는 아니어도

스핑크스들과 나 사이를 가리기에는
충분했지. 이곳엔 골짜기를 따라가며
화톳불이 타오르며 희한한 것들[148]을 밝히고,
게다가 음탕한 계집들이 너울대는 불꽃처럼
흐느적대며 짓궂게 나를 유혹하는군.
살살 걷자고! 아무리 군것질을 밝힌다 해도
맛있는 먹이를 잘 골라야지.

라미에들 (메피스토펠레스를 잡아끌면서)

    빨리요, 더 빨리요!
    그렇게 계속 가요!
    그러다 약간 주저하며
    노닥거리기라도 해야죠.
    이 늙은 오입쟁이를
    살살 유혹해서
    한 방 제대로 먹이면
    정말 고소할 거야.
    뻣뻣한 발을 해가지고[149]
    뒤뚱뒤뚱 넘어질세라
    비틀비틀 걸어오네.
    한쪽 다리를 절뚝거리며
    우리가 가는 대로
    뒤에서 쫓아오는군.

메피스토펠레스 (발걸음을 멈추고)

    이런 망할 놈의 운명! 남자란 속는 게 일이야!
    아담 때부터 늘 유혹에 약했지!
    나이가 든다고 현명해지는 건 아니야.

그렇게 당하고도 정신을 못 차리나!
허리를 질끈 동여매고 얼굴에 분칠을 한
여자 종족은 애당초 아무 쓸모가 없다고.
이 종족은 건강한 건 내놓지 못하고
어디를 만져봐도 물컹물컹하다니까.
눈으로 보아 잘도 알고 느껴보면서도
색골들의 요사스러운 말에 또 넘어가니!

라미에들 (멈추어 서면서)

멈춰 봐! 저게 무슨 꿍꿍이인지 서 있잖아.
얼른 가서 못 빠져나가게 해!

메피스토펠레스 (가던 길을 계속 가면서)

그래, 가자! 쓸데없이 의혹의 덫에
휘말릴 필요는 없어.
마녀들이 없으면
악마도 필요 없을 거 아냐!

라미에들 (온갖 아양을 다 떨면서)

우리 이 왕자님을 에워싸자꾸나.
그러면 이분이 우리들 중 하나를
사랑하게 되지 않겠니?

메피스토펠레스

불빛이 희미하기는 하지만
아름다운 여인들인 것 같소.
뭐라고 흠잡고 싶지 않소.

엠푸제[150] (안으로 끼어들며)

저도요! 제가 안성맞춤이죠,
저도 당신의 패에 넣어주세요.

라미에들

  저 애는 우리 패에 안 돼요,

  늘 판만 깨는 애거든요.

엠푸제 (메피스토펠레스에게)

  사촌 여동생 엠푸제의 인사를 받으세요,

  당나귀 발을 가진 친척이에요.

  오빠 발은 말발굽이지만

  그래도, 오빠, 인사드려요!

메피스토펠레스

  여기 오면 아는 이 하나도 없을 줄 알았는데

  이렇게 가까운 친척을 만날 줄이야.

  옛날 책이라도 펼쳐 봐야겠어,

  하르츠에서 헬라스까지 다 친척이라니.

엠푸제

  마음만 먹으면 저는 뭐든 돼요,

  여러 가지로 둔갑할 수 있어요.

  하지만 이번엔 당신을 존중하는 마음에서

  당나귀 머리[151]로 변신한 거예요.

메피스토펠레스

  여기서는 친척 관계를

  중요하게 생각하는가 보다.

  어떤 모습이든 상관없지만

  당나귀 머리는 좀 심해.

라미에들

  그 추한 년은 상대하지 마요,

  예쁘고 사랑스러운 건 다 내쫓는 년이에요.

예쁘고 사랑스러운 것들도
저년이 가까이 가면 말짱 도루묵이에요.

메피스토펠레스

이 사촌누이들도 여리고 가냘프긴 하지만
다들 아무래도 뭔가 미심쩍어.
저렇게 장미처럼 붉은 뺨 뒤에
뭐가 숨어 있을지 어떻게 알겠어.

라미에들

한번 해보세요! 미녀가 이리 많은데요.
어서 잡아봐요! 운만 좋으면
최고의 미녀를 갖는 거예요.
그깟 음담패설이나 계속하면 뭐해요?
형편없는 바람둥이이신가 봐,
겉으로만 으스댔지!—
저 인간 우리 패거리에 끼어들었어,
자, 하나씩 가면을 벗고서
본모습을 보여줘 봐.

메피스토펠레스

드디어 잡았다, 제일 예쁜 걸로······.
(그녀를 끌어안으며)
빌어먹을! 이건 말라비틀어진 빗자루잖아!
(또 다른 여자를 붙잡으며)
그럼 이건······? 끔찍한 얼굴이군!

라미에들

그 꼴에 뭘 더 원해? 꿈도 야무지네.

메피스토펠레스

  이 쪼그만 걸 잡아봐야지…….

  이건 꼭 도마뱀처럼 미끄러져 빠져나가잖아!

  매끄럽게 땋은 머리가 꼭 뱀 같아.

  그렇다면 이번엔 꺽다리를 잡아볼 테다…….

  이건 디오니소스의 지팡이잖아!

  지팡이 끝이 솔방울 머리네.[152]

  뭐가 이래? 이번엔 뚱보를 붙잡아

  재미를 좀 봐볼까?

  이번이 마지막이야! 자!

  이건 뒤룩뒤룩, 출렁출렁하는군,

  동양인들이라면 비싼 값을 주고 사겠지만…….

  이걸 어째! 말불버섯이 두 쪽이 났잖아!

라미에들

  어서 흩어져, 번개처럼 휙휙 날아서

  몰래 다가가서 저 침입자 녀석

  마녀의 자식을 에워싸라!

  정신없이 뱅뱅 돌아 혼을 빼놓아라!

  박쥐처럼 소리 없이 날갯짓 하며!

  엥, 이거 너무 쉽게 빠져나갔잖아.

메피스토펠레스 (몸을 떨면서)

  나도 전보다 똑똑해진 게 하나도 없군.

  이곳도 엉터리, 북쪽도 엉터리야.

  유령들은 거기나 여기나 다 기승을 부리는군.

  민중이나 시인들[153]이나 다 멍청한 거야.

  이곳에서 막 가면무도회가 열렸는데

어디나 할 것 없이 다 관능의 춤이야.
가면이 귀여워서 손으로 한번 잡았더니,
아이고, 끔찍한 것……
나도 물론 속아줄 의향이 있다고,
다만, 환상이 좀 더 오래가 주어야지.
(바위들 사이에서 우왕좌왕하면서)
여기가 어디지? 어디가 나가는 길이야?
아까는 오솔길이 있었는데, 자갈밭뿐이네.
올 땐 길이 아주 평탄했는데,
지금은 내 눈앞에 자갈들뿐이야.
올라갔다 내려갔다 했지만 다 헛수고였어,
어디 가야 스핑크스들을 다시 만난담?
이런 광경이 펼쳐질 줄이야,
하룻밤 사이에 이런 산이 생기다니.
이걸 '마녀들의 빗자루 타기'라고 해야겠군.
브로켄 산을 이리로 옮겨 왔어.

오레아스[154] (자연적으로 생긴 암벽 요새에서)
이쪽으로 올라와요! 내 산은 오래됐어요,
태곳적 모습 그대로지요.
바위투성이 벼랑길에 존경심을 가지세요,
핀두스 산맥[155]의 마지막 자락이거든요.
폼페이우스가 나를 넘어 도망칠 때에도
바로 이런 자세로 꼼짝 않고 있었지요.
저쪽 편의 저런 환상적인 모습[156]은
새벽닭이 우는 순간 사라져버리지요.
나는 저런 동화들이 생겨났다가

느닷없이 다시 사라지는 것을 자주 봐왔어요.
메피스토펠레스
　　　당신을 경배합니다, 존경스러운 머리님!
　　　참나무 잎으로 멋지게 장식하셨군요.
　　　아무리 휘영청 밝은 달빛도
　　　저 숲의 어둠을 꿰뚫지는 못한다.
　　　그런데 덤불 옆으로 불빛이 하나
　　　스치며 아주 희미하게 빛나는걸.
　　　이게 어찌 된 일이람!
　　　맞아! 저건 호문쿨루스라고!
　　　대체 어디서 오는 길이야, 꼬마야?
호문쿨루스
　　　이곳저곳 떠다니는 중이죠.
　　　정말 제대로 태어나고 싶어요,
　　　마음 같아선 이 유리병을 박살 내고 싶어요.
　　　하지만 지금까지 제가 본 것들을
　　　다시 겪고 싶지는 않아요.
　　　아저씨한테만 살짝 말씀드릴게요,
　　　사실 두 분의 철학자를 뒤쫓는 중이에요.
　　　이분들이 자연! 자연! 하는 말을 들었어요.
　　　이분들과 떨어지지 않을 생각이에요,
　　　지상의 생명에 대해 아는 게 많을 테니까요.
　　　결국에 가서는 제가 어느 방향으로
　　　가는 게 최선의 길인지 알게 될 거예요.
메피스토펠레스
　　　그건 네가 직접 해결하지그래.

유령들이 득세하는 곳에서는
철학자도 한몫하거든.
철학자는 자신의 재능과 솜씨를 뽐내려고
새로운 유령을 금세 한 다스씩 만들어내.[157]
헤매지 않으면 깨달음을 얻지 못해.
생명을 원한다면 직접 찾아보도록 해!

호문쿨루스

훌륭한 충고, 꼭 명심할게요.

메피스토펠레스

어서 가봐! 결과를 두고 보자고.
(헤어진다.)

아낙사고라스 (탈레스에게)

자네 고집은 아무도 꺾을 수가 없어.
대체 어떤 증거를 더 대야 하나?

탈레스

물결은 바람에겐 늘 몸을 구부리지만
가파른 바위가 보이면 멀찍이 피해 가지.

아낙사고라스

바위는 화염으로부터 태어나네.

탈레스

모든 생명체는 물에서 생겨났지.

호문쿨루스 (두 사람 사이에서)

　　　선생님들과 함께하게 해주세요,
　　　　저도 간절히 태어나고 싶거든요!

아낙사고라스

탈레스, 자넨 말이야, 단 하룻밤 사이에

진흙으로 산을 만든 적이 한 번이라도 있나?

탈레스

자연과, 살아 움직이는 자연의 흐름은
낮과 밤, 시간 같은 것에 구애받지 않지.
자연은 모든 형상을 법칙에 따라 만드네.
큰 것을 만들 때도 폭력을 쓰지는 않아.

아낙사고라스

여기선 썼다네! 플루토의 엄청난 화염과
아이올로스[158]의 무시무시한 가스 폭발력이
평평한 땅의 낡은 껍질을 꿰뚫고 나오면서
그 자리에서 바로 산이 새로 생겨난 걸세.

탈레스

그래, 그렇게 해서 그게 뭐 어쨌다는 건가?
산이 생겨났어, 결국 그걸로 끝 아닌가.
괜히 이런 식으로 싸워봤자 시간만 허비야.
사람들만 억지로 이리저리 끌고 다니는 거야.

아낙사고라스

산은 미르미돈[159]들에 의해 금세 장악되지,
바위 틈새마다 이들이 자리를 잡는 거야.
피그미들, 개미들, 엄지족, 그리고
그 밖의 바지런한 작은 것들이 말이야.
(호문쿨루스에게)
자넨 위대한 것을 추구한 적이 없었지,
은자처럼 유리병에 갇혀 살았을 뿐이고.
자네가 어디 한번 제대로 다스린다면,
자네한테 왕의 지위를 부여해 주겠네.[160]

호문쿨루스
   탈레스 선생님의 생각은 어떠세요?
탈레스
   나 같으면 관두라고 하겠어.
   작은 것들은 작은 것밖에 모르거든.
   크게 놀아야 작은 인간도 크게 되지.
   저길 봐! 검은 구름 떼 같은 학들!
   흥분한 피그미 족을 겁주고 있어.
   왕인 자네한테도 저렇게 겁줄 거야.
   날카로운 부리와 옹골진 발톱으로
   저것들이 난쟁이들을 쪼아 죽이고 있어.
   재앙의 기운이 온 하늘에 가득하군.
   평화로운 연못을 포위하고
   왜가리들을 무자비하게 죽인 대가야.
   결국 빗발친 살육의 화살들은
   피비린내 나는 복수를 가져온 거야,
   왜가리의 인척인 학들의 분노를 자극했고,
   학들은 사악한 피그미들의 피를 원하는 거야.
   방패와 투구, 창이 있어봤자 무슨 소용인가?
   반짝이는 왜가리 깃털이 다 무슨 소용인가?
   엄지족들과 개미족들은 숨어버리고,
   군대는 동요하여, 줄행랑치고 무너지고 있어.
아낙사고라스 (잠시 사이를 두었다가 엄숙한 어투로)
   지하의 힘들을 칭송했던 나이지만
   이번엔 하늘을 향해 경배해야겠군…….
   저 하늘 위에서 영원히 늙지 않는 그대여,

세 개의 이름, 세 개의 모습을 가진 그대여,
난쟁이 족의 고난을 당하여 당신께 간청합니다,
디아나여, 루나여, 헤카테여!⁶¹⁾
가슴을 넓혀주는 속 깊은 그대여,
겉으로는 차분하나 속으로는 힘찬 그대여,
밤처럼 깊은 당신의 그 무서운 입을 열어
태고의 힘을, 주문 없이, 보여주시오!

(사이)

    혹시 내 기도가 너무 성급했나?
    나의 간청이
    하늘까지 미쳐서
    자연의 질서를 어지럽혔나?

커지며, 점점 더 커지며 어느새
저기 여신의 둥그런 옥좌가 다가온다,
이 눈에 공포의 전율이 느껴진다.
어둠을 불덩이로 붉게 물들이며……
그만 와요! 위협해 오는 둥근 달이여,
그러다 우리와 땅과 바다를 파멸시키겠소!

그게 사실이었나, 테살리아의 마녀들이
자신들의 주문의 힘을 뻔뻔스레 믿어
노래로 당신을 궤도에서 끌어내렸나요?
그래서 끔찍한 재앙을 불러일으켰나요……?

밝게 빛나던 원반의 주위가 어두워지더니
　　느닷없이 찢어지며 불꽃이 인다.
　　웬 쾅쾅 소리! 웬 칙칙 소리!
　　그 사이로 천둥 치고 돌풍이 인다!
　　옥좌 앞에 머리 숙여 엎드립니다!
　　자비를 베푸소서! 이 모두 제 탓이오니.
　　(엎드려 얼굴을 땅에 댄다.)

탈레스

　　이 친구 대체 뭘 보고 듣고 그러는 거야?
　　뭔 일인지 종잡을 수가 없군.
　　이 친구 생각을 도무지 따라갈 수가 없어.
　　그래, 뭔가 때가 좋지 않았어.
　　그런데 달님은 예전의 그 자리에
　　아주 편안히 걸려 있는걸.

호문쿨루스

　　저편, 저기 피그미들이 있던 곳을 봐요,
　　둥글던 산이 이제는 뾰족해졌어요.
　　뭔가가 격하게 충돌하는 것 같았어요,
　　바위가 달에서 떨어졌지요,
　　바위는 인정사정 보지 않고
　　친구든 적이든 짓밟아 죽여버렸죠.
　　그래도 그 솜씨 하나만은 존경스러워요,
　　하룻밤 사이에 창조력을 발휘해서
　　땅속으로부터 그리고 하늘로부터
　　이런 산을 하나 만들어냈잖아요.

탈레스
진정하라고! 그건 다 마음속 상상일 뿐이야.
이제 그 뻔뻔스러운 난쟁이들일랑 신경 끄게!
자네가 녀석들 왕이 안 된 게 천만다행이야.
이제 흥겨운 바다의 축제나 가보기로 하지.
그곳에 가면 특별손님들이 환영을 받거든.
(퇴장한다.)

메피스토펠레스 (반대쪽에서 산에 오르며)
가파른 바위벼랑에다, 늙은 참나무들의
거친 뿌리까지 지나야 하니, 웬 생고생이야!
하르츠 산에서는 송진 냄새에서
역청 냄새가 풍겨서 참 좋았어.
유황 냄새가 특히 좋았어……. 여기 그리스 땅에선
그런 냄새의 흔적조차도 맡을 수가 없군.
아무튼 무척 궁금해, 그리스인들은 뭘 가지고
지옥의 불길을 지피고 고문을 하는지 말이야.

드리아스[162]
고향에서야 마음대로 휘젓고 다녔겠지만
낯선 땅에 오니 내 마음 같지 않지요?
여기 이렇게 성스러운 참나무들이 있는데
왜 자꾸 고향 생각만 하는 건가요?

메피스토펠레스
떠나온 것을 생각하는 게 인지상정이지요.
천국이란 다 마음속에 있는 게 아닌가요?
그런데 저기 말이오, 저 동굴의 희미한 빛에
세 겹으로 웅크리고 있는 건 대체 뭐요?

드리아스

　포르키아스[163]들이지요! 용기가 있으면
　가서 한번 말을 붙여봐요.

메피스토펠레스

　까짓 거 그러죠! 생긴 게 참 묘하긴 하네요.
　나도 자존심깨나 세지만 솔직히 고백컨대
　저런 건 내 생전 처음 봐요,
　알라우네[164]보다 훨씬 끔찍한 형상이야.
　이 세상에서 가장 극악무도한 죄악도
　이 세 겹의 괴물 앞에다 놓고 보면
　전혀 끔찍한 느낌이 안 들 것 같군.
　저런 괴물은 우리가 상상할 수 있는
　가장 끔찍한 지옥의 문에도 못 둘 것 같아.
　저런 게 이 아름다움의 나라에 있는데,
　이 나라가 고대의 명성을 가질 수 있나…….
　움직인다, 저것들이 나를 눈치챘나 봐,
　찍찍대며 뭐라 하네, 박쥐 흡혈귀들이.

한 포르키아스

　눈 좀 이리 줘봐, 동생들아,
　웬 놈이 우리 신전 앞을 기웃거리잖아.

메피스토펠레스

　존경하는 숙녀님들! 저의 접근을 허락하시어
　제가 여러분의 세 겹의 은총을 누리게 해주오.
　생면부지의 나그네로 불쑥 찾아오긴 했지만,
　만약 옳다면, 저는 여러분의 먼 친척 됩니다.
　저는 공경하는 어르신 신들도 이미 뵈었고

오프스와 레아[165]께도 인사를 올렸지요.
여러분의 자매이자 카오스의 인척인 파르카[166]도
어제인가 그제 만나 뵈었지요.
그러나 여러분을 대면하는 건 오늘 처음입니다.
입이 떨어지지를 않아요. 너무나 황홀하군요.

포르키아스들

이 유령이 뭘 알긴 아는군.

메피스토펠레스

시인들이 여러분을 왜 노래하지 않은 거죠?
어쩌다가, 어쩌다 정말 그렇게 된 거죠?
고상하신 여러분 모습을 그림에서도 못 봤어요.
조각가의 끌은 마땅히 여러분을 새겨야 해요.
유노, 팔라스, 비너스 같은 신들 말고요.

포르키아스들

늘 고독하게 어둠에 갇혀 조용히 지내다 보니
우리 셋 다 그런 생각은 전혀 못 했네요!

메피스토펠레스

그럴 수밖에요. 당신들은 세상과 담을 쌓고
아무도 만나지 않고, 당신들을 찾는 이도 없죠.
당신들은 다음의 장소에 가서 살아야 해요,
예술과 장려함이 한 옥좌에 앉아 통치하고,
날마다 큰 걸음으로 성큼성큼
대리석이 영웅이 되어 세상에 나오고,
또—

포르키아스들

그만둬요, 괜한 충동질하지 않는 게 좋아요!

세상 물정을 더 안다고 해서 무슨 소용이오?
밤의 세계에 태어나 밤의 것들과 친하고,
우리 자신조차도 모르고 아무도 우릴 모르는데.

메피스토펠레스

사정이 그런 걸 무슨 말을 더 하겠어요.
자신을 남에게 넘겨주는 방식은 어떨까요?
당신들 셋은 눈 하나, 이빨 하나면 되니까,
이렇게 해도 신화적으로 문제가 없을 것 같은데.
즉 세 사람을 두 사람으로 줄이고서
세 번째 모습을 저한테 넘겨주는 겁니다,
아주 잠깐만.

한 포르키아스

너희 생각은 어때? 그렇게 해볼까?

다른 포르키아스들

그래, 좋아! 눈과 이빨은 빼고.

메피스토펠레스

알짜배기를 다 빼내 가면
어떻게 완벽한 모습을 만들어요?

한 포르키아스

당신 눈 한쪽을 감아봐요, 식은 죽 먹기죠.
그리고 당장 앞니 하나를 드러내 보여봐요.
그런 다음 옆모습을 보면 당신은
우리와 남매처럼 똑같아져요.

메피스토펠레스

아이고, 영광이네요! 그렇게 하죠!

포르키아스들

　그래, 좋아요!

메피스토펠레스　(포르키아스의 옆얼굴을 하고)

　자, 나 이렇게 서 있다,

　카오스가 애지중지하는 아들의 모습으로!

포르키아스들

　우리는 틀림없는 카오스의 딸들이죠.

메피스토펠레스

　아으, 창피해, 이젠 자웅동체라고 욕먹겠군!

포르키아스들

　새로 생긴 우리 자매 예쁘기도 해라!

　우리는 이제 눈도 둘, 이빨도 둘이 됐어.

메피스토펠레스

　아이고, 쥐구멍이라도 찾아야지.

　지옥의 늪에 있던 악마들도 놀라 자빠질 거야.

　(퇴장)

에게 해의 암벽에 자리한 만(灣)

(달이 중천에 떠 있다.)

세이렌들　(바위 절벽 곳곳에 걸터앉아 피리를 불며 노래한다.)
　　　지난날 어느 음울한 밤에
　　　테살리아의 마녀들이 겁 없이
　　　당신을 지상으로 끌어내렸지요,

이제는 당신의 밤의 왕좌에서
　　　잔물결을, 그래, 은은히 반짝이는
　　　빛의 무리를 조용히 내려다보세요,
　　　그리고 파도를 헤치고 올라와
　　　아우성치는 저 무리를 비추소서.
　　　우리 당신에게 뭐든 봉사할 테니,
　　　아름다운 루나여, 자비를 베푸소서.
네레이덴과 트리톤들[167] (바다의 놀라운 존재로서)
　　　크게 불러라, 더 세차게 불러라,
　　　이 넓은 바다가 꽝꽝 울리도록,
　　　깊은 곳에 있는 무리를 불러내라!
　　　몰아치는 끔찍한 폭풍우가 무서워
　　　바다 깊숙이 고요한 곳으로 피했는데
　　　고상한 노래가 우리를 끌어 올리네.

　　　보세요! 우리 황홀한 마음에
　　　황금의 장신구를 하였답니다,
　　　왕관을 쓰고 보석을 달고
　　　팔찌와 장식 띠까지 갖추었죠.
　　　이게 다 당신들의 수확이랍니다.
　　　난파되어 이곳에 수장된 보물들을
　　　당신들이 노래로 만들어주었지요,[168]
　　　그대들, 우리 만(灣)의 악마들이여.
세이렌들
　　　수정 같은 바다의 물결을 타고
　　　물고기들은 부드럽게 떠돌며

걱정 없는 삶을 편히 누리지요.
하지만! 한껏 치장한 그대들이여,
오늘은 마음껏 뽐내 보세요,
물고기들보다 멋진 모습 보여주세요.

네레이덴과 트리톤들

이곳을 찾아오기 전에 우리는
이미 다짐을 하였답니다,
형제자매들아, 어서 서두르자,
오늘은 잠깐 나들이를 해야 해,
우리가 물고기들보다 멋지다는 걸
명명백백하게 보여주어야 해.

(사라진다.)

세이렌들

눈 깜박힐 사이에 가버렸네요!
사모트라케[169] 섬을 향해 곧장
순풍을 타고 떠나갔어요.
위대한 카베이로이[170]의 왕국에서
이들은 무슨 일을 할까요?
이들은 불가사의한 신들이죠!
이들은 자기들끼리 자꾸 낳아,
자기들이 누군지도 모른대요.

중천에 그냥 머물러주어요,
고귀한 루나여, 자비를 베푸세요,
밤이 계속되게 해주세요,
우리가 낮에 쫓기지 않게 해주세요.

탈레스 (바닷가에서 호문쿨루스에게)
 자넬 네레우스 노인한테 데려다 주지.
 그 노인의 동굴은 여기서 멀지 않아,
 그런데 이 노인 고집쟁이 영감탱이야,
 밥맛이 떨어질 정도로 고집불통이야.
 사사건건 트집을 잡는 영감이
 인간 족속을 좋아할 리가 만무하지.
 그래도 다가올 일을 예언할 줄 알아,
 때문에 누구나 그를 존경하는 거고
 그의 지위와 이름을 칭송하는 거라네.
 이 노인한테 덕을 입은 사람도 많다네.
호문쿨루스
 당장 시험해 봐요, 어서 문을 두드려요!
 제 유리병과 불이 당장 망가지진 않겠죠.
네레우스
 가만, 이게 무슨 소리야, 사람 소리 아냐?
 이거 갑자기 울화통이 치미는군!
 신을 닮아보려고 무진 애를 쓰지만
 밤낮 그 모양 그 꼴인 화상들이야.
 나도 진작 신들처럼 편히 쉴 수 있었는데
 걸물들은 도와주어야 한다고 생각했어.
 그런데 끝에 가서 해놓은 꼴 하고는,
 차라리 충고를 안 해준 게 낫다니까.
탈레스
 그래도, 바다의 어른, 다 당신을 따릅니다.
 당신은 현자시죠, 우리를 내쫓지 마세요.

이 불꽃을 보세요, 생긴 게 인간 같지만
　　　당신의 충고라면 얼마든지 따를 겁니다.
네레우스
　　　뭐, 충고라고? 인간들이 충고를 들어먹소?
　　　아무리 좋은 말도 소귀에 경 읽기라고요.
　　　백날 자신의 행동을 뉘우치고 해봤자,
　　　이 족속은 늘 자기 하던 대로 할 뿐이야.
　　　파리스한테도 아버지처럼 경고를 했지요,
　　　그가 이방의 여인을 탐하기 전 얘기요.
　　　당당하게 그리스 해안에 서 있는 그에게
　　　내 마음의 눈으로 본 걸 얘기해 주었지요.
　　　대기를 채운 연기, 쏟아져 나오는 불길,
　　　불타는 들보들, 그 밑의 살육과 죽음 등,
　　　트로이의 심판의 날은 시의 리듬을 타고
　　　수천 년을 넘어 그 끔찍함을 전할 거라고.
　　　그놈은 이 늙은이의 말을 헛소리로 들었고,
　　　자기 욕망만 좇다가, 트로이는 패망한 거요.
　　　단말마의 고통 끝에 뻣뻣해진 거대한 시체는
　　　핀두스의 독수리들[171]의 최고의 먹잇감이 됐소.
　　　오디세우스도 그랬소! 그에게도 미리 알렸지요,
　　　키르케[172]의 간계와 키클롭스[173]의 잔혹함,
　　　그 자신의 망설임과 부하들의 경솔함을 말이오.
　　　얘기 안 해준 게 뭐요? 그게 도움이 됐나요?
　　　풍랑에 시달릴 대로 시달리고 나서야 아주 늦게,
　　　파도에 밀려 호의적인 사람들[174]의 해안에 다다랐소.

탈레스

　현자의 입장에서 보면 말도 안 되는 거지요,
　그래도 선인이라면 또다시 해보지 않을까요?
　그는 아주 작은 감사에도 기뻐하고,
　그걸로 수천의 배은망덕을 잊지요.
　작지 않은 부탁이 하나 있어 그럽니다.
　이 아이는 제대로 생성되길 원해요.

네레우스

　모처럼 만에 맛보는 이 좋은 기분을 망치지 마쇼!
　오늘 나는 다른 볼일이 있소.
　내 딸들을 전부 불러놓았거든,
　내 딸들은 도리덴들로 우아한 바다의 여인들이오.
　올림포스 산에도 당신들의 땅에도[175]
　그렇게 우아한 자태의 미인들은 없을 거요.
　아이들이 해룡을 타고 오다가 아주 우아하게
　넵투누스의 말로 잽싸게 갈아타는군요.
　더없이 부드럽게 물과 한 몸이 되니
　물거품마저도 아이들을 살짝 쳐드는 것 같소.
　그중에서도 가장 아름다운 갈라테이아는
　비너스의 찬란한 조개 수레를 타고 와요,
　그 아이는, 키프리스가 떠나고 나서부터,
　파포스에서 여신의 자리를 지키고 있어요.[176]
　이 우아한 아이는 오래전에 후계자가 되어
　신전의 도시와 옥좌수레를 소유하고 있어요.
　돌아가시오! 아버지의 기쁨을 누리는 자리에
　가슴엔 미움, 입엔 욕설이라니, 그건 안 돼요.

프로테우스[177]나 찾아가요! 그 마법사에게 물어요,
어떻게 생성하고 어떻게 변신을 하는지 말이오.
(바다 쪽으로 사라진다.)

탈레스

괜히 헛걸음만 했네.
프로테우스를 만나는 순간 그는 녹아 사라질 거야.
자네 앞에 있다 해도 그는 결국
알아들을 수 없는 말만 해서 혼란만 줄 거야.
그래도 자네한테는 그의 조언이 필요하니까
일단 한번 해보세. 어서 가보자고!
(멀어져 간다.)

세이렌들 (암벽 꼭대기에서)

저 멀리 보이는 저게 뭘까?
파도나라를 미끄러지듯 오네.
바람이 부는 대로
흰 돛이 나부끼듯
저 환한 모습들,
해맑은 바다의 요정들,
자, 암벽을 내려가요,
요정들의 말을 들어봐요.

네레이덴과 트리톤들

우리의 손에 들린 이것이
여러분께 기쁨을 줄 거예요.
이 클레온 거북의 거대한 등에서
엄숙한 아름다움이 빛나지요,
우리 지금 신들을 모셔 가나니,

　　　　　어서 찬양의 노래를 불러요.
세이렌들
　　　　　모양은 작아도
　　　　　힘은 크답니다,
　　　　　난파선의 구원자,
　　　　　자고로 숭고한 신들이지요.
네레이덴과 트리톤들
　　　　　여기 카베이로이를 모셔 왔어요,
　　　　　평화의 잔치를 벌일 겁니다.
　　　　　신성한 이 신들이 다스리면
　　　　　넵투누스도 꼼짝 못하니까요.
세이렌들
　　　　　우리는 당신들에 못 미쳐요,
　　　　　배가 난파당하면 당신들은
　　　　　도저히 따를 수 없는 힘으로
　　　　　선원들을 죽음에서 지키니까요.
네레이덴과 트리톤들
　　　　　여기 세 분의 신을 모셔 왔어요,
　　　　　네 번째 분은 안 오시려 해서요,
　　　　　그분 말씀, 자기가 진짜 신이래요,
　　　　　당신 생각이 모두의 생각이래요.
세이렌들
　　　　　어느 신 한 분이 어쩌면
　　　　　다른 신을 조롱하나 보네요.
　　　　　그분들이 주는 은총을 존경하고
　　　　　그분들이 내리는 재앙을 두려워하세요.

네레이덴과 트리톤들
> 원래는 일곱 분이에요.

세이렌들
> 다른 세 분은 어디 있나요?

네레이덴과 트리톤들
> 우리는 몰라요,
> 올림포스 산에 가서 물어보세요.
> 거기 가면 아마 여덟 번째 분도 있을 거예요,
> 그분이 있을 줄 아무도 생각 못 하겠지요.[178]
> 이분들은 은총을 베풂에는 망설임이 없고,
> 아직도 씨를 뿌림에도 그침이 없지요.
> 이 비길 데 없는 분들은
> 늘 더 앞으로 나아가길 바라지요,
> 다다를 수 없는 곳을 향한
> 굶주린 그리움에 사무치는 분들입니다.

세이렌들
> 신의 옥좌가 어디에 있든,
> 태양에 있든 달에 있든,
> 우리는 기도를 올리지요,
> 기도에는 늘 답이 있으니까요.

네레이덴과 트리톤들
> 어찌 우리의 명성이 빛나지 않을까!
> 이런 잔치를 여는 우리인데!

세이렌들
> 고대의 영웅들조차도
> 이런 명예 못 얻었지요,

어디서, 어떻게 이름을 날렸더라도.
그들이 금양 모피를 가져왔다면,[179]
여러분은 카베이로이 신들을 모셔 왔어요.
(모두 함께 합창으로 반복한다.)
그들이 금양 모피를 가져왔다면,
여러분은 카베이로이 신들을 모셔 왔어요.

네레이덴과 트리톤들
  (앞으로 지나간다.)

호문쿨루스
  저 지질한 녀석들은 내가 보기에
  그냥 졸렬한 질기 그릇들 같네요.
  저런 것들에 빠져 똑똑한 사람들이
  딱딱한 머리통을 쪼개다니, 참.
탈레스
  사람들은 그런 걸 탐내거든.
  녹이 나야 동전 값이 나가는 거야.
프로테우스 (보이지 않는 곳에서)
  나 같은 늙은 이야기꾼이야 그런 게 최고지!
  기이할수록 더 존경스럽지.
탈레스
  프로테우스, 자네 어디 있는 거야?
프로테우스 (복화술을 써서, 때론 가까이, 때론 멀게)
  여기! 여기라고!

탈레스

  늘 하는 그 장난질은 내 봐줄게.

  하지만 친구한테 허황된 말장난은 그만두지.

  엉뚱한 곳에서 말하고 있다는 거 다 아네.

프로테우스 (멀리서 말하는 것처럼)

  잘 있게!

탈레스 (호문쿨루스에게 나직하게)

  이 친구 아주 가까운 곳에 있어. 밝게 빛을 내봐!

  물고기처럼 호기심이 많은 친구야.[180]

  어떤 모습을 하고 어디에 숨어 있든

  이 친구 자네 빛에 끌려 나올 거야.

호문쿨루스

  빛이야 당장 얼마든지 뿜어내겠지만

  유리병이 깨지지 않게 조심해야 해요.

프로테우스 (거대한 거북의 모습을 하고서)

  아니 뭐가 이렇게 우아한 빛을 내는 거야?

탈레스 (호문쿨루스를 천으로 숨기면서)

  그래! 원한다면 가까이서 보게 해주지.

  하지만 약간의 수고를 들여서

  두 발로 인간의 모습을 드러내 봐.

  내가 숨긴 걸 보려면

  우리한테 잘 보여야지.

프로테우스 (고귀한 모습을 하고서)

  궤변 하나는 여전하군.

탈레스

  자넨 둔갑하는 게 아직도 재미군.

(호문쿨루스를 가렸던 천을 벗겨낸다.)
프로테우스 (깜짝 놀라며)
아니, 빛을 내는 난쟁이! 이런 건 생전 처음이야!
탈레스
이 친구는 조언이 필요해. 생성되고 싶어 해.
이 친구 말로, 자기는 반밖에
안 태어났다는 거야.
정신적인 면은 괜찮은데
물질적, 현실적 면에서 아주 부족하다네.
현재로서는 유리병만이 무게를 갖지,
때문에 우선 육체가 있으면 하네.
프로테우스
넌 정말 숫처녀의 자식이야,
태어날 때가 아닌데 벌써 태어났으니까.
탈레스 (나직한 소리로)
다른 쪽에도 문제가 있는 것 같아.
이 친구는 아무래도 자웅동체야.
프로테우스
외려 그 때문에 성공의 가능성이 더 높네.
살다 보면 거기 맞게 성도 결정될 거야.
꼬마야, 이러니저러니 생각할 거 없어,
넌 넓은 바다에서부터 시작해야 해!
우선 작은 바다 생물이 되는 거야,
그러면서 더 작은 놈을 삼키는 걸 배워야지.
그렇게 해서 차차 자라나는 거야,
더 높은 생명체로 커가는 거야.

호문쿨루스

　이곳은 바람이 아주 부드럽네요,
　풀 냄새가 너무 향기로워요!

프로테우스

　그래, 그럴 거야, 귀여운 녀석!
　좀 더 밖으로 나가면 더 좋아,
　이 좁다란 해변을 따라가면
　향기가 말할 수 없이 좋을 거야.
　저기 헤엄쳐 다가오는 것들이
　보이지, 아주 가까워졌군.
　저쪽으로 함께 가보자!

탈레스

　나도 함께 가세.

호문쿨루스

　유령 셋이 이렇게 걷는 것도 희한하군!

　(로도스 섬의 텔히네족,[181]
　해마와 해룡을 타고, 넵투누스의 삼지창을 흔들며 등장)

합창

　우리는 넵투누스에게 삼지창을 만들어주었네,
　이 창으로 넵투누스는 미친 파도도 진정시키네.
　천둥의 신이 하늘을 온통 먹구름으로 가리면
　넵투누스는 무시무시한 천둥소리에 맞장구치네.
　하늘에선 번쩍하며 뾰족한 번갯불이 번지고,
　밑에서는 파도가 미친 듯이 솟구친다네.

둘 사이에서 불안에 떨며 목숨을 부지했던 것들은
길게 내던져져 깊은 바다가 꿀꺽 삼켜버린다네.
그래서 넵투누스는 오늘 왕홀을 우리에게 주셨네,
이제 우리 축제를 즐겨보세, 마음 편하게.

세이렌들

그대들, 헬리오스[182]를 숭배하는 이들이여,
해맑은 날의 축복을 받은 이들이여,
달의 여신 루나를 찬양하러 모인
이 시간에 여러분께 인사를 보냅니다!

텔히네족

저편 둥근 하늘에 떠 있는 어여쁜 여신이여,
당신 오빠를 기리는 노랫소리 기쁘지요.
축복의 섬 로도스에 귀를 한쪽 빌려줘요,
거기 그분을 위한 찬가 영원히 울리지요,
하루가 시작되거나 끝나 갈 때면
그분은 이글대는 눈길로 우리를 바라보죠.
그럴 때면 산, 도시, 강가, 물결,
밝고 평화로워 이를 보고 신은 좋아합니다.
안개도 우리를 못 가려요, 안개가 살짝 끼면
햇살, 바람 들어 섬은 다시 맑아지거든요!
높은 그분 거기서 자신을 많이 보지요,[183]
청년, 거인, 위대한 분, 온유한 분의 모습으로.
엄숙한 신들을 품격 있는 인간의 모습으로
만든 것은 우리가 처음이었으니까요.

프로테우스

저것들 노래하고 뻐기게 그냥 둬!

살아 있는 태양의 성스러운 빛 앞에
죽은 조각품 따위야 애 장난이니까.
저치들은 줄곧 녹이며 뭘 만들어.
청동을 녹여 뭔가 만들어놓고는
대단한 걸 만들었다고 생각하는 거야.
그들의 자랑거리들 결국 어떻게 됐나?
거대하게 서 있던 신들의 형상들,
한 번의 지진으로 박살이 나버렸지.
깨지고 녹아 다시 산산이 흩어졌어.

지상에서 하는 일이야 무엇을 하든
언제나 고생일 뿐이란다.
물결이 더 좋은 삶을 선사한다.
이제 너를 영원한 바다로 데려다 주마,
이 프로테우스—돌고래 아저씨가.
(돌고래로 모습을 바꾼다.)
다 됐어!
거기 가면 네 소망대로 다 잘될 거다.
너를 내 등에 태우고 갈게,
자, 바다와 혼인을 하는 거야.

탈레스

그의 말대로 따르도록 해라,
창조를 처음부터 시작하는 거야,
계획이 잘 진행되도록 협조해!
이제 영원의 법칙들을 따라
너는 수천수만의 형태를 거쳐

끝에 가서는 인간이 될 거란다.

호문쿨루스

　(프로테우스―돌고래 등에 올라탄다.)

프로테우스

　정신의 형태로 넓은 바다로 가는 거야,
　거기선 마음껏 자유롭게 살 수 있어,
　원하는 대로 몸을 움직이면서.
　더 높은 단계를 꿈꾸지 마,
　네가 인간의 상태에 이르는 순간
　너의 발전은 끝나는 거야.

탈레스

　그건 사정 나름이야. 자기가 사는 시대에
　훌륭한 인물이 되는 것도 멋지잖아.

프로테우스　(탈레스를 쳐다보며)

　자네 같은 종류가 아닐까!
　오래 질기게 버티는 거 말이야.
　창백한 유령들과 함께 있는 자네를
　내가 벌써 수백 년째 보고 있잖아.

세이렌들　(암벽 꼭대기에서)

　저기 달 주위를 구름 띠처럼
　빙 둘러싸는 게 뭐지?
　비둘기 떼야, 사랑에 굶주린 게야.
　날개는 빛처럼 새하얗네.
　파포스에서 여신이 보낸 거래,

           사랑에 불타는 이 새 떼를 말이야.
           우리의 축제 이렇게 마무리되니,
           이 해맑은 기쁨 가득 차 찬란하다!
네레우스 (탈레스 쪽으로 다가가며)
           밤길을 가는 방랑자는
           저 달무리를 대기현상이라 하겠지만
           우리 유령들의 생각은 전혀 다르네,
           우리 생각이 유일하게 맞는 거야.
           저건 비둘기라고, 내 딸이 탄
           조개수레를 동행하는 걸세,
           아주 특이한 형태로 날아가지,
           정말 오래전에 익힌 솜씨야.
탈레스
           선한 사람에게 위안을 수는 말이
           세상에서 가장 좋은 것 아니겠나?
           조용하고 따뜻한 둥지[184]에
           성스러운 것이 아직 살아 있다면.
프실렌족과 마르젠족[185] (바다황소와 바다송아지, 숫양을 타고서)
           키프로스의 험준한 동굴 안에,
           바다의 신도 못 건드리는 곳,
           지진의 신도 부수지 못하는 곳,
           바로 그곳에 영원의 바람을 맞으며
           조금도 변함없이 태곳적 그대로,
           속으로 은근히 흐뭇해하면서
           우리는 키프로스의 수레[186]를 지켜왔네,
           그러다가 밤바람이 살랑거리면

> 사랑스러운 파도의 그물을 가르며
> 새 족속[187]의 눈에는 안 보이게
> 제일 아름다운 따님[188]을 모신다네.
> 묵묵히 일하는 우리는
> 독수리도 날개 달린 사자도
> 십자가도 달도 무섭지 않다네.[189]
> 저 위에 누가 살며 군림하든,
> 누가 망하고 누가 흥하든,
> 서로 쫓기고 서로 죽이든,
> 곡식과 도시가 폐허가 되든,
> 우리야, 늘 하던 대로,
> 제일 아리따운 여주인을 모실 뿐이네.

세이렌들

> 경쾌하고도 날랜 몸놀림으로
> 수레를 겹겹이 에워싸기도 하고
> 금세 다시 뒤엉켜 줄을 지어
> 뱀처럼 구불구불거리며
> 그대들 굳센 네레이덴 다가오네요,
> 거칠고 당당한 여인들이여.
> 우아한 도리덴[190]이여, 어서 어머니의
> 판박이 갈라테이아를 모셔요.
> 신들처럼 진지한 외모에
> 불멸의 품위를 갖추었지만
> 귀여운 인간의 여인처럼
> 부드러운 우아함도 지녔네요.

도리덴 (모두 돌고래를 타고 네레우스 옆을 지나며 합창으로)

루나여, 우리한테 빛과 그림자 좀 빌려줘요,
꽃다운 이 젊은이들이 훤히 빛나게 해줘요.
이번 길에 사랑하는 우리 신랑감들을
아버님께 인사시키려 하거든요.
(네레우스에게)
이 젊은이들을 우리가 부서지는
성난 파도의 이빨에서 구해 냈어요.
갈대와 이끼 위에 눕혀놓고
따스하게 녹여 생명의 빛을 찾아주었지요.
이제 이들이 우리의 은혜에 진심 어린
뜨거운 키스로 보답할 차례예요.
이 사랑스러운 이들에게 은총을 베푸세요!

네레우스

그거 참말로 꿩 먹고 알 먹고야,
좋은 일도 하고 기쁨도 얻잖니.

도리덴

아버님, 저희가 한 일을 칭찬하시는 김에
저희가 누리고 싶은 청을 하나 들어주세요,
이들에게 불사의 젊음을 내려주시고
우리의 영원한 젊은 가슴에 안겨주세요.

네레우스

멋진 포획물과 즐기고 싶거들랑
젊은이를 남자로 키워내면 되는 거야.
하지만 나는 불사의 몸을 만들진 못해,
그건 제우스신이나 할 수 있는 일이다.
출렁대며 너희를 흔드는 물결은

비극 제2부 제2막

사랑을 영원하게 내버려 두지 않아.
사랑의 불빛이 식었거들랑
이들을 마음 편히 뭍으로 보내주어라.

도리덴
젊은 그대들을 우리 비록 사랑하지만
슬프게도 우리 헤어져야 해요.
우리 영원한 사랑을 하려 했건만
신들이 허락해 주지 않아요.

젊은이들
우리 젊은 뱃사공들에게
정말 큰 은혜를 베풀어 주셨어요.
그런 대접은 생전 처음이었지요.
그 이상 더 좋을 수는 없습니다.

(갈라테이아. 조개수레를 타고 다가온다.)

네레우스
내 딸아, 바로 너구나!
갈라테이아
오, 아버지! 너무 기뻐요!
잠깐 멈춰봐, 돌고래들아! 정말 멋져.
네레우스
가버렸군, 빙빙 돌며 뛰어오르며
돌고래들은 벌써 지나갔어.
저것들이 내 마음 알 턱이 있나!
아, 나도 좀 데려가 주지!

그래도 한 번이라도 보았으니
이 기쁨으로 일 년은 버틸 수 있어.

탈레스

만세! 만세! 만만세!
피어나는 이 기쁨 어이하리,
진실과 아름다움이 내 마음속에 움튼다…….
만물은 물에서 태어났다!
물이 있어 생명은 유지된다!
대양아, 네 활동을 영원히 계속해라.
네가 구름을 보내지 않았다면,
네가 졸졸대는 냇물을 주지 않았다면,
굽이굽이 강물이 흐르게 하지 않았다면,
강물들의 끝을 잘 마무리 짓지 않았다면,
산은 어찌 됐을까, 세계는 어찌 됐을까?
너의 신선한 힘이 생명을 지켜준다.

메아리 (등장인물들 모두 다 함께 합창)

너는 신선한 생명의 근원이다.

네레우스

그들은 저 멀리 가물가물하게 멀어져
아무리 보려 해도 얼굴은 보이지 않는다.
둥근 사슬의 고리 넓혀가며
축제의 기분을 보여주려
무수한 무리가 빙빙 돌아간다.
그래도 갈라테이아의 조개 옥좌는
잘 보인다, 정말 잘 보인다.
무리 중에서

별처럼 반짝인다.
사랑의 빛은 저런 무리 속에서도 반짝인다,
아무리 저리 멀리 있어도
밝고 맑게 빛난다,
영원히 진실 되게 가까이서 빛난다.

호문쿨루스

    이 사랑스러운 물에다가는
    내가 무엇을 비추든지 간에
    모든 것이 아름답게 빛나는구나.

프로테우스

    이 생명의 물속에 담겨야
    너의 불빛은 빛나고
    소리 역시 장려하게 울릴 거야.[191]

네레우스

저 무리 한가운데에서 웬 신비가
우리 눈앞에 정체를 드러내려 하는 거지?
갈라테이아의 발과 조개에 저 뭔 불빛이지?
활활 타오르다, 부드럽게 타오르다, 달콤하게,
사랑의 맥박을 따라 움직이는 것 같군.

탈레스

저건 호문쿨루스야, 프로테우스가 끌어들였지…….
저건 주인의 갈망이 담긴 몸짓들이야.
이제 와장창 종말의 신음 소리가 날 거야.
그는 빛나는 왕좌에 부딪쳐 깨질 걸세,
불길이 타오르며, 번쩍이며, 막 쏟아져 나오네.[192]

세이렌
      웬 불의 기적이 이리 물결을 해맑게 해주나요?
      물결은 서로 부딪쳐 번쩍이며 부서지네요.
      불빛은 반짝이고 흔들리며 튀어 오르네요.
      흐르는 밤 속에 물체들이 환히 타오르고,
      주변의 모든 것이 불길에 싸여 있네요.
      모든 것을 시작한 에로스여, 만세!
          바다 만세! 파도 만세!
          성스런 불길에 싸여 만세!
          물이여 만세! 불이여 만세!
          진귀한 모험 만세!

모두 함께
      산들산들 부는 바람 만세!
      신비에 찬 동굴 만세!
      너희 모두를 찬양하노라,
      너희 사대원소여!

제3막

스파르타, 메넬라오스 왕의 궁전 앞

(헬레네가 등장하고,
이어 포로로 잡힌 트로이 여인들의 합창단이 등장한다.
판탈리스 선창)

헬레네

　찬사도 많이 받고 비난도 많이 받은 나 헬레네,
　저쪽 해안에 막 도착하여 오는 길이지요,
　쉼 없이 요동치는 파도에 아직 취해 있어요,
　이 파도가 우리를 프리기아 평야에서 이곳까지
　집채 같은 등에 태우고 포세이돈의 호의와
　동남풍을 받아 조국의 항만에 내려주었어요.
　저 아래쪽에서는 지금 메넬라오스 왕[193]이
　용맹한 전사들과 함께 귀환을 자축하고 있어요.
　그래도 높다란 궁전아, 다시 보니 반갑다.
　너는 나의 아버지 틴다레오스 왕께서
　팔라스에서 귀국하여 언덕 옆에 지었지,

나는 여기서 여동생 클리타임네스트라와
남동생 카스토르와 폴룩스와 놀며 자랐지.
스파르타에서 가장 멋지게 장식된 집이었어.
청동의 대문들아, 너희도 참으로 반갑다,
언젠가 손님을 맞으려 활짝 열린 문으로
수많은 구혼자들 중 선택된 메넬라오스가
환한 신랑의 모습으로 나를 향해 걸어왔어.
문들아 다시 열려다오, 내가 왕비로서
왕의 분부를 충실히 받들 수 있게 해다오.
어서 나를 들여보내다오! 지금까지 나에게
휘몰아쳤던 운명의 불행은 등 뒤에 남아다오.
사실 그때 나는 별걱정 없이 이곳을 떠나
성스러운 의무감에 키테라의 신전에 들렀다가
프리기아의 강도[194]에게 납치를 당했어. 그 뒤로
정말 많은 일을 겪었지, 세상 사람들은 대놓고
그 이야기 떠들어대지, 하지만 누군들 좋겠어,
자기 얘기가 자꾸 부풀려져 엉뚱하게 번지는 걸.

합창

오, 아름다운 왕비님, 왕비님께서 가지신
최고로 명예로운 재산을 버리지 마세요!
당신에겐 최고의 행복이 주어졌어요,
아름다움의 명예는 무엇보다 돋보이지요.
영웅에게는 이름이 가장 먼저지요,
이름이 그의 걸음을 자랑스레 해주지요.
그러나 아무리 강하고 당당한 남자도
최고의 아름다움 앞에서는 뜻을 굽히죠.

헬레네

그만! 나는 남편과 함께 배를 타고 왔고
그분 지시대로 성읍에 먼저 왔을 뿐이야.
하지만 그분 속내가 뭔지는 알 수 없어.
나는 아내로 온 건가? 왕비로 온 건가?
왕이 겪은 고통의 희생물로, 그리스인들이
참아내야 했던 불행의 희생물로 온 건가?
난 정복당했나, 사로잡혔나, 모를 일이야.
신들은 내게 명성과 운명을 모호하게 주어
아름다운 모습 옆에 위험이 뒤따르게 하고,
이 어두운 동반자들은 이 문지방에서도
내 옆에 위협적인 어둔 표정으로 서 있어.
배 안에 있을 때에도 남편은 나를 거의
쳐다보시지도 않았고, 기분 좋은 말도 안 했어.
나와 마주앉은 폼이 뭔가 꾸미는 것 같았어.
그러던 중 오이로타스 강 깊은 만곡에 이르러
앞선 배들의 뱃머리가 뭍에 닿는 순간
그는 불쑥 무슨 생각이 난 듯 이렇게 말했어.
"여기서 내 병사들은 순서대로 내릴 거요,
강가에 정렬시켜 놓고 열병 사열을 할 거요,
당신은 계속해서 가도록 해요, 이 성스러운
오이로타스 강의 비옥한 땅을 따라 올라가요.
말을 타고 꽃과 수풀 우거진 초원을 지나면
마침내 아름다운 평야가 펼쳐질 거요.
거기 높은 산으로 둘러싸인 곳에 지난날
라케다이몬[195]이 비옥한 광야를 가꿔놓았소.

이어 높이 우뚝 솟은 궁전을 찾아 들어가
그곳에 내가 두고 온 시녀들과
영리한 집사 노파를 불러 모으시오.
노파에게 쌓아둔 보물들을 보여달라고 해요.
당신 아버지가 유산으로 남긴 것과 내가
전시나 평화 때나 줄곧 불려 모아둔 것들이오.
모든 게 제자리에 잘 있는지 확인해 봐요,
집에 돌아와 모든 것이 제자리에 있는 걸
확인하는 것, 그게 바로 왕이 갖는 특권이오,
떠날 때와 똑같은 자리에 다 있어야 하오.
뭔가를 바꾸는 것은 종의 권한 밖 일이오."

합창

      점점 불어난 찬란한 보물로
      눈과 가슴에 즐거움을 채워요.
      사슬 장식과 왕관의 보석들,
      제가 뭐라도 된 듯 뻐기네요.
      하지만 당당하게 들어가세요,
      그것들도 얼른 채비를 하겠지요.
      황금과 진주, 보석에 맞서는
      아름다움의 모습을 보렵니다.

헬레네

그리고 나서도 왕의 지시는 이어졌지요,
"모든 게 정상이라는 걸 확인했으면,
필요한 만큼의 삼발이 향로와,
신성한 예식을 맡아 주재하는 사람이
요구하는 만큼의 제기들을 마련하시오.

솥과 접시, 둥글고 납작한 쟁반까지.
신성한 샘에서 백옥 같은 물을 떠서
키 큰 항아리에 담고, 불이 잘 붙는
마른 장작도 마련하도록 해요.
날카롭게 벼린 칼도 빠져서는 안 되오.
다른 것들은 다 당신이 알아서 하시오."
말을 마친 그는 내게 떠나라고 재촉했어,
그러나 그는 올림포스 신들에게 경배할 때
어떤 짐승을 도살하라는 말은 안 했어.
좀 꺼림칙하긴 하지만 신경을 끄겠어,
그저 높으신 신들의 뜻을 따를 뿐이지,
신들이야 인간이 좋아하든 싫어하든
당신들 뜻대로 모든 일을 처리하시니
우리 같은 인간들이야 그저 참아야지.
물론 제관이 묵직한 도끼를 높이 들어
땅에 몸을 구부린 제물의 목을 치려다
끝내지 못한 적도 여러 번 있었지, 그건
근처의 적이나 신의 간섭 때문이었어.

합창

    앞으로의 일은 알 수 없는 것,
    왕비여, 당당하게 걸어가세요,
    마음 굳게 먹고서.
    좋은 일이든 나쁜 일이든
    예기치 않게 다가오는 것,
    예언을 한들 믿기나 하나요.
    트로이가 불탈 때 우린 봤어요,

눈앞의 죽음, 치욕스러운 죽음을.
그래도 우리는 여기 있잖아요,
당신 옆에서 즐거이 시중들며
하늘의 찬란한 해를 보잖아요,
그리고 가장 아름다운 당신,
우리의 행복 당신을 보잖아요.

헬레네

아무래도 좋아! 무슨 일이 닥치든
나 서슴없이 왕궁으로 올라가련다.
아쉬움에 애잔함에 애태우던 저 왕궁,
내 눈앞에 있으나 어찌할지 모르겠다.
어릴 땐 단숨에 뛰어넘던 이 높은 계단,
이 발이 나를 힘차게 올려주지 못한다.

(퇴장)

합창

내던져라, 자매들아, 너희
슬프게 잡혀온 여인들아,
모든 슬픔을 저 멀리멀리!
왕비님의 행복을 함께 나누자,
헬레나의 행복을 함께 나누자,
아버지 집의 아궁이를 향한
발걸음 비록 늦었으나
그녀 그만큼 더 당당한
걸음으로 기쁘게 다가오네.

신성한 신들을 찬양하자,

행복을 되찾아 주고
귀향을 허락해 주는 신들을!
풀려난 사람이야
마치 날개를 단 듯
가혹한 운명도 넘지만,
갇힌 사람은 타는 그리움에
양팔 벌려 감옥의 울타리
바라보며 여위어 간다네.

그러나 어느 신이 손 내밀어
잡혀가신 여왕님을
트로이의 폐허에서
이곳으로 다시 모셔 왔네,
새롭게 꾸민
옛날 아버지의 집으로 왔네,
이루 말로 다하지 못할
삶의 기쁨과 고통 맛보고
이제 옛 어린 시절
되새겨 보려 하네.

판탈리스 (선창자로서)
이제 기쁨 우거진 노래의 길에서
저 대문 쪽으로 시선을 돌려보자.
어인 일인가, 자매들아? 왕비께서
격한 걸음으로 다시 이리 오신다.
왜 그러시죠, 왕비님, 혹시 왕궁에서
환영의 인사 대신 마음 상할 일을

당하셨나요? 굳이 감추지 마세요.
이마에 불쾌한 빛이 쓰여 있어요,
고귀한 분노와 놀라움이 엉겨 있어요.

헬레네 (대문을 활짝 열어젖혀 놓고서, 흥분한 모습으로)
제우스의 딸에게 두려움 같은 건 없어,
스치는 공포의 손길도 날 못 건드리지.
하지만 태곳적 어둠을 박차고 이글대는
구름처럼 변모하며 산의 불구덩이에서
원초의 모습으로 공포가 터져 나오면
영웅인들 어찌 가슴이 떨리지 않겠어.
바로 그렇게 끔찍하게 하계의 귀신들이
내가 들어가려는 순간 문간에 나타나서
내 자주 드나들던, 그리워하던 문지방에서
나 쫓겨난 손님처럼 떠날 수밖에 없어.
아냐! 그저 나는 밝은 빛을 찾았을 뿐이야,
귀신들아, 너희가 누구든, 날 못 쫓아내.
제사를 올려야겠어, 아궁이를 정화해야지,
그래야 안주인이 바깥주인처럼 환영을 받지.

선창자
고귀한 왕비시여, 당신을 충실히 받드는
이 시녀들에게 무슨 일인지 말해 주세요.

헬레네
너희도 내가 본 걸 똑똑히 보게 될 거야,
태고의 어둠이 그 귀신들을 금방 다시
제 시커먼 입으로 다시 삼키지 않았으면.
너희가 잘 알아듣게 직접 말해 주마,

앞으로 처리할 일들을 생각하며 왕궁의
엄숙한 내실에 점잖게 발을 들여놓으며
황량한 복도 모습에 나는 적이 놀랐지.
이리저리 오가는 발소리도 없었고,
분주하게 움직이는 모습도 보이지 않았어.
하녀의 모습도 집사의 모습도 안 보였어,
평소 아무 나그네나 반가이 맞아주었는데.
그런데 큰 아궁이를 향해 다가갔더니
잿더미의 희미한 불빛에 뭔가가 보였어,
덩치 큰 시커먼 여자가 쭈그려 앉아 있었지,
자는 모습은 아니고 뭔가 생각하는 듯했어.
나는 엄한 목소리로 당장 일하라고 명했지,
남편이 그사이 신중하게 골라 고용하여
일을 맡겨둔 집사라고 생각했던 거야.
이 여자는 옷을 뒤집어쓴 채 꼼짝도 안 했어.
더 다그치자 마침내 오른팔을 올리더군.
날 화덕이 있는 홀에서 내쫓으려는 투였어.
화가 치밀어 나는 그녀를 버리고 얼른
계단 쪽으로 달려갔어, 계단 위의 방에는
화려한 침대가 있고 옆방은 보물창고야.
그때 그 괴물이 벌떡 일어서더니
고압적 자세로 나를 막아섰어, 껑충하고
비쩍 마른 게 눈은 휑하고 핏발이 섰어.
어찌나 기이한지 눈과 마음이 어지럽더군.
이건 다 헛말일 뿐이야, 말로 어떻게
그런 형상을 제대로 그려낼 수 있겠어.

저기 저 여자를 직접 봐! 아예 밖으로 나왔군!
여기선 우리가 주인이야, 왕이 오기 전엔.
저런 끔찍한 밤의 몰골들은 미의 친구인
아폴론이 동굴로 몰아넣든지 잡아놓을 거야.

(포르키아스, 문의 양 기둥 사이 문지방에 나타난다.)

합창

    나 많은 걸 겪었어요, 귀밑머리
    아직 젊은이처럼 출렁대지만!
    끔찍한 것들도 많이 목격했지요,
    참혹한 전쟁, 트로이의 밤,
    트로이가 함락되던 날에.

    희뿌연 먼지 구름처럼 흩날리며
    몰려오는 군사들의 함성 사이로
    신들의 끔찍한 외침 들었지요,
    에리스[196]의 목소리 들판을 지나
    성벽을 향해 울렸지요.

    아, 트로이의 성벽들은 그대로
    있었지만, 타오르는 불길은
    이웃에서 이웃으로 번져 어느새
    여기저기 곳곳으로 확산되며
    거센 불 폭풍을 일으키며
    어둠에 덮인 도시를 휩쓸었어요.

나는 도망치며 보았어요, 연기와 화염과
날름대며 작렬하는 불꽃 사이로
분노에 치민 신들이 다가왔지요,
거인 같은 놀라운 형상들이
불꽃이 섞여 타오르는
검은 연기 사이로 걸어왔어요.

내가 이걸 정말 봤을까요, 아니면
잔뜩 겁에 질린 마음이 그런 복잡한
환상을 본 걸까요? 알 수 없어요,
다만 여기서 이 괴상망측한 놈을
이 눈으로 직접 보고 있다는 것,
그것만큼은 확실히 알지요.
두 손으로 만져볼 수도 있어요,
두려움이 나를 이 위험한 놈에게서
물러서게 하지 않는다면.

너는 포르키아스의 딸들 가운데
대체 누구더냐?
너는 그 일족 중의
하나가 아니냐?
태어날 때부터 백발에다
눈 하나와 이빨 하나를
번갈아 가며 함께 사용하는
꼬부랑할망구들 중의 하나지?
이런 흉물이 어디서 감히

아폴론의 예리한 눈앞에서[197]
아름다움과 나란히
서보겠다고 나서는 거냐?
그래도 해보겠다면 앞으로 나와라,
그분은 흉물을 쳐다보지도 않으니까,
그분의 신성한 눈은 여태껏
그림자도 본 적이 없거든.

하지만 우리 인간은
슬프고도 불행한 운명에 엮이어
말할 수 없는 눈의 고통을 당한다,
역겹게 생긴 영원히 불행한 것들이
아름다움을 사랑하는 이에게 고통을 준다.

그래, 들어라, 너희 뻔뻔스러운 것들이
우리와 마주치게 되면, 저주를 들어라,
천둥 치듯 몰아치는 저주를 들어라,
신들이 빚어낸 행복한 이들의
거친 입에서 쏟아지는 저주를 들어라.

포르키아스
오래됐어도 이 말은 뜻 깊고 참돼,
'부끄러움과 아름다움은 서로 손잡고
지상의 푸른 오솔길을 가지 않는다.'
둘 사이엔 해묵은 미움이 깊이 박혀서
길을 가다 언제 어디서 마주쳐도
서로가 상대에게 등을 돌려버리지.

이어 더 서둘러 가던 길을 가는 거야,
부끄러움은 서글피, 아름다움은 뻔뻔스레,
지옥의 텅 빈 밤에 포위될 때까지 그러지,
나이가 굴레를 채워놓기 전엔 계속 그래.
이 뻔뻔스러운 것, 넌 타지에서 온 것이
간만 부어가지고 꼭 꽥꽥 쉰 목소리로
소리 지르며 가는 두루미 같아, 이것들은
우리 머리 위에서 긴 구름처럼 날아가며
꽥꽥대며 울음소리를 밑으로 내려보내
조용히 길 가던 나그네를 올려다보게
만들지, 그래 놓고 그냥 날아가 버리는 거야,
나그네는 자기 길을 가고, 우리가 바로 그래.

너흰 누구야? 감히 왕의 드높은 궁전에서
미친 년, 술 취한 년처럼 날뛰고 난리야?
너희가 뭐라고, 이 궁전의 집사에게 대들며
달 보고 짖어대는 개 떼처럼 떠드는 거야?
너희가 어떤 인간들인지 모를 것 같으냐?
전쟁이 만들어내고 전쟁이 키운 젊은 것들!
남자에 미친 것들, 꼬시고 또 꾐에 빠지며
군인이나 시민의 힘을 다 빼놓는 년들이야.
떼거지로 있는 너희를 보니 꼭 메뚜기 떼가
몰려와 들판의 푸른 곡식을 뒤덮은 꼴이다.
남의 노력을 갉아먹는 것들! 싹수 있는 걸
몽땅 망쳐놓는 년들이야, 너희는 말이다,
헐값에 시장바닥에서 사고파는 상품이야!

헬레네
　안주인 앞에서 시녀들을 꾸짖는 건
　집안일에 대한 내 권한을 무시하는 거야.
　잘한 일과 못한 일에 따른 처분은
　안주인의 고유한 권한이니 말이다.
　나는 시녀들의 시중에 아주 만족이야,
　강력한 트로이가 포위당해 몰락했을 때
　이들은 나를 극진히 받들었어. 게다가
　바닷길에 온갖 고생 다 하면서도 그랬어,
　제 몸 하나 간수하기도 힘든 때에.
　이 착한 애들이 여기서도 그래 주길 바라.
　종이 뭐냐가 아니라 무얼 하느냐가 중요하지.
　당장 입 닥치고 시녀들한테 으르렁대지 마.
　여태껏 네가 안주인을 대신해서 살림을
　잘 꾸려왔다면 그건 칭찬받아 마땅하다.
　하지만 이제 안주인이 왔으니 물러나라,
　받아야 할 상금 대신 벌을 받지 않으려면.
포르키아스
　시녀들을 야단치는 건 신의 축복을 받은
　바깥어르신의 고명하신 부인께서 집안일을
　잘 이끌어 오신 데서 오는 큰 권한이지요.
　이제 왕비이자 안주인으로 인정을 받아
　옛 자리를 다시 차지하셨으니까
　그간 느슨해진 고삐를 틀어잡아 다스리며
　보물뿐 아니라 우리들까지 다 챙겨주세요.
　무엇보다 이 늙은 몸을 저것들로부터, 아름다운

백조 같은 당신 곁에 서면 그저 꽥꽥대는
애송이 거위들 같은 무리로부터 지켜주소서.
선창자
아름다움 옆에 서니 추한 게 정말 돋보이네!
포르키아스
현명함 옆에 서니 무식이 정말 돋보인다!
(이 대목서부터 합창대에서 합창단원이 한 명씩 나와 응대한다.)
합창대 여인 1
네 애비 에레부스[198]와 네 어미 밤에 대해 말해 봐라.
포르키아스
그럼 네 첫 조카딸 스킬라[199]에 대해 말해 봐.
합창대 여인 2
네 집안에서는 괴물들이 수두룩하게 태어났잖아.
포르키아스
지옥에 가서 네 혈족이나 찾아봐라.
합창대 여인 3
지옥에 사는 자들을 알기엔 네놈이 너무 젊은데.
포르키아스
티레시아스[200] 영감탱이한테 가서 빌붙어 살아라.
합창대 여인 4
오리온[201]의 유모가 네놈의 증손녀의 증손녀였지.
포르키아스
괴조 하르피이아[202]가 네년을 오물 더미에서 길렀을 거다.
합창대 여인 5
무얼 먹고 그렇게 다이어트를 잘해서 말라깽이가 됐냐?

포르키아스
  네년이 못 먹어 환장인 그런 피를 먹은 건 아니다.
합창대 여인 6
  시체나 널름대는 놈, 제 스스로 원래 더러운 시체면서!
포르키아스
  네 뻔뻔스러운 주둥아리 속에서 흡혈귀의 이빨이 번쩍거린다.
선창자
  네놈의 정체를 밝히면 주둥아리를 닥치게 될걸.
포르키아스
  네 이름이나 먼저 밝혀라, 그러면 수수께끼가 풀릴 테니.[203]
헬레네
  화가 나서가 아니라 좀 서글퍼서 내가 나서서
  너희들의 그 거친 말싸움을 말려야겠다.
  충직한 하인들 사이에서 은근히 곪아가는 반목만큼
  주인에게 해가 되는 것도 없기 때문이야.
  그렇게 되면 주인이 명령을 내려도 그 메아리가
  말하는 즉시 척척 행동으로 울려 퍼지지 않는다.
  그러기는커녕 메아리는 제멋대로 윙윙 날뛰고,
  주인은 길을 잃고 헛된 꾸중만 퍼붓는 꼴이 되지.
  그뿐만 아니야. 너희는 격한 나머지 무례하게
  저주받은 끔찍한 형상들을 불러냈어,
  그 바람에 나는 이것들에 에워싸여 지옥으로
  끌려가는 것 같다, 이렇게 고국 땅을 밟았는데도.
  이게 다 옛날 기억인가? 아니면 망상에 사로잡혔나?
  이게 다 내 모습이었나? 지금도? 앞으로 나는
  도시 파괴자라는 끔찍한 꿈의 형상으로 남을까?[204]

시녀들은 몸서리를 치는데, 늙어빠진 너,
너만은 태연하다, 어서 내게 사실대로 말해 봐.
포르키아스
오랜 세월을 두고 맛본 행운들을 떠올려보면
신들이 내려준 최고의 은총도 결국 꿈같지요.
그러나 한없이 넘치는 은총을 받은 당신은
살아오며 늘 사랑에 미친 자들만 보았지요.
대담한 모험을 마다 않는 인간들이었지요.
탐욕에 불탄 테세우스가 어린 당신을 잡아갔어요,
헤라클레스처럼 강하고 인물도 잘생긴 남자였지요.
헬레네
날씬한 사슴 같은 열세 살짜리 나를 납치해서
이디가의 아피드누스 성에 가둬놓았어.
포르키아스
그러나 곧 카스토르와 폴룩스에 의해 구출되어
온갖 영웅 선남들의 구애를 받았지요.
헬레네
솔직히 그때 내가 은근히 좋아했던 건
아킬레우스를 빼닮은 파트로클로스[205]였어.
포르키아스
하지만 아버지의 뜻에 따라 바다의 용사로
집안도 잘 돌보는 메넬라오스와 혼인했지요.
헬레네
아버지는 그에게 딸을 주면서 통치권도 줬어,
우리 사이에서 헤르미오네가 태어났어.

포르키아스
  그러나 유산 문제로 멀리 크레타에서 왕이 싸울 때
  외로운 당신 앞에 너무나 멋진 손님이 나타났어요.
헬레네
  과부나 다름없던 그 시절 얘기는 왜 꺼내는 거야?
  그 때문에 겪은 나의 고통이 얼마나 끔찍했는데.
포르키아스
  그 원정은 또 크레타에서 태어난 나를
  포로로 끌고 와 긴 노예생활을 시켰지요.
헬레네
  그래도 왕은 곧 너를 이곳의 집사로 임명해서
  성과 용감하게 쟁취한 보물 등 많은 걸 맡겼어.
포르키아스
  그래 봤자 다 당신이 떠나며 버린 것들이죠,
  트로이의 끝없는 사랑의 환락에 빠져서.
헬레네
  환락 같은 소리는 하지 마! 이루 말할 수 없는
  고통이 내 가슴과 머리를 강타했어.
포르키아스
  하지만 소문에 당신은 모습이 두 개라는군요,[206]
  트로이뿐만 아니라 이집트에서도 보았다 하네요.
헬레네
  슬픔에 짓이겨진 이 마음 좀 내버려 둬,
  지금도 대체 내가 누군지 모르겠다니까.
포르키아스
  일설에는 또 텅 빈 저승에서 올라온 아킬레우스가

당신과 열렬한 사랑에 빠졌다는군요.
예전의 사랑을 기억하고서, 운명을 거역하면서까지.

헬레네

나 역시 유령으로, 유령 대 유령으로 맺은 거야,
그냥 꿈이었어, 돌아다니는 말도 다 그렇잖아.
이러다 쓰러져 내 자신에게도 내가 유령이 되겠어.
(합창대 중 일부가 쓰러지는 그녀를 품에 안는다.)

합창

입 다물어라, 입 좀 다물어!
악마의 눈에 흉악한 말만 떠드는 놈아!
하긴 이빨 하나뿐인 그 끔찍한 입에서
뭐가 나오겠느냐, 그런 더러운 목구멍에서
썩은 숨결밖에 뭐가 나오겠느냐.

못된 것이 겉으로는 착한 척하면서
양의 탈을 쓴 늑대의 사악한 본심,
이런 놈이 머리 셋 달린 개[207]의
아가리보다 나는 훨씬 무섭다.
우리는 불안스레 엿듣고 있다,
언제, 어디서 어떻게
지옥의 이 악마가 깊이 숨긴
이 음흉함이 터질까 하고.

네놈은 위로의 상냥한 말이나
망각의 부드러운 말 대신,
과거를 다 뒤져

좋은 말보다는 나쁜 말만 들추어
현재의 환한 빛살도
그리고 미래의
은은히 빛나는 희망의 빛도
온통 어둡게 만들어놓는다,

입 다물어라, 입 좀 다물어!
왕비님의 영혼이
떠나려 채비를 했지만
떠나지 않고 남아
태양이 이제껏 어루만진 모든 형상들 중에
가장 아름다운 자태를 붙잡게 하라.
(헬레네, 다시 몸을 추슬러 그들 가운데에 선다.)

포르키아스

오늘의 높은 태양아, 흐르는 구름 사이로 나와라,
베일에 가려도 황홀하고, 환히 빛나니 더 멋지다.
네 앞에 펼쳐진 이 세상, 그윽한 눈길로 바라본다.
나를 추하다고 욕해도 아름다움이 뭔지 나도 안다.

헬레네

현기증으로 덮쳐 왔던 어둠에서 비틀대며 나오니
정말 가만히 쉬고 싶다, 아, 사지가 정말 피곤해.
그래도 왕비라면, 무릇 사람이라면, 무슨 일에도
마음을 가다듬고 용기를 내야 마땅한 법이야.

포르키아스

이제 다시 숭고하고 아름다운 모습으로 서 있군요.
뭔가 명하고 싶은 눈빛, 무슨 말인지 어서 말해요.

헬레네
  너희의 뻔뻔한 싸움 때문에 늦어진 걸 보충해야 해,
  왕께서 분부하신 대로 어서 제물을 바칠 준비를 해.
포르키아스
  집안의 준비는 끝났지요, 접시, 세발향로, 벼린 도끼,
  정화수와 향까지 다. 바칠 제물을 말씀해 주시지요.
헬레네
  왕이 그 말씀만은 하지 않으셨다.
포르키아스
  말씀을 안 하셨다니! 이 정말 끔찍한 말이야!
헬레네
  뭐가 끔찍하다는 거냐?
포르기아스
  왕비님, 왕비님이 제물이라는 거요!
헬레네
  뭐, 내가?
포르키아스
  그리고 여기 이 시녀들도!
합창
  아, 애통하다!
포르키아스
  당신은 도끼로 쓰러질 거요.
헬레네
  섬뜩하다! 짐작이야 했다, 아 불쌍한 나!
포르키아스
  어떻게 피할 수 없을 것 같네요.

합창

　아! 그럼 우리는? 우리는 어떻게 되죠?

포르키아스

　왕비님은 고귀한 죽음을 맞으시겠지만,

　너희는 지붕 박공을 받치고 있는 저 안쪽 대들보에

　그물에 걸린 지빠귀 꼴로 줄줄이 매달려 버둥댈 거야.

헬레네와 합창대

　(망연자실한 표정으로 서 있다, 놀라움을 잘 표현할 수 있는 대형을 지어.)

포르키아스

　아니, 이런 유령들!—아예, 뻣뻣이 굳어버렸군!

　저희들 것도 아닌 낮과 헤어지는 게 그리 겁나냐!

　하긴 인간들이나 유령들이나 다 너희 같지,

　도대체 거룩한 햇빛을 단념할 줄 모른다니까.

　그러나 아무도 구원을 빌어주거나 구원해 주지 않아.

　다 알긴 해, 하지만 사실을 받아들이려 하지 않지.

　너희는 끝장난 거야! 어서 일을 시작하라.

　(손뼉을 치자, 복면을 한 난쟁이들이 문간에 나타나더니 방금 내려진 명령을 잽싸게 수행한다.)

　어서 당장 나와, 둥글게 생긴 시커먼 괴물들아,

　어서 굴러와 봐, 갖고 놀 거리가 여기 얼마든지 있다.

　황금의 뿔 손잡이가 달린 운반용 제단을 설치하고,

　도끼는 잘 갈아서 날이 은빛으로 반짝거려야 한다.

　항아리마다 물을 가득 채워라, 검은 피로 끔찍이

　더럽혀진 것들을 깨끗이 씻어내야 하니까 말이다.

　여기 흙먼지 위에다 화려한 양탄자를 깔아라,

그러면 제물이 우아하게 무릎을 꿇을 수 있고,
　　이어 참수된 몸을 둘둘 말아서
　　예법에 맞게 장례를 치를 수 있지.

선창자

　　왕비님은 시무룩이 생각에 잠겨 한옆에 서 있고,
　　시녀들은 베어놓은 잡초처럼 시들어가네요.
　　하지만 연장자로서 태곳적 연세를 드신 당신과
　　몇 말씀 나누는 게 저의 도리라 생각되는군요.
　　당신은 경험 많고 현명하고 우리에게 호감도 있죠.
　　아간 우리 아이들이 뭘 모르고 생각 없이 굴었지요.
　　혹시 살아남을 길이 있다면 좀 알려주세요.

포르키아스

　　그거야 어렵지 않지, 다만 왕비님 마음에 달렸네,
　　자기 목숨도 유지하고 너희 목숨까지 건지려면.
　　결단이 필요해, 아주 신속한 결단이 필요하다고.

합창

　　운명의 여신 중 가장 훌륭하고 현명한 예언자여,
　　황금 가위를 접으시고 구원과 햇살을 주소서.
　　흔들흔들 허공에 매달린 듯 벌써 섬뜩하나이다.
　　우리 팔다리는 먼저 춤이나 실컷 즐기다가
　　사랑하는 임의 가슴에 안겨 쉬면 그만이지요.

헬레네

　　걔들은 떨라고 해! 난 고통스럽지만 무섭지는 않다.
　　그래도 구원의 방법이 있다면 어디 한번 들어보자.
　　미래를 내다볼 줄 아는 현명한 사람은 정말로
　　난관을 타개하는 법을 알지. 그러니 어서 말해 보라.

합창

　말해 줘요, 어서, 어떻게 하면 이 끔찍한 올가미에서
　벗어나죠? 이것이 형편없는 목걸이가 되어 자꾸만
　우리 목에 달려들잖아요. 가엾은 목숨의 우리
　벌써부터 숨이 막혀 죽을 것 같아요, 모든 신들의
　어머니 레아, 당신께서 자비로 구원해 주지 않으시면.

포르키아스

　너희들 한정 없이 늘어질 이 이야기를
　꾹 참고 듣겠느냐? 할 이야기가 많거든.

합창

　참고말고요! 듣는 동안은 목숨이 붙어 있잖아요.

포르키아스

　집을 지키며 보물을 소중히 간직하고
　높은 궁궐의 담장에 난 틈을 메우고
　빗물이 새지 않게 지붕을 살피는 사람은
　평생을 두고 복되게 살 수 있겠지만,
　자기 집 문지방 뛰어넘는 것을 너무도
　우습게 알아 아무렇게나 나대는 자는
　언젠가 옛날 살던 곳을 찾아 돌아오면
　모든 게 변하고 황폐해진 것을 보리라.

헬레네

　다 아는 격언을 뭣 땜에 여기서 읊느냐.
　이야기하고 싶다면, 괜한 말은 하지 마라.

포르키아스

　역사에 나오는 얘기일 뿐 비난은 아니지요.
　메넬라오스는 만마다 다니며 노략질을 했지요.

해안과 섬들을 남김없이 휩쓸어버렸지요,
그렇게 싣고 온 약탈물들이 저기 꽉 차 있어요.
그는 트로이 성 앞에서 십 년의 세월을 보냈고,
귀환하는 데 몇 년이 걸렸는지는 모르겠군요.
당신 아버지 틴다레오스의 왕궁은 지금 어떤가요?
왕국은 또 어떤 형편에 있고요?

헬레네
남 욕하는 게 아주 몸에 배어서
욕을 안 하면 아예 말을 못 하느냐?

포르키아스
그 오랜 세월 동안 산과 계곡은 버려졌지요,
스파르타의 북쪽 산은 하늘 끝까지 치솟고,
뒤편의 타이게토스 산에선 오이로타스 강이
콸콸 흘러내리다 우리의 계곡을 지나면서
넓은 갈대밭 강에 당신의 백조들을 키우지요.
그 뒤편 골짜기에 한 대담한 종족이 와서
정착을 했지요, 칠흑 같은 밤에 몰려왔어요,
그곳에다 난공불락의 요새를 쌓아 올리고서
거기를 발판으로 약탈을 자행하고 있지요.

헬레네
그들이 그렇게나? 전혀 불가능해 보이는데.

포르키아스
그들에겐 시간이 있었지요, 대략 이십 년 정도.

헬레네
우두머리가 있나? 수가 많고, 패거리들이 있나?

포르키아스

  도둑들은 아닙니다, 물론 우두머리는 있었지요.
  나도 약탈을 당했지만 그를 욕할 마음은 없어요.
  다 빼앗아 갈 수 있었지만 그는 그냥 몇 가지
  헌납품에 만족했죠. 공물 대신 그렇게 부르대요.

헬레네

  생긴 건 어떻던가?

포르키아스

  나쁘지 않았어요! 내가 좋아하는 스타일이지요.
  성격도 쾌활하고 대담하고 당당하더군요,
  그리스에서는 보기 드물게 사려가 깊은 성격이죠.
  그 종족을 야만인이라고 욕들 하는데, 내가 보기엔
  그리스군들이 트로이 성 앞에서 보여주었던
  식인종 같은 그런 잔인함은 그들 중 누구도 없어요.
  그의 위대함이 존경스러워요, 나는 그를 신뢰해요.
  그리고 그의 성(城)! 당신은 그걸 직접 봐야 해요,
  그의 성은 당신 조상들이 되는 대로 대충 쌓아 올린
  모양새 없는 성벽과는 질적으로 달라요.
  당신들은 외눈박이 키클롭스가 하는 것처럼
  거친 돌 위에 거친 돌을 내던지는 식이지요. 반면에
  거기선 모든 게 수직에 수평, 완벽한 균형을 이루죠.
  그 성을 밖에서 보면! 하늘로 우뚝 치솟아 있는데,
  탄탄하면서 이음새도 없어 강철처럼 매끈하지요.
  거길 기어올라요? 생각부터 미끄러져 떨어질걸요.
  안에는 널찍한 마당이 있고, 주위로 빙 둘러가며
  다양한 용도의 다양한 건물들이 늘어서 있지요.

큰 기둥, 작은 기둥, 큰 아치, 작은 아치도 있고
안과 밖을 다 볼 수 있는 발코니와 회랑도 있고,
문장(紋章)도 있지요.
합창
문장이 뭐죠?
포르키아스
이를테면 아이아스[208]는
방패에 똬리를 튼 뱀을 그렸어, 다 봤겠지만.
테베를 공격한 일곱 용사들도 각자 방패에
문양을 지녔지, 다 나름의 깊은 의미가 있어.
둥근 밤하늘의 달과 별,
여신, 영웅과 사다리, 칼, 횃불 등등,
훌륭한 도시들에게 위협적인 것들이었지.
그런 문장을 우리 집안 영웅들도 지녔지,
먼 선조 때부터 내려온 화려한 문양이야.
거기엔 사자, 독수리, 발톱 그리고 부리,
들소의 뿔, 날개, 장미, 공작의 꼬리,
금빛, 검정, 은빛, 파랑, 빨강 줄무늬도 있어.
이런 것들이 홀마다 줄지어 높이 걸려 있어,
홀들은 어찌나 넓은지 세상처럼 끝이 안 보여.
거기서 너희는 춤을 춰도 돼!
합창
혹시 함께 춤을 출 파트너들도 있나요?
포르키아스
완전 최고야! 금발에 싱싱한 청년들이야.
젊음의 향기가 난다, 아마 파리스 정도가

왕비님께 다가갔을 때 그런 향기를 풍겼겠지.

헬레네

네 주제를 모르고, 아주 무엄하구나,
어서 마지막 말이나 해봐라!

포르키아스

그건 당신이 해야죠, 진지하게 '그래!'라고 하면
당장 당신을 그 성으로 에워싸 드리죠.

합창

어서 말하세요,
짧은 한마디요! 당신도 구하고 우리도 구하세요.

헬레네

뭐야? 내가 두려워한다고? 메넬라오스 왕이
나한테 아주 잔인하게 나올 거라고?

포르키아스

메넬라오스가 전사한 파리스의
동생 데이포부스를, 미망인인 당신을
차지하여 첩으로 삼은 그를 극악무도하게
난도질한 걸 잊었나요? 코와 귀를 도려내고
계속해서 토막을 냈죠, 끔찍한 광경이었지요.

헬레네

그건 다 나 때문이야.

포르키아스

그 때문에 당신한테도 똑같은 짓을 할 겁니다.
아름다움은 공유가 없어요. 혼자 차지했던 남자는
조금씩 나눠 갖느니 차라리 다 박살을 내버리죠.
(멀리서 들리는 나팔 소리. 합창대가 기겁한다.)

요란한 저 나팔 소리가 귀와 창자를 찢어대듯이
그 남자의 질투심이 가슴을 꽉 움켜잡고 있어요,
그 남자는 절대 잊지 못하지요, 자기가 한때
차지했다 잃어버려 없어진 걸 절대 못 잊지요.

합창

저 뿔피리 소리가 안 들리나요? 번쩍이는 저 무기들이 안 보여요?

포르키아스

환영합니다, 왕이시여, 그간의 자초지종을 말씀드리지요.

합창

그럼 우리는?

포르키아스

잘 알겠지만, 왕비의 죽음이 니희 눈앞에 와 있나,
너희의 죽음도 저 안에 있다, 어쩔 수가 없어.

(사이)

헬레네

뭘 할지 내 결심은 섰어.
넌 악령 중의 악령이야, 다 안다.
때문에 네가 수작을 부릴까 봐 걱정이야.
아무튼 너를 따라 성으로 가겠어.
나머지는 다 알아, 하지만 왕비가
가슴 깊이 숨겨놓은 것은
아무도 알면 안 돼, 이 할망구야, 앞장서!

합창

　　　아, 우리 기꺼이 가리,
　　　발걸음 재촉하여 가리.
　　　뒤에는 죽음이 따르고
　　　저기 우리 눈앞에는
　　　우뚝 솟은 성채,
　　　난공불락의 성곽.
　　　성이여, 우릴 보호해 주소서,
　　　예전의 트로이 성처럼,
　　　그 성이야 결국엔
　　　비열한 잔꾀에 넘어갔지만.

(안개로 배경을 덮고, 가까운 곳도 재량대로 안개로 가린다.)[209]

　　　아니, 이게 어찌 된 일이지?
　　　자매들아, 주위를 둘러봐.
　　　아깐 환한 대낮이었잖아?
　　　성스러운 오이로타스 강에서
　　　안개가 너울대며 피어나더니,
　　　예쁘게 갈대의 화환을 두른
　　　강변이 눈앞에서 사라졌어.
　　　한껏 우쭐대며 자유롭게
　　　살짝 미끄러지듯 백조들,
　　　한데 어울려 헤엄치더니만
　　　아니, 이제 보이지 않는다!

그렇지만, 아, 그렇지만,
백조의 울음소리 들려온다,
쉰 울음소리가 저 멀리서!
저 소리 죽음의 징조라더군,
아아, 저 소리는 아무래도
우리에게 구원의 약속이 아닌
죽음을 알리는 소리인가 봐.
백조처럼 길고 아름다운 목의
우리에게, 그리고 아아!
백조에서 태어난 왕비님께.
이를 어쩌나, 이를! 어쩌나!

사방이 이제는 온통
안개로 뒤덮여 버렸어.
우리의 얼굴도 안 보여!
웬 일이지? 우린 걷고 있나?
종종걸음으로 땅을 스치듯
우린 공중에 떠서 걷는 건가?
아무것도 안 보여? 혹시 저 앞엔
헤르메스가 아닐까? 황금지팡이가
우리에게 어서 돌아가라는 건가?[210]
그 썰렁한, 잿빛 해가 뜨고
허깨비 같은 형상들로 가득 찬,
아니 넘쳐나는, 영원히 텅 빈 저승으로.

어, 갑자기 캄캄해진다, 안개는 점점 흐려지며 흩어진다,

진흙 같은 빛으로, 담벼락 같은 빛으로. 성벽들이 눈앞에,
확 트인 눈앞에 튼튼하게 서 있다. 마당인가, 구덩이인가?
아무튼 섬뜩하다! 자매들아, 아! 우리는 사로잡혔어,
여느 때보다 확실하게 사로잡혔어.

성채의 안마당

(중세의 화려한 환상적인 건물들로 에워싸여 있다.)

선창자
여자들이란 참으로 어리석고 성급해!
순간에 휘둘리고, 행과 불행의 숨결에
놀아나고, 행도 불행도 차분히 다룰 줄
몰라, 하나가 딴 애를 뭐라 나무라면,
다른 애들은 또 그 애의 말을 자르지.
기쁨과 고통에 소리칠 때만 한목소리지.
자, 조용! 왕비께서 자신과 우릴 위해
어떤 결정을 내리시는지 경청해 보자.

헬레네
마법사[211]야, 어디 있느냐? 네 이름이 뭐든 간,
이 음침한 성 둥근 천장의 방에서 냉큼 나와라.
만약 이 성의 놀라운 주인에게 나의 도착을 알려
내게 환영의 만찬을 베풀기 위해 간 거라면
고마운 일, 어서 나를 네 주인에게로 안내해라.
나도 어서 이 방랑을 끝내고 편히 쉬고 싶으니.

선창자
> 왕비님, 사방을 둘러봐도 아무 소용 없어요,
> 그 괴물이 사라졌어요, 혹시 저 안개 속에
> 남아 있는 건 아닐까요, 그 안개를 헤치고 우린
> 어찌 왔는지 모르지만 서둘러 허우적대며 왔지요.
> 어쩌면 건물들의 구조가 복잡한 성채의 미로 속을
> 어떻게 할까 고민하며 헤매고 있을지도 몰라요,
> 왕후의 환영식 일을 주인한테 물어야 하니까요.
> 아니, 저기! 저 위에 사람들이 무수히 오가네요,
> 회랑, 창가, 문간에서 바쁘게 이리저리
> 시녀들, 시종들이 움직이고 있어요,
> 장려한 환영행사를 마련하는 조짐이네요.

합창
>> 마음이 한결 놓이네요! 오, 저길 봐요,
>> 예법을 갖추어 느린 걸음으로
>> 젊고 잘생긴 일군의 무리가 질서정연하게
>> 행진하네요. 대체 누구의 명령에 따라
>> 똑바로 줄과 열을 맞추어 저토록 일찍
>> 젊은이들 무리가 저리 멋지게 등장했을까?
>> 뭘 제일 칭송해야 하나? 우아한 걸음걸이?
>> 빛나는 이마에 드리운 저 곱슬머리일까요?
>> 복숭아처럼 붉고 솜털이 보송보송한
>> 저 사랑스러운 양쪽 볼일까요?
>> 한 입 깨물고 싶지만 아, 두려워라,
>> 전에도 그랬다가 내 입속에,
>> 에구머니나, 재만 잔뜩 씹혔지요.

그래도 너무나 멋진 젊은이들,
그들이 우리 쪽으로 오고 있어요.
손에는 뭘 들고 오는 걸까요?
옥좌의 계단,
양탄자와 연단,
휘장과 천개(天蓋)의
장식이군요.
장식들이 넘실대네요,
구름너울처럼
우리 왕비님 머리 위에서.
어느새 왕비님은 청을 받아
화려한 옥좌에 오르시네요.
자, 우리도 다가가자,
한 계단 또 한 계단,
엄숙히 줄을 지어 오르자,
영광 있으라, 오, 영광 있으라,
이 멋진 영접이여!

(합창대가 묘사한 사항들이 하나하나 실행에 옮겨진다.)

파우스트

(젊은이와 시종들이 긴 행렬을 이루어 내려오고 나자, 계단 꼭대기에 중세의 궁정복장 차림으로 나타나 천천히 품위 있는 자태로 계단을 내려온다.)

선창자　(그를 쳐다보면서)
　　만약 신들이, 자주 그리하듯, 이분께
　　저 경탄스러운 생김새와
　　고상한 몸가짐, 저 당당함을
　　잠시 빌려준 것이 아니라면
　　이분은 무슨 일을 하든
　　다 이룰 거라오, 남자들의 전쟁에서든,
　　최고의 미녀들과의 작은 전쟁에서든.
　　세상의 뛰어난 인물들 많이 보아왔지만,
　　이분은 타의 추종을 불허하지요.
　　위엄이 서린 진중한 걸음걸이로 천천히
　　영주께서 오시네요, 저길 보세요, 왕비님!
파우스트　(결박된 사내를 하나 데리고 다가오면서)
　　이런 자리에는 멋진 인사말이나
　　깍듯한 환영의 말을 하는 게 도리지만
　　대신 이 머슴을 포박하여 데려왔습니다.
　　이놈의 의무 소홀로 저도 일을 망쳤습니다.
　　당장 무릎을 꿇고! 이 고명하신 부인께
　　너의 죄를 낱낱이 아뢰어라!
　　이자가 누군가 하면, 고귀하신 여왕님,
　　예리한 눈을 가져서 높은 망루에서
　　사방을 살피는 일을 맡은 자이지요,
　　거기서 하늘과 땅을 빈틈없이 살피죠,
　　이곳저곳에 혹시 뭔가가 나타나나,
　　언덕에서 계곡을 거쳐 이 견고한 성까지
　　뭔가 움직이나, 가축 떼의 물결이든

비극 제2부 제3막

적군의 행렬이든. 우린 가축 떼는 보호하고,
　　적군엔 맞서지요. 오늘은 임무태만이었죠!
　　여왕께서 오시는데도 보고를 하지 않아
　　귀한 손님께 어울리는 정성 어린 영접을
　　못 했습니다. 이 수치스러운 일로 이자는
　　목숨이 날아간 겁니다. 마땅히 죽음의
　　피를 뒤집어쓰고 있어야 하지만, 오로지
　　여왕께서 벌을 내리든 사면하든 결정하십시오.
헬레네
　　이렇게 재판관, 통치자의 높은 지위를
　　제게 내려주시니, 비록
　　그것이 저를 시험하는 것이라도
　　일단 재판관의 첫 의무를 수행하여
　　피고의 말을 들어보지요. 어서 말해 봐라.
망루지기 린코이스[212]

　　　　무릎 꿇게 하소서, 바라보게 하소서,
　　　　죽게 하소서, 살게 하소서,
　　　　소인은 하늘이 보내신 여인께
　　　　이미 바쳐진 몸이오니.

　　　　제가 아침의 환희를 고대하며
　　　　해의 궤적을 좇으며 동쪽을 살피는데
　　　　놀랍게도 태양이 느닷없이
　　　　남쪽에서 떠오르는 것이었어요.

　　　　저는 그쪽으로 눈길을 돌렸지요,

그러나 계곡도, 언덕도,
대지나 하늘도 눈에 안 들어왔고,
오로지 그 태양만 바라보았죠.

저는 원래 까마득한 나무 위의
살쾡이처럼 예리한 시각을 가졌으나
캄캄한 꿈의 질곡에서 벗어나려 하듯
정신을 차리려 무진 애를 써야 했어요.

대체 어디가 어딘지 알 수가 없었죠,
성가퀴는? 탑은? 닫힌 성문은 어디 있지?
안개가 넘실대더니 이어 사라지면서
눈앞에 이런 여신께서 나타났습니다.

눈과 가슴을 여신께 고정시키고서
부드러운 광휘를 한껏 들이켰지요,
눈이 부시도록 찬란한 아름다움에
불쌍한 소인은 완전 눈이 멀어버렸지요.

망루지기의 의무를 까맣게 잊었지요,
뿔피리 소리에 맺은 서약을 잊었지요,
저를 아무리 죽이겠다고 하셔도,
아름다움은 모든 분노를 잠재우지요.

헬레네
　내가 초래한 잘못을 내 어찌 처벌하겠느냐?
　이를 어쩌나! 왜 이리 가혹한 운명이 나를

쫓는가, 왜 자꾸 남자들의 마음을 흔들어
그들 자신도 잃고 그들이 아끼는 것까지
다 잃도록 만드는가. 때로는 강탈하고,
유혹하고, 대결하고, 이리저리 도망치고.[213]
반신들, 영웅들, 신들, 심지어 악마까지도
어쩔 줄 모르고 나를 이리저리 끌고 다녔지.
세상을 어지럽혔고 또 두 몸으로는 더했고,
삼중, 사중으로까지 재앙을 또 불러오는가.[214]
어서 이 선량한 사람을 데려다가 풀어줘요,
신의 우롱을 받은 사람에게 치욕을 주면 안 돼요.

파우스트

놀랍구려, 오, 왕비여, 백발백중의 궁사와
여기 화살에 맞은 사람을 동시에 보게 되다니!
내가 활을 보고 있는 찰나 화살이 날아와
저 사람을 맞추었지요. 화살은 연달아 날아와
나까지 맞추네요. 성과 성의 마당 할 것 없이
화살의 깃털이 윙윙대며 휙휙 날아다니는군요.
난 뭔가? 당신은 졸지에 나의 충신들을
배신자로 만들고, 나의 성벽도 불안스레
만드는군요. 때문에 두려워요, 나의 군대가
백전백승 무패의 여왕에게 순종할까 봐.
이제 어찌할까요? 나와 내 것이라 여겼던 걸
모두 당신에게 바치는 일만 남았지요.
이렇게 당신 발치에 충심으로 엎드리오니
나의 여왕이 되어주소서. 나타나시는 순간
권력과 옥좌는 당신의 것이 되었나이다.

린코이스 (상자를 들고 등장하고, 남자들이 다른 상자들을 들고 그를 따른다.)

   왕비님, 돌아와 이렇게 엎드립니다!
   이 부자가 왕비님의 눈길을 구걸코자 합니다.
   당신을 보는 순간 금방 느끼지요,
   저는 왕 같은 부를 가진 걸인이라는 것을.

   애당초 저는 뭐였지요? 이젠 뭔가요?
   무엇을 원하고, 무엇을 해야 하나요?
   눈이 아무리 날카로운들 뭐하나요?
   당신의 옥좌에 부딪히면 튕기는걸요.

   우리는 해 뜨는 동쪽에서 왔습니다,
   그래서 서쪽은 곧 끝장이 났습니다.
   사람들의 행렬은 길고도 폭이 넓어
   맨 앞의 사람은 맨 끝 사람을 몰랐죠.

   맨 앞 사람이 쓰러지면 뒷사람이 나섰고
   세 번째 사람은 창을 손에 움켜잡았지요.
   각 개의 병사는 백배로 강해졌지요,
   천 명이 죽어 넘어졌어도 전혀 몰랐습니다.

   우리는 몰려 나갔죠, 폭풍처럼 전진했어요,
   우리는 곳곳에서 승전보를 울렸습니다.
   오늘 내가 주인이 되어 호령했던 곳이
   내일이면 다른 약탈자의 손에 들어갔지요.

우리는 주위를 살폈어요, 얼른 살펴봤어요,
최고의 미녀를 붙잡은 자도 있었고,
튼튼한 황소를 붙잡은 자도 있었지요,
말들은 남김없이 끌고 갔지요.

그러나 내가 호시탐탐 노린 것은
사람의 눈에 아주 희귀한 것들이었죠.
다른 사람들도 갖고 있는 것은
제겐 말라비틀어진 풀이나 마찬가지였죠.

그런 보물들만 골라서 추적했지요,
제 날카로운 눈만 믿고 따랐습니다.
주머니란 주머니는 다 꿰뚫어 보았고,
궤짝도 어느 것이나 안이 훤히 보였죠.

그리하여 금 뭉치를 손에 넣었지요,
가장 화려한 것은 물론 보석이었죠.
당신의 가슴을 푸르게 장식해 줄 것은
그중에서 에메랄드밖에 없습니다.

당신의 귀와 입 사이에서 살랑살랑
흔들거리기로는 심해의 진주가 좋지요.
제가 루비를 달아드린다 해도
당신의 붉은 **뺨** 앞에 창백해질 테니까요.

제가 가진 최고의 보물들을

여기 당신의 면전에 내려놓습니다.
피비린내 나는 전투의 수확물을
당신의 발치에 바치겠나이다.

여기 들고 온 상자들만 해도 많지만
철궤 보물 상자는 더 많이 있답니다.
저를 당신 곁에 있게 허락해 주신다면
당신의 보물 창고를 꽉 채워드리겠습니다.

당신이 옥좌에 오르시니 어느새
이성과 재산 그리고 권력까지도
당신의 더없이 아름다운 모습 앞에
허리 굽혀 경의를 표하고 있습니다.

이 모든 것 손에 꽉 쥐고 있다
풀어놓으니, 당신 것이 됩니다.
이것들 다 귀하고 소중하다 여겼는데
별것도 아님을 이제 깨달았습니다.

제가 가졌던 것들 다 사라져,
이젠 베어져 시든 풀이 되었습니다.
오, 달콤한 눈길 한번 던져주시어
이들의 가치에 새 생명을 넣어주소서!

파우스트
　당장 이 전장의 노획물들을 치워라,
　꾸짖진 않겠지만 잘했다고 할 수도 없다.

　　　　이 성의 품안에 숨어 있는 것들 모두
　　　　이미 이분의 것이거늘 괜히 특별한 선물을
　　　　바칠 필요는 없다. 어서 가서 보물들을
　　　　차곡차곡 쌓아 올려라. 전대미문의 눈부신
　　　　장면을 연출하라! 별빛 총총한 밤하늘처럼
　　　　천장이 반짝이게 하라, 생명 없는
　　　　생명들의 낙원을 만들도록 해라.
　　　　이분의 발길을 앞질러 가서 꽃무늬
　　　　양탄자들을 겹겹이 펼쳐놓아라, 이분의
　　　　발걸음이 푹신하게 하라, 이분의 눈길에
　　　　오직 신의 눈빛만, 오직 광휘만 띄게 하라.
린코이스
　　　　지시하신 게 다 쉬운 것들이군요,
　　　　이 하인에게는 손쉬운 놀이지요.
　　　　재산과 심장의 피를 다스리는 것은
　　　　이 왕비님의 아름다운 자태이지요.
　　　　병사들은 모두 아주 양순해졌고
　　　　칼들은 무디어지고 마비되었지요,
　　　　이 성스러운 왕비님의 자태 앞에선
　　　　태양도 빛을 잃고 서늘해지지요.
　　　　눈부신 왕비님의 얼굴 근처만 가도
　　　　모든 게 공허하고 기운을 잃지요.

　　(퇴장)

헬레네　(파우스트에게)
　　　　당신과 말씀을 나누고 싶어요, 어서

제 옆으로 올라오세요! 이 빈자리가
주인을 부릅니다, 그래야 제 자리도 좋지요.
파우스트
먼저 무릎을 꿇고 충성의 다짐을 하게
하소서, 고귀한 부인. 저를 당신 곁으로
끌어주는 그 손에 입 맞추게 하소서.
나를 무한대한 당신의 왕국의 공동통치자로
써주시어 이 한 몸으로 당신의 하인이자
숭배자, 수호자가 되게 해주소서.
헬레네
참으로 신기한 일들을 많이 듣고 보아서
놀랍기도 하고 물어보고 싶은 것도 많아요.
먼저 궁금한 것이 있어요, 왜 저 사람이
말하는 게 야릇하면서도 다정하게 들렸을까요?
한 소리가 다음 소리와 멋지게 어울리고,
한 낱말이 귓전을 즐겁게 하면
다른 낱말이 와서 그 낱말을 애무해요.[215]
파우스트
우리 종족의 어투가 마음에 드셨으면
우리 노래도 틀림없이 좋아하실 겁니다.
귀와 마음을 속속들이 즐겁게 해줄 겁니다.
말이 나온 김에 당장 한번 해보지요,
말을 주고받다 보면 저절로 돼요.
헬레네
어쩌면 그렇게 아름답게 말할 수 있나요?

파우스트

　어렵지 않아요, 마음에서 우러나면 돼요.
　가슴에 그리움이 넘치면
　주위를 둘러보며 묻지요 —

헬레네

　함께 즐길 사람 누구냐고.

파우스트

　그러면 마음은 앞도 뒤도 안 보지요,
　지금 이 순간만이 —

헬레네

　우리의 행복이지요.

파우스트

　이 순간은 보물입니다, 노다지고 재산이고 담보죠.
　이걸 누가 확인해 주지요?

헬레네

　나의 손이지요.

합창

　　누가 우리 왕비님 흉볼까요,
　　이 성의 주인에게
　　사랑의 표현 했다고요.
　　솔직해 말해, 우리 모두
　　포로가 아닌가요, 자주 그랬죠,
　　트로이가 치욕을 당한 뒤,
　　고통과 불안 속의 미로 같던
　　도망 길에 나서고부터.

사랑을 많이 해본 여자들은
　　선택을 하는 입장은 아니어도
　　남자들을 아주 잘 알지요.
　　때문에 금발의 목동에게도
　　뻣뻣한 턱수염의 목신에게도
　　기회가 생기기만 하면
　　꽃피어 나는 자기 몸뚱어리
　　얼마든지 내어준답니다.

　　어느새 저 두 분, 가까이
　　바짝 기대어 앉아 있네요,
　　어깨와 어깨, 무릎과 무릎,
　　손과 손 맞대고 맞잡고서
　　화려하고 푹신한 옥좌에서
　　일렁일렁 몸을 흔들고 있어요.
　　지체가 높으신 분들은
　　만인이 지켜보는 가운데
　　은밀한 사랑을 나누는 것도
　　서슴지 않나 보네요.

헬레네
　　내 자신이 멀면서도 아주 가깝게 느껴져요,
　　그래도 말하겠어요, 나 여기 있다고, 여기!

파우스트
　　난 떨리고 숨이 막혀 말을 못 하겠어요,
　　시간도 공간도 다 사라지고 이건 꿈 같네요.

헬레네
　난 죽은 것 같으면서도 새로 태어난 듯해요.
　미지의 당신과 진정 하나가 돼서 그래요.
파우스트
　진귀한 운명을 되새김질하지 마세요,
　존재는 의무지요, 비록 한 순간이라도.
포르키아스　(씩씩대며 안으로 들어오면서)
　　　사랑 안내서나 읊으면서
　　　희희낙락 사랑놀이나 하며
　　　아주 한가히 즐기시네요,
　　　지금 그럴 때가 아닙니다.
　　　멀리 천둥소리 안 들려요?
　　　찢어질 듯한 나팔 소리 들어봐요,
　　　파멸이 다가오고 있어요.
　　　메넬라오스가 대군을 거느리고
　　　막 쳐들어오고 있어요.
　　　어서 일전을 치를 채비를 해요!
　　　승리한 무리들에게 에워싸여
　　　데이포부스처럼 난도질 당하며
　　　여자들을 꾄 대가를 치를 거요.
　　　먼저 값싼 계집들이 허공에 매달리고,
　　　이 왕비를 위해 제단에는
　　　날을 벼린 도끼가 마련될 거요.
파우스트
　어딜 함부로! 제멋대로 들어오다니,
　암만 위험해도 이런 버르장머리는 안 돼.

잘생긴 사자도 흉보가 추악하게 만드는데,
넌, 원래 추악한 것이 흉보나 들고 오느냐.
이번엔 네 생각대로 안 된다. 괜한 헛김이나
허공에다 내뿜지 마라. 위험 같은 건 없어.
위험이 있다 해도 그저 공포탄에 불과해.

(경고의 신호, 망루 쪽에서 들려오는 포성, 트럼펫 소리와 나팔 소리, 군악 소리, 중무장한 군사들의 행진.)

파우스트

　　괜찮아요, 임전무퇴의 영웅들이
　　곧 이리로 모일 겁니다.
　　여인들을 힘껏 보호할 줄 알아야
　　여인들의 사랑을 받을 수 있지요.

　　(잠시 대열에서 나와 다가온 지휘관들에게)
　　이글대는 분노를 불사르며
　　승리를 확신하며 나아가라,
　　너희 북방의 젊은 꽃들아,
　　너희 동방의 피어나는 힘들아.

　　강철 갑옷 눈부시게 반짝이며
　　만나는 적마다 쳐부쉈던 무리,
　　이들의 등장에 대지는 진동하고,
　　이들의 전진에 천둥소리 울린다.

우리는 필로스[216] 항구에 상륙했다,
거기 늙은 네스트로는 이제 없다,
잡다한 왕들의 연합 무리를
우리의 자유로운 군대가 처부순다.

거리낄 것 없이 당장 이 성벽에서
메넬라오스를 바다로 몰아내라,
바다나 돌며 노략질이나 하라 해라,
그 짓이나 하는 게 운명이었으니.

그대들 공작들이여, 내 환영하노니
스파르타 여왕의 명이로다,
어서 산과 계곡을 여왕께 바쳐라,
여왕의 영토가 곧 그대들 것이 되리니.

너희 게르만인들아! 성벽을 쌓아
코린트의 해안을 굳게 지켜라,
협곡으로 이루어진 아카이아는
너희 고트족이 맡아서 방어하라.

프랑켄 군대는 엘리스로 진격하고
메세네 쪽은 작센인들이 맡아라,
노르만족은 바다를 완전 평정하고
아르골리스를 새롭게 재건하라.

모든 종족이 각자 영지에 정착하면

바깥을 향해 힘과 위용을 보여라,
그러나 스파르타는 너희들 위에서
여왕의 유서 깊은 지위를 간직하리라.
각자의 영지에서 나름대로 번영하는
그대들의 모습을 여왕은 지켜보신다.
그러니 여왕의 발치 아래서 마음껏
권위와 법과 빛을 찾도록 하라.

(파우스트는 옥좌에서 내려오고, 제후들은 그를 빙 둘러싸고서 명령과 지시를 기다린다.)

합창

절세미녀를 원한다면
이 세상 그 무엇보다
무기를 갖춰야 한다네.
저분은 멋진 말솜씨로
절세의 미녀 얻었지만
편히 간직하지 못하네.
살며시 훔쳐 가려는 자,
대놓고 앗아 가려는 자,
다 대비를 해야 한다네.

우리 성주님 찬양하세,
누구보다 높이 칭송하세,
용맹과 지혜 다 갖추셔
영웅들 머리를 조아리며

　　　　명령 하달만 기다린다네.
　　　　명령 충실히 수행한다네.
　　　　자신에게도 이익이 되고
　　　　성주님의 보답도 있다네.
　　　　양쪽 모두 명성을 떨치네.

　　　　누가 왕비를 감히 빼앗죠,
　　　　저리 강력한 주인에게서?
　　　　왕비님은 오로지 그분 것,
　　　　우리도 절절히 바란다네,
　　　　우리까지도 튼튼한 성벽과
　　　　강력한 군대로 지켜주시니.

파우스트

　　　　이들에게 각각 풍요로운 땅을
　　　　하나씩 하사하였으니 그 선물
　　　　크고도 훌륭하다, 그렇게 두자,
　　　　우리는 한가운데 자리를 잡고.

　　　　이들은 서로 뒤질세라 지키겠지,
　　　　주위엔 파도가 넘실대는
　　　　반도인 너를. 너 얕은 구릉의 띠
　　　　유럽의 산맥의 마지막 끝가지다.

　　　　이 나라, 모든 나라들의 태양이니
　　　　모든 종족에게 행복을 선사하라,
　　　　이 나라는 이젠 나의 왕비의 것,

애초 그녀를 우러러보던 나라다.

오이로타스 강 갈대가 속삭일 때
그녀는 빛을 내며 알에서 나왔지,[217]
고귀한 어머니와 형제자매들은
그녀의 눈빛에 눈이 부셨어.

이 나라 오로지 당신만을 위하여
최고의 꽃을 피워 바치겠소,
온 세상이 당신 것이라 하여도
당신의 조국을, 오! 더 사랑해 줘요.

산등성이엔 태양이 뾰족한 봉우리들
사이로 차가운 화살 빛을 던지지만,
바위에는 어느새 푸른 기운이 감돌고
염소들은 드문 풀들을 맛있게 뜯는다.

샘물은 솟아 큰 내를 이루어 흐르고
계곡과 산비탈, 초원엔 초록빛 짙어가고,
수백의 구릉들의 비탈진 언덕바지엔
흩어져 풀을 뜯는 양 떼가 보인다.

뿔 달린 소들은 제각각 일정한 보폭으로
조심조심 가파른 벼랑 쪽으로 다가간다.
하지만 이들에겐 다 피난처가 있다,
암벽이 수백의 둥근 동굴을 만들어준다.

거기 목신이 이들을 지켜주고, 덤불 우거진
벼랑의 물기 시원한 곳엔 물의 요정이 산다.
그리고 빽빽이 들어선 나무들은 그리움에
더욱더 높은 곳을 향해 가지를 뻗는다.

태고의 숲이다! 참나무는 우뚝 치솟아
가지들은 깍지를 끼듯 서로 뒤엉켜 있다,
단풍나무는 달콤한 수액을 몸에 지니고
부드럽게 솟아 우듬지를 가지고 논다.

고요한 나무그늘에는 어머니의 가슴처럼
아이와 양을 위해 부드러운 젖이 솟는디,
과일도 손 닿는 데 있어 마음껏 먹어도 되고,
나무줄기의 움푹한 구멍에서는 꿀이 흐른다.

이곳에선 쾌활함이 유전처럼 이어져,
뺨도 입술도 모두 붉게 타오른다.
하나같이 제 있는 자리에서 영생하고,[218]
모두가 만족해하고 건강하다.

이런 맑은 빛을 받아가며 귀여운 아이는
점차 자라 아버지의 힘을 갖게 된다.
놀랍다. 그래도 궁금한 것 한 가지,
그러면 아이는 신인가, 인간인가?

아폴론 신이 목동의 모습을 했으니

가장 아름다운 목동은 아폴론을 닮은 것.
자연이 아주 순수하게 지배하는 곳에는
모든 세계가 서로 간섭한다.

(헬레네 곁에 앉으며)

당신도 바로 이렇게, 나도 그렇게 되었소,
과거 따위는 등 뒤에 버리기로 합시다.
오, 당신은 최고의 신[219]에게서 태어났지요.
그러니 당신은 최초의 세계 사람이지요.

당신은 견고한 성에 갇혀 있으면 안 돼요!
한껏 즐기며 살라며 스파르타 곁에는
영원한 젊음 누리며 아르카디아[220]가
아직도 우리를 위해 펼쳐져 있어요.

이런 복된 땅에 살고픈 마음에 끌려
당신은 이 밝은 운명 속으로 도망친 거죠.
우리 이 옥좌를 정자로 삼아
아르카디아의 행복에 취해 봅시다!

(무대 세트가 싹 바뀐다. 여러 개의 바위 동굴들을 배경으로 문 달린 정자들이 늘어서 있다. 그늘진 숲이 주위를 둘러싼 바위절벽과 맞닿아 있다. 파우스트와 헬레네의 모습은 보이지 않는다. 합창대는 여기저기 흩어져 잠들어 있다.)

포르키아스

이 계집애들이 대체 얼마나 자빠져 자는 거야.

혹시 이것들이 내가 두 눈으로 뻔히 보는 걸
꿈으로 꾸고 있는 건 아닐까. 모를 일이야,
어서 깨워야겠어. 이 젊은 것들 깜짝 놀랄 거야.
저 아래 관객석에서 이 그럴듯한 기적이 뭘까
학수고대하는 턱수염 양반들도 마찬가지요.
어서 일어나! 너희 졸린 곱슬머리를 어서 흔들어.
눈에서 잠을 쫓아! 멍청한 눈빛 말고, 내 말 들어!

합창

어서 말해 줘요, 제발, 무슨 일이 있었죠?
믿기 어려운 것들 듣는 걸 제일 좋아해요.
죽치고 이 바위만 보니까 따분해 죽겠어요.

포르키아스

눈 비비고 일어난 게 언젠데 벌써 지루해?
잘 들어봐, 이 동굴, 이 동굴의 정자 안에
전원 속의 연인 같은 분들이 숨어 있어,
바로 우리의 주인과 여주인님이지.

합창

아니, 저 안에요?

포르키아스

저분들은 세상과 담을 쌓고
오직 나 하나만 불러 조용히 일을 시켜.
자랑스레 시중을 들면서 의당 그래야 하듯
나는 눈길을 돌리지. 여기저기 돌아다니며
몸에 좋은 약초나 이끼, 나무껍질을 찾지,
그러면 두 분만 계시는 거야.

합창

　저 안에 우주가 다 들어 있다고요?

　숲, 초원, 냇물, 호수, 애들 동화 얘기해요?

포르키아스

　물론이지, 철부지들아! 저 안은 미지의 세계야,

　늘어선 홀과 홀들, 뜰과 뜰들, 잘 찾아야 해,

　그런데 갑자기 큰 웃음소리가 동굴에 번졌어.

　웬 사내아이가 엄마 품에서 아빠한테로,

　아빠에게서 엄마한테 뛰어갔어. 재롱을 떨었지.

　귀여워 죽는 듯한 소리, 놀리는 소리, 환호 소리

　이것들이 번갈아 내 귀를 얼얼하게 했지.

　날개 없는 알몸의 천사, 야수성 없는 목신 같았지,

　탄탄한 바닥에서 뛰면 바다도 응답을 해서

　애를 허공으로 집어 던졌지, 두세 번 그리 뛰니

　높은 둥근 천장까지 치솟았어.

　조바심에 엄마는 외쳤어, 얼마든지 뛰어도 좋은데,

　허공을 날면 안 돼. 네게 그 능력은 안 주어졌어.

　아버지도 점잖게 경고했어, 땅속에 탄력이 있어서

　너를 허공에 치솟게 해, 발가락으로 땅을 건드리면

　너는 안타이오스[221]처럼 금방 힘을 얻어.

　그렇게 아이는 큰 바위 위에서 껑충껑충 뛰었지,

　이 모서리에서 저 모서리로. 공처럼 튀어 올랐지.

　그러다 애가 갑자기 바위 틈새로 사라진 거야,

　죽은 줄만 알았어. 엄마는 울고 아빠는 위로했지,

　나는 걱정스레 서 있었지. 웬걸, 다시 나타났어.

보물이 묻혀 있었는지, 멋진 꽃무늬 옷을 입고서.
옷소매엔 술이 달리고, 가슴엔 리본이 흩날렸지,
손엔 작은 칠현금을 들었는데, 꼭 작은 아폴로였어.
당당히 바위의 돌출부로 갔지,[222] 우린 놀랐어.
부모는 너무 좋아 서로 얼싸안았지.
머리에서 반짝이는 건 뭘까? 알기 힘들었어.
황금 장식일까, 아니면 엄청난 정신의 불꽃일까?
그런 그의 몸짓은 이미 소년으로서 알리는 듯했지,
온몸에 미를 품은 미래의 명장, 영원의 멜로디가
사지에 깃든 명장을. 너희는 그의 멜로디를 듣고
그의 모습을 보면서 입을 쩍 벌리게 될 거야.

합창

그걸 가지고 기적이라 하려고요,
크레타에서 태어나신 분?
시구절에 담긴 교훈적인 뜻,
이런 건 귀 기울여본 적 없나요?
대체 이오니아의 전설이나
헬라의 이야기들이나
먼 조상 시절의 옛 전설들을,
신과 영웅들의 보고를 못 들어봤나요?

오늘날 일어나는
일들은 어느 것을 보나
찬란했던 우리 조상들 시절의
하찮은 여운에 불과하지요.
당신의 이야기는 아무것도 아니에요,

사랑스러운 거짓 이야기가
진실보다 더 그럴듯하지요,
마야의 아들[223]을 노래한 것이지요.
이 귀엽지만 튼튼한,
갓 태어난 젖먹이를
부드럽고 깨끗한 강보에 싸서는
값비싼 장식 끈으로 꽉 동였지요,
수다스러운 유모들이
생각 없이 그런 거지요.
힘을 살짝 주어
이 장난꾸러기는 부드럽고
탄력 있는 사지를 빼내고서
답답하게 짓누르던
자색의 조개껍질을
그 자리에 놓아두었죠.
다 자란 나비가
단단한 고치에서
날개를 펼치며 날래게 빠져나와
햇살 가득한 하늘을 향해
훨훨 날아가는 것처럼.

이렇게 몸놀림이 날랜지라
도둑이나 악당들,
소매치기 같은 모든 인간들에게
영원히 득이 되는 신이 되었죠.
이 사실을 그는 곧 번개처럼

날랜 솜씨로 보여줬어요.
바다의 지배자에게서는 잽싸게
삼지창을 훔쳤고, 아레스에게서는
칼집에 든 검을 슬쩍했지요.
아폴론에게서도 활과 화살을,
헤파이스토스[224]에게선 부집게를 훔쳤죠.
불에 공포만 안 느꼈어도
아버지 제우스의 번개도 손에 넣었겠죠.
그래도 에로스에게는
다리 거는 경기[225]에서 승리했고,
키프로스 여신에게서도 그녀가 애무하는 틈을 타
가슴에서 허리띠를 슬쩍했지요.

(매혹적이며 순수한 현악 소리가 동굴에서 울려 나온다. 모두들 주의를 집중하여 듣다가 곧 깊이 감동한 표정을 짓는다. 여기서부터 이어 표시될 '사이' 까지 완전한 화음의 음악 반주가 줄곧 흐른다.)

포르키아스

저 달콤한 음악 소리를 들어봐라,
그깟 황당한 이야기는 집어치워,
너희의 잠동사니 늙은 신들일랑
다 보내버려라, 그들 시대는 갔어.

너희 이야긴 이제 아무도 안 들어.
이젠 더 수준 높은 걸 요구한다고.

마음속에서 우러나와야만
감동을 시킬 수 있는 법이야.
(바위가 있는 뒤쪽으로 물러난다.)

합창

너 같은 흉물까지도
달콤한 노래에 반하니
병에서 막 나은 우리
눈물을 흘릴 수밖에.

태양의 빛 사라져도
마음속에 해가 뜨면
마음속에서 찾으리라,
세상이 주지 않는 것.

(헬레네, 파우스트 등장. 오이포리온, 앞에서 묘사한 옷차림으로 등장.)

오이포리온

아이의 노랫소리 들으면
두 분의 마음 즐거워지고,
펄쩍펄쩍 뛰는 내 모습에
부모님 가슴 함께 뛰지요.

헬레네

인간으로서의 행복을 위해서는
사랑은 소중한 둘을 가깝게 해주고
신적인 황홀감을 누리게 할 땐

사랑은 고귀한 셋을 만들어줘요.

파우스트

자, 이젠 우린 다 이루었어요,
나는 당신 것, 당신은 나의 것,
이렇게 우리 엮이어 있으니
언제나 이대로 있어야 해요.

합창

수년에 걸쳐 느끼는 행복이
소년의 부드러운 얼굴에서 나와
두 분에게 가서 모아지네요.
오! 감동적인 결합이어라.

오이포리온

이제 펄쩍펄쩍 뛰게 해줘요,
이제 깡충깡충 뛰게 해줘요,
허공을 뚫고
위로 솟구치는 게
나의 욕망이에요,
이 욕망 어쩔 수 없어요.

파우스트

살살 해라! 살살 해!
너무 무리하지 말고,
추락하는 사고를
당하면 안 되니까.
슬픔을 당할지 몰라,
소중한 아들 때문에.

오이포리온

> 나 이젠 바닥에만
> 붙어 있고 싶지 않아요.
> 이 손 좀 놓아요,
> 이 머리칼 좀 놔줘요,
> 이 옷 좀 놓아요,
> 이것들은 다 내 거잖아요.

헬레네

> 오, 생각 좀 해봐라, 생각을,
> 네가 누구의 자식인지!
> 이렇게 힘들여서 얻은
> 나와 네 아빠와 너의 행복을
> 네가 한 순간에 깨버리면
> 얼마나 우리 가슴이 아프겠니?

합창

> 아, 어쩌면 이 결합이
> 곧 깨질 것만 같네요!

헬레네와 파우스트

> 참아야 해! 참아야 해!
> 너의 부모를 위해
> 쓸데없이 피 끓는
> 걱정은 말이다!
> 조용히 전원에 살며
> 논밭이나 가꾸어보렴.

오이포리온

> 단지 두 분 때문에

참는 거예요.
(합창대 사이를 휘젓고 다니며 합창대원들을 춤으로 이끌면서)
이 쾌활한 무리 주위로
떠도니 훨씬 쉽네요.
그런데 곡조는요,
제 움직임은 괜찮았나요?

헬레네

그래, 아주 잘했어,
저 아름다운 여인들을 이끌어
멋진 윤무를 추어보렴.

파우스트

제발 저 짓 좀 그만했으면!
저렇게 희롱하며 뛰어다니는 게
정말 마음에 안 들어.

(오이포리온과 합창대, 춤추고 노래하며 윤무를 춘다.)

합창

그대가 두 팔을
사랑스레 흔들며
빛나는 머리를 흔들어
햇살이 부서지면,
당신의 발이 가볍게
땅 위를 미끄러지면,
이리저리 왔다갔다
팔다리를 휘저으면,

> 귀여운 내 사랑,
> 당신은 목적을 이뤘어요,
> 우리의 마음 모두,
> 하나같이 당신께 기울었으니.

(사이)

오이포리온
> 너희는 다
> 날랜 노루야,
> 새로운 놀이를 할게,
> 가까운 곳으로 흩어져,
> 난 사냥꾼이고
> 너희는 사냥감이야.

합창
> 우리를 붙잡고 싶으면
> 너무 날쌜 필요 없어요.
> 우리가 바라는 거야,
> 끝에 가서 아무튼
> 당신을 안아보는 거니까요,
> 아름다운 그대여.

오이포리온
> 숲을 헤치며 달리는 거야!
> 그루터기와 바위를 향해!
> 쉽게 획득한 것은
> 나는 싫다.
> 억지로 빼앗아야
> 제맛이 나지.

헬레네와 파우스트

    왜 이리 방자하게! 날뛰는 거야!
    조금도 절제할 줄 몰라.
    뿔피리를 불어대듯 요란스레
    계곡과 숲에 온통 난리군.
    웬 발광이야! 웬 광란의 소리!

합창 (한 사람씩 재빨리 등장하며)

    그가 우리를 그냥 지나쳤어.
    우리를 깔보면서 말이야,
    지금 우리 무리 중에서
    아주 억센 애를 끌고 오잖아.

오이포리온 (젊은 처녀 하나를 엎고 등장하며)

    여기 작지만 거친 애를 데려왔어,
    그래야 빼앗는 맛이 나지.
    어디 한번 제대로 맛을 보게
    버팅기는 가슴을 꽉 끌어안고서
    피하려는 입술에 키스를 하여
    내 힘과 의지를 보여주겠어.

처녀

    어서 놔줘요! 이 몸속이라고 해서
    정신과 힘이 안 들어 있을까 봐요.
    우리의 의지도 만만치 않아요,
    당신한테 쉽게 굴복할 것 같아요?
    나를 궁지에 몬 걸로 생각해요?
    팔 힘을 믿어도 너무 믿는군요!
    꽉 잡고 있어보라고요, 당신 같은

바보 불로 지져 본때를 보여줄게!
(그녀는 허공을 향해 갑자기 활활 타오른다.)
이 허공으로 따라와 보셔,
이 바위투성이 무덤으로 따라와 보셔,
어디 손안에 넣었던 걸 잡아보셔.

오이포리온 (마지막 불꽃을 털어내며)
여긴 바위투성이에
덤불뿐이야,
이런 좁아터진 곳에서 뭘 해,
나는 젊고 팔팔한데 말이야.
바람 소리 세차게 윙윙대고
파도가 철썩이는 소리 들린다,
저기 멀리서 들리는 소리야,
어서 가까이 가볼 테야.
(더욱더 높은 바위 위로 뛰어오른다.)

헬레네, 파우스트 그리고 합창
애야, 산양이 되고 싶냐?
떨어질까 조마조마하다.

오이포리온
더욱더 높이 오를 거예요,
더욱더 멀리 보고 싶어요.
내가 어디 있는지 이제 알겠어!
섬 한가운데 있어,
펠롭스[226]의 땅 한가운데에.
바다와 땅, 모두 친한 곳에.

합창

> 산과 숲에 머물며
> 평화롭게 살지 않을래요?
> 당장 우리가 찾아볼게요,
> 줄줄이 매달린 포도송이,
> 언덕바지의 포도밭,
> 무화과와 황금사과.
> 아, 이 정겨운 땅에
> 기쁘게 남아주세요.

오이포리온

> 너희 평화로운 시절을 꿈꾸느냐?
> 꿈꾸고 싶으면 얼마든지 꿈꿔라.
> 전쟁! 이것이 암구호야,
> 승리! 이것이 울려오는 답이고.

합창

> 평화 시에
> 전쟁으로 돌아가길 원하는 이,
> 그는 희망의 행복에서
> 멀어진 사람이지요.

오이포리온

> 이 땅이 낳은 사람들
> 위험에서 벗어나 위험 속에 살지만,[227]
> 자유롭고 용기가 무한하니,
> 자기 피 얼마든지 버려
> 억누를 수 없는
> 신성한 뜻에 바친다,

이들 모든 전사들에게,
응당한 보답이 있으리라![228]

합창

저 위를 봐요, 까마득히 올라갔네요!
그런데도 작아 보이지가 않아요.
갑옷을 입고 승리를 향해 가는 모습,
청동과 강철이 반짝반짝 빛을 내네요.

오이포리온

장벽도 성벽도 다 소용없다,
믿을 것은 자기 자신뿐,
끝까지 버텨내는 견고한 성,
그것은 사나이의 철통 가슴뿐,
정복당하지 않고 살고 싶거든
무장하고 전쟁터로 나아가라.
여자들은 아마존의 전사가,
아이들은 모두 영웅이 되라.

합창

성스러운 시의 정신이여,
하늘 높이 오르라,
빛나라, 아름다운 별이 되어,
멀리서, 더 멀리서,
허나 언제나 우리에게 비쳐라,
언제나, 그 소리 들려라,
그 소리 우리의 위안이거늘.

오이포리온

그래, 난 어린애로 나선 게 아니야.

　　　　　　무장을 한 젊은이로 온 거다.
　　　　　　강하고 자유롭고 용감한 사람들,
　　　　　　나는 마음속으로 이들과 함께했다,
　　　　　　자, 전진이다!
　　　　　　저기 앞쪽에
　　　　　　명예를 향한 길이 열린다.

헬레네와 파우스트

　　　　　　이 세상에 태어나서
　　　　　　인생의 아침도 못 즐겼는데,
　　　　　　너는 벌써 그 아찔한 곳에서
　　　　　　고통의 영역을 그리워하느냐?
　　　　　　우리는 정녕 네게
　　　　　　아무것도 아니냐?
　　　　　　우리의 귀한 인연 한갓 꿈이냐?

오이포리온

　　　　　　바다에서 나는 천둥소리 안 들리세요?
　　　　　　골짜기마다 다시 쾅쾅 울려오네요.
　　　　　　먼지와 파도 속에 군대와 군대가 맞서
　　　　　　밀고 밀리며 피를 튀기며 싸우네요.
　　　　　　그리고 죽음이
　　　　　　계명입니다.
　　　　　　당연한 얘기지요.

헬레네, 파우스트 그리고 합창

　　　　　　이게 뭔 소리냐! 아이고 끔찍해라!
　　　　　　죽음이 계명이라고?

오이포리온

멀리서 보고만 있어야 하나요?
아니에요! 쓰린 고통을 함께하겠어요.

앞의 인물들

위험을 모르고 날뛰면
결국 죽음뿐이다!

오이포리온

그렇지만!―날개가 양쪽에서
펼쳐지네요.
저곳으로! 가야 해요! 가야 해요!
날아가게 해줘요.

(허공을 향해 몸을 던진다, 옷자락이 한순간 그를 날라준다, 머리에선 빛이 나고, 빛의 흔적이 그의 뒤를 따른다.)

합창

이카로스[229]여! 이카로스여!
이리 애통할 수가!

(한 잘생긴 청년이 양친의 발치에 떨어진다. 죽은 자의 모습에서 어느 유명한 인물을 보는 것 같다. 그러나 육체는 금세 사라지고, 후광이 혜성처럼 하늘로 올라간다. 옷과 외투 그리고 칠현금은 그 자리에 남아 있다.)

헬레네와 파우스트

기쁨 뒤엔
너무도 빨리 무자비한 고통이 온다.

오이포리온 (깊은 곳에서 들려오는 목소리)

어머니, 이 컴컴한 나라에

나를 혼자 버려두지 마세요!

(사이)

합창　(애도의 노래)[230]
　　　　어디에 있든 당신은 혼자가 아닙니다!
　　　　우리는 당신 모습을 너무 잘 아니까요.
　　　　아! 당신은 생을 너무 일찍 마감했지만
　　　　우리의 마음은 당신과 떨어지지 않아요.
　　　　당신을 왜 애도해야 하는지 모르겠어요,
　　　　당신의 운명을 부러워하며 노래합니다.
　　　　날이 맑을 때나 날이 흐릴 때나 언제나
　　　　당신의 노래와 용기는 아름답고 위대했죠.
　　　　아! 지상의 행복 누리라
　　　　훌륭한 조상에 큰 힘 갖추었지만
　　　　슬프게도! 자기 세계에 일찍 빠져서
　　　　젊음의 꽃 그냥 꺾이고 말았지요.
　　　　날카로운 눈으로 세상을 바라보았고
　　　　모든 이의 고통에 동감을 보냈고
　　　　여인들의 뜨거운 사랑 받아주었고
　　　　가장 독특한 노래를 지었지요.

　　　　그러나 당신은 쉼 없이 돌진했지요,
　　　　손발 벗고서 맹목의 그물 속으로.
　　　　그러다 보니 당신은 도덕과 법률과
　　　　아예 담을 쌓게 되었지요.

하지만 당신이 지닌 드높은 생각이
순수한 용기를 사뭇 북돋아 주었지요.
숭엄한 것을 이루기를 원하였으나
당신은 그 뜻을 성취하지 못했지요.
그걸 이룰 사람 누구죠?— 이 침울한 질문,
이 질문에 운명은 복면을 하고 외면하지요.
이 나라에서 가장 불행했던 그날[231]
온 백성은 피를 흘리며 그렇게 침묵했죠.
하지만 새로운 노래 우리 다시 불러요,
이제 그렇게 고개 떨어뜨리지 마세요,
이 땅은 노래를 다시 낳을 겁니다,
예전에 그랬던 것처럼.

(완전한 휴지, 음악도 그친다.)

헬레네 (파우스트에게)

행복과 아름다움은 동행이 절대 안 된다는
옛말이 유감스럽게도 제게서 증명되었어요.
생명의 끈도 사랑의 끈도 다 끊어졌어요,
이 두 슬픔에 고통스레 작별 인사를 합니다!
당신 품에 다시 한 번 안겨볼게요.
페르세포네여, 내 아이와 나를 받아줘요.
(파우스트를 껴안는다, 육체는 사라지고,
옷과 베일만이 파우스트의 팔에 들려 있다.)

포르키아스 (파우스트에게)

당신 품에 남은 것이라도 잘 간직해요.
그 옷을 꽉 잡아요. 악령들이 어느새

옷자락 끝을 당기고 있어요, 저승으로
끌고 가려 해요. 꽉 붙잡아요!
그 옷이 잃어버린 여신은 아니지만
신적인 기운이 깃들었어요. 그 고귀한
은총을 이용하여 위로 둥실 떠올라요.
그 옷은 별의별 속된 것들을 지나 저편 하늘로
잽싸게 당신을 데려다 줄 거요, 잘 견뎌봐요.
다시 만나요, 여기서 아주 멀리 떨어진 곳에서.
(헬레네의 옷들은 풀어져 구름이 되더니, 파우스트를 휘감아 하늘 높이 들어 올려 함께 데리고 날아간다.)

포르키아스 (오이포리온의 옷과 외투 그리고 칠현금을 바닥에서 집어 들고서 무대 전면으로 걸어와 그 남겨진 물건들을 높이 들고서 말한다.)
이걸 찾은 것만으로도 운이 좋은 거죠!
불꽃이 사라지긴 했지만
그렇다고 질질 짤 필요 있나요.
여기 남은 것만으로도 얼마든지 시인들을 꾀여
편을 갈라 서로 질투하게 만들 수 있는데.
시인들한테 재능까지 부여할 재주야 없지만
이 옷 정도야 얼마든지 빌려줄 수 있지요.
(무대의 전면에 있는 기둥에 기대어 앉는다.)

판탈리스
애들아, 어서 서둘러! 이제 마법에서 풀렸어,
테살리아의 쭈그렁 노파의 힘에서 벗어났어.
그놈의 정신 사납게 찍찍대던 소리도 그쳤어,

귀를 찢어놓고, 마음속까지도 뒤흔들어 놓더니.
하데스로 내려가자! 왕비님도 정숙한 걸음으로
벌써 서둘러 가셨어. 왕비님의 충실한 시녀는
왕비님의 뒤꿈치를 따라가야 하는 법이야.
미지의 왕비[232]의 옥좌 곁에 가 계실 거야.

합창

    왕비님들은 어딜 가나 편하지요,
    하데스에서도 상석에 계시니까요.
    동등한 분들과 의젓하게 어울리고,
    페르세포네와도 마음이 통하는 사이죠.
    하지만 우리는 뒤편에 물러나
    아스포델로스[233] 핀 풀밭에서
    제멋대로 사란 포플러 나무나
    열매도 못 맺는 버드나무와 어울릴 테니
    재미있는 일이 뭐가 있겠어요?
    박쥐처럼 찍찍대거나 유령답게
    흥도 없는 잡담이나 하는 거죠.

판탈리스

명성도 고귀한 것도 싫은 자들이야
원소로 돌아가면 그만, 어서 떠나라!
이 마음 왕비님과 함께하길 원한다,
공적 못지않게 신의도 사람다운 일이니.
(퇴장)

다 함께

우리 햇살이 비치는 곳으로 돌아왔어요,

우리들은 사람은 아니지만
그걸 느끼고 그걸 알아요.
하지만 우린 저승으로는 안 돌아가요,
영원히 살아 있는 자연은
우리 정령들을 무한히 필요로 하고,
우리는 자연을 무한히 필요로 하지요.

합창대 중 일부[234]

우리는 숱한 가지들의 속삭임과 살랑거림 속에
살살 애교를 부려 뿌리에서 살며시 생명의 물을
가지로 끌어 올려요. 때론 잎으로 때론 꽃으로
이 나무들 한껏 장식하여 무성히 자라게 해요,
과일이 떨어지면 쾌활한 종족과 무리 모여들며
주워서 맛보려 서로 밀치며 열심히 대들지요,
태초의 신들 앞에서처럼 우리에게 머리를 숙여요.

다른 일부[235]

우리는 반짝이는 거울 같은 이 암벽에 매달려
부드러운 음파에 일렁이며 위아래로 흔들거리죠.
새소리, 갈대의 피리소리, 판의 무서운 목소리,
어떤 소리든 귀 기울여 대답할 자세가 돼 있어요.
졸졸 소리엔 졸졸 소리로, 천둥소리엔 천둥소리로,
우르릉 쾅 소리 두 배, 세 배, 열 배로 돌려줘요.

세 번째 일부[236]

자매들아, 우리는 마음이 동해 냇물을 따라가자,
멀리 풍요로운 언덕들이 우리의 마음을 끈다,
늘 아래로, 깊이 더 깊이 굽이치며 물결쳐 흘러
초원, 풀밭 그리고 집 주위의 정원을 적셔주지.

저기 저 풍경, 강기슭과 물결 위 하늘을 향해
치솟은 측백나무의 날씬한 우듬지들을 보면 알지.

네 번째 일부[237]

가고 싶은 대로들 가요, 우린 에워싸고 사각댈게요,
받침대 포도넝쿨들 푸르른 저 언덕바지에서요.
거기 쉼 없이 일하는 농부들의 열정이 보여요,
온갖 정성 다 들여 일하며 애쓰는 모습 보여요.
괭이나 삽을 써가며, 돋우고 자르고 묶으면서
모든 신들에게, 특히 태양신에게 기도를 올리지요.
여자 같은 바커스 신은 성실한 종은 본 체도 않고
정자나 동굴에서 쉬면서 어린 목신과 노닥거리죠.
그에게 몽롱한 취기를 선사하는 데 필요한 술은
늘 가죽부대나 항아리 또는 통 같은 곳에 담겨
서늘한 지하창고 좌우에 영원히 간직돼 있지요.
그러나 모든 신들이, 그중에서도 헬리오스[238]가
바람과 이슬과 온기로 덥혀 포도송이를 익히면
농부가 조용히 일하던 곳 갑자기 활기를 찾아
포도 잎들은 살랑대고 포도넝쿨마다 바스락대지요.
광주리는 삐걱, 통은 덜컥, 들통은 캑캑대지요,
큰 통에 옮겨진 포도는 힘찬 즙 짜기 춤을 유도하지요,
어여쁘게 태어나 오동통한 성스러운 포도 알들은
속되게 짓밟혀 거품을 튀기며 흉하게 으깨지지요.
드디어 심벌즈와 징소리가 귓전을 때리더니,
디오니소스가 신비의 옷을 벗고서 나타나네요,
염소 발굽의 남자들, 여자들과 어울려 춤추고,
실레노스[239]를 태운 큰 짐승 요란스레 울부짖네요.

인정사정없어요! 갈라진 발굽이 도덕을 짓밟네요,
관능에 눈이 휘휘 돌고, 귀청이 찢어질 듯합니다.
술꾼들은 술잔을 더듬고 머리와 배는 이미 찼네요.
하던 일 걱정하는 이 있지만 소동만 더 키울 뿐,
묵은 술자루를 마셔서 비워야 새 술을 담으니까요.

(막이 내린다.)

포르키아스
(무대 앞쪽에서 거인 같은 모습으로 벌떡 일어선다. 이어 무대용의 굽이 높은 구두를 벗고서 가면과 베일을 뒤로 젖히자 메피스토펠레스의 모습이 드러난다. 필요하면, 에필로그를 통해 이 극에 대한 설명을 할 예정이다.)

제4막

높은 산악지대

(칼같이 솟은 육중한 바위봉우리들,
한 무리 구름이 다가와
바위봉우리에 설치더니 앞쪽 마당바위에
내려앉는다. 구름이 갈라진다.)

파우스트　(앞으로 걸어 나온다.)
　발아래로 고독의 깊은 심연을 굽어보며
　나는 생각에 잠겨 산마루에 발을 내딛고,
　맑은 며칠 동안 땅과 바다를 건너 살포시
　나를 태워다 준 구름수레를 떠나보낸다.
　구름은 흩어지지 않고 서서히 멀어져 간다.
　구름은 둥글게 한데 뭉쳐 동쪽으로 떠가고,
　내 눈길은 놀라워하며 구름의 뒤를 좇는다.
　떠가며 흩어져 물결치며 자꾸만 변한다.
　저건 무슨 모양? 그래! 내 눈은 날 안 속여!
　햇살 밝은 침상에 누워 있는 멋진 저 모습,

거인 같지만 신을 닮은 여인의 형상이다,
보인다! 헤라 같다, 레다, 헬레네 같다,
장려한 저 모습, 내 눈앞에서 어른댄다.
아! 흩어진다! 무너지며 넓게 위로 솟는다,
동쪽 하늘에 멀리 빙산처럼 자리하여
주마등 같은 날들의 의미를 비추어준다.

아직 밝은 안개 띠 하나 부드러이 내 가슴과
이마를 감싼다, 달콤한 손길로 나를 애무한다.
살포시 떠올라 하늘로 머뭇머뭇 올라가더니
다시 합쳐진다. ─ 눈이 번쩍 뜨이는 저 모습,
지난날 내 가슴에 사무치던 최고의 보물인가?
가슴속 그 옛날의 소중했던 것들이 떠오른다,
오로라의 사랑,[240] 경쾌한 날갯짓 같은 것,
알 수 없지만 가슴에 쏜살처럼 느껴졌던 첫 눈길,
잡아두었으면 그 어떤 보석보다도 찬란했을 텐데.
아름다운 영혼처럼 사랑스러운 형상 둥실 떠오른다,
흩어지지도 않고 하늘로 높이 치솟아 올라,
내 가슴속에 간직했던 보물 가져가 버린다.

(칠리장화 한 짝이 딸각대며 무대에 나타난다.
다른 한 짝도 이어 바로 나타난다.
메피스토펠레스가 장화에서 내리고 나자,
장화는 가던 길로 급히 가버린다.)

메피스토펠레스

　여기까지 달려오느라 진땀 좀 뺐네!
　아니 대체 무슨 생각으로 그러는 겁니까?
　왜 하필 이리 끔찍한 곳에 내려요?
　시커먼 바위가 아가리를 쩍 벌리고 있잖아요.
　난 이런 데를 잘 알죠, 물론 이곳은 아니지만.
　여기가 바로 지옥의 밑바닥이었다고요.

파우스트

　말도 안 되는 전설깨나 알고 있군,
　그딴 얘기나 늘어놓으려고 여기 왔나?

메피스토펠레스　(사뭇 엄숙한 투로)

　주님께서 — 왜 그랬는지는 저도 잘 알지만 —
　우리를 하늘나라에서 나락으로 내쫓았을 때,
　거기 가보니 가운데가 벌겋게 달아오르고
　영원의 불길이 치솟고 있었지요,
　너무 환한 불빛 속에 많은 악마들이
　다닥다닥 붙어 있다 보니 몹시 불편했지요.
　악마들은 콜록대기 시작했어요,
　입으론 캑캑, 밑으로는 방귀를 뿡뿡댔지요.
　지옥은 유황 냄새와 산(酸)으로 꽉 찼어요.
　그 바람에 가스가 차면서 압력이 대단했고
　그러다 보니 땅 껍질이 아무리 두꺼워도
　우지끈 쾅 하며 터질 수밖에 없었어요.
　그러니까 우리는 반대편에 있는 것이죠,
　예전에 바닥이었던 곳이 꼭대기가 됐으니까요.
　맨 아래 것을 맨 위 것으로 바꾼다는

바로 그 이론은 여기에 근거를 둔 거죠.[241]
그래서 우리는 노예 상태의 불구덩이에서
자유로운 공기가 넘쳐나는 곳으로 탈출했어요.
이거야 다 아는 비밀이지만 잘 꿍쳐뒀다가
뒷날 사람들한테 공개할 생각이지요. (「에베소서」 6장 12절)

파우스트

거대한 산은 고상하게 침묵하고 있어,
산에게 어디서, 왜 왔느냐고 묻지 않아.
자연은 자신의 구상대로 자신을 만들었어,
때문에 지구도 둥글게 마무리 지은 거야.
산봉우리와 골짜기를 보며 좋아했고,
바위와 바위를, 산과 산을 잇대어 놓았어.
이어서 언덕을 살짝 경사지게 해서
부드러운 선을 이루며 계곡에 이르게 했지.
거기서 초목이 푸르게 자라는 거야, 반드시
미친 소용돌이가 있어야 즐거운 건 아니지.

메피스토펠레스

말씀 한번 맑은 대낮처럼 명쾌하시군요.
하지만 현장에 있던 사람 생각은 달라요.
거기 있어보니, 아래쪽에선 부글대면서
심연에서 불꽃이 솟으며 불덩이를 날랐지요,
몰록[242]의 망치는 바위들을 하나둘 쪼개서
그 파편들을 멀찌감치 내던졌지요.
이 땅 위에는 낯선 바위덩이들이 즐비한데,
대체 누가 이 정도로 내던질 수 있지요?
철학자들이 그런 걸 알 턱이 없지요,

바위가 있는 걸 어떻게 하냐는 식이지요,
아무리 머리를 쥐어짜 봤자 다 도루묵이죠.
하지만 우직하고 순박한 민중[243]은 알아챘고,
자신들의 믿음에 흔들림이 없었지요.
이들은 이 지혜를 오래전부터 믿었어요,
이건 기적이며, 사탄이 해낸 업적이라는 거죠.
나의 순례자들은 이 믿음의 목발에 의지하여
악마바위, 악마다리[244]를 향해 절뚝이며 가지요.

파우스트

거참, 그것도 제법 재미있네,
자연을 바라보는 악마의 관점 말이야.

메피스토펠레스

자연 같은 거 이야기하자는 게 아니죠!
악마가 동참했다는 게 말의 핵심이지요.
우리가 바로 큰 일을 해낼 사람들입니다.
소동, 폭력, 광기! 이게 다 악마의 표시죠!
자, 쉽게 설명해 드리죠,
우리의 솜씨인 이 지구 표면이 안 좋아요?
이 무한한 땅을 떠돌면서
세상의 영화와 장려함을 보셨을 텐데.(「마태복음」 4장))
당신처럼 물릴 줄 모르는 분이
혹시 무슨 생심 같은 거 안 들던가요?

파우스트

왜 안 그렇겠어! 뭔가 위대한 일에 끌렸어.
뭔지 알아맞혀 봐!

메피스토펠레스
    흠, 알았어요.
    나라면 대도시를 찾을 것 같습니다,
    한복판엔 소시민들의 먹자골목과
    구불구불한 뒷골목, 뾰족한 박공지붕,
    좁아터진 장터, 양배추, 무, 양파,
    파리 떼가 진을 치고서
    두툼한 고기를 한껏 즐기는 푸줏간,
    그런 곳이라면 얼마든지
    냄새와 분주한 모습을 볼 수 있지요.
    이어 널따란 광장과 탁 트인 도로들
    뭐나 되는 듯 젠체하고,
    마지막으로, 성문을 빠져나오면
    변두리 마을들이 한없이 펼쳐지는 곳,
    그런 곳에서 마차에 앉아 즐기는 거죠,
    마차들이 요란스레 오가는 것이나,
    개미 떼처럼 우글대는 사람들이
    끝없이 오가는 모습을 보면서.
    그래서 마차를 타고 가든, 말을 몰든,
    늘 나는 그들의 중심에 서서
    수십만의 존경의 대상이 되고 싶지요.
파우스트
    그 정도 가지고는 난 만족할 수 없다.
    백성의 수가 늘어나는 것을 보는 거나
    그들 방식대로 음식을 즐기는 건 좋지,
    그리고 교양을 쌓고 교육을 받는 것도,

하지만 그건 반역자들을 길러내는 거야.

메피스토펠레스

그다음엔 내가 생각한 대로 웅장하게
유쾌한 곳에다 환희의 성을 지을 겁니다.
숲과 언덕, 평야, 초원, 들판으로
화려한 정원을 꾸밀 겁니다.
푸른 산울타리 앞쪽엔 우단 같은 잔디밭,
곧장 뻗은 길들, 잘 다듬은 산울타리의 그늘,
바위에서 바위로 떨어지게 잘 만든 폭포,
온갖 모양새를 갖춘 분수까지요.
한쪽에서는 물줄기가 멋지게 솟구치고,
그 옆에서는 잔 분수들이 칙칙, 쉿쉿대지요.
이어서 천하의 미녀들을 위해
아늑하고 포근한 작은 집을 짓겠어요.
거기서 시간 가는 줄 모르고
희희낙락 오붓하게 즐기고 싶어요.
내가 미녀들이라고 말한 까닭은
미녀 하면 늘 복수로 생각하기 때문이지요.

파우스트

안 좋아, 근대풍이군, 사르다나팔[245]류라고!

메피스토펠레스

당신이 뭘 추구하는지 맞혀볼까요?
뭔가 엄청나게 숭고한 것이겠죠.
달 근처까지 가셨던 분이니까
달까지 가는 정도는 돼야 되겠지요?

파우스트

그건 절대 아니야! 이 지상에도
위대한 행동을 할 여지는 얼마든지 있어.
뭔가 놀라운 일을 해야 해,
난 얼마든지 해낼 수 있어.

메피스토펠레스

명성을 얻고 싶으신 건가요?
신화 속의 여인과 노셨으니 어련하시겠어요.

파우스트

권력과 부를 얻겠다!
중요한 건 행동이야, 명성은 필요 없어.

메피스토펠레스

그래도 뒷날 시인들이 태어나
당신의 명성을 알리고
바보짓은 바보짓으로 부추길 텐데요.

파우스트

네깐 녀석이 뭘 알겠어.
인간의 큰 뜻을 알 리가 있냐?
늘 못된 짓만 궁리하는 추악한 놈이
인간의 원대한 생각을 알 턱이 없지.

메피스토펠레스

그렇다면 원하시는 대로 하시죠!
대체 뭘 어떻게 하겠다는 건지 궁금하네요.

파우스트

내 눈은 저 넓은 바다를 주시하고 있었다.
바다는 부풀어 올라 탑처럼 치솟았다가

잠시 물러섰다 이내 파도를 뒤흔들어
드넓은 해변을 덮치더군.
그게 마음에 안 들었어. 그건 마치
오만함이 제 혈기를 주체하지 못해
모든 걸 사랑하는 자유로운 정신을
불쾌하게 짓밟아 버리는 것 같았지.
어쩌다 그런 건가 해서 자세히 살폈어,
파도는 딱 멈췄다가 뒤로 물러나더군,
보란 듯이 차지했던 목표물에서 내뺐지.
때가 되면 똑같은 짓을 되풀이하는 거야.

메피스토펠레스 (관객들을 향해)

보기에 새로운 얘기는 하나도 없네요.
수십만 년 전부터 뻔히 다 아는 얘기군요.

파우스트 (열을 내어 하던 이야기를 계속한다.)

파도는 사방팔방에서 살살 기어 와서는
본디 무용한 것이 무용성을 퍼뜨리려 해.
파도는 부풀어 오르며 우르르 밀려와서는
황량한 해안을 완전히 뒤덮어 버리지.
파도가 밀려오고 밀려와 힘으로 제압하지만
물러나고 나면 해놓은 게 아무것도 없어.
이 사실이 나는 너무 슬프고 절망스럽다,
이 거친 원소의 힘이 아무 쓸모가 없다니!
해서 내 정신은 내 정신을 넘어 날고 싶다,
나는 여기서 싸워서 승리를 쟁취할 거야.

가능한 일이야. 파도가 아무리 밀려와도

언덕 같은 것만 만나면 얼른 피해 가지.
파도가 제아무리 날뛰고 위협을 해도
약간의 높이로 당당히 막아설 수 있고,
약간의 깊이로 힘차게 빨아들일 수 있어.
그래서 마음속으로 차곡차곡 계획을 세웠지.
한번 멋진 승리를 쟁취해 보는 거야,
주인 행세를 하는 저 바다를 해안에서 몰아내
저 바다의 폭을 뒤로 밀어내고
원래 제가 있던 안쪽으로 쫓아버리는 거야.
이 계획에 대해선 단계별로 다 이야기할 수 있어.
내 소원이 이것이니까 나를 돕도록 하라고.

(북소리와 군악 소리가 멀리서 들려온다. 객석의 뒤쪽, 오른편에서.)

메피스토펠레스
　누워서 떡 먹기죠! 멀리 북소리가 들리죠?

파우스트
　이런, 또 전쟁인가! 현명한 사람은 저런 거 싫어해.

메피스토펠레스
　전쟁을 하든 평화를 누리든, 자기 이익을
　챙기는 게 가장 현명한 것이죠.
　신경을 곤두세워 때를 놓치지 말아야죠.
　기회가 왔으니 당장 잡으시죠, 파우스트 선생.

파우스트
　그런 쓸데없는 수수께끼는 집어치우라고!

간단히 말해 뭘 어떻게 한다는 건가?

메피스토펠레스

아, 그런데 이쪽으로 오다 알았는데,[246)]
그 착한 황제가 걱정이 태산이더군요.
잘 알잖아요, 그 황제. 전에 황제를 상대로
가짜 재산을 잔뜩 손에 쥐여주었더니[247)]
그걸로 온 세상을 다 사려고 했잖아요.
너무 젊은 나이에 왕위에 올라서
간혹 오류를 범하기도 한 거지요.
두 가지를 한데 엮어보려 한 겁니다,
스스로 자기 생각이 멋지다고 여겼지요,
통치를 하면서 즐겨보려 한 겁니다.

파우스트

큰 착각이야. 명령하는 위치에 있는 사람은
명령 자체에서 행복을 느껴야 해.
가슴이 고귀한 뜻으로 가득 찬 사람은
자신의 뜻을 일일이 다 밝힐 필요는 없어.
가장 믿을 만한 사람에게만 이야기해 주고,
나중에 일이 성취되면 세상은 놀라는 거야.
그러면 세상에서 제일가는 품격과 위상을
갖춘 사람이 되는 거야. 향락은 추한 걸세.

메피스토펠레스

황제는 그런 인물이 못 돼요! 향락에 빠졌어요!
그사이 왕국은 무정부 상태가 되었지요,
위아래 할 것 없이 서로 반목질시하고
형제들끼리 서로 내쫓고 죽이는 판국입니다.

성과 성, 도시와 도시가 서로 싸우고,
길드와 귀족은 서로 잡아먹으려 난리고,
주교는 사제단 및 교구와 싸웠지요.
어디를 가나 적들 천지였지요.
교회에서 살인이 일어나고, 성문 밖에서는
여행 중인 상인들이 죽임을 당했어요.
그러다 보니 사람들이 모두 독해졌어요,
살아남으려면 자신을 지켜야죠. 그렇게 됐죠.

파우스트

그렇겠지, 비틀대다 넘어지면 다시 일어나고,
그러다 결국엔 왕창 넘어져 나뒹구는 거지.

메피스토펠레스

이런 상황이 꼭 나쁘기만 한 것도 아니죠.
누구나 기회가 있었고 자기주장도 가능했거든요.
천민들까지도 귀족 행세를 했지요.
이건 선민들이 보기에 너무 심했지요.
그래서 뜻있는 사람들은 힘을 가지고 궐기했고
이렇게 말했어요. "왕은 백성을 편하게 해야 한다,
이 황제는 그럴 능력이 없다, 황제를 새로 뽑아
이 나라에 새로운 기운을 불어넣자,
새 황제는 모든 백성의 안전을 보장하고
새로 만들어진 세계에서
평화와 정의를 구현해야 한다."

파우스트

웬, 성직자 나부랭이들 말투야.

메피스토펠레스

　사실 성직자들도 가담했습니다,

　살찐 배를 더 잘 관리하려는 생각이었지요.

　가담한 숫자도 다른 계층보다 훨씬 많았어요.

　반란은 불어났고, 반란은 성전(聖戰)이 되었지요.

　우리가 즐겁게 해주었던 황제가

　이리로 진격 중입니다, 마지막 일전을 치를 모양이죠.

파우스트

　딱하군, 착하고 순박한 사람인데.

메피스토펠레스

　자, 한번 보죠, 살아 있는 한 희망을 가져야죠,

　이 협곡에서 황제를 구해 내자고요!

　이번의 구원이야말로 결정적인 겁니다.

　주사위가 어떻게 구를지는 아무도 모르는 거죠.

　운이 좋은 사람이면 신하들이 도와줄 겁니다.

　(그들은 가운데 산등성이를 넘어가 계곡에 진을 친 군대의 배치 상황을 관찰한다. 계곡에서 북소리와 군악 소리가 들려온다.)

메피스토펠레스

　여기서 보니 배치는 제대로 되었군요,

　우리가 가담하면 승리는 보장된 겁니다.

파우스트

　기대해 봤자 뭣하겠어?

　사기! 눈속임! 허깨비 놀이겠지.

메피스토펠레스

   승리를 위한 전략입니다!
   마음을 굳게 먹고
   당신의 원대한 목표를 생각하셔야죠.
   우리가 황제의 지위와 나라를 지켜주면
   당신은 황제 앞에 당당히 무릎을 꿇고
   해안의 드넓은 땅을 봉토로 받게 됩니다.

파우스트

   자넨 지금까지 많은 일을 해냈으니
   이번에도 승전보를 올려보라고!

메피스토펠레스

   아뇨, 당신이 승전보를 울려야죠! 이번엔
   당신이 총사령관이거든요.

파우스트

   그거 대단한 승진이군! 게다가
   전쟁의 '전' 자도 모르는 내게 명령을 하라니!

메피스토펠레스

   참모진한테 맡겨둬요,
   총사령관은 손가락 하나 까딱 안 해도 돼요.
   전쟁의 참상을 진작부터 깨달았던 터라
   미리 참모진을 꾸며놓았지요.
   태고의 산악지대에서 온 장사들이죠.
   이들의 단결된 힘을 가졌으니 행운이 있겠죠.

파우스트

   저기 무장을 하고 오는 게 무엇들이냐?
   산속 거인들을 불러냈느냐?

메피스토펠레스
그건 아니고요! 페터 스크벤츠[248]류이지요,
어중이떠중이들 중에서 고른 최정예지요.
(세 명의 거한이 걸어 나온다. (「사무엘 후서」 23장 8절))

메피스토펠레스
저기 내 귀여운 것들이 나오네요!
나이도 다 제각각이고,
옷차림이나 갑옷차림도 각각입니다,
써서 손해 보지는 않을 겁니다.
(관객을 향해)
요새는 어린아이들도 다
갑옷과 기사 옷차림을 좋아하죠.[249]
이 건달들은 나름 상징하는 면도 있어서[250]
대중 취향에는 그만이죠.

주먹 (젊은이로, 가볍게 무장을 하고 옷차림이 요란하다.)
어떤 놈이든 내 눈을 째려보면
당장 주둥아리를 박살내 버릴 거야,
비겁하게 도망치는 겁쟁이 자식은
뒷머리를 낚아챌 거야.

날강도 (남성미가 넘치며 무장도 제대로 했고 옷차림이 준수하다.)
이런 건 다 실속 없는 장사야,
괜히 하루만 날리는 거라고.
먼저 끈덕지게 빼앗고 보는 거야,
그다음 일은 알 거 없어.

수전노　(늙수그레하며 완전무장에 옷은 걸치지 않았다.)
　　이딴 짓 해봤자 별로 소득도 안 돼.
　　아무리 큰 재산도 금방 사라져,
　　삶의 물결 속에 섞여 하류로 흘러가 버려.
　　빼앗는 것도 좋지만 지키는 건 더 좋다.
　　이 늙은이 말만 잘 들어보라고,
　　절대 아무것도 빼앗기지 않을 테니까.
　　(모두 함께 산비탈을 내려간다.)

산의 돌출부

(계곡으로부터 북소리와 군악 소리가 들려온다.
황제의 막사를 세우는 중이다.)

(황제, 총사령관, 근위병들)

총사령관
 정말 작전을 잘 짠 것 같습니다,
 이 계곡의 지형적 유리함을 이용하여
 전군을 뒤로 빼 이곳에 집결시켰습니다,
 부디 이 작전이 성공하기를 바랍니다.
황제
 어떻게 전개될지는 곧 알게 될 거요.
 허나 도주에 가까운 이런 퇴각이 마음에 안 드오.
총사령관
 전하, 오른쪽 측면을 한번 보시지요.
 전략상 이보다 더 유리한 지형은 없습니다.

구릉은 가파르지는 않지만 쉽게 접근하기 힘들죠.
　　우리한테는 유리하고 적에겐 불리합니다.
　　물결 모양 지형 덕에 우리는 반쯤 은폐되어
　　적의 기병대는 접근할 생각을 못 할 겁니다.
황제
　　칭찬해 마지 않는 바요.
　　이곳이라면 힘과 용기를 시험해 볼 수 있겠소.
총사령관
　　저쪽 목초지 중앙 평지에 자리 잡은
　　밀집방진이 보이죠, 임전태세의 사기가 드높죠.
　　창끝이 반짝입니다, 허공에,
　　햇살 속에서, 아침의 안개 향기 속에서.
　　강력한 정방형의 진이 검게 물결치네요!
　　수천의 병사의 의지가 불타오릅니다.
　　우리 주력 부대의 힘이 어느 정도인지 아시겠죠.
　　적의 병력을 반쪽을 내놓을 것입니다.
황제
　　이렇게 멋진 광경은 처음 보오.
　　저 정도의 부대라면 두 배의 힘을 쓸 것 같소.
총사령관
　　왼쪽 측면에 대해서는 보고드릴 사항이 없습니다.
　　바위투성이 벼랑을 용감한 영웅들이 맡고 있어요.
　　지금 무기들로 반짝이는 저 바위벼랑이
　　이 좁은 협곡의 중요한 통로를 지켜주는 겁니다.
　　이곳에서 전혀 예상치 못한 공격을 받고
　　적들은 피를 쏟으며 전멸할 것입니다.

황제

저기 내 친척을 사칭하는 녀석들이 오는군,
저놈들은 백부니 사촌이니 형님이니 하면서
살살 자꾸만 달라붙어서는 나한테서
왕홀의 권력과 옥좌의 명예를 앗아 갔어.
나중엔 저희들끼리 갈라서서 나라를 망쳐놓고
이제 와서는 작당을 하여 나한테 덤비는 거야.
군중이란 뭐가 뭔지 모르고 우왕좌왕하다가
나중에 가서는 강물에 휩쓸리고 마는 거야.

총사령관

정탐을 보냈던 밀정 하나가 서둘러
벼랑을 내려오고 있군요. 희소식을 가져왔으면!

첫 번째 밀정

저희는 일단 임무를 마쳤습니다.
가지고 있는 기량과 용기를 다해서
적진을 뚫고 잠입했다 돌아왔습니다.
그렇지만 큰 소득은 없었습니다.
대개 다 그렇게 하듯이 많은 사람들이
폐하께 충성을 다짐하기는 했지만
자기들은 전혀 아무 행동도 안 하면서
내부의 불만이니 민중의 위험성 운운하더군요.

황제

늘 제 실속만 챙기려는 놈들이야,
감사나 애정, 의무, 명예 같은 것은 전혀 없어.
계산만 하다가 결국 이웃에 난 불이
제 집까지도 잡아먹는다는 걸 모르나?

총사령관

    두 번째 밀정이 돌아오네요, 천천히 내려오네요,
    몹시 지쳤는지 팔다리가 후들거립니다.

두 번째 밀정

        저희는 반란군 진영에서 혼돈이
        이는 것을 보고 처음엔 좋아했지요.
        그때 전혀 생각도 못 했던
        새로운 황제가 불쑥 나타났습니다.
        그래서 이제는 지시된 경로를 따라
        반군들이 들판을 건너오고 있습니다.
        모두들 활짝 펼쳐진 가짜 깃발을
        따르고 있어요. 양 떼처럼 우둔한 거죠.

황제

반역 황제가 나타난 게 나쁠 것도 없다,
때문에 내가 황제라는 게 더 느껴지거든.
여태껏 군인의 입장에서 갑옷을 입었다만
앞으론 더 높은 차원에서 갑옷을 입겠다.
여태껏 축제 때마다 아주 멋지게 보냈고
부족한 것 없었지만 위험만은 늘 빠졌지.
고리 꿰기 놀이를 그대들이 권했을 때도
내 뛰는 가슴은 마상 창 시합을 꿈꾸었다.
그대들이 전쟁을 만류만 하지 않았어도
지금쯤 난 혁혁한 영웅으로 빛났을 거야.
화염의 왕국 속에 갇혀 있는 나를 보면서
그때 나는 가슴에 불굴의 용기를 느꼈다,
불길은 나를 잡아먹을 듯이 달려들었어,

유령들 놀이이긴 했지만 아주 장엄했지.
나는 사실 승리와 명성을 꿈꾸었어,
이제 나의 수치스러운 게으름을 만회하겠다.

(사자를 보내 반역 황제에게 결투를 신청한다.)

파우스트
(갑옷을 입고 투구의 반만 열어놓은 상태다.)

세 명의 거한
(앞에서와 같은 옷차림과 무장을 하고 있다.)

파우스트
저희의 등장에 너무 괘념치 말아주십시오.
꼭 필요치 않을 때도 조심하는 게 좋지요.
아시다시피 산의 종족은 생각이 많습니다.
자연 문자와 바위 문자에도 해박하답니다.
이 정령들은 평지를 떠난 지가 오래돼서
이제는 바위투성이 높은 산에 익숙하지요.
조용히 얽히고설킨 협곡들을 누비고 다니며
금속을 품은 귀한 가스 속에서 일을 합니다.
늘 나누고 시험하고 결합시켜 보는 가운데
새로운 것을 발명하는 게 유일한 소망이지요.
영적인 힘이 들어 있는 손가락을 살짝 놀려
이들은 투명한 형상들을 만들어내지요.
그런 다음 영원히 침묵하는 수정을 통해
지상세계에서 일어나는 일들을 들여다보지요.

황제

　그런 이야기야 들어도 봤고 사실이라 믿지만
　이보쇼, 선생, 그 이야기는 지금 왜 하는 거요?

파우스트

　사비니 지방의 노르치아 산(山) 출신 무당은
　전하의 충직하고도 성실한 신하입니다.
　이 친구는 끔찍한 운명에 직면한 적이 있지요.
　잔가지는 타올라 어느새 불길은 혀를 날름댔죠.
　빙 둘러 얼개로 쌓아놓은 마른 장작더미에는
　다량의 역청과 유황 덩어리가 끼어 있었어요.
　인간도 신도 악마도 구해 줄 수 없는 상황에서
　폐하께서 벌겋게 단 쇠사슬을 박살내 주셨죠.
　로마에서의 일입니다. 폐하의 성은을 입은
　그는 언제나 폐하의 옥체만을 염려했습니다.
　그때 이후로 그는 자신에 대한 생각은 잊고
　폐하 생각에 별을 보고 땅속을 살폈습니다.
　그 친구가 우리를 시켜 아주 급한 일이라며
　폐하를 도우라 했습니다. 산의 힘은 위대하죠.
　산에서 자연은 자신의 기를 마음껏 펼칩니다.
　멍청한 성직자들이 그걸 마법이라고 욕합니다.

황제

　잔칫날, 손님들을 맞이하고,
　손님들은 그저 즐기러 오는 것이고,
　그럴 때야 손님들이 밀치고 밀고
　방마다 사람들로 꽉 차도 그저 즐겁지요.
　허나 충직한 분에겐 최고의 환대를 해드려야죠.

우리에게 굳센 도움이 되기 위해 오셨으니,
앞으로 운명의 저울이 어느 쪽으로 기울지
알 수 없는 이 심란한 아침 시간에 말이오.
하지만 황제로서 결정해야 하는 이 순간에
그 의지에 찬 검에서 강력한 손을 거두시오.
수천의 군사가 나서는 이 순간을 존중해 주오,
이들이 내 편으로서든, 아니면 적으로서든.
사나이는 혼자 해결하지요! 옥좌와 왕관을
지니려면 스스로 그만한 자격이 있어야 하오.
지금 우리 왕국에 도전장을 내민 유령 놈이
황제를 사칭하든, 이 나라의 주인이라 하든,
군사령관이나 제후들의 주군이라 사칭하든,
그놈을 이 손으로 직접 끝장을 내겠수이다.

파우스트

하지만 아무리 명분이 중하다고 하더라도
함부로 폐하의 목숨을 걸어서는 안 됩니다.
투구엔 갈기와 깃털이 장식되어 있습니다.
투구는 우리에게 용기를 주는 머리를 보호하죠.
머리가 없다면 사지가 다 무슨 소용인가요.
머리가 잠들면 사지는 축 처지기 마련이죠.
머리를 다치면 사지도 상처의 영향을 받지요,
머리의 상처가 나으면 손발도 생기를 얻지요.
팔은 금세 자신의 강력한 권한을 이용하여
두개골을 보호하려고 방패를 치켜들고,
검은 금방 자신이 해야 할 임무를 알아채
적의 공격을 힘차게 막아내고 되받아 치지요.

그다음엔 튼튼한 발이 승리를 마무리 짓죠,
뒈진 녀석의 목덜미를 힘껏 짓밟아 버리는 거죠.
황제
내 분노가 그렇다오. 녀석을 내 그렇게 다루어
녀석의 오만한 머리통을 내 발판으로 삼겠소.
전령   (돌아온다.)
저쪽 편에 가서 우리는
명예도 인정도 못 받았습니다.
우리의 힘차고 고귀한 도전장을
녀석들은 웃으며 농담 취급하더군요.
"너희들의 황제는 실종됐다고,
저 좁은 골짜기에 메아리친다,
우리가 혹시라도 기억한다면
동화에서나이겠지. 옛날 옛적에."
파우스트
우리의 최고 신하들이 계획한 대로 되었습니다,
이들은 전하 곁에 충직히 굳건히 서 있습니다.
적이 다가오지만 폐하의 군대는 임전무퇴입니다.
공격 명령만 내리십시오, 최적의 순간입니다.
황제
지휘는 내가 하지 않겠다.
(총사령관에게)
지휘권은 자네가 맡아주게나.
총사령관
우익에 있는 병사들, 공격 개시하라!
적의 좌익이 지금 언덕으로 진격 중이다,

녀석들이 마지막 걸음을 떼지 못하게
젊음의 충성 어린 힘으로 내쳐 물리쳐라.

파우스트

부디 기개 넘치는 이 영웅이
지체 없이 저 대열에 서서
저 대열과 혼연일체가 되어
실력을 발휘케 해주십시오.
(손으로 오른쪽을 가리킨다.)

주먹잡이 (앞으로 나선다.)

나한테 낯짝을 보인 녀석은 온전히 못 간다,
위턱, 아래턱 아예 박살을 내주마.
내게서 내빼려는 자식은 그 자리에서 당장
목과 머리, 머리채를 끔찍이 달랑대게 해주겠다.
폐하의 군사들이 칼과 철퇴를
내가 날뛰며 하듯이 휘두르면
적들은 추풍낙엽으로 쓰러져
저희가 흘린 피에 익사해 버릴 겁니다.
(퇴장)

총사령관

중앙의 밀집방진은 서서히 따라붙어라,
전력을 다해 적을 교란하라,
약간 오른쪽에서 벌써 적진을 점령하여
우리 병력이 적의 작전을 무력화시켰습니다.

파우스트 (가운데 거한을 가리키며)

이 사람도 합세시켜 주시오.
아주 날쌔서 단숨에 다 휩쓸어 버리죠.

날강도
: 황제군의 늠름함에 당연히
약탈의 갈증을 보태드려야지요.
자, 모두 목표를 정합시다,
반역 황제의 화려한 막사로!
놈이 뻐길 날도 얼마 안 남았어.
밀집방진의 선두를 내가 맡겠소.

소매치기　(주보(酒保) 여인, 날강도에게 달라붙으며)
: 둘이 결혼식을 올린 사이는 아니지만
이분은 사랑하는 내 서방님이지요.
그런데 이게 웬 횡재래요!
여자들은 잡아챌 때 무섭지요,
빼앗을 땐 사정 봐주는 거 없고요.
승리를 위해 앞으로! 못 할 거 하나 없다.
(두 사람 퇴장)

총사령관
: 우리의 예상대로 적의 우익이
우리 좌익 쪽을 향해 밀려옵니다. 우리는
협곡의 좁은 통로를 빼앗으려 미친 듯 대드는
적의 공격에 대해 최후의 일인까지 맞서 싸울 것입니다.

파우스트　(손으로 왼쪽을 가리킨다.)
: 이 사람도 한번 봐주시죠,
강한 전력을 더 보강한다고 해가 될 건 없겠죠.

수전노　(앞으로 나선다.)
: 왼쪽 측면에 대해선 걱정들 붙들어 놓으슈!
이 몸이 있는 곳에선 아무것도 못 빠져나가.

이 늙은이의 몸엔 한번 들어오면 끝이야.
아무리 번개도 내가 가진 것은 못 쪼갠다고.
(퇴장)

메피스토펠레스 (위에서 아래쪽으로 내려오면서)
자, 뒤편을 한번 보시오,
무장한 무리가 전진하는 게 보이죠,
험준한 바위 협곡에서 나와
언덕바지 협로를 꽉 채웠네요.
투구에 갑옷, 검, 방패 갖추고서
우리 뒤편에 장벽을 이루어
공격 신호만 기다리고 있습니다.
(나직한 목소리로, 사정을 알 만한 관객들에게)
저 무리가 어디서 왔느냐고 묻지는 마세요.
솔직히 말씀드려 얼른 주변을 뒤져서
무기고들을 샅샅이 털었지요.
저것들이 서 있거나 말을 타고 있더군요,
지들이 아직도 세상의 주인인 줄 아나 봐요.
옛날에야 기사니 왕이니 황제니 했지만
지금은 속 빈 달팽이 껍질이나 다름없지요.
저렇게 많은 유령들이 갑옷을 걸치고 나서니
중세의 모습이 되살아나는 것 같죠.
어떤 악마들이 갑옷 속에 기어들어 가 있든
아무튼 이번엔 효과는 최곱니다.
(목청껏 큰 소리로)
들리지요, 저 무리는 벌써부터 분노하여
창칼과 갑옷으로 철렁철렁 소리를 내고 있소!

군기의 줄무늬 조각들도 팔락거리네요,
신선한 공기를 맛보고 싶어 안달이었으니까요.
자, 이제 옛 종족이 준비를 갖추었으니
언제든지 격전에 뛰어들 거요.

(위에서 무서운 나팔 소리가 들려온다, 적군의 동요가 뚜렷하다.)

파우스트
　지평선에 땅거미가 진다,
　이곳저곳에서 뭔지 번쩍번쩍 불빛이 보인다,
　붉은 불빛이 왠지 불안감을 준다.
　창칼은 어느새 핏빛으로 번쩍이고,
　바위, 숲, 대기,
　온 하늘까지도 그런 분위기를 연출한다.
메피스토펠레스
　우익은 굳건하게 버텨내고 있네요,
　그중에서도 가장 돋보이는 것은
　주먹 한스군요, 잽싼 몸놀림의 거한이
　날래게 실력을 발휘하고 있군요.
황제
　맨 처음엔 팔 하나가 치솟는 걸 봤는데,
　이제 보니 열댓 개 팔이 날뛰네,
　아무래도 이건 정상이 아니야.
파우스트
　혹시 시칠리아 바닷가에 드리운다는
　안개 띠 이야기를 못 들어보셨나요?

거기선 밝은 대낮에 두리둥실
하늘 중턱에 떠올라서
기이한 안개에 반사되면서
이상한 환영들이 보인다는군요.
거기선 도시들의 모습도 일렁거리고
정원들의 모습도 오르락내리락하는데,
대기를 뚫고 이런 모습들이 보인다는 거죠.

황제

거참, 이상해! 저기 높이 들어 올린
창끝에 반짝 빛이 나는구나, 그런데
우리 밀집방진의 반짝이는 창끝에선
불꽃이 날래게 춤을 추는 것 같잖아.
저게 아무래도 유령 놀음 같다니까.

파우스트

고정하십시오, 전하, 저것들은
오래전에 사라진 정령들의 흔적입니다.
뱃사람들이 모두 맹세할 때
우러러보는 별 디오스쿠로이[251]의 반사지요,
저들이 여기서 마지막 힘을 모으는 중입니다.

황제

그러면 대체 누구 덕분에 그런 거요?
자연이 우리를 위해
저리 희한한 힘을 모은다니 말이오.

메피스토펠레스

그 마술사 말고 누구 덕이겠습니까?
그는 폐하의 운명을 가슴속에 품고 있죠.

폐하의 적들이 저렇게 날뛰는 것을 보고
그는 마음속 깊이 걱정하고 있습니다.
그는 보은을 통해 폐하를 구하고자 합니다.
그러다 자기가 죽어도 개의치 않습니다.

황제

백성들은 환호성을 치며 자랑스레 날 반겼어,
권력에 오른 나는 내 힘을 시험해 보고 싶었지.
크게 생각할 것도 없이 좋은 기회가 왔어,
마법사 흰 수염에게 시원한 공기를 준 거야.
덕분에 성직자들의 기분을 잡쳐놓은 걸세.
그러니 그 인간들의 호감을 살 수는 없었지.
이렇게 여러 해가 흘렀는데 당시에 그냥
재미 삼아 했던 일의 보답을 받게 되는 거요?

파우스트

이해관계 없이 한 선행엔 이자가 두둑하지요,
눈길을 들어 위를 한번 바라보십시오!
그분이 무슨 신호를 보낼지 모릅니다.
분명히 신호를 보낼 겁니다.

황제

독수리가 한 마리 하늘 높이 날고 있군,
그런데 괴조가 사납게 뒤쫓고 있어.

파우스트

잘 보세요, 아무래도 길조 같군요.
괴조는 전설적인 짐승이지요,
그런 괴조가 뭘 믿고서 저렇게
진짜 독수리와 맞설 생각을 할까요?

황제

　이제 저것들이 큰 원을 그리면서
　빙빙 도는군. 어, 순식간에
　이것들이 서로를 향해 달려드네,
　서로 가슴과 목을 찢어발기는군.

파우스트

　보세요, 저 꼴사납게 생긴 괴조가
　온통 뜯기고 찢긴 채 손해만 입고
　사자 꼬리를 늘어뜨리고서
　산 정상의 숲에 떨어져 안 보이는군요.

황제

　저 징조처럼 이루어졌으면 좋겠군!
　경건한 마음으로 받아들이겠소.

메피스토펠레스 (오른쪽을 바라보며)[252]

　계속되는 세찬 공격에
　적들은 물러설 수밖에 없고,
　자신 없는 싸움을 하다 보니
　이젠 자신들의 우익 쪽으로까지 밀려
　적의 주력 부대의 좌익 군사들은
　어쩔 줄 몰라 우왕좌왕합니다.
　우리 밀집방진의 선봉은 강력하게
　오른쪽으로 밀고 들어가, 번개처럼
　적진의 취약한 쪽을 공격합니다.
　폭풍이 휘저어 놓은 파도와 같이
　불꽃을 튀기며 양측이 노도하며
　이중으로 거칠게 엉겨 붙었습니다.

이렇게 멋지게 해낼 수는 없습니다,
　　　이 전투는 우리의 승리입니다.
황제　(왼쪽 편에 서서 파우스트에게)
　　　저기 좀 봐! 저쪽이 좀 염려스러워,
　　　우리 쪽 진지들이 아주 위태롭군.
　　　돌멩이들 나는 것도 안 보여.
　　　아래쪽 암벽까지 적들이 진출했고,
　　　높은 곳엔 이미 진지들이 버려졌어.
　　　아니, 저런! 이젠 적들이 무더기로
　　　점점 더 가까이 오고 있잖아!
　　　놈들이 협로를 점령한 것 같아.
　　　역적들이 끝내 승리를 거두다니!
　　　당신들의 마술은 다 헛일이었어.

　　　(사이)

메피스토펠레스
　　　저기 내가 보냈던 까마귀 두 마리가 오네요,
　　　어떤 소식을 들고 오는 걸까요?
　　　전황이 우리한테 불리하다는 건지 염려스럽군요.
황제
　　　대체 이 흉측한 새들은 뭔가?
　　　녀석들은 격전이 벌어진 바위 쪽에서
　　　이쪽을 향해 검은 돛을 펼치고 있군.

메피스토펠레스 (까마귀들에게)
내 귀 쪽에 가까이 앉아봐.
너희가 지켜주는 쪽은 지지 않아.
너희가 해주는 조언은 옳거든.

파우스트 (황제에게)
비둘기들이 어떤지는 잘 아시죠?
이놈들은 아주 멀리 갔다가도
새끼와 먹이가 있는 둥지를 찾아오죠.
여기서 중요한 차이점을 볼 수 있죠,
비둘기통신은 평화에 기여하고
전쟁은 까마귀통신을 요구한다는 거죠.

메피스토펠레스
아주 안 좋은 소식입니다,
저쪽을 보세요! 우리 영웅들이 있는
암벽 쪽이 궁지에 처해 있어요.
근처의 고지들은 이미 점령당했습니다,
놈들이 애로를 차지하면
우리 상황이 아주 어려워집니다.

황제
그러니까 결국 내가 속았군!
너희들이 나를 함정에 빠뜨린 거야,
애당초 걸려드는 게 아닌데.

메피스토펠레스
힘을 내세요! 아직 패한 것은 아닙니다.
최후의 순간까지 인내와 책략이 필요합니다.
막판에 이르면 다 고비가 있는 법입니다.

제겐 확실한 전령들이 있으니,
　　　명령만 내려주십시오.
총사령관　(그 사이에 다가와 있다가)
　　　폐하가 이런 인간들과 손을 잡으셔서
　　　소인은 지금까지 내내 고통스러웠습니다.
　　　속임수로 어떻게 행운을 부르겠습니까?
　　　이번 전투는 더 이상 손을 쓸 수가 없습니다.
　　　저자들이 시작했으니 저자들 보고 끝내라 하십시오.
　　　여기 제 지휘봉을 돌려드리겠습니다.
황제
　　　앞으로 상황이 좋아질지도 모르니까
　　　더 좋은 때를 위해 지휘봉을 간직해 두시오.
　　　이 악마 같은 인간이 정말 혐오스럽소.
　　　까마귀하고 친한 것도 그렇고.
　　　(메피스토펠레스에게)
　　　당신한테 지휘봉을 넘겨줄 수는 없어,
　　　아무래도 적임자 같지가 않아,
　　　명령을 해볼 테면 해봐, 우리를 구해 봐,
　　　있는 수를 다 써보라고.
　　　(총사령관과 함께 막사 안으로 퇴장한다.)
메피스토펠레스
　　　저 멍청한 막대기가 저분을 지켜주면 좋겠군!
　　　우리 같은 것들한테는 아무 쓸모 없는 거야,
　　　십자가 같은 게 새겨져 있던데.
파우스트
　　　이제 어떻게 할 건가?

메피스토펠레스

   그야 준비 완료죠!
   자, 검은 사촌들아! 신속하게 움직여라,
   산속 호수로 가라! 요정 운디네[253]에게 안부 전하고
   홍수의 허상을 일으켜달라고 부탁해라.
   이들은 여자들만의 신비스러운 비법을 써서
   실체에서 허상을 끌어낼 줄 알아,
   이 허상을 보면 누구나 그게 진짜인 줄 알지.

   (사이)

파우스트

   우리 까마귀들이 물의 요정한테 가서
   제대로 이야기를 한 모양이야,
   저편에 벌써 물이 졸졸 흐르네.
   벌거숭이 메마른 바위틈 곳곳에서
   콸콸 샘물이 흘러나온다,
   저쪽 녀석들, 승리 좋아하네.

메피스토펠레스

   멋들어진 인사법 아닌가요,
   겁 모르고 기어오르던 녀석들 어쩔 줄 모르네요.

파우스트

   한 물줄기가 여러 개로 갈리며 콸콸 쏟아져
   협곡에 이르면 두 배로 불어난다.
   이제 큰 시내가 활처럼 굽이쳐 흘러
   졸지에 평평한 바위를 뒤덮으며

사방으로 소리치며 거품을 일으킨다,
계곡을 향해 한 계단 한 계단 뛰어내린다.
아무리 용감하게 영웅처럼 버틴들 무슨 소용?
힘찬 물결에 휩쓸려 버리는걸.
저 엄청난 물을 보니 나도 오싹하다.

메피스토펠레스
내 눈에는 저 물장난은 안 보여요,
사람의 눈만 저런 것에 넘어가지요.
이런 희한한 일을 보니 기분 째지는군요.
녀석들 떼거지로 똥줄 빠지게 도망치네요,
바보 같은 놈들 빠져 죽는 줄 알아,
단단한 땅을 밟고 있으면서도 헐떡이네,
헤엄치는 몸짓을 하며 달아나는 저 꼴 좀 봐.
사방이 아수라장이군요.
(나갔던 까마귀들이 돌아왔다.)
마법의 달인 스승[254]께 너희 칭찬을 해줄게.
너희도 대가라는 것을 보여주고 싶거들랑
당장 지금 활활 불타는 대장간으로 가,
거기 가면 난쟁이족이 지칠 줄 모르고
쇠와 돌을 두드려 불꽃을 일으킬 거야.
가서 잘 구슬려서 불을 하나 빌려와,
번쩍이고 반짝이고 퍽 터지는 걸로,
상상한 가능한 것 중 최고의 걸로.
멀리서 마른번개가 치는 거나
까마득한 하늘에서 별똥별이 휙 떨어지는 거,
이런 거는 여름밤에 얼마든지 볼 수 있지.

하지만 얽히고설킨 덤불 속에 이는 번개나
물이 찬 땅에서 쉭 소리를 내는 별똥별은
쉽게 볼 수 없는 거야.
그래, 너무 골머리 썩히지 말고
먼저 부탁해 보다가 안 되면 윽박질러.

(까마귀들 퇴장. 앞에서 서술한 대로 일이 되어간다.)

메피스토펠레스

적들이 짙은 어둠에 휩싸였군!
발걸음 떼기가 아마 힘들 거다!
사방팔방에서 도깨비불이 번쩍이고,
갑자기 섬광이 일어 눈이 부시다.
이것만 해도 끝내주지만
공포의 소리까지 곁들여 주마.

파우스트

빈 갑옷들이 퀴퀴한 방에 있다가
밖에 나오니 정신이 홱 드는 모양이야.
저편에서 아까부터 철거덕거리고 있어.
참으로 끔찍한 소리야.

메피스토펠레스

옳으신 말씀! 이들은 규제가 안 돼요.
기사들끼리 드잡이하는 소리가 나네요,
멋진 옛날로 돌아간 것 같습니다.
팔 가리개와 다리 가리개가
교황 파와 황제 파로 갈려

밤낮 하던 그 싸움을 또 하고 있네요.
대대로 물려받은 생각에 변함이 없어
이들은 절대 화해가 안 됩니다,
이들의 싸움박질 소리 멀리 퍼집니다.
결국, 악마들 축제 때마다 그렇듯
파당 간의 증오심이 한몫합니다,
갈 데까지 가야 끝이 나겠지요.
내지르는 분노와 공포의 끔찍한 소리,
날카롭게 째지는 소리가
골짜기의 공기를 마구 흔들어놓네요.

(오케스트라, 전쟁의 아우성을 연주하다가 끝에 가서는 경쾌한 군악으로 바뀐다.)

반역 황제의 막사, 옥좌

(주위를 호화스레 잘 꾸며놓았다.)

(날강도, 소매치기)

소매치기
  자, 우리가 일등이군!
날강도
  까마귀도 우리처럼 빠르지 못해.

소매치기
　와! 여기 보물이 산더미 같네!
　어디서부터 어떻게 손을 댈지 모르겠어.
날강도
　창고가 터질 지경이야!
　이거 고르기도 곤란하군.
소매치기
　이 양탄자가 나한텐 딱이야.
　전부터 잠자리가 좀 불편했는데.
날강도
　여기 쇠로 된 톱니날도끼가 있군,
　전부터 이런 걸 갖고 싶었거든.
소매치기
　금박 단이 박힌 붉은 외투도 있어,
　저런 외투가 내 꿈이었지.
날강도　(톱니날도끼를 집어 들면서)
　이 정도만 있으면 가볍게 끝낼 수 있어.
　닥치는 대로 해치우고 전진이다.
　넌 챙기기는 많이 챙겨놓았는데
　제대로 된 것은 하나도 없어.
　그런 허섭스레기는 그냥 두고
　여기 이 궤짝이나 하나 가져가!
　이건 군인들한테 줄 급료라고,
　안에 금화가 가득해.
소매치기
　아니, 이놈의 궤짝이 꿈쩍도 안 해,

도대체가 옮길 수가 없어.

날강도

당장, 허리를 구부려! 등을 갖다 대라고!
네 튼튼한 등짝에다 올려줄 테니까.

소매치기

어이쿠! 안 돼, 어림도 없어!
너무 무거워서 허리가 끊어지겠어.
(궤짝이 바닥에 굴러떨어지면서 뚜껑이 홱 열린다.)

날강도

붉은 금화가 왕창 다 흩어졌네,
어서 달려들어 끌어모으라고.

소매치기 (쪼그려 앉는다.)

자, 어서 내 앞치마에다 담아,
필요한 만큼 얼마든지 담으라고.

날강도

자, 됐어! 어서 서둘러!
(그녀가 일어선다.)
아니, 앞치마에 구멍이 났잖아!
어디로 걸어가든, 서 있든
씨 뿌리듯 금화를 뿌리겠군.

근위병들 (이쪽 편 황제의 근위병들)

이런 성스러운 곳에서 너희 뭐하는 거야?
왜 황제 폐하의 보물을 뒤적거리는 거야?

날강도

우리는 돈 몇 푼에 생명을 걸었으니까,
우리 몫을 직접 챙기려는 거라고.

이런 일은 적진의 막사에서는 다반사야,
　　　그리고 우리도 말이야 군인이라고.
근위병들
　　　우리 군대에는 그런 거 없어,
　　　군인이면서 또 도둑이라니!
　　　우리 폐하를 근처에서 모시려면
　　　누구나 정직해야 한다.
날강도
　　　너희가 말하는 정직이라는 거, 잘 알지.
　　　다른 말로 점령분담금이라고 하지.
　　　네놈들도 다를 거 없다고,
　　　'당장 내놔!' 이게 네놈들 인사법이잖아.
　　　(소매치기힌데)
　　　담을 수 있는 대로 담아서 여길 뜨자고,
　　　이곳에선 우린 아무래도 불청객인가 봐.
　　　(퇴장)
첫 번째 근위병
　　　이 친구야, 저런 뻔뻔스런 자식한테
　　　당장 뺨을 한 대 안 갈기고 뭐 한 거야?
두 번째 근위병
　　　왜 그랬는지 나도 몰라, 몸에 힘이 빠졌어,
　　　아무래도 그 녀석들 유령 같았다고.
세 번째 근위병
　　　갑자기 눈이 침침해지더니
　　　뭔가 번쩍여서 잘 볼 수가 없었어.

네 번째 근위병

　참 표현하기도 어렵군, 아무튼 말이야,
　온종일 왠지 날이 아주 덥고,
　왠지 불안하고 답답하면서 후덥지근했어,
　이쪽 사람은 서 있고 저쪽 놈은 쓰러졌어,
　적을 찾아 손으로 더듬거리면서 내리쳤어,
　후려칠 때마다 적은 쓰러졌지,
　눈앞에는 안개 면사 같은 것이 드리웠고,
　귓속에서는 윙윙, 쏴쏴, 식식 소리가 났어,
　계속 그랬는데 어쩌다 보니 여기 있는 거야,
　어찌 된 영문인지는 정말 나도 모르겠다고.

황제

　(영주 넷을 대동하고 등장한다.)

근위병들

　(물러간다.)

황제

　방법이야 어찌 됐든! 우리가 이겼어,
　적의 잔당들은 들판으로 뿔뿔이 흩어졌소,
　여기 텅 빈 옥좌가 있고, 반역자의 보물들은
　양탄자에 싸여 자리만 비좁게 하는군.
　우리는 자랑스레 근위병들의 호위 속에
　이 제국 영주들의 사신들을 기다리고 있소.
　사방에서 기쁜 소식이 속속 들어오고 있소,
　충성의 다짐과 제국의 안정을 알리는 거요.

우리 싸움에 마법이 개입되기는 했지만
　　결국엔 우리 힘으로 싸워서 승리한 거요.
　　물론 우연들이 유리하게 작용하기도 했지.
　　하늘에서 돌이 날고 적에게 피가 퍼붓기도 하고
　　바위동굴에서 음산한 소리가 나기도 해서
　　우리에겐 용기를 주고 적의 기를 꺾은 거야.
　　패자는 쓰러져 계속해서 조롱을 받고
　　승자는 자랑스레 신의 은총을 노래하지.
　　명령을 하지 않아도 모두 함께 노래하지, "
　　"주님, 당신을 찬양합니다!" 수백만이 목청껏.
　　찬미의 노래를 바치다가, 요즘 왜 그런지,
　　경건한 눈길로 내 가슴을 살피게 돼.
　　쾌활한 젊은 군주는 시간 아까운 줄 모르지만
　　훗날 세월이 흐르면 순간의 가치를 알게 되지.
　　때문에 더 이상 지체하지 않고 네 영주 분들과
　　가정과 궁정과 나라를 위해 동맹을 맺을 거요.
　　(첫 번째 영주에게)
　　귀공, 능숙한 병력 배치의 공은 귀하의 몫이오,
　　위기의 순간에 공의 대담한 지휘가 빛을 발했소.
　　평화가 왔으니 이제 시대의 요구에 따라야지요.
　　귀하를 집사장에 명하고 이 칼을 하사하는 바요.
집사장
　　여전히 반군 진압에 전념 중인 폐하의 충직한 군대는
　　국경을 지켜 폐하와 폐하의 옥좌를 보위할 것이니,
　　그땐 조상이 물려준 널찍한 성에서 축하연을 열어
　　폐하께 성찬을 대접하여 올리도록 허락하여 주소서.

이 번쩍이는 칼을 들어 인도하고 보좌하겠습니다,
　　　지고하고 존엄하신 폐하를 영원히 받들겠나이다.
황제　(두 번째 영주에게)
　　　공은 용감한 면모에 부드러운 품성을 보여주었으니
　　　시종장을 맡아주시오. 이 임무는 쉽지는 않소이다.
　　　공은 우리 궁정에서 일하는 시종들의 우두머리요,
　　　내분이 있으면 나를 받드는 데 문제가 생길 것이오.
　　　공의 좋은 면을 살려 앞으로도 귀감이 되도록 하오,
　　　짐을 비롯해 이 궁정의 모든 사람을 기쁘게 해주오.
시종장
　　　폐하의 큰 뜻을 받들어 모심에 은총이 함께하나니,
　　　선인은 도와주고 악인에게도 가혹하지 아니하며
　　　사심 없이 솔직하고, 속임 없이 늘 한결같을 터이니,
　　　이 마음만 알아주신다면 제 기쁨 그지없겠나이다.
　　　축하연의 모습을 제 상상으로 펼쳐 보여드릴까요?
　　　폐하께서 앉으시면 황금 대야를 대령하겠습니다,
　　　폐하의 반지를 받아 들어 즐거운 식사 자리에
　　　손도 상쾌해지고 이 마음도 따라 상쾌해지지요.
황제
　　　지금 잔치의 즐거움을 생각할 기분은 아니지만
　　　그래, 좋소! 그러면 새 출범이 흥겨워질 테니까.
　　　(세 번째 영주에게)
　　　공을 사옹원장으로 임명하오! 따라서 이후
　　　사냥, 축사, 황실 농장을 관리하도록 하시오.
　　　매달 그 계절의 진미를 엄선하여
　　　정성껏 조리해서 올리도록 하시오.

사옹원장
    먼저 엄격한 금식을 기꺼이 제 의무로 삼아
    최고의 요리를 폐하께 올리도록 하겠나이다.
    주방에서 일하는 시종들은 저와 한마음으로
    먼 곳의 재료로 계절을 앞당겨 바치겠습니다.
    멀고 가까운 곳의 진미가 보기는 좋겠지만
    폐하께서는 소박한 음식을 더 좋아하십니다.
황제 (네 번째 영주에게)
    지금 여기서 잔치 이야기를 하는 김에
    젊은 귀공을 헌작공에 임명하겠소.
    의무를 성실하게 지켜서 황실의 술 창고에는
    좋은 포도주가 늘 가득해야 하오.
    공은 절도를 지켜야 하오. 너무 흥이 나서
    술자리에서 자신을 잃으면 안 되오.
헌작공
    폐하, 젊은 사람도 믿어주기만 하면
    모르는 사이에 금세 어른이 됩니다.
    벌써 제 마음은 연회를 돌보고 있습니다.
    황제 폐하의 연회를 가장 멋지게
    금은의 화려한 그릇으로 꾸미겠습니다.
    폐하를 위해 귀한 술잔도 미리 챙기겠습니다.
    맑은 베네치아 유리잔입니다, 안전한 데다
    술맛은 좋아지고 절대 취하진 않습니다.[255]
    이 놀라운 물건을 과신하는 경향이 있는데,
    폐하의 절제력이 폐하를 보호해 줄 것입니다.

황제
　나는 이 엄숙한 때 귀공들에게 약속을 했고,
　귀공들은 믿을 만한 입을 통해 그걸 들었소이다.
　황제의 말은 위대하며 약속은 분명히 지키오.
　확인하는 의미에서 권위 있는 증서와
　서명이 필요하오. 서류를 작성하려는 참에
　마침 적당한 분이 오시는군요.

　(대주교[대재상]가 들어온다.)

황제
　아치에 종석이 놓이는 순간
　아치는 영원히 완성되는 거지요.
　여기 네 영주를 보시오! 우리가 나눈 얘기는
　황실과 조정을 굳건히 하기 위한 거였소.
　이제 제국을 전체적으로 돌보는 일을
　다섯 분에게 맡기며 권한과 힘을 드리오.
　영토 면에서 공들은 누구보다 빛나야 하오,
　해서 지금 당장 영지의 경계를 늘려주겠소,
　우리를 등진 자들의 땅을 얹어 주겠소.
　충직한 귀공들에게 좋은 땅을 나우 주겠소,
　또한 큰 권한을 줄 테니 기회가 되는 대로
　반환이나 매입, 교환의 방식을 통해
　영토를 더 넓혀가기를 바라오.
　영주로서 영지를 다스리는 고유의 권한을
　누구의 간섭도 받지 않고 행사해도 좋소.

재판관으로서 최종판결도 내릴 수 있고
　　공들이 지닌 최고 권한 앞에 상고는 없소.
　　세금, 이자와 공물, 봉토와 통행세, 관세,
　　채광권, 제염권, 화폐 주조권은 공들 것이오.
　　또 감사하는 마음을 진정으로 보여주고자
　　공들에게 황제에 버금가는 지위를 부여하겠소.
대재상
　　저희 모두 함께 깊은 감사를 드립니다.
　　저희를 강화하셔서 폐하도 강해지나이다.
황제
　　다섯 분께 또 다른 권한도 드리겠소,
　　짐은 제국을 위해 살아왔고 앞으로도 그럴 거요.
　　그러나 한참 나랏일을 보다가도 윗위 승계 과정을
　　떠올리면 짐은 다시 위험을 느끼곤 하오.
　　짐도 때가 되어 소중한 이들과 헤어진다면
　　후계자를 지명하는 건 귀공들에게 달렸소.
　　그에게 왕관을 씌워 성스러운 제단에 우뚝 세우고
　　소란스러웠던 방식을 평화롭게 끝내시오.[256]
대재상
　　가슴속 긍지야 높지만 공손한 자세 갖추어
　　최고의 다섯 영주 폐하께 고개 조아립니다.
　　충성스러운 피가 혈관 속에 요동치는 한
　　저희는 폐하의 의지대로 움직이는 몸이지요.
황제
　　그럼, 끝으로, 지금까지 우리가 공표한 것을
　　훗날을 위해 문서로 작성하여 서명하겠소.

공들은 영주로서 영토를 마음껏 가질 수 있지만
　　영토를 분할하지 않는다는 조건이 따르오.
　　공들이 내게서 받은 영토를 늘려놓았다 해도
　　아무런 변경 없이 장남에게 물려줘야 하오.
대재상
　　제가 당장 양피지에 기록하겠습니다,
　　우리와 제국의 흥성을 위해 중차대한 법령입니다.
　　정서와 봉인은 문서보관실 소관입니다,
　　폐하의 성스러운 서명으로 확인해 주십시오.
황제
　　자, 이만들 가보시오, 가서 이 소중한 날의 의미를
　　마음속 깊이 차분하게 되새겨 보시오.

　　(세속의 영주들 물러간다.)

대주교　(가지 않고 남아서 격한 투로 말한다.)
　　재상은 갔고 주교는 남았습니다,[257]
　　간곡히 말씀드려야 할 것이 있습니다!
　　아버지처럼 걱정스러운 마음뿐입니다.
황제
　　이 기쁜 순간에 걱정이라니요? 말해 보시오!
대주교
　　이 순간 제 마음 너무나 비통합니다,
　　폐하의 신성한 머리가 사탄과 결탁되어 있나이다.
　　보기엔 별문제 없이 옥좌를 지키시는 것 같지만
　　아, 지금 주님과 교황님을 모독하고 계십니다.

    교황께서 이 죄악을 알면 당장 심판을 내려
    죄에 빠진 이 나라를 파문의 빛으로 멸할 겁니다.
    그분은 지금도 잊지 않았어요, 폐하의 대관식 날
    마지막 순간 폐하께서 마법사를 풀어주셨잖아요.
    폐하의 왕관에서 반짝인 첫 은총의 빛이
    저주받은 머리를 맞혀 기독교가 해를 입었지요.
    어서 뼈저리게 속죄하시고 사악한 행운 중
    일부라도 당장 교회에 기부하십시오.
    폐하의 천막이 자리했던 그 넓은 언덕바지,
    악령들이 폐하를 지키려고 단합했던 곳,
    가짜 제후에게 순한 귀를 빌려주었던 그곳을
    깊은 믿음으로 신성한 뜻을 위해 기부하세요.
    까마득히 뻗은 산과 울창한 숲,
    언제나 푸른 풀로 뒤덮인 언덕들,
    물고기가 넘치는 맑은 호수들, 굽이굽이
    물결치며 계곡으로 흘러내리는 수많은 개울들,
    이어 넓은 계곡, 초원과 산골짜기와 협곡들까지도.
    이렇게 뉘우치시면 사면을 받을 수 있습니다.

황제

    내가 저지른 엄청난 실수에 나도 무척 놀랐소.
    속죄를 위한 경계는 경의 재량에 맡기겠소이다.

대주교

    우선! 사악한 죄가 자행되어 오염된 곳을
    당장 하느님을 모시는 곳으로 선포하십시오.
    순간 마음속에는 벽들이 웅장하게 치솟고,
    어느새 아침 햇살의 눈길이 제단을 비추고,

건물은 점차 커져 십자가 모양을 이루고,
　　본당은 커지고 높아져 신도들은 기뻐합니다.
　　이들은 엄숙한 문을 지나 뜨겁게 몰려들고
　　첫 종소리가 산과 계곡에 울려 퍼집니다,
　　높은 탑에서 울려 하늘까지 울립니다,
　　참회자들은 다시 태어난 삶을 위해 옵니다.
　　거룩한 낙성식을 위해. 그날이 어서 오소서!
　　폐하께서 왕림하시면 더없는 영광이지요.

황제
　　이 웅장한 과업에서 나의 믿음이 비치어
　　주님을 찬양하고 죄의 사함을 받길 바라오.
　　됐소이다! 어느새 경건해진 느낌이 드오.

대주교
　　이제 재상으로서 서류를 마무리 짓겠습니다.

황제
　　땅을 교회에 기부한다는 서류를 작성하시오.
　　내게 주면 기쁜 마음으로 서명하겠소이다.

대주교　(작별 인사를 하고 나가다가 문턱에서 돌아서며)
　　그리고 세워질 그 교회를 위해서
　　십일조, 이자, 헌금 등의 모든 수익을 기증하세요,
　　영원히. 교회를 잘 유지하고
　　관리하려면 비용이 많이 듭니다.
　　저렇게 황량한 곳에다 건물을 신속히 지으려면
　　폐하의 전리품에서 약간의 황금이 필요합니다.
　　거기에다 또 ― 말씀을 드리지 않을 수 없군요 ―
　　먼 곳에서 목재와 석회, 석판 등을 들여와야 합니다.

운반은 설교의 가르침에 따라 백성이 맡고,
교회는 사역을 떠나는 사람들을 축복할 겁니다.
(퇴장)

황제

어깨에 짊어진 나의 죄가 크고 무겁다.
흉측한 마법사 놈들이 내게 끔찍한 해를 끼쳤어.

대주교 (다시 돌아와 깊이 허리를 구부리며)

송구스럽습니다, 폐하! 그 악랄한 자에게 해안이
봉토로 하사되었습니다.[258] 폐하께서 죄를 뉘우쳐
높은 교회에 그곳에서 나는 십일조, 이자와 헌납,
수익 등을 바치지 않으면 그자는 파문당할 것입니다.

황제 (불쾌한 표정으로)

그 땅은 아직 있지도 않소, 바다 속에 있는 거요.

대주교

권한과 인내심이 있는 사람에겐 때가 오지요.
폐하가 하신 말씀이 지켜지기를 바랄 뿐입니다!

황제 (혼잣말로)

이런 식으로 가다간 제국을 다 넘겨주겠어.

제5막

널따란 땅

나그네
  그래! 저 검은 보리수들,
  옛날과 다름없이 저기 서 있다.
  저것들을 다시 보게 되다니,
  이게 참으로 얼마 만인가!
  아, 저 자리,
  저 오두막, 나를 감싸 주었어,
  폭풍에 밀리는 파도가
  나를 저 모래언덕에 내던졌을 때!
  그때 그 주인들에게 인사드리고 싶다,
  인자하고 친절한 분들이었는데,
  당시에도 연세가 많으셨는데
  오늘 다시 뵙기는 힘들 것 같아.
  아! 정말 믿음이 깊은 분들이었어!
  문을 두드릴까? 외쳐볼까? 안녕하세요!
  여전히 손님에게 친절을 베풀며

살아 계시면 얼마나 좋을까.
바우키스　(꼬부랑 할머니)
　　　나그네 양반! 조용히 해요! 조용히!
　　　쉿! 지금 바깥양반이 자고 있어요!
　　　노인네는 잠을 좀 자둬야
　　　잠깐이나마 무슨 일을 할 수 있거든.
나그네
　　　그때 그 할머니 맞죠?
　　　제가 은혜를 입었던 그분 맞죠?
　　　그때 청년이었던 제 목숨을
　　　할아버지와 함께 구해 주셨잖아요?
　　　바우키스 할머니시죠? 그때 반쯤 죽은
　　　저를 살려내시느라 갖은 정성을 다하셨죠?
　　　(남편이 등장한다.)
　　　아, 필레몬 할아버지! 옛날에
　　　제 물건을 파도에서 건져주셨지요?
　　　금방 불을 피워주시고
　　　은빛 종을 울려주셔서
　　　그 끔찍했던 모험의 위험이
　　　싹 가시게 해주셨지요.
　　　다시 한 번 모래언덕에 올라가
　　　끝없는 바다를 보고 싶습니다.
　　　무릎 꿇고 기도하게 해주세요,
　　　이 마음 너무나 두근거려요.
　　　(모래언덕을 향해 걸어 나온다.)

필레몬 (바우키스 할머니에게)
어서 식탁을 차려요,
꽃들이 만발한 앞마당 쪽에다.
저 친구 달려가 마음껏 놀라게 놔둬요,
눈에 보이는 게 믿기지 않을 거야.
(나그네 곁에 서서)
저기 저 풍경, 댁을 그렇게도 못살게 굴며
거품을 거칠게 품으며 밀려왔던 저 바다가
이제는 정원이 되어 맞아주는구려,
정말 천국 같은 풍경이지.
나이가 들다 보니 예전처럼
그렇게 도와주지는 못했지.
내 몸에서 힘이 빠져나가는 만큼
파도도 저 뒤편으로 멀찍이 가버렸다오.
현명한 나리가 솜씨 좋은 일꾼들 데려와
제방을 쌓고 물길을 막아
바다의 권한을 제한하고
바다 대신 자기들이 주인이 되려 했지.
저기 초원들이 쭉 펼쳐진 걸 봐요,
풀밭, 정원, 마을 그리고 숲.
자, 눈으로 잘 봐둬요,
좀 있으면 해가 떨어지니까.
저기 먼 곳에 돛배들이 가는군!
안전한 항구를 찾아 밤을 보내려 하는 거지.
새들이 둥지를 익히 알고 있듯이
배들도 저편에 있는 항구를 아는 거요.[259]

아주 까마득히 멀리 떨어진 곳에
바다의 푸른 끝자락이 보이지요.
좌우로 넓게 퍼져 있는 것은 다
사람들이 밀집해 있는 주거지요.

(정원의 식탁에 앉은 세 사람)

바우키스
　말씀이 없으시네? 시장하실 텐데
　한 입도 안 드시고?
필레몬
　이 사람은 저 기적이 궁금할 거야,
　그 얘기 당신이 잘하니까, 한번 해봐요.
바우키스
　맞아요, 정말 기적이었지요!
　그런데 저것만 보면 늘 찜찜해요.
　저 기적이 올바른 방식으로
　이루어진 게 아니라서 그렇다오.
필레몬
　황제 폐하한테 저 책임을 돌릴 수 있겠소?
　그 사람한테 해안을 봉토로 하사했다고?
　이 일을 알린 사람은 파발꾼이었어,
　요란하게 우리 집 앞을 지나갔지.
　저편 모래언덕에 멀지 않은 곳에
　제일 먼저 터를 잡았어요.
　천막과 오두막이 즐비했지요! 하지만

푸른 초원에 곧 궁전이 들어서더군.

바우키스

낮에는 일꾼들이 소란깨나 피웠어요,
괭이와 삽을 가지고 뚝딱 소리를 내면서.
밤이 되면 조그만 불꽃들이 우글댔고,
이튿날이 되면 둑이 하나 서 있었지요.
사람들 피깨나 흘렸을 거야,
밤마다 고통의 신음 소리가 퍼졌으니까.
불길이 바다 쪽으로 흘러들었고,
이튿날 보니 운하가 생겨 있더군요.
그 사람은 신을 믿지 않아요, 계속해서
우리 집과 우리 작은 숲을 널름대요.
그런 사람이 이웃에서 설치니까,
우리는 종처럼 조아려야 할 판이라오.

필레몬

잘해 보자면서 그 사람은 우리한테
새로 얻은 땅에 멋진 농장을 주겠다고 했어!

바우키스

물나라에서 온 사자 말일랑 믿지 말고
당신의 언덕이나 잘 지키면 돼요.

필레몬

이제 예배당에 가서
저녁 햇살이나 보게!
종을 치고 무릎 꿇고 기도를 올려요!
우리의 친숙한 신을 믿읍시다.

궁전

넓따란 공원
직선으로 뚫린 큰 운하

(파우스트, 아주 늙은 모습으로, 생각에 잠긴 채 거닐고 있다.)

망루지기 린코이스 (확성기를 잡고서)

해가 지면서 마지막 배들이
반가이 항구로 들어옵니다.
큰 배가 한 척
운하를 따라 접근하고 있습니다.
온갖 깃발들이 바람에 나부끼고
배를 정박할 준비도 끝났습니다.
당신 속에서 뱃사람은 즐거이 노래하고
행운이 당신을 늘 반겨줍니다.[260]

(모래언덕에서 작은 종소리가 울린다.)

파우스트 (소스라치게 놀라며)

빌어먹을 놈의 종소리! 아주 내 속을

긁어놓는군. 등 뒤에서 쏘는 화살이야.
눈앞엔 제국이 끝없이 펼쳐져 있는데,
저런 게 등 뒤에서 나를 조롱하다니.
저 시샘하는 종소리가 자꾸 일깨워,
내 광활한 영토는 불완전하며,
저 보리수와 저 누런 오두막과
다 쓰러져 가는 예배당도 내 게 아니라고.
저곳에 가서 마음 놓고 있고 싶어도
낯선 그림자들[261] 때문에 소름이 끼쳐.
눈엣가시, 발바닥에 박힌 가시야,
아! 여기서 어디 멀리로 떠나고 싶다.

린코이스 (앞에서와 같은 어조로)
저기 시원한 저녁 바람 맞으며
화려한 배가 한 척 기쁘게 들어오네요!
날래게 달리는 저 배에는
궤짝과 상자, 자루가 산더미 같네요!

(화려한 배, 이국의 다채로운 산물들을 잔뜩 싣고 있다.)

(메피스토펠레스. 세 명의 거한.)

합창
이제 우리는 뭍에 오른다,
어느새 우리 도착하였네,
행운을! 우리 주인님께,
우리의 선주님께.

(그들은 배에서 내리고, 화물들은 뭍으로 운반된다.)

메피스토펠레스
　이만하면 우리 능력을 보여준 것이니까
　나리께서 칭찬해 주시면 그걸로 만족이야.
　우리는 두 척의 배로 출발했지만
　항구에 돌아올 땐 스무 척의 배로 왔다.
　우리가 한 일이 얼마나 대단한지는
　배에 실린 짐만 봐도 알 수 있다.
　탁 트인 바다에선 마음도 자유로워져,
　이런저런 생각 할 필요 있나!
　잽싸게 낚아채는 게 최고,
　고기도 잡고 배도 잡는다.
　세 척을 차지하면
　네 번째 것은 식은 죽 먹기.
　다섯 번째 배는 재수 옴 붙은 것,
　힘만 있으면 안 될 게 뭔가.
　내용이면 됐지, 방법이 무슨 문제.
　항해가 뭔지 내가 모를까.
　전쟁과 무역, 해적질은
　서로 떼어놓을 수 없는 삼위일체.
세 명의 거한
　　　감사도 인사도 없어!
　　　감사도 인사도 없어!
　　　주인나리께 우리가
　　　악취라도 가져왔나.

벌레 씹은 표정이나
하고 있잖아.
지상 최고의 선물도
마음에 안 드는가 봐.

메피스토펠레스
무슨 보상을 더는
바라지 말라고,
너희들 몫은 벌써
다 챙겼잖아.

세 명의 거한
그거야 지긋지긋한
항해에 대한 것이지요.
우리 셋 다
동일한 몫을 요구하오.

메피스토펠레스
먼저 위쪽 홀에다
귀한 물건들을
잘 보이도록
정리해 놓도록 해.
나리께서 오셔서
이 넘치는 진열품들을 보고
계산을
꼼꼼히 해보신다면,
그분은 분명히
쫀쫀하게 굴지 않고
우리 모든 선원들에게

잔치에 잔치를 열어주실 거야.
　　　울긋불긋한 창녀들도 내일 올 거야,
　　　개들 챙기는 건 내 전문이지.

(짐들이 옮겨진다.)

메피스토펠레스　(파우스트에게)
　　　어두운 표정에 침울한 눈빛으로
　　　이런 멋진 행운을 대하시는군요.
　　　당신의 드높은 지혜는 절정에 이르러
　　　바다와 해안은 화해를 이루었지요.
　　　해안에서 쏜살같이 떠나는 배들을
　　　바다는 기꺼이 품안에 받아줍니다.
　　　이제 말해도 돼요, 여기 이 옥좌에서
　　　당신의 팔이 온 세계를 품고 있어요.
　　　바로 이곳에서 당신의 힘은 뻗어 나갔소,
　　　첫 판잣집[262]이 세워졌던 곳도 여기요.
　　　예전에 조그만 도랑을 팠던 곳에
　　　이제는 노에서 물이 튀기고 있지요.
　　　당신의 고귀한 뜻과 백성의 열정은
　　　땅과 바다의 칭송을 받을 만해요.
　　　바로 여기로부터—
파우스트
　　　나는 이곳이 지긋지긋하다고!
　　　답답하고 끔찍하다니까.
　　　네가 꾀바른 녀석이니까 말하겠는데,

나는 지금 가슴이 뜨끔뜨끔해,
견디기가 힘들다고!
이런 말을 하는 게 창피하긴 하지만
저 언덕에 사는 노인들을 몰아내고
저 보리수들을 내가 차지하고 싶어.
저 몇 그루 나무가 내 것이 아니라서
나의 광활한 왕국을 망쳐놓고 있어.
저곳에다 사방을 둘러볼 수 있게
나뭇가지들 위에 뼈대를 만든 다음,
시선이 확 트이는 전망대를 짓고서
내가 이룬 업적을 바라보고 싶다.
단 한눈에 굽어보고 싶은 거야,
인간 정신이 만들어낸 걸작을 말이야,
머리를 아주 현명하게 잘 써서
백성들의 거주 공간을 만들어냈잖아.

아무리 이런 풍요로움을 느낀다 해도
갖지 못한 한 가지가 큰 고통을 준다.
저 종소리와 보리수의 향기가
교회나 무덤에 갇힌 것처럼 날 옥죈다고.
내 의지의 힘찬 비행이
저 모래언덕에 부딪쳐 좌절한다.
어떻게 하면 이 기분에서 벗어날까!
종소리만 들리면 나는 분노가 치민다고.

메피스토펠레스

왜 안 그러겠어요! 그런 큰 고통 하나가

당신의 행복을 다 망쳐놓는 법이지요.
정말 그래요! 고상한 귀로 들으면
저 종소리는 정말로 역겹다니까요.
저놈의 땡땡, 땡땡 소리는
맑은 저녁 하늘을 안개로 가려놓고
아이의 첫 세례로부터 장례식까지
인간사 모든 일에 개입하여
인간사가 땡과 땡 사이에서
꺼져버리는 꿈인 듯 만들어버리지요.

파우스트

노인들이 버티고 고집을 세우는 바람에
이렇게 훌륭한 일을 망치게 생겼어,
너무 고통이 마음에 사무치니까
옳게 살려는 의지도 꺾이는 거야.

메피스토펠레스

왜 주저하죠?
진작 다른 곳으로 내쫓아 버렸어야죠.

파우스트

가서 그 노인들을 거기서 나가게 해!
그 예쁜 농장 잘 알지,
내가 노인네들을 위해 골라놓은 거.

메피스토펠레스

노인들을 번쩍 들어다 내려놓으면 그만이죠.
눈 깜박할 사이에 끝내버리는 겁니다.
좀 폭력적이긴 하지만 나중에 가면
훌륭한 거처 때문에 마음이 풀릴 겁니다.

(그는 귀청이 찢어질 듯 휙! 하고 휘파람을 분다.
세 명의 거한이 등장한다.)

메피스토펠레스
어서, 주인 나리가 시키는 대로 해라,
내일은 선원들을 위한 잔치가 열릴 거다.

세 명의 거한
늙은 나리의 접대가 시원찮았으니까
선원들을 위한 잔치는 당연히 벌여야지요.

메피스토펠레스 (관객들을 향해)
옛날에 일어났던 일이 여기서 다시 벌어집니다.
나봇의 포도밭[263]은 잘 알려진 사건입니다. (「열왕기상」 21장)
(퇴장)

깊은 밤

망루지기 린코이스 (노래를 부르며 성의 망루에서)
　　보기 위해 태어나
　　관찰의 임무를 받고
　　망루지기로 맹세하여
　　이 세상은 즐겁네.
　　먼 곳도 바라보고
　　가까운 곳도 보네,
　　달도 보고 별도 보고
　　숲도 보고 노루도 보네.
　　이 모든 것을 볼 때면

영원한 매력을 느끼네,
모든 것에 기쁨을 느끼니
이 기쁨 여한이 없네.
너희 행복한 두 눈아,
너희가 여태껏 본 것은
이것저것 할 것 없이
너무도 아름다웠다네.

(사이)

하지만 그저 보고 즐기려고만
이 높은 곳에 있는 건 아니지.
어둠이 깔린 세상에서 번지는
이 무슨 섬뜩한 공포란 말인가!
어둠에 잠긴 보리수 그늘 너머
탁탁 솟구치는 불꽃들이 보인다,
불어오는 강풍의 부채질에
타오르던 불길은 점점 거세진다,
아! 저기 오두막이 안에서 탄다,
이끼 끼고 축축했던 그 오두막이.
도움이 시급하건만
도와주는 이 하나 없다.
아! 착하고 사람 좋던 노인네들,
늘 불을 조심스레 다루었는데도
숨 막히는 연기에게 먹히고 만다.
이런 끔찍한 사고가 어디 있나!

불꽃은 이글대고, 이끼 낀 검은
오두막은 붉은 불길 속에 서 있다.
아, 그 착한 노인네들 어찌 저
거친 불의 지옥에서 빠져나올까!
환한 불꽃이 혀를 날름거리며
나뭇잎과 가지들 사이로 치솟는다.
마른 가지들은 불길에 휩쓸려
확 타오르다 순간 무너져 내린다.
이 눈으로 저 광경을 보아야 하나!
이 좋은 눈이 다 뭐란 말인가!
떨어져 내리는 가지들 무게에
작은 예배당도 무너져 내린다.
뾰족한 불길이 뱀처럼 기어올리
나무 우듬지도 손아귀에 넣었다.
속이 텅 빈 줄기들은 뿌리까지
불이 붙어 붉게 활활 타오른다.

(오랜 휴지. 다시 노랫소리)

내 눈에 즐거움을 선사해 주던 것들이
수백 년의 세월과 함께 떠나버렸다.

파우스트 (발코니에서, 모래언덕을 바라보며)
저 위쪽에서 웬 비탄의 노래냐?
말이나 노래나 다 늦어버렸어,
망루지기도 한탄하지만, 나 역시

그 성급한 짓에 정말 화가 난다.
하지만 보리수나무가 불에 타
끔찍한 숯덩이로 변했다 해도,
그곳에 전망대가 곧 설치되면
광활한 땅을 굽어볼 수 있다.
거기에 서면 또 그 늙은 부부를
감싸 줄 새 집도 바라볼 수 있다.
노인들은 내 관대함에 감사하며
남은 생을 편히 보내게 될 거야.

메피스토펠레스와 세 명의 거한 (아래쪽에서)
우리 여기 정신없이 뛰어왔습니다.
죄송하게도 일이 잘되지 않았어요.
아무리 문을 두드리고 또 두드려도
아무도 나와 문을 열어주지 않았죠.
우리는 문을 흔들며 또 두드렸지요,
그랬더니 썩은 문짝이 넘어가 버렸죠.
우리는 소리를 치며 윽박질렀지만
전혀 아무런 반응도 없었어요.
보나 마나 다 알 만한 사실이지만
노인네들은 부러 못 들은 체한 거죠.
그래서 뭐 지체할 것 있겠어요,
더 거치적거리지 않게 그냥 해치웠죠.
노부부는 별로 고통을 겪지는 않았죠,
깜짝 놀라서 혼절했거든요.
웬 낯선 녀석이 거기 숨어 있다가
덤비기에 그냥 바닥에 때려눕혔죠.

    잠시 격한 싸움을 하다 보니
    와중에 숯불이 사방에 흩어지면서
    짚에 불이 붙었어요. 활활 불탔죠,
    세 사람을 화형하는 것처럼 됐지요.
파우스트
    내가 말할 때 뭘 들은 거냐?
    바꾸려 했지, 언제 빼앗으려고 했느냐?
    이런 돼먹지 못한 난폭한 짓거리를
    저주한다, 너희가 저주를 나눠 가져라!
합창
    옛 격언, 그 말이 들려온다,
    힘 앞에서는 순종하라!
    공연히 잘났다고 덤비다가는
    네 집과 재산, 네 목숨까지 걸어야 한다.
    (퇴장)
파우스트 (발코니에서)
    별들은 빛나던 빛을 감추고
    불길은 사그라져 조그맣게 불탄다.
    한 줄기 바람 살짝 불어와
    연기와 냄새가 밀려온다.
    명령도 빨랐고, 실행도 너무 빨랐어!
    그림자처럼 넘실대며 다가오는 저게 뭐지?

한밤중

(네 명의 쭈그렁 할망구들이 등장한다.)

첫째 할망구
  내 이름은 결핍이지요.
둘째 할망구
  나는 채무라고 해요.
셋째 할망구
  나는 근심이라고 하지요.
넷째 할망구
  내 이름은 궁핍이오.
셋이서
  문이 잠겨 있어 우린 들어가지 못해요,
  저 안엔 부자가 살고 있어서 우릴 안 좋아해.
결핍
  그럼 난 그림자가 돼야겠어.
채무
  나는 사라져버려야지.
궁핍
  응석받이들은 우리 얼굴을 안 보려 하지.
근심
  아, 자매들아, 너희는 들어가지도 못하고 들어가서도 안 돼.
  그래도 근심은 열쇠구멍으로 살짝 들어갈 수 있어.
  (근심은 사라진다.)

결핍
  자매들아, 여기서 물러나는 게 좋겠어.
채무
  같이 가, 나란히 걸어가자고.
궁핍
  이 궁핍은 네 발꿈치에 따라붙을게.
셋이서
  구름이 몰려와 별 하늘을 뒤덮고 있어!
  저 뒤편에서, 저 뒤편에서! 멀리서, 멀리서,
  우리 오빠가 다가와, 오고 있어, 죽음이.
파우스트 (궁전에서)
  올 땐 분명 넷이었는데, 셋만 가는군.
  무슨 말을 하면네 내체 알아들을 수가 없었어.
  뭐 이런 소리 같기도 했는데—궁핍,
  음울하게 운을 맞추던데—죽음 하며.²⁶⁴⁾
  소리도 공허하고 유령이 내는 소리였어.
  여태껏 나는 밝은 세상으로 나가 보지 못했어.
  내 가는 길에 마법 따위는 버리고 싶어,
  마법의 주문도 깡그리 털어버리고 싶어.
  내가, 자연이여, 네 앞에 남자로만 선다면,²⁶⁵⁾
  인간이 된다는 게 뭔지 알 수 있을 텐데.

  나도 한때는 그랬어, 그러다 어둠을 찾았지,
  저주의 말로 나와 세상을 한껏 욕하면서.
  이젠 허공에 저런 유령들만 꽉 차 있어
  대체 저것들을 어떻게 피할지 알 수가 없다.

아무리 낮이 이성의 빛을 뿌려준다 해도
밤은 우리에게 악몽의 그물을 뒤집어씌워.
봄의 들판에서 즐거운 마음으로 집에 오니,
새 한 마리 깍깍댄다. 왜 저러지? 재앙이라고.
언제 어디서나 늘 미신에 사로잡혀 있으니,
뭔가 나타나 알리고 경고하는 소리로 들려.
그러니 어쩔 줄 모르고 두려움에 떠는 거야.
문이 삐걱하긴 했는데 아무도 안 들어오네.
(몸서리를 치며)
누가 왔소?

근심

그에 대한 답은 '예!' 지요.

파우스트

대체 누구냐?

근심

예전에 한 번 본 적이 있지요.

파우스트

당장 물러가!

근심

여기가 내가 있어야 할 곳인데요.

파우스트 (처음엔 버럭 화를 내다 이내 가라앉히고서 혼잣말로)

조심해, 주문 같은 건 입 밖에 내면 안 돼.

근심

내 말이 당신 귀에는 안 들려도
마음속에서는 쾅쾅 울릴 거요.
변화무쌍하게 모습을 바꿔가며

나는 끔찍한 힘을 휘두르지요.
길을 가든 뱃길을 가든 영원히
함께하는 두려운 길동무라오.
부러 찾지 않아도 늘 보이지요,
날 구슬리기도 하고 욕도 하죠.
아니, 여태껏 근심을 몰랐단 말이오?

파우스트

나는 세상 곳곳을 누비며 살아왔을 뿐이야.
쾌락이라면 늘 머리채를 움켜잡았고
별 볼 일 없는 것은 그냥 놔줬고
내게서 도망치는 것도 잡지 않았다.
나는 소망했고 또 그것을 성취했고,
다시 갈망했다. 그렇게 힘을 써가며
인생을 폭풍처럼 달려왔다, 힘으로 밀어붙이며,
하지만 이젠 지혜롭고 사려 깊게 걷는다,
이 지상이야 충분히 알 만큼 알았어.
저 위쪽 세상은 우리가 알 수가 없는 거다.
바보라고! 저 위쪽으로 눈길을 던지며
구름 위에 자기 같은 종족이 있다고 생각한다면!
차라리 이곳에 다리를 붙이고 주위를 둘러봐,
노력하는 사람에게 세상은 침묵하지 않아,
왜 자꾸 영원을 기웃거려?
인식한 것은 손으로 잡을 수 있는 거야.
이렇게 지상의 나날을 살면 그만이야,
유령들이 날뛰어도 자기 길만 가면 되는 거야.
인생길 가다 보면 고통도 행복도 만나는 법,

인간에게! 언제 만족이 있을 수 있나!

근심

    내 손아귀에 일단 들어온 사람에겐
    그 이후 세상은 아무 가치가 없지요.
    영원히 침침한 어둠이 내려서
    그에겐 해는 뜨지도 지지도 않지요.
    바깥을 향한 감각은 아무 이상 없지만
    마음속엔 어둠만을 키울 뿐이지요.
    수중에 아무리 보화가 많아도
    자기 것은 없는 셈이지요.
    행복도 불행도 다 무상하게 여기니
    풍요 속에서도 굶주림에 시달리고,
    기쁨의 순간도 고통의 순간도
    다 다른 날로 미루어놓아,
    그에겐 미래만 있을 뿐
    완성이라는 것은 절대 없지요.

파우스트

그만! 그딴 걸로 나한테 어떻게 해보려고.
그런 터무니없는 수작은 관두라고.
어서 꺼져! 그런 장광설도 계속 들으면
똑똑한 사람도 넘어가겠군.

근심

    그는 가야 할지 말아야 할지
    결단을 내리지 못하지요.
    신작로 한가운데에서도
    더듬대며 발을 못 떼어놓지요.

점점 더 방황하며 자신감을 잃고
왜곡된 시선으로 세상을 보지요.
자신의 멍에로 남도 짓누르며
숨을 헐떡이다 질식해 죽지요.
질식하지 않아도 늘 투덜대고
자포자기도 아니고 굴복도 아니죠.
이렇게 쉼 없이 굴러가다 보면
억지춘향 격으로 모든 걸 해야 하니
때론 해방된 듯 때론 질식한 듯
잠을 자도 설치니 개운치 않아
늘 그 자리에 묶여 있어
지옥 갈 준비나 할 뿐이죠.

파우스트

이런 재수 없는 유령들, 너희가 그렇게
인간들을 수도 없이 못되게 다룬 거야.
크게 나쁠 것도 없는 날들까지도 너흰
고통의 끔찍한 뒤범벅으로 만들어놓지.
악령들을 떨쳐버리는 것이 쉽지는 않아,
그 끈질긴 정신적 끈을 끊기가 어렵다.[266)]
그러나 슬쩍 기어드는 네 힘이 크다 해도,
근심아, 난 네 힘을 인정하지 않을 테다.

근심

내가 당신한테 슬쩍 저주를 던지고
돌아서는 순간 그 힘을 알게 될 거요!
인간은 평생을 두고 눈먼 존재이니,
파우스트! 당신도 이제는 장님이야.

(파우스트를 향해 입김을 분다.)

파우스트　(눈이 멀어)

밤이 점점 더 이슥해지는 것 같군,
그래도 가슴속은 불빛이 환하다.
전부터 구상했던 일을 서둘러야겠다.
주인의 말만이 실행을 가능케 한다.
일꾼들아, 모두 잠자리에서 일어나라!
내 대담한 구상의 실현을 보게 해다오.
연장을 잡아라, 삽과 괭이를 잡아라!
배수로 작업을 당장 수행해야 한다.
정해진 규칙대로 부지런히 일하면
그에 합당한 최고의 대우가 보장된다.
이 위대한 과업을 완성하려면
수천의 손에 정신 하나면 된다.

궁전의 넓은 앞마당

(햇불들)

메피스토펠레스　(감독관으로 앞장서서 지휘하면서)
　　　이쪽으로, 어서! 어서 들어와!
　　　이 너덜너덜한 레무르[267] 녀석들아,
　　　인대와 뼈다귀로
　　　기운 이 좀비들아.

레무르들   (합창으로)
>　이렇게 즉시 대령했습니다,
>　그런데 우리가 건네 듣기로는
>　아주 넓은 땅을 개간해 가지고
>　소유하는 일이라고 하더군요.

>　여기 뾰족한 말뚝들도 있고요,
>　측량용 사슬도 가져왔습니다.
>　왜 우리가 부름을 받은 건지
>　그걸 깜박했습니다.

메피스토펠레스
>　굳이 측량술대로 할 필요 없다.
>　자기 치수로 새면 그만이야.
>　키가 제일 큰 놈이 길게 누워봐,
>　나머지는 주변의 뗏장을 들어내.
>　옛날부터 했던 방식대로
>　네모난 구덩이를 파라고!
>　흠, 궁전에서 이 비좁은 집으로,
>　결국에는 어리석게 끝나는 거야.

레무르들   (조롱하는 몸짓으로 땅을 파며)
>　내 인생 젊어서 사랑할 땐
>　참으로 달콤하다 생각했지,
>　흥겨운 노래 즐겁게 울리면
>　내 발길 저절로 그리 갔네.

>　그러나 노년이 슬쩍 다가와

목발로 이 몸을 후려갈겼네.
묘지 문간에서 비틀거리는데
하필 문이 열려 있을 게 뭐야!

파우스트 (궁전에서 걸어 나오며 문기둥을 더듬는다.)
저 삽질 소리 듣기만 해도 정말 기쁘다!
저들은 나를 위해 열심히 일한다,
새로 개간한 땅을 기름지게 만들고
파도의 경계를 정해 주고
바다에 튼튼한 띠를 둘러주고 있다.

메피스토펠레스 (방백으로)
아무리 제방을 쌓고 방파제를 만들어봐,
그래 봤자 다 우리 좋은 일 시키는 거야.
바다의 악마 넵투누스를 위해
성찬을 준비하는 거라고.
아무리 해봤자 넌 패한 거야.
원소들이 우리와 힘을 합쳤으니까
파멸로 끝맺음 하게 돼 있어.

파우스트
감독관!

메피스토펠레스
여기 있습니다!

파우스트
무슨 수를 쓰든
인부들을 더 모아, 무더기로.
쾌락과 엄벌로 다스리고,
보수를 주고 회유하고 쥐어짜라!

날마다 내게 보고하도록 해라,
　　　수로 공사가 얼마나 진척됐는지!
메피스토펠레스　(낮은 목소리로)
　　　인부들한테 전해 들은 바로는
　　　수로가 아니고 무덤이라더군요.
파우스트
　　　산 옆에 큰 늪이 있어서
　　　우리가 해놓은 걸 오염시키고 있어.
　　　썩은 늪의 물을 빼내는 것,
　　　우리의 마지막 최고의 업적은 그거야.
　　　수백만이 살 공간을 열어주겠다,
　　　안전하지는 않아도 자유롭게 살 땅을 말이다.
　　　들은 푸르고 기름지고, 사람과 가축도
　　　새로 획득한 땅이 주는 기쁨을 누리며,
　　　수많은 사람들의 대담한 노력의 결산인
　　　이 튼튼한 언덕에 똑같이 터를 잡으리라.
　　　바깥에서는 파도가 둑을 세차게 쳐도
　　　여기 이 안쪽은 낙원이 되리라,
　　　파도가 거칠게 제방을 갉아먹으면
　　　모두가 달려 나가 갈라진 틈을 메우리라.
　　　그래, 이 뜻을 위해 이 한 몸 바치련다.
　　　내가 궁극적으로 얻은 지혜는 바로 이것,
　　　날마다 새로이 싸워 얻어내는 자만이
　　　자유와 생명을 누릴 자격이 있다는 것이다.
　　　이렇게 위험에 둘러싸여 있으면서도
　　　여기서 아이, 어른, 노인, 알찬 삶을 살리라.

이렇게 붐비는 삶의 모습을 보고 싶다,
자유의 땅에서 자유로운 사람들과 함께하고 싶다,
이 순간을 향해 나 이렇게 말해도 좋으리라,
"잠깐만 머물러다오! 너 너무도 멋지구나!"
이 지상에서 내가 살았던 흔적은
영겁이 지나도 절대 사라지지 않으리라.
이런 숭고한 행복이 다가오는 걸 느끼며
지금 나 최고의 순간을 누리노라.

(파우스트, 뒤로 쓰러진다. 레무르들이 그를 잡아 땅에 눕힌다.)

메피스토펠레스

그는 어떤 향락, 어떤 행복에도 만족지 못했고,
늘 새로운 그 뭔가를 찾아 나섰다.
이 보잘것없고 공허한 마지막 순간을
잡아두려 하다니, 불쌍한 사람.
나한테는 그렇게 끈덕지게 저항하더니,
세월은 어쩔 수 없어, 이 노인 모래바닥에 누워 있다.
시계는 멈추었다.

합창

시계는 멈추었다. 시계는 한밤중처럼 침묵한다.
시곗바늘은 떨어졌다.

메피스토펠레스

시곗바늘은 떨어졌고, 모든 건 종결되었다.[268]

합창

지나갔다.

메피스토펠레스
>지나갔다니! 바보 같은 소리.
>왜 지나갔다는 거야?
>지나갔다와 순수한 무는 동일한 거야,
>그렇다면 영원한 창조가 다 뭔가,
>창조된 것은 다 무가 되는 것을?
>지나갔다! 이게 무슨 뜻인가?
>아무것도 없던 것과 같다는 뜻이다,
>그래도 무언가가 있는 것처럼 뱅뱅 돌아,
>그렇다면 차라리 나는 영원한 공허가 좋다.

장례 장면

레무르 (독창)
>누가 집을 이렇게 형편없이 만든 거야?
>삽과 괭이 같은 걸 가지고서.

레무르들 (합창)
>삼베옷 입은 무감각한 손님,
>당신한텐 그것도 과분하죠.

레무르 (독창)
>이 방의 가구는 왜 이 모양이야?
>식탁과 의자는 어디 있어?

레무르들 (합창)
>그건 잠깐 빌린 거야,
>그걸 쓸 사람이 아주 많다고.

메피스토펠레스
  육신은 누워 있고 영혼은 도망치려 한다,
  어서 피로 서명한 계약서를 보여주자.
  그런데 요즘엔 악마에게서 영혼을
  가로채는 방법이 아주 많거든.
  옛 방식을 쓰면 덤비는 것들이 많을 거고,
  새 방식을 쓰려니 마음이 내키지 않아.
  전 같으면 혼자서도 다 처리했지만,
  요샌 아랫것들한테 도움을 청해야 할 판이야.
  우리의 상황이 아주 안 좋아졌어.
  전래된 관습이나 오래된 법,
  이런 것들을 신뢰하기가 힘들어졌어.
  예전엔 마지막 숨과 함께 영혼이 빠져나왔고,
  난 주시하고 있다가 날랜 쥐를 잡듯
  홱 낚아채 발톱으로 꽉 움켜쥐었지.
  요샌 영혼들 음산한 곳에서 머뭇대며
  더러운 시체의 역겨운 집을 안 떠나려 해.
  그러다 서로 미워하는 원소들에게 밀려
  마침내 치욕스레 쫓겨나는 거야.
  언제? 어디서? 어떻게? 그걸 알아내야 하니
  나는 날이면 날마다 매시간 고통스럽다고.
  죽음의 신도 이젠 늙어서 기력이 다해서
  죽긴 죽었나? 이것도 오래 고민해 봐야 해.
  나도 굳은 사지를 보며 군침 흘린 적 있지,
  죽은 척만 한 거야, 사지가 다시 꿈틀대더군.

(시범 투의 요상한 몸짓으로 주문을 왼다.)

자, 어서 빨리! 보행 속도를 두 배로!
너 곧은 뿔의 사내, 너 굽은 뿔의 사내,
성실 강직한 악마 가문의 사내들아,
오는 김에 지옥의 아가리도 들고 와라.
지옥에는 가지가지 아가리들이 있어
지위고하에 따라 삼키는 먹이가 다르지.
하지만 이 마지막 지옥행 놀이서부터는
신분을 가지고 까다롭게 굴지 않는다.

(왼편에서 무시무시한 지옥의 아가리가 열린다.)

양쪽 어금니가 벌어지며, 시커먼 목구멍에서
불길이 홍수처럼 노도하며 쏟아져 나온다,
그리고 저 안쪽 연기가 꾸역꾸역 오르는데
거기 영원히 불타는 화염의 도시가 보인다.
불길의 파도가 위로 치솟아 이빨들을 친다,
저주받은 자들이 살려달라며 헤엄쳐 온다,
하지만 하이에나의 거대한 입이 물어뜯어
이들은 무서운 화염의 길로 다시 돌아간다.
안쪽 모서리마다 못 보던 것들이 너무 많아,
이 좁은 구석에 웬 끔찍한 것이 그리 많냐!
너희는 아마 죄인들을 놀래줄 양인가 본데,
이들은 그걸 거짓에 속임수, 꿈으로 생각하지.

(짤막한 곧은 뿔이 달린 뚱뚱이 악마들에게)
불타는 뺨의 이 배불뚝이 악당 놈들아!
지옥의 유황을 먹고 뒤룩뒤룩 살이 쪄 잘도 탄다,
통나무 토막처럼 뻣뻣한 이 짤막한 모가지들아,
이 아래쪽에 인광처럼 빛나는 걸 한번 봐라,
영혼이라는 거지, 날개 달린 영혼이라고,
날개를 떼어내면 추잡한 벌레가 돼.
그놈한테 내 도장을 꾹 눌러줄 테니까
어서 챙겨 소용돌이 불 폭풍 속으로 가져가라.

이쪽 아래쪽을 예의 주시해,
이 똥배 녀석들아, 그게 너희 의무야.
영혼이 그 아래쪽에 살고 싶어 하는지는
나도 잘 모른다.
그래도 배꼽 속에 사는 건 좋아한다,
조심하라고, 거기서 도망치지 않게.

(구부러진 긴 뿔이 달린 말라깽이 악마들에게)
이런 바보들아, 키만 장대 같은 놈들아,
어서 허공을 움켜줘, 계속해서 그렇게 하라고,
양팔을 쭉 뻗고 날카로운 손톱의 날을 세워,
그래야 나비처럼 펄럭이며 도망치는 영혼을 잡지.
영혼도 이 낡은 집이 이젠 싫어졌을 거야,
천재는 하늘 높이 오르고 싶어 하지.

(하늘의 오른쪽에서 후광이 비친다.)

천상의 무리

> 따르라, 천사들아,
> 하늘의 전령들아,
> 부드러운 날갯짓으로.
> 죄인을 용서하고
> 먼지를 되살려 내고,[269]
> 나란히 줄을 지어
> 두리둥실 날면서
> 살아 있는 만물에
> 기쁨의 흔적을 남겨라.

메피스토펠레스

웬 불협화음이야, 지겹게 찍찍대는군,
재수 없는 빛과 함께 위에서 들려온다.
사내도 아니고 계집도 아닌 어정쩡한 것들,
저런 건 경건한 척하는 것들이나 좋아하지.
잘 알겠지만, 우린 죄악의 순간을 이용해
인간 종족의 멸종을 계획했어.
우리가 고안해 낸 가장 사악한 것들[270]이
녀석들 예배 땐 아주 안성맞춤인가 봐.

저 싸가지 없는 것들이 착한 척 떠들며 온다!
저것들이 우리한테서 많이도 가로채 갔어,
저것들이 우리가 쓰는 수법을 쓰고 있어,
저것들도 악마야, 다만 분장을 한 거야,
여기서 깨진다면 돌이킬 수 없는 치욕이야
무덤에 바짝 붙어서 한 발짝도 물러서지 마라!

천사들의 합창　(장미꽃을 뿌리며)

　　　　장미여, 눈부시게 빛나며
　　　　상큼한 향기를 전해라!
　　　　나풀나풀 하늘로 떠돌며
　　　　몰래 생명을 불어넣고
　　　　작은 가지를 날개 삼아
　　　　꽃봉오리 터뜨리며
　　　　어서 빨리 피어나라.

　　　　봄이여, 싹을 틔워라,
　　　　붉고 푸른빛으로,
　　　　저기 누워 있는 저분에게
　　　　낙원을 전해 드려라.

메피스토펠레스　(악마들에게)

　왜 그리 졸아 있어? 그게 지옥에서 배운 거냐?
　깡다구로 버텨, 뿌릴 테면 뿌리라고 해.
　자기 자리를 잘 지키라니까, 이 멍청이들아!
　저것들이 저렇게 꽃잎을 흩뿌려서
　불타는 악마들을 눈[雪]으로 덮으려는 속셈이군.
　그래 봤자 너희의 입김에 녹아 없어질 거야.
　풀무처럼 휙휙 불어라! 그래, 됐다 됐어!
　날아오던 꽃잎이 너희의 입김에 다 시들었다.
　자, 그 정도로 해둬! 주둥이하고 코 닫으라고.
　이놈들아, 너무 세게 불었잖아.
　적당하게 불어야지, 이 자식들아.
　오그라들면서 누렇게 변해 말라 불이 붙잖아!

꽃잎들이 불꽃으로 변해 독기를 품고 날아온다.
강력히 맞서라고, 밀집대형으로 서!
안 돼, 힘이 달려, 용기도 꺾였어!
이 악마 녀석들이 낯선 불꽃 향기[271]를 맡았군.

천사들

  축복의 꽃잎들,
  즐거운 불꽃들,
  사랑을 퍼뜨리고,
  환희를 전하네,
  마음 가는 대로.
  참된 말들,
  하늘의 맑은 빛,
  영원의 무리에겐
  언제나 낮이라네.

메피스토펠레스

에이그 이런 멍청한 놈들!
사탄이라는 것들이 대가리를 처박네,
저 뚱뚱이들이 곤두박질쳐서
지옥으로 뛰어드는 꼴 좀 봐.
그래, 열탕 맛이나 실컷 봐라!
난 이곳을 끝까지 지킬 테니.
(날아오는 장미꽃잎들을 좌우로 쳐내면서)
이놈의 도깨비불, 꺼져! 그리 빛 내봤자
손에 잡는 순간 너는 썩은 곤죽이야.
왜 팔딱거리니? 어서 좀 꺼져줄래!
역청과 유황처럼 내 목에 달라붙네.

천사들의 합창

>우리 것이 아닌 것은
>어떻게든 피해야 해,
>마음을 어지럽히는 것은
>그냥 가만두어선 안 돼.
>막무가내로 들어오려 하면
>어떻든 막아내야지.
>사랑만이 사랑하는 이들을
>저 하늘 높이 이끌어주지.

메피스토펠레스

머리가 탄다, 심장이 타고 간이 탄다,
이건 악마는 저리 가라야!
지옥의 불길보다도 훨씬 지독해.
너희가 그리 슬퍼하는 까닭을 알겠다,
불행한 사랑의 연인들아! 그러니 목을 돌려
사랑하는 사람을 바라보는 것이리라.

나도 그래! 왜 자꾸 저리로 머리가 끌리지?
저것들하고 한판 붙기로 다짐했잖아?
저것들은 꼴만 봐도 눈엣가시였잖아.
뭔가 낯선 것이 내 몸속에 들어왔나 봐.
저 젊고 사랑스런 것들이 자꾸 보고 싶잖아.
무엇이 저것들을 저주하지 못하게 막는 거지?
그런데 내가 여기서 넘어가면
나 말고 누구를 바보라 하겠어?
그런데도 내가 미워하는 저 젊은 것들이

너무 예뻐 보인단 말이야.

얘, 예쁜 아이들아, 말 좀 해봐,
혹시 너희들 루시퍼[272]네 집안이냐?
너무 예뻐서 입 맞추고 싶은 심정이야.
너희 정말 제때에 왔어.
난 말이야 마음이 아주 편하고 좋아,
너희를 전에 수천 번은 본 것 같아,
발정 난 고양이처럼 은근히 끌리는걸.
이건 보면 볼수록 이쁘단 말이야,
어서 가까이 오렴, 날 한 번만 쳐다봐 줘!

천사들
그래요, 가까이 갈게요, 왜 뒤로 물러서요?
가까이 갈 테니 거기 그대로 있어보아요.

(천사들이 이리저리 몰려다니며 공간을 다 차지한다.)

메피스토펠레스 (무대 전면까지 밀려나)
너희가 우리를 두고 요마라고 욕하는데
사실 진짜 요마는 너희야.
너희는 남자 여자 가리지 않고 다 홀리잖아,
아주 못된 짓이야!
이게 사랑의 원소라는 거냐?
온 몸뚱어리가 불길에 싸여 있어
목에 불이 붙은 건 느껴지지도 않아.
너희 그렇게 떠다니지만 말고, 이리 내려와

그 예쁜 손발을 섹시하게 놀려봐.
하긴 너희한텐 엄숙한 게 잘 어울리기는 해.
그래도 너희가 방긋 웃는 걸 한번 보고 싶다.
그러면 난 여한이 없을 거야.
애인을 바라볼 때처럼 그렇게 해봐,
입술만 약간 움직이면 되는 거야.
거기 멀쑥한 애야, 난 네가 제일 마음에 들어,
성직자 나부랭이 표정은 네게 안 어울린다,
어서 한번 나를 섹시하게 쳐다봐 봐.
제대로 벗은 알몸 차림이면 얼마나 좋을까,
그 긴 주름옷은 너무 심하게 도덕적이야.
어, 쟤들이 몸을 돌리네. 뒷모습이 보인다!
이 개구쟁이 녀석들 정말 입맛 당기는걸.

천사들의 합창

사랑의 불꽃아,
다시 밝게 타올라라!
비탄에 젖은 자들을,
진리여, 구원하라.
이들이 악에서
즐거이 벗어나
모두와 하나 됨 속에
축복받게 하라.

메피스토펠레스 (마음을 가다듬고서)

그래도 나는 말이야! 욥처럼 온몸이
종기투성이, 보기만 해도 끔찍하다 해도,
나는 승리자다, 내 자신이 누군지 알았고

내 자신과 내 종족을 믿게 되었으니.
나의 고귀한 악마적 본성은 구원을 받아,
사랑의 유령은 내 살갗을 뚫지 못했다.
그 빌어먹을 놈의 불길은 다 타버렸고,
그래, 마땅히 너희 모두를 다 저주한다.

천사들의 합창

성스러운 불길아!
너의 어루만짐을 받은 자
앞으로의 삶에서
선의 축복을 받으리라.
모두 하나가 되어
날아오르며 찬양하자,
공기가 깨끗해졌으니
영혼아, 숨을 쉬어라.

(하늘로 오르며 파우스트의 영혼을 데려간다.)

메피스토펠레스 (주위를 두리번거리면서)
아니, 이게 뭐야? 이것들 어딜 간 거야?
머리에 피도 안 마른 것들이 나를 속여서
내 먹이를 낚아채 하늘로 도망쳤잖아.
그래서 네놈들이 무덤가에서 입맛을 다셨어.
이것들이 내 최고의 보물을 슬쩍해 갔어.
계약을 하고서 내가 맡은 숭고한 영혼을
이것들이 간사하게 가로챈 거야.

천사들   (그사이 까마득히 올라가며)
>사랑아, 자비로운 사랑아,
>품어주고 행동하는 자비야,
>아끼는 사랑을 베푸는 자비야,
>앞장서 우리를 이끌어주렴,
>속세의 끈이 만개한 꽃처럼
>살포시 떨어지니
>구름의 너울이
>그분을 들어 올린다.

메피스토펠레스
>이제 어디 가서 하소연하나?
>나의 정당한 권리를 누가 찾아주나?
>나이깨나 먹어가지고 속아 넘어가다니,
>당해도 싸다, 싸다고, 꼴 한번 좋다!
>내가 실수를 해도 큰 실수를 한 거야,
>온갖 공을 다 들여놓고 웬 개망신이야!
>욕정에 눈이 어두워 천박하게 날뛰다
>그 잘난 악마가 잘도 속아 넘어갔다.
>노회하기로 유명한 이 악마가
>이런 엉터리 철부지 짓을 저질렀으니
>천하에 이런 바보짓이 어디 있단 말인가,
>결국엔 내가 지고 만 거야.

산골짜기, 숲, 바위, 황야

(성스러운 은자들, 산등성이 여기저기 흩어져 있다, 바위틈이 이들의 거처이다.)

합창과 메아리
      숲은, 숲은 이리로 물결치고,
      바위는, 바위는 꿈쩍 않고 있고,
      뿌리들은, 뿌리들은 뒤엉켜 있고,
      줄기들은 어깨를 맞대고 있다.
      파도는, 파도는 밀려와 물을 튕기고,
      동굴은, 깊은 동굴은 우릴 감싸 준다.
      사자들은, 사자들은 아무 말 없이
      우리 주위를 다정히 맴돌고,
      축복받은 장소, 이 성스러운
      사랑의 둥지에 경의를 표한다.
황홀경에 취한 신부 (위아래로 둥실둥실 떠돌며)
      영원한 환희의 불길,

순수한 사랑의 작열,
가슴에 끓는 이 고통,
끓어오르는 신의 환희.
화살아, 나를 꿰뚫어라,
창이여, 나를 쳐라,
몽둥이야, 나를 두들겨라,
번개야, 나를 으깨다오.
그리하여 덧없는 것들
모두 사라지고
영원한 사랑의 씨
영원한 별 빛나라.

심연에서 외치는 신부 (심연에서)
내가 서 있는 발아래 바위절벽이
더 깊은 심연을 누르며 서 있듯이,
수천의 시냇물이 반짝이며 흘러
폭포로 뛰어들며 우당탕 거품 뿜듯,
속에서 치미는 충동으로 나무줄기가
하늘을 향해 곧바로 치솟아 오르듯,
이 모든 것을 만들고 품어주는 것은
전지전능한 사랑의 힘이 아니겠는가.

내 주위에서 이는 웬 사나운 파도 소리,
숲과 바위들이 흥겹게 물결치는 듯하다.
하지만 쏴쏴 사랑스레 소리 내는 것은
넘쳐나는 물이 골짜기로 떨어지는 소리,
계곡을 적셔주기 위하여 부름 받은 것.

번쩍 불빛 내뿜으며 내리치는 번개는
하늘의 대기를 깨끗이 하려는 것이다,
대기는 가슴에 독과 증기를 품고 있어.
이들은 사랑의 전령들, 우리 주위에서
섭리하는 영원한 창조의 힘을 알려준다.
이 가슴속에도 불이 일면 얼마나 좋을까,
뒤엉킨 생각으로 정신은 차가워져
멍청한 마음의 한계, 고통의 사슬에
이리저리 뒤엉키고 얽매여 있을 뿐.
오, 신이여! 이 마음에 위안을 주시고
이 궁핍한 가슴에 빛을 주소서!

세라핌[273] 신부 (중간 지대에서)

이런 아침에 웬 뭉게구름이 이렇게
전나무 흔들리는 머리 사이로 떠돌지?
저 구름 속에 뭔가 살아 있는 것 같아.
그래, 어린 영혼들의 무리야.

축복받은 소년들의 합창

신부님, 말해 줘요, 우린 어딜 떠도는 거죠?
착하신 분, 말해 줘요, 우리는 누구죠?
우린 행복해요, 사는 것은
이렇게도 달콤하고 포근해요.

세라핌 신부

소년들아! 한밤중에 태어난 아이들아,[274]
마음도 몸도 제대로 눈을 뜨지 못해
부모에게는 바로 잃은 아이이지만
너희는 천사들에게는 큰 기쁨이다.

너희를 사랑해 주는 이 여기 있으니
어서 와서 사랑을 함께 나누자.
고달픈 인생길의 흔적 하나 없으니
너희는 정말 행복한 아이들이다.
어서 내려와 내 눈 안에 들어와라,
세상과 지상을 볼 수 있는 기관이란다,
너희들 것처럼 쓸 수 있다,
이곳을 좀 봐봐.
(아이들을 자신의 영혼 속으로 받아들인다.)
저건 나무고 저건 바위야,
저건 계곡 물인데, 아래로 쏟아져
엄청난 소리를 내며 굴러
가파른 길을 질러가지.

축복받은 소년들   (안에서)

야, 이거 대단하네요,
그런데 여긴 너무 어두컴컴해요,
겁이 나고 두려워 부들부들 떨려요,
착하고 고귀한 선생님, 우리를 내보내 줘요.

세라핌 신부

그렇다면 더 높은 곳으로 올라가,
남의 눈에 띄지 않게 자라도록 해라,
영원히 아주 순수하게 말이야,
하느님이 계시니까 힘을 주실 거야.
그게 바로 영혼의 양식이야,
자유로운 대기 속에 들어 있어,
영원한 사랑의 계시이고,

그게 더 자라 지복이 되는 거야.
축복받은 소년들의 합창 (까마득히 높은 산꼭대기에서 빙빙 돌며)
> 손에 손을 잡고서
> 즐겁게 동그라미를 만들자,
> 춤추며 노래 부르자,
> 성스러운 느낌으로.
> 하느님의 가르침이 있어,
> 그 말을 믿으면 돼,
> 그분을 존경하면
> 그분을 뵈올 수 있어.[275)]

천사들 (파우스트의 영혼을 안고서 더 높은 하늘에서 떠돌며)
> 영의 세계에서 고귀한 분
> 악으로부터 구원받았노라,
> '언제나 그침 없이 노력하는 자,
> 우리의 구원을 받으리라.'
> 하늘에서 사랑의 은총까지
> 받으신 분이라면
> 우리 복된 무리
> 반갑게 맞이해야지.

어린 천사들
> 그 장미들, 성스럽고 사랑스러운
> 속죄의 여인들 손에서 전해져
> 우리의 승리를 도와주었지요,
> 우리의 고귀한 일을 도와
> 이 영혼의 보물 빼앗게 해주었어요.
> 우리가 꽃을 뿌리자 악은 물러서고

꽃으로 맞히자 악마들은 도망쳤어요.
악마들, 늘 맛본 지옥의 형벌이 아닌,
사랑의 고통을 느낀 거지요.
악마의 그 늙은 우두머리도
아린 사랑의 고통에 몸서리를 쳤어요.
다 함께 만세 불러요! 우린 해냈어요.

더 완벽한 천사들

속세의 흔적[276]을 나르는 일은
우리로선 정말 힘이 들어요.
석면으로 만들어졌다 해도
순수하지 못하니까요.
강력한 정신의 힘이
여러 원소들을
제 쪽으로 휙 당겨놓으면
천사의 힘으로는 아무리 해도
한 몸이 되어 있는
이 잡종을 떼어놓을 수가 없지요.
오로지 영원한 사랑만이
이 두 개를 갈라놓을 수 있어요.

어린 천사들

안개 드리운 바위 꼭대기를 떠돌며
나는 막 느끼고 있어요,
근처에서 영혼의 생명체가
꿈틀대고 있어요.
구름이 걷히자
복된 소년들의 무리가

　　　　　　구름 사이로 나타나네요,
　　　　　　지상의 압력에서 벗어나
　　　　　　둥글게 모여서
　　　　　　이 하늘나라의
　　　　　　새로운 봄빛과 꽃들을
　　　　　　마음껏 누립니다.
　　　　　　새로운 시작을 하면서
　　　　　　이분도 소년들과 어울려
　　　　　　활짝 피어나길 바랍니다!

축복받은 소년들
　　　　　　번데기 상태의 이분을
　　　　　　기쁜 마음으로 환영합니다,
　　　　　　이렇게 하면 우리도
　　　　　　천사의 징표[277]를 얻게 돼요.
　　　　　　이분을 둘러싼
　　　　　　구름안개를 벗겨주세요,
　　　　　　이분은 성스러운 삶을 맛봐
　　　　　　어느새 크고 아름다워졌네요.

마리아를 공경하는 박사　(아주 높은 곳에 있는 암자에서)
　　　　　　이곳은 전망이 탁 트여서
　　　　　　마음까지도 드높아집니다.
　　　　　　저기 여인들이 하늘에
　　　　　　둥실둥실 떠가고 있군요.
　　　　　　그중 가운데 빛나는 분,
　　　　　　별의 왕관을 쓰신 분,
　　　　　　하늘나라의 여왕입니다,

         찬란한 후광이 알려줍니다.
(황홀경에 취해)
         가장 높은 곳의 여왕이시여,
         이 푸르게 활짝 펼쳐진
         하늘의 천막 안에서
         당신의 비밀을 엿보게 하소서.
         이 가슴에 이는
         부드럽고 진지한 감정 허해 주시고
         성스러운 사랑의 환희로
         당신께 다가가게 해주소서.

         당신의 거룩한 뜻만 있으면
         우리의 마음 굽힘이 없습니다.
         당신의 자비의 손길에
         불타는 이 마음 금세 가라앉지요.
         더없이 순결한 처녀여,
         공경하는 어머니시여,
         우리의 여왕으로 뽑히신 분이여,
         당신은 신들과 다름없습니다.
         그분 주위를 둘러싸고 있는
         부드러운 뭉게구름들,
         이들은 속죄의 여인들,
         참으로 다정한 무리지요,
         그분의 발치에 무릎을 꿇고
         하늘의 대기를 마시며
         자비를 빌고 있군요.

쉽게 범접할 수 없는 당신에게
이런 힘이 없을 수 있겠습니까,
쉽게 유혹에 넘어가는 여인들도
당신을 믿어 당신 곁에 설 수 있지요.

사랑 앞에 쉽게 무너진 여인들
구원이 쉽지 않지요.
대체 누가 자기 손으로
정욕의 사슬을 끊을 수 있나요?
미끄러운 바닥이 기울어 있으면
발이 쉽게 미끄러지지요.
눈길과 인사와 현혹하는 언변에
누군들 안 넘어갈 수 있겠습니까?

(영광의 성모, 하늘 높이 떠오른다.)

속죄의 여인들의 합창

당신은 하늘 높이
영원의 나라로 떠오릅니다.
우리의 간청을 들어주소서,
비할 데 없는 분이시여,
자애가 넘치는 분이시여!

죄 많은 여인[278] (「누가복음」 7장 36절)

기도합니다, 바리새인의 조롱에도
하느님의 아들이신 당신 아드님의
발에 눈물의 향유를 발라드렸던

　　　　저의 이 사랑의 이름으로,
　　　　기도합니다, 그침 없는 향유를
　　　　방울방울 떨어뜨린 항아리의 이름으로,
　　　　기도합니다, 성스런 당신의 손발을
　　　　말려주었던 이 머리카락의 이름으로..

사마리아의 여인　(「요한복음」 4장)
　　　　기도합니다, 아브라함이 지난날
　　　　양 떼를 몰고 찾았던 그 우물의 이름으로,
　　　　기도합니다, 구세주의 입술을 시원하게
　　　　식혀주었던 두레박의 이름으로.
　　　　기도합니다, 콸콸 쏟아져 나와
　　　　세상 곳곳을 두루 돌고 돌며
　　　　맑은 물을 넘치도록 흐르게 했던
　　　　깨끗하고 풍부한 그 샘물의 이름으로.

이집트의 마리아[279]　(「사도행전」)
　　　　기도합니다, 주님께서 안치되신
　　　　그 성스런 곳의 이름으로,
　　　　기도합니다, 무덤의 입구에서
　　　　훈계로 저를 물리친 팔의 이름으로.
　　　　기도합니다, 제가 사막에서
　　　　40년간 충실히 행한 속죄의 이름으로.
　　　　기도합니다, 제가 모래에 써놓은
　　　　축복받은 작별 인사의 이름으로.

셋이서
　　　　죄를 크게 지은 여인들에게도
　　　　이들의 다가옴을 거부하지 않고

    속죄를 통하여 영원의 공덕을
    이루게 허락하여 주신 분이시여,
    단 한 번 깜박 자신을 잊고서
    자신의 잘못을 알아채지 못한
    이 착한 영혼에게도
    당신의 은혜를 베풀어주소서.
속죄의 여인들 중 하나 (더욱 가까이 다가가며, 예전엔 그레트헨이라 불렀다.)
    굽어살피소서, 굽어살피소서,
    비할 데 없는 당신이시여,
    환한 빛으로 가득한 분이시여,
    여기 제 넘치는 행복을 보아주소서.
    예전에 제가 사랑했던 이,
    이젠 혼탁함을 이겨낸 이,
    그이가 돌아옵니다.
축복받은 소년들 (빙글빙글 돌면서 다가온다.)
    이분은 우리보다 부쩍 자라서
    팔다리도 벌써 튼튼하지요.
    우리가 잘 보살펴 주었으니
    우리에게 넉넉히 보답하겠지요.
    우리는 지상의 사람들 곁을
    일찍 떠나왔지만,
    이분은 배운 게 많으니
    우리를 잘 가르쳐주겠지요.
속죄의 여인 (예전엔 그레트헨이라 불렀다.)
    하늘나라 고귀한 합창단에 에워싸여

　　　　새로 온 이 자신이 누군지 잘 모릅니다.
　　　　저이는 새로운 삶은 잘 모르지만
　　　　어느새 성스러운 무리를 빼닮았습니다.
　　　　보세요! 저이 옛 지상의 인연을,
　　　　낡은 껍질을 하나씩 벗어 던지고 있어요.
　　　　그리고 새로 입은 하늘나라의 옷에선
　　　　새로운 젊음의 힘이 흘러나옵니다.
　　　　저이를 제가 가르치게 해주세요,
　　　　이곳의 새로운 낮에 눈이 부실 테니까요.

영광의 성모
　　　　자, 어서, 이 높은 쪽으로 올라오라,
　　　　너를 안다면 그가 네 뒤를 따를 테니.

마리아를 공경하는 박사　(얼굴을 바닥에 대고 기도하며)
　　　　참회하는 모든 유약한 영혼들아,
　　　　구원하는 분의 눈길을 올려다보라,
　　　　저분의 눈길 속에 감사해야 할
　　　　복된 운명이 너희를 기다린다.

　　　　착한 영혼이라면 누구나
　　　　당신을 섬길 것입니다,
　　　　동정녀여, 어머니시여, 여왕이시여,
　　　　여신이시여, 늘 자비를 베푸소서.

신비스러운 합창
　　　　이 세상 모든 무상한 것들
　　　　한낱 비유에 지나지 않는다.
　　　　감히 이룰 수 없는 것들

이곳에서 이루어지고,
말로 다할 수 없는 것
이곳에서 행해졌다.
영원히 여성적인 것이
우리를 이끌어 올린다.

작품해설

『파우스트』 속으로 흐르는 리듬과 생명의 이야기

김재혁

1. 『파우스트』를 번역하면서

먼저 번역 이야기를 하고자 한다. 왜냐하면 지금까지 괴테의 『파우스트』는 이 땅에서 수없이 많이 번역되었고 또 번역되고 있기 때문이다. 이 책을 번역하면서 나의 목표는 분명했다. 문학 작품의 번역도 하나의 예술 행위이며, 번역 문학도 하나의 작품 행위로서 궁극적으로 독자에게 미적 체험을 가능케 한다는 차원에서 종래의 번역본들과 다른 것을 추구해 보자는 것이었다. 이를 모토로 한 번역은 언어와 문화가 갖는 상이성에 대한 분명한 의식을 바탕으로 원작에서 구사한 효과가 번역 작품에서도 독자에게 전해지도록 하는 것을 중심 목표로 삼는다. 번역 행위는 궁극적으로는 동시대인들에 대한 봉사, 바로 그것이기 때문이다. 때문에 하나의 고전 작품에 대한 번역은 결코 완성될 수 없으며 지속적으로 새로운 판본이 나오기 마련이고 또 나와야 한다.

번역의 새로운 판본은 역자 입장에서 심도 있는 독서를 거친 하나의 새로운 해석이라고 할 수 있다. 물론 번역에서 역자의 간섭이 너무 많으면 번역으로서의 가치를 잃지만, 원작이 세계에 대한 작가 나름의 언어를 통한 번역이라면 번역 작품은 원작에 대한 낯선 언어를 통한 새로운 세계의 창조라는 면에서 번역가가 쓰는 어휘나 말버릇, 어감에 대한 나름의 취향 등은 그 한계를 벗어나기 어렵다. 번역의 충실성은 객관적 관점을 견지하려는 번역자의 텍스트와 작가를 보는 충실성이며, 언어를 대하는 충실성이고, 번역가로서 자신의 정체성에 대한 충실성이다. 이런 면에서 본다면 많은 번역본의 존재는 사실 그 번역이 충실과 성실의 지평에서 이루어졌을 경우 독자들을 위해서는 선택의 여지를 많이 주어 실감 나는 독서 체험의 장을 만들어줄 수 있다.

이번 번역에서 중점을 둔 것은, 작품 전체의 형식적 틀로서의 드라마를 드라마답게 하는 것이며 또 괴테의 입김을 생생하게 시인의 입김으로서 되살리는 일이었다. 그 문제의 근본에는 대화의 기능뿐만 아니라 합창이나 독백에서 드러나는 시적 문체의 재생이 큰 관건이 되었다. 작가 고유의 구별되는 여러 요소들이 합쳐져 하나의 심포니처럼 큰 강물을 이루도록 하려면 전체를 보는 눈과 세세한 사항을 놓치지 않는 세밀한 눈까지 필요하기 때문이다. 드라마의 주인공은 어투와 행동에서 금방 그 성격이 다 드러나므로 이런 문체적 특성의 고려가 중요시된다. 원어의 흐름의 맥을 잡는 것이 이런 성격을 드러내는 데에는 더 적합하다.

따라서 번역에서는 장면과 묘사의 시각화와 감각화의 두 가지 관점이 고려의 대상이 된다. 번역 과정에서 원작에 들어 있는 가치나 갈등을 재현하는 작업으로서의 시각화는 독자가 번역된 작품을 읽을 때에도 그대로 전달되어야 한다. 물론 이때엔 원작이 갖는 형식미학적 등가성도 중요한 관찰 요소이다. 그러나 형식을 살린다는 것은 오히려 번역에서는 구조주의적 시각에서 내용과 형식을 함께 고려하는 변증법적 통합의 관점에서 논의의 대상이다. 이것은 체코의 구조주의 번역학자 지리 레비(Jiri Levy)가 말한 "말놀이"로서의 번역과 관련된다. "텍스트 속의 낱말들이 빚어내는 개개의 말놀이들은 개성 있는 문체적 표현 방식이다."라는 레비의 주장은 특히 문학 번역과 관련하여서는 상당히 설득력이 있다. 그의 주장의 핵심은 "작품 속에서 한 인물의 생김새를 묘사하는 낱말들을 보면, 그 낱말들의 독특한 문체가 특히 그 인물의 성격을 구체적으로 설명하기도 한다."는 표현에 있다. 문학 언어는 사물에 대한 단순한 지시적 기능에 그치지 않고 그 안에 내용을 표현하는 무늬를 가지고 있다. 때문에 그 무늬에는 문학어가 노래하는 음률이 들어 있다. 그 음률이 레비가 말하는 말놀이이며 문체이다. 작품 전체적으로 보았을 때는 이런 부분도 중요하지만, 낱말 한 마디가 아니라 낱말의 무리가 무리를 지으며 소통을 위한 채비를 갖추고 이 무리가 만들어내는 무지개가 문학적 향기의 무늬를 만들어낸다.

시적인 문체도 그렇지만 드라마적 문체에서도 섣불리 원문의 행간을 변형시켜서는 곤란하다. 원문에서는 우리말로 재현되지 않는 리듬이 있기 때문에 행간이 나뉠 때 많은 소용돌이가 인다. 실제 드라마 역시 산문이 아닌 운문의 형태를 띠고 있으므로 원문에서는 어법상 많은 문법적 변형이 일어난다. 이런 것까지 다 고려하여 단지 산문을 행을 나누어 쓴 것이 아닌 형태로 번역을 하여 원문의 긴장감이 한 행마다 한 단위로서 살아남게 해주어야 한다. 이것은 행과 행 사이의 시적 긴장에 대한 주의 깊은 성찰의 결과로서 성공할 수 있다. 드라마는 전체적인 틀도 극적인

작품해설 395

긴장을 요구하지만, 주인공들의 대화 하나하나까지도 긴장에 기초한다. 때문에 번역을 하면서, 원작에서 괴테가 작품을 쓰며 운을 맞추고 리듬을 맞추기 위해 썼던 고민에 값하는 노력을 우리말로 리듬을 살리고 언어를 정갈하게 만드는 데 쏟았다. 독일어로 운과 리듬의 수를 세면서 괴테가 글을 썼다면 이 효과가 비슷한 정도로 우리말로 재생하려고 노력했다. 그것은 우리말이 가지고 있는 리듬과 음수율에 기대는 방법이었다. 소리 내어 입 밖으로 읽었을 때 그 효과는 확인된다.

2. 괴테에게 『파우스트』는 무엇이었나?

괴테가 『파우스트』를 처음 접한 것은 아주 어린 시절 인형극장을 통해 「파우스투스 박사」를 본 것이었다. 그리고 스스로 작품 『파우스트』를 완성한 것은 죽음을 몇 주 앞둔 상태였다. 그 사이에 70여 년의 세월이 자리 잡고 있다. 생성의 역사가 거의 시인의 평생 수명과 맞먹는다. 괴테는 스물이 갓 넘으면서부터 파우스트 박사 소재를 작품으로 만들 생각을 하기 시작했다. 그런데 괴테 시절에만 파우스트 박사 소재가 독일에서 인기가 있었던 것만은 아니다. 당시의 파우스트의 인기는 1759년에 레싱이 그의 문학 서한에서 밝힌 바 있다. 이미 1587년에도 프랑크푸르트의 인쇄업자 요한 슈피스가 『파우스트 박사의 이야기』라는 책을 출간하여 전 유럽에 첫 베스트셀러를 만들었다. 이것이 인형극의 형태로 19세기까지 유행했다. 괴테 시절에는 그 유행과 인기의 정도가 엄청났을 것으로 판단된다. 파우스트 신화가 갖는 매력은 괴테의 작업을 촉진하기에 충분했다.

괴테의 『파우스트』 제1부는 세 번의 작업 기간을 거쳐 30여 년만에 완성되었다. 반면에 『파우스트』 제2부는 지속적인 작업을 통하여 완성되었는데 1부와 달리 시인의 새로운 사회 경험과 예술 체험을 바탕으로 한다. 제1부의 세 번의 작업 기간은 『우어 파우스트』(1775년)와 『파우스트. 단편』(1788년 완성, 1790년 인쇄) 그리고 『파우스트. 비극. 제1부』(1808년)이다. 이 세 가지 원고는 내용상의 확장도 가져왔지만 작가 자신의 문체에도 큰 변화를 보여준다. 『파우스트. 비극. 제1부』를 괴테가 1797년 6월 말에 다시 작업하게 된 데에는 작업 동료인 프리드리히 실러(1759~1805)의 영향이 크다. 1794년부터 실러는 이 작품에 큰 관심을 보여 괴테를 지속적으로 독려하곤 했다. 게다가 집필에 더욱 큰 계기가 된 것은 1797년 초여름에 나폴레옹 부대가 빈에 진주한 것이었다. 이 사건으로 그는 오랫동안 준비해 왔던 세 번째 이탈리아 여행을 일단 뒤로 미루고 추이를 보아야 했다. 이렇게 해서 뜻하지 않은 자유의 시간을 갖게 되자 이 시간을 뜻 깊은 일, 즉 『파우스트. 비극. 제1부』를 집필하는 일로 보내게 된다. 잠시의 중단 뒤 1800년 초에 괴테는 집필을 재개하면서 지금까지 전체 1부로 되어 있던 작품을 총 2부로 나누기로 결심한다.

『파우스트』 제2부의 집필 구상에서 중요한 것은 고대 그리스 문화의 수용이다. 한마디로 파우스트와 헬레네의 '아름다움'을 하나로 묶는 일이었다. 괴테는 1800년 9월 23일자 실러에게 보낸 편지에서 바로 그것이 제2부의 정신적 중심점이 될 것이며 그 "정점"으로부터 "전체 작품을 조망할 수 있을 거"라고 밝힌다. 이어서 그는 작업을 개시한다. 헬레네는 남편과 함께 트로이 전쟁에서 돌아와 궁전에서 메피스토-포르키아스와 마주친다. 이제는 중세적이고 북구적인 요소들 대신 그리스 비극의 사티로스적인 요소들이 등장한다. 여러 차례 집필 중단과 개시의 반복 끝에 1832년 초에 드디어 작품은 완성에 이른다.

우리가 잘 아는 가곡 「들장미」의 시인, 즉 질풍노도의 시기를 거쳐 바이마르 공국의 대신 노릇을 했던 고전주의의 작가 괴테의 면모가 『파우스트』라는 저장고에 고스란히 들어 있는 것이다. 그의 삶과 문학의 총체라 할 만하다. 그 과정에는 그가 읽은 많은 서적들의 영향도 무시할 수 없다. 그가 한 편지에서 밝힌 대로 "위대한 것은 낯선 보물들을 자기 것으로 만듦으로써만 생겨나기 때문이다." 때문에 그의 작품에서 셰익스피어의 영향이 보이는 것은 당연한 현상이다. 그리고 「천상의 서곡」 부분에서 주님과 메피스토펠레스의 대화는 성경의 「욥기」를 차용하고 있다. 뿐만 아니라 괴테가 사용한 많은 모티프들, 이미지, 상징, 알레고리, 인물, 무대장치, 인물의 태도 등이 전래의 모범으로부터 가져온 것들이다.

괴테는 평생 자기가 쓴 대부분의 드라마에 '시민비극'이라는 부제를 붙였다. 그냥 '비극'이라는 부제를 붙인 것은 이 작품뿐이다. 1797년 작품 집필을 재개하면서도 자신이 정말로 "제대로 된 비극"을 쓸 수 있을지 의문시했다. 작품의 완성을 앞둔 시점인 1831년 10월에도 그는 "내가 과연 비극작가의 운명을 갖고 태어났는지 모르겠다. 그러기엔 내 성격이 너무 유화적이다."라고 밝힌 바 있다. 그럼에도 괴테는 이 작품 전체에 '비극'이라는 부제를 붙였다. 그렇다고 이 작품이 순수 비극 장르에 국한되는 것은 아니다. 지극히 진지한 것과 사뭇 유쾌한 것, 끔찍한 것과 즐거운 것이 섞여 있기 때문이다. 따라서 작품 『파우스트』는 여러 장르, 여러 표현방식이 집성된 저수조이다. 세부적으로는 인형극, 유랑극단, 신비극, 중세 부활절 연극, 근세 시민극, 고대의 비극, 디오니소스극, 마법 소극(笑劇), 건달 유희, 종교극, 가면극, 궁정극 등등 안 들어간 것이 없다. 또한 드라마 속의 시적인 장르 역시 중요한 역할을 한다. 수많은 합창과 노래가 이를 대변한다. 드라마적인 대화들 역시 내면에는 시적인 리듬을 갖고 있어 작품 전체가 하나의 커다란 교향악을 형성한다. 이런 관점에서 보면 『파우스트』는 오페라에 가깝다고 할 수 있다. 실제로 음악적 요소가 대단히 많이 가미된 작품이다. 이렇듯 많은 요소들이 거의 보편적인 시문학으로 자리 잡고 있다 보니 과연 이 작품을 연극무대에 올릴 수 있나 하는 고민까지도 생기게 된다. 실제 괴테는 이 작품을 "바이마르 극장에 올리기" 위해서는 여러 가지 어려움이 따른다면서 "원래 무대에 올릴 생각으로 쓴 것이 아니다."라는 말을 한 적도 있다. 그러나 작품 속에 들어 있는 수백 개의 무대 연출 지시문들은 이와 상충된다. 물론 이 작품의 무대 상연은 나중에 가서야 성공한다. 『파우스트』 제1부를 많이 삭제하고 수정한 상태로 아우구스트 클링에만이 1829년에 프라운슈바이크에서 처음으로 작품을 무대에 올렸고, 제2부가 상연된 것은 작품이 세상에 발표된 지 22년 뒤인 1854년 함부르크에서였다. 그리고 또 그로부터 22년이 지나서야 즉 1876년에 처음으로 오토 데프리엔트가 1부와 2부를 합친 작품으로 바이마르 무대에 올렸다.

그런데 『파우스트』는 이렇게 무대에서 상연되기 이미 오래전부터, 아니 작품이 세상에 출간되기 전부터 유명해졌는데, 그건 바로 괴테 자신의 낭송을 통해서였다. 일기에 따르면 늙은 괴테는 1832년 1월 2일부터 29일에 걸쳐 『파우스트』 제2부 전체를 다시 한 번 며느리 오틸리에에게 읽어주었다. 이 과정에서 괴테는 작품의 몇몇 대목을 손보기도 했다. 괴테는 그의 나이 스물다섯 살이던 1775년에도 바이마르의 카를 아우구스트 공을 찾아가 『파우스트』의 일부를 낭송한 적이 있는데 그때 궁정에서 일을 보던 루이제 폰 괴히하우젠이 텍스트를 필사하여 그것이 19세기 말에 발견된 바, 그것이 바로 『우어파우스트』가 된 것이다. 이렇게 작가의 낭송을 통해 작품이 세상에 나오게 되었으므로 『파우스트』에는 작가의 목소리가 자연스럽게 그리고 생동감 있게 배어 있다고 봐도 된다. 텍스트 내면에 흐르는 리듬의 자연스러움이나 음향의 아름다움은 이런 과정을 통해 획득된 것으로 보인다. 이렇게 본다면 『파우스트』는 읽는 드라마 즉 레제드라마(Lesedrama)의 특성을 많이 가진다. 작품을 읽으며 고찰할 때 이 작품에 들어 있는 다양한 층위의 의미를 더 확실히 이해할 수 있기에 이런 관점은 나름 중요하다. 독자가 나름의 상상력을 동원함으로써 이 작품의 진가는 완성될 수 있다. 상상의 밑거름은 물론 이 작품에 등장하는 주인공들의 말투와 손짓, 눈짓 그리고 넌지시 던지는 말 한마디에까지 충실하게 귀를 기울이는 일이다. 주인공 서로가 서로의 마음을 비추는 말들 속에 은밀한 비밀이 들어 있음에 유의해야 한다.

3. 왜 독일 고전주의 정전인가?

『파우스트』는 독일문학의 대표적 작품으로 칭송된다. 때문에 누구나 『파우스트』를 당연히 읽어야 하는 것으로 생각한다. 그러나 엄격히 보면 『파우스트』는 무조건 보편타당한 작품은 아니다. 여기에는 시대적, 역사적 흐름이 배어 있기 때문이다. 때문에 이런 요소들을 옆으로 제쳐두고 이 작품에서 구가되는 보편적, 인간적인 요소만 눈으로 좇으려는 사람은 작품의 진정한 맛을 못 느끼게 된다. 다시 말해 작품이 지닌 풍부한 내적 깊이에 이르지 못한다는 말이다. 이 작품의 역사적 배경으로, 장소는 독일 특히 라이프치히와 하르츠 지방이다. 시기는 이 작품의 실존적 주인공인 요한 게오르크 파우스트(1480~1538)가 살았던 시절로 대략 중세에서 근세로 넘어가는 시기로 보면 된다. 실존 인물인 요한 파우스트는 본디 크니틀링엔 출신의 떠돌이 치료사이자 연금술사, 마법사, 점성술사 그리고 예언가였다. 그의 존재는 예전부터 있어왔던 여러 마법사 이야기와 합쳐지면서 파우스트 전설을 만들어냈다. 독일어로 파우스트는 '권투선수'나 '주먹이 센 자'라는 뜻으로 그만큼의 자긍심이 들어 있고, 라틴어로 파우스투스는 학자 이름으로 르네상스 시대에 흔했으며, 원래 '행복한 사람'이라는 뜻을 지닌다. 이 이름은 행복하거나 아니면 행복을 가져다주거나, 혹은 인문주의적 교양을 지닌 사람의 의미를 갖는다.

중세에 학자로 성장하려면 일단 철학부에서 공부하고 이어서 더 높은 학부인 의학, 신학 또는 법학을 공부해야 했다. 작품 초반에 나오는 이 학업 과정은 파우스트가 인간 세상에 적응하는 과정을 모두 밟았음을 뜻한다. 그럼에도 학문의 한계에 봉착한다.

고딕식 서재에서 연구하는 파우스트 박사는 성경을 번역하고 있는데, 이 관점에서 보면 마르틴 루터(1483~1546)의 동시대인으로 봐도 무방하다. 자신의 부친이 했던 중세의 연금술에 환멸을 느끼고 마법과 정령의 소환에 매력을 느껴 그쪽 분야에 정진한다. 이 점에서는 노스트라다무스(1503~1566)와 또 다른 동시대인이라 할 수 있다. 이런 분위기가 당시 괴테가 대상으로 삼았던 시기의 학자가 처했던 상황이고 주인공은 이 역사적 한계 안에 존재한 것이다. 이 존재의 한계에 대한 역사적 의식이 이 작품을 보는 큰 관건이다. 그 관점은 작가가 현실 세계를 보고 해석한 것에 따른다.

『파우스트』가 독일고전주의의 정전이 될 수 있는 것은 여기서 다루고 있는 테마가 궁극적으로 인간의 완성을 위한 갈등을 다루기 때문이다. 파우스트의 본성에 들어 있는 두 가지 욕구는 천사와 메피스토펠레스의 두 진영에 의해 대변된다. 중요한 것은 삶에 지친 파우스트 박사가 악마에게 자신의 영혼을 파는 것이다. 여기서 우리에게 문제점을 던져주는 것은 파우스트가 자신의 계약 내용대로 세속적 즐거움과 그리스 세계의 초월적 쾌감까지 다 맛보았는데, 이것을 깨고 천사들이 파우스트의 영혼을 구해 내는 것이 과연 논리적으로 옳은 일인가 하는 것이다. 이 문제 때문에 괴테도 1797년에서 1801년 사이 많은 고민을 한 것으로 보인다. 여기에는 세계관적, 철학적 성찰이 개재된다. 파우스트가 메피스토펠레스와의 싸움에서 최종 승자가 되게 하려면 어떻게 해야 하나? 그것은 파우스트가 오만하게 자신이 신이 되겠다는 욕심을 버리고 신을 가슴에 품고서 늘 인간으로서의 가치를 향해 노력을 그치지 않는다는 것이다. 끊임없이 노력하는 인간의 노력 앞에 메피스토펠레스의 존재는 무의미하고 무가치한 것으로 드러난다. 때문에 메피스토펠레스가 할 수 있는 유일한 방법은 파우스트의 노력 의지를 꺾는 것이다. 괴테는 바이마르에서 국가의 재정을 관리하면서 인간사는 이성에 의해 곧바로 발전하는 것이 아니며 그 사이에는 비이성과 우연, 자의성도 개입하며, 이런 것이 세상사를 규정짓는 경우가 많다는 것을 깨닫는다. 그러므로 이런 모순 때문에 인간으로서 좌절하는 것은 있을 수 없다. 오히려 자연 연구를 통하여 서로 반대되는 힘들의 존재가 하나의 전체로서 발전의 원동력이 될 수 있음을 깨달았다. 악마성도 결국 인간의 착한 측면을 도모하는 촉매제가 되며 노력하는 한 인간은 절대 구원에서 멀어지지 않는다. 그러기에 「천상의 서곡」에서 주님은 "인간이란 노력하는 동안엔 방황하기 마련이다."라고 말하고, 파우스트 자신도 "인간이 하는 노력은 저 무지개와 같다./저 무지개를 잘 보면 깨닫게 되리라,/인생이란 저렇게 반사되는 무지개임을." 이라고 말하며, 천사들은 "언제나 그침 없이 노력하는 자,/우리의 구원을 받으리라."라고 노래한다. 인간 안에는 궁극적으로 신이 자리한다는 괴테의 믿음이 이를 뒷받침한다.

『파우스트』의 내용은 다분히 기독교적이며 제2부에서는 낯선 이교도의 나라 그리스를 탐험하는 가운데서도 은근히 기독교적인 것, 특히 독일적인 것을 소환한다. 헬레네가 독일어로 하는 말을 듣고 그 아름다운 운어에 반하는 것이 그 한 장면이다. 그러나 괴테는 그리스적인 순수한 형식을 통하여 거친 야만적인 것을 극복하고자 한다. 때문에 친구들에게 쓴 편지에서도 그는 이제 작품의 끝을 맺으려 하면서 "모든 북구적인 야만성에서 벗어나려 한다."고 피력한다. 제1부와 제2부의 세계는 창작의 시간적 거리만큼이나 내용이나 구현하는 세계에 있어 많은 상이점을 보인다. 1부의 세계가 극적이고 세계의 충실한 재현에 있었다면 2부의 세계는 그런 조악한 것을 벗어난 순수 영혼의 세계를 추구한다. "제2부에서는 제1부에서보다 더 다채로운 세계가 펼쳐지는 것 같다."고 한 자신의 비서 에커만에게 괴테는 1831년 2월 17일자 대화에서 이렇게 밝힌다.

"제1부는 아주 주관적인 쪽에 가깝네. 거기선 모든 것이 편견에 사로잡힌 열정적 개인에게서 나온 걸세. 어스름한 것을 더 편히 생각하는 쪽이지. 반면에 제2부에는 주관적인 것은 전혀 없네. 여기서는 더 드높고 더 넓고 더 밝고 열정이 제거된 세계가 나타나네. 뭔가 노력을 꾀하여 몇 가지를 체험하지 않은 사람은 전혀 뭔지 모를 걸세."

이렇게 해서 작품에서 다루어진 큰 테마는 개인의 문제를 넘어 봉건사회에서 시민사회로 넘어가는 과정이 된다. 결국, 파우스트는 중세의 마법사에서 근대의 한 개인으로서, 인격을 갖춘 남자, 그 독립성에 근거하여 세상을 살아가는 한 인간이 되어 자연과 마주 서고자 한다. 그에게 더 이상 마법의 세계는 없다. 그것을 작품의 끝부분에 가서 이렇게 표현한다. "여태껏 나는 밝은 세상으로 나가 보지 못했어./내 가는 길에 마법 따위는 버리고 싶어,/마법의 주문도 깡그리 털어버리고 싶어./내가, 자연이여, 네 앞에 남자로만 선다면,/인간이 된다는 게 뭔지 알 수 있을 텐데." 여기서 "네 앞에 남자로만 선다면"은 마법의 세계에서 완전히 벗어남을 뜻한다. 마법의 세계에서 벗어나 자신만의 "주먹"에 의지하여 사는 한 개인으로서의 삶, 그것이 파우스트의 방황이 갖는 의미이자 구원의 깊이이다. 결국 식민지 개척에 성공하는 파우스트는 끝에 가서 "근심"에 의해 눈이 멀고 이어 쓰러진다.

작품 끝에 가서 메피스토펠레스의 지옥의 불길이 결국 천사들이 뿌리는 장미꽃잎에 의해 격퇴되는 것은 궁극적으로 이 작품 속에 사랑의 메시지가 메아리침을 알려준다.

메피스토펠레스 (악마들에게)
　왜 그리 졸아 있어? 그게 지옥에서 배운 거냐?
　깡다구로 버텨, 뿌릴 테면 뿌리라고 해.
　자기 자리를 잘 지키라니까, 이 멍청이들아!
　저것들이 저렇게 꽃잎을 흩뿌려서
　불타는 악마들을 눈[雪]으로 덮으려는 속셈이군.
　그래 봤자 너희의 입김에 녹아 없어질 거야.
　풀무처럼 홱홱 불어라! 그래, 됐다 됐어!
　날아오던 꽃잎이 너희의 입김에 다 시들었다.
　자, 그 정도로 해둬! 주둥이하고 코 닫으라고.
　이놈들아, 너무 세게 불었잖아.
　적당하게 불어야지, 이 자식들아.
　오그라들면서 누렇게 변해 말라 불이 붙잖아!
　(꽃잎들이 불꽃으로 변해 독기를 품고 날아온다.)
　강력히 맞서라고, 밀집대형으로 서!
　안 돼, 힘이 달려, 용기도 꺾였어!
　이 악마 녀석들이 낯선 불꽃 향기를 맡았군.

　악마의 불길은 사랑의 불길 앞에 전혀 힘을 못 쓰고 그대로 물러나고, 악마와의 계약은 사랑의 맹약으로 대체되며 악마는 악마로서의 본성을 확인하는 것으로 끝난다. 『파우스트』는 이렇게 보면 인간애를 작품 속에서 치열하게 실현하는 것으로 나타난다. 이 인간애의 바탕에는 인문주의에 바탕을 둔 기독교가 있다.

4. 번역을 마치면서

『파우스트』는 세상에 나온 지 180년이 된 작품이다. 180년 전의 인간 세계에서 겪은 것이 지금까지 유효하다면 그것은 이 책이 고전이라는 반증이며, 번역할 가치가 있다는 뜻이다.

번역을 하면서 늘 느끼는 것은 각개 시인이 갖고 있는 세계의 다양함이다. 이들 다양함은 일단은 언어의 구조물에서 엿보인다. 지붕의 색깔이 다르고 창문의 두께가 다른 것은 작가의 개성이지만, 또 한편으로는 해당 시대의 반영이기도 하다. 괴테의 문학적 세계는 그가 구사하는 언어의 힘만큼이나 다양하며 거기에 쓰인 형식미학적 특징들 역시 그 스칼라가 엄청난 규모를 자랑한다. 한마디로 다음성적인 구조를 갖고 있다. 이 작품에서 현대어로 볼 때 가끔 이해되지 않는 어휘들이 눈에 띈다. 먼저 마법사의 언어, 대학생의 언어, 창녀의 언어, 욕설, 그리고 괴테 나름으로 만든 어휘들도 많이 있다. 이는 시인으로서 새로운 것을 추구하고 새로운 것에 나름의 이름을 붙여주려는 텍스트 맥락적 창조 행위이다. 파우스트가 대학생들의 거리에 찾아가 그곳 풍경을 구경할 때 거기 젊은이들이 쓰는 말투에서는 젊은이들 특유의 반항기나 모험심이 드러나야 한다. 그러면서도 자연스러워야 한다.

『파우스트』의 번역 판본으로 지금까지 대개는 함부르크 판본이 사용되었다. 이번 번역에서 사용한 『파우스트』의 원본은 알브레히트 쇠네(Albrecht Schöne)가 오랜 연구를 통하여 원형을 되살린 작품이다. Johann Wolfgang Goethe, Faust: Texte und Kommentare: Text und Kommentar: 2 Bände. insel taschenbuch Verlag. Hrsg. von Albrecht Schöne. Auflage: 4. Frankfurt am Main/Leipzig 2003. 이 판본은 1994년 출간되면서 독일 내에서 "괴테의 『파우스트』는 알브레히트 쇠네의 획기적인 판본을 통해 확실한 토대를 갖게 되었다."는 칭송과 함께 대단한 반향을 일으켰던 책이다. 알브레히트 쇠네는 판본을 문헌학적으로 바로잡고 또 이를 실제 1140쪽이 넘는 주해서로 증거하고 또 보충하고 있다. 이번 번역에서도 이 주해가 막막한 텍스트의 늪을 마치 땅처럼 딛고 걸어갈 수 있는 힘과 자신감을 주었다. 그 흔적은 이 책의 많은 주해들로 남아 있다.

귀게스의 반지를 끼지 않은 이상 자신의 몸을 완벽히 가리면서 번역하는 일은 불가능하다. 이 판본이 『파우스트』를 이해하고 감상하려는 독자들에게 기대에 부응하는 책이 되길 바란다. 우리말로서의 말맛을 내려 많이 노력했다.

그리고 해설을 위해서는 알브레히트 쇠네의 수해서와 함께 다음과 같은 책들을 참조했다.

Gernot Böhme, Goethes Faust als philosophischer Text. Die Graue Edition Verlag. Zug/Schweiz 2005.

Heinz Hamm, Goethes 〈Faust〉. Werkgeschichte und Textanalyse. 6., völlig neu bearb. Aufl. Volk und Wissen Verlag. Berlin 1997.

Ulrich Gaier, Kommentar zu Goethes "Faust". Reclam, Philipp, jun. GmbH, Verlag. Stuttgart 2002.

연보 작성에는 Karl Hugo Pruys, Die Liebkosungen des Tigers. Eine erotische Goethe Biographie. edition q Verlag. Berlin 1997.이 도움이 되었다.

작가 연보

1749년   8월 28일 12시에서 1시 사이, 독일의 프랑크푸르트암 마인에서 태어나다. 아버지 요한 카스파르 괴테(1710~1782)는 법학을 공부하고 평소 프랑스와 이탈리아 등지를 여행하여 견문이 넓었으며 부친으로부터 막대한 재산을 물려받아 시에서 명망을 누리며 황실 고문관으로서 실제의 직책은 없이 공부에 전념한 사람이었으며, 어머니 카타리나 엘리자베트(1731~1808)는 프랑크푸르트 명문가 고위공무원 텍스토르의 딸로서 훗날 괴테가 밝혔듯이 활발하고 명랑한 천성의 소유자였다. 사교적이고 활달한 성격의 카타리나가 서른여덟 살의 진지한 성품의 괴테 아버지와 결혼한 것은 그녀의 나이 열일곱이었을 때였다.
1750년(1세)   누이동생 코르넬리아가 태어나다. 바로 밑의 코르넬리아 이후로 태어난 남동생 둘과 여동생 둘은 모두 출생 후 얼마 안 되어 사망했다. 이후 코르넬리아와 깊은 신뢰를 갖고서 인생길을 함께하다.
1753년(4세)   크리스마스에 할머니에게서 인형극 상자를 선물로 받다. 인형극의 대사를 다 암기하여 친구들과 함께

	인형극 놀이를 하며 즐기다. 어려서부터 놀라운 이야기를 꾸미고 짓는 재능을 보이다.
1755년(6세)	아버지가 어린 괴테의 개인교수를 정하여 교육하다.
1757년(8세)	조부모를 위해 신년시를 쓰다.
1758년(9세)	천연두에 걸리다. 만년에 들어서도 이로 인한 후유증을 앓다.
1759년(10세)	프랑스군이 프랑크푸르트를 점령하다. 군정관 토랑 백작이 2년 정도 괴테의 생가에 머무르다. 그를 통해 미술과 프랑스 연극에 깊은 관심을 갖게 되다. 이 무렵 「파우스트」를 인형극으로 처음 접하다. 여동생 코르넬리아와 함께 아버지와 가정교사에게서 교육을 받다. 프랑스어, 영어, 이탈리아어, 라틴어, 그리스어, 자연과학, 종교, 그림 등. 그 밖에 첼로, 승마, 펜싱, 춤까지 익히다.
1763년(14세)	생일을 며칠 앞두고 일곱 살 난 모차르트의 콘서트에 가다. 이의 영향으로 평생 동안 음악을 사랑하게 되다. '그레트헨' 연극 즉 나중의 『파우스트』에 등장하는 마르가레테 연극 작품에 대한 막연한 구상을 품다.
1764년(15세)	채 열다섯 살이 안 된 나이에 비밀결사와 같은 조직 원칙을 가진 문학 서클 '퓔란드리아 목가 협회'에 가입 신청을 하다.
1765년(16세)	승마, 펜싱 수업. 클롭슈토크의 『메시아』를 읽다. 프랑스어로 간추린 호메로스를 읽다. 성경과 타소의 작품을 갖다 놓고 번역 연습을 하다. 「그리스도의 지옥행」에 관한 시적 구상을 하다. 10월에 라이프치히 대학에 입학하다. 법학과에 입학하였으나 슈토크, 외저 등의 예술가들과 사귀며 문학과 미술 공부에 더 심취하고, 그리스 연구가 빙켈만의 글을 읽고 계몽주의 극작가 레싱의 연극을 관람하다.

1766년(17세)	자주 가던 식당 주인 고트리프 쇤코프의 딸 안나 카타리나(일명 케트헨)를 사랑하여 교제하다. 에른스트 볼프강 베리쉬와의 만남. 괴테는 그에게 자신의 첫 연작시「나의 친구 베리쉬에게 바치는 송가」를 헌정한다. 그 친구는 메피스토펠레스의 원형이다.
1767년(18세)	첫 희곡 『애인의 변덕』을 쓰다(이듬해 4월에 완성). 10월에 베리쉬가 개인 사정으로 라이프치히를 떠나다. 10월 28일, 말을 타다 떨어지다.
1768년(19세)	식당 주인의 딸 케트헨과의 교제를 우정으로 끝내다. 6월에 미학자이자 미술사가인 요한 빙켈만의 살해 소식을 듣고 큰 충격을 받다. 7월 말, 각혈을 동반한 폐결핵에 걸려 학업을 중단하고 케트헨에게 한마디 말도 없이 고향으로 돌아오다. 경건파인 주잔나 카타리나 폰 클레텐베르크 부인과 교제하고 그녀의 감화로 신비주의를 연구하다. 연금술 서적에도 심취하다.
1769년(20세)	에른스트 테오도르 랑어와 종교적 감정이 짙은 편지를 교환하다. 이전 해 11월에 시작한 희곡『공범자들』을 완성하다. 라이프치히 소곡집을 처음으로 출판하다.
1770년(21세)	3월, 슈트라스부르크 대학에 입학하여 법학 공부를 계속하다. 눈병 치료차 슈트라스부르크에 온 신학자이자 문학 및 예술 이론가인 헤르더와 교우하며 문학과 언어에 관해 많은 영향을 받다. 이를 통해 호메로스, 셰익스피어, 오시안, 민요 등에 대해 눈을 뜨다. 9월, 법률학사 예비시험에 합격하다. 10월에 근교의 마을 제젠하임에서 그곳의 목사 집을 방문하여 그 집의 딸 열여덟의 프리데리케 브리온을 만나 사랑에 빠지다. 서정시「환영과 작별」,「오월의 노래」,「들장미」등을 편지로 써서 붙이다. 나중에 이 시들은 '제

	젠하임의 노래'라는 이름을 얻는다.
1771년(22세)	프리데리케와 자주 만나며 그녀를 위한 서정시를 많이 쓰다. 희곡 『파우스트』를 구상하다. '종교와 예술을 규정하는 입법자의 권력에 대하여'라는 제목의 학위 논문을 제출하였으나 논문에 들어 있는 이단적인 요소들 때문에 받아들여지지 않다. 대신 대학에서 제공한 법률학사 시험에 합격하다. 8월, 프리데리케와 작별하고 고향으로 돌아오다. 「셰익스피어의 날을 위하여」, 질풍노도의 성향이 짙은 희곡 『괴츠 폰 베를리힝엔』의 초고를 불과 6주 만에 쓰다. 12월, 요한 하인리히 메르크와 사귀다. 헤르더에게 다음 같은 편지를 쓰다. "궁극에 성자가 아니라 위대한 인간이 나타나는 그런 진정한 종교를 향해 내가 날아갈 수 있다면……" 프랑크푸르트에서 변호사를 개업하였으나 문학에 더 몰입하다.
1772년(23세)	친구 메르크를 중심으로 한 '성자들의 모임'에 참가하다. 메르크가 다음 몇 해 동안 괴테에게 없어서는 안 될 멘토 역할을 하다. 5월, 아버지의 제안에 따라 베츨라 고등법원에서 견습 생활을 하다. 그곳에서 만난 샬로테 부프를 연모하게 되었으나 요한 크리스티안 케스트너라는 약혼자가 있는 여자였으므로 단념하다. 11월, 영원히 사랑했던 베츨라를 작별의 인사도 없이 떠나 프랑크푸르트로 돌아가다. 샬로테에게 편지에 이렇게 쓰다. "당신의 눈에서 내가 절대 변하지 않을 것이라는 당신의 믿음을 읽어 나는 행복합니다." 지인 예루살렘의 자살 소식을 듣고 충격을 받다. 이 못 이룬 사랑의 체험이 소설 『젊은 베르테르의 슬픔』의 소재가 되다. 샬롯테는 이 작품에서 여주인공 로테로 등장한다. 《프랑크푸르트 학술지》 공동 작업.

	「방랑자의 폭풍의 노래」 완성.
1773년(24세)	『괴츠』를 출간하고, 슈트라스부르크 시절부터 구상했던 『파우스트』의 집필을 처음 시작하다. 시 「마호메트」, 「프로메테우스」를 써서 프랑크푸르트 학예보에 기고하다. 오페레타 『에르빈과 엘미레』의 집필을 시작하다.
1774년(25세)	소설 『젊은 베르테르의 슬픔』을 시작하여 4월에 완성하다. 희곡 『괴츠 폰 베를리힝엔』이 베를린에서 초연되다. 희곡 『클라비고』를 쓰다. 당대의 대시인 클롭슈토크와 편지를 교환하다. 1790년에 가서야 출간하게 될 『파우스트』의 일부를 낭송하다.
1775년(26세)	프랑크푸르트 은행가의 열여섯 난 딸 릴리 쇠네만을 사랑하여 4월에 약혼하다. 그러나 생활방식이나 가정환경 등이 너무나 판이한 데다 결혼을 한다는 것이 자신이 생각하는 인생 계획과 맞지 않아 반년쯤 후에 파혼하다. 5~7월, 슈톨베르크 형제와 스위스 여행하다(모두 베르테르 옷차림으로). 7월, 야콥 미하엘 라인홀트 렌츠와 친하게 지내다. 희곡 『슈텔라』를 쓰다. 『에그몬트』 집필. 10월, 당시 열여덟 살이던 카를 아우구스트 공의 초청을 받고 바이마르를 방문하다. 그곳에서 슈타인 부인을 알게 되다. 『우어파우스트』 집필.
1776년(27세)	바이마르(당시 인구 6,000명 정도의 도시로 공작령 전체 인구는 1만 명 정도)에 머물기로 결심하고, 7월 추밀원 고문관에 임명된 후—물론 초반에는 다른 귀족들의 반대가 있었지만—정식으로 바이마르 공국의 정사에 관여하다. 다음 해에는 공의 부탁으로 광산위원회 일까지 맡는다. 정사에 열정을 갖고 임하다. 궁정여관 샬로테 폰 슈타인 부인과 깊은 우정 관

계를 맺고 그녀로부터 많은 격려와 도움을 받다. 「슈타인 부인을 위한 시」 집필. 괴테와 아우구스트 공의 행실을 비판한 클롭슈토크와 결별하다. 아우구스트 공과 더불어 거침없는 삶을 누리다. 사냥, 스케이트, 펜싱, 사격, 수영, 무도회 등.

1777년(28세) 2월, 『빌헬름 마이스터의 연극적 사명』의 집필을 시작하다. 6월 8일, 누이동생 코르넬리아가 사망하다. 엄청난 충격을 느끼다. 그 소식을 늦게야 듣고 "시커먼, 찢어진 날"이라고 적다. 7월 중순 슈톨베르크에게 쓴 편지에 이런 시를 적다. "신들은, 이 영원한 자들은 자신들이 총애하는 사람들에게 모든 걸 주지요, 모든 기쁨을 무한히 주고, 모든 고통을 무한히 줍니다." 페터라는 시골 소년이 바이마르로 찾아오다. 스위스 여행 중에 그에게 교육을 맡아주겠노라고 약속했기 때문이다. 11월 3일에 의사이자 작가인 요한 게오르크 침머만이 라바터에게 편지에 이렇게 쓰다. "괴테가 해주는 애무는 호랑이의 애무 같소. 그와 끌어안고 있으면 늘 주머니 속의 칼이 느껴지거든요." 12월, 하르츠 여행. 시 「겨울 하르츠 여행」. 『빌헬름 마이스터의 연극적 사명』을 상연하다.

1778년(29세) 1월 16일, 크리스텔 폰 라스베르크가 『젊은 베르테르의 슬픔』을 주머니에 넣은 채 일름 강에 빠져 죽다. 정원의 정자에서 시 「달에 부쳐」를 쓰다. 샬로테 폰 슈타인 부인과의 관계에서 첫 갈등을 겪다. 조각가 고트리프 마르틴 클라우어가 괴테의 흉상을 고대풍으로 처음으로 만들다. 5월, 카를 아우구스트 공과 베를린, 포츠담 여행. 「인간의 한계」 완성. 희곡 『에그몬트』에 전념하여 그중 몇 장을 집필하다. 연극 「다감한 승리」를 상연하다.

1779년(30세)	1월 도로공사위원회 책임을 맡음. 2~3월, 『이피게니에』(산문)를 완성하여 초연하다. 슈투트가르트에 들러 실러가 생도로 있는 카를 학교를 방문하다. 8월 초, 친구 프리츠 야코비의 소설 『볼데마르』를 공개적으로 조롱하다. 9월, 여동생 코르넬리아의 무덤을 찾다. 제젠하임에 있는 브리온가를 다시 방문하다. 카를 아우구스트 공과 두 번째 스위스 여행.
1780년(31세)	봄에 『이피게니에』를 개고(改稿)하다. 광물학 연구 시작. 예술가와 세상의 대결을 그린 희곡 『타소』를 구상하다. 튀링엔 숲을 여행하다. 그곳의 키켈한 봉우리 한 오두막에 「나그네의 밤 노래」를 적다. 『파우스트』의 최초 원고를 아우구스트 공 앞에서 낭독하다. 그 원고를 궁정시녀 루이제 폰 괴흐하우젠이 필사해 두었는데, 그것이 훗날 『우어파우스트』의 출간을 가능하게 했다. 「여행과 밤의 노래」 만들다. 희곡 『타소』에 착수하다.
1781년(32세)	바이마르 궁정사교계에 발을 들여놓다. 11월, 해부학에 더욱 전념하다. 바이마르 미술학교에서 해부학 강의.
1782년(33세)	2월, 『에그몬트』를 집필하다. 아우구스트 공의 청에 의하여 독일의 황제 요제프 2세로부터 귀족의 칭호를 받다. 5월, 아버지가 별세하다. 「마왕」 집필. 『빌헬름 마이스터의 수업시대』의 집필을 시작하다. 헤르더, 라바터와 점점 더 소원해지다. 그 사이 괴테는 "단호한 반기독교인"을 자처하다. 10월, 괴테의 조롱으로 깊은 상처를 입은 프리츠 야코비와 화해하다. 『젊은 베르테르의 슬픔』을 개작하다.
1783년(34세)	2월에 메시나에서 있었던 지진을 "몸으로 느꼈다"고 주장하다. 슈타인 부인의 아들 프리츠 폰 슈타인을

	맡아 집에서 교육하다. 9~10월, 두 번째 하르츠 여행. 괴팅엔과 카셀 여행. 「음유시인」, 「눈물 젖은 빵을 먹어보지 않은 사람은」 등의 시를 쓰다.
1784년(35세)	3월, 인간의 삽간골 발견. 7월, 프리츠 폰 슈타인과 함께 아이제나흐 등지로 산악 여행. 9월 초순, 세 번째 하르츠 여행. 9월 하순, 프리츠 야코비가 바이마르에 손님으로 오다. 스피노자를 열심히 읽다. 야코비 그리고 당시 바이마르에 와 있던 마티아스 클라우디우스와 함께 괴테의 친구 크네벨을 보러 예나로 가다. 12월, 카를 아우구스트 공이 프랑크푸르트암마인에 있는 괴테의 어머니를 방문하다. 시 「그대는 아는가, 레몬 꽃 피는 나라를」 집필.
1785년(36세)	식물학 연구에 박차를 가하다. 4~5월, 우울한 기분에 들다. 크네벨에게 이런 편지를 쓰다. "나는 거지 옷을 깁고 있네, 자꾸만 어깨에 흘러내리려고 해서." 7~8월, 처음으로 보헤미아의 칼스바트로 여행하다. 모차르트가 괴테의 「제비꽃」을 작곡하다. 「그리움을 아는 사람」 등의 서정시를 발표하다. 『빌헬름 마이스터의 연극적 사명』을 탈고하다.
1786년(37세)	5월 초, 일메나우에 머물다. 그곳에서 친구 프리츠 야코비에게 편지 쓰다. "자네한테는 신이 형이상학의 벌을 내렸지만, 내겐 물리학의 축복을 주었네, 나는 지금 여기서 신의 작품들을 바라보며 즐기고 있으니 말이야." 식물학과 광물학의 연구에 관심을 기울이다. 9월 3일, 카를 아우구스트 공, 슈타인 부인, 헤르더 등과 휴양차 칼스바트에 체재하다가 몰래 이탈리아 여행길에 오르다. 아주 조심스레 준비된 "도피." 인스부르크, 브레너, 가르다제를 거쳐 베네치아, 볼로냐, 피렌체를 경유, 10월 29일에 로마에 입성하다.

	로마에서 화가 티슈바인의 집에 머물며 여류화가 앙겔리카 카우프만, 고고학자 라이펜슈타인 등과 교우하고 고대 유적의 관찰에 몰두하다. 어머니에게 "새로운 인간이 되어 돌아갈 생각입니다."라는 편지를 쓰다. 『이피게니에』를 운문 형식으로 개작하다.
1787년(38세)	이탈리아 체류를 연장하고 나폴리와 시칠리아 섬까지 돌아보다(3개월 동안). 그곳에서 크리스토프 하인리히 크니프에게서 수채화 공부를 하다. 팔레르모의 식물정원에서, 모든 식물들의 태초의 모습은 동일하다는 그의 믿음을 뒷받침해 줄 "원초의 식물"을 보았다고 믿다. 나폴리는 그가 생각했던 이상적인 목가풍경 '아르카디아'의 실현으로 보았지만, 로마는 "잘못 들어앉은 수도원"으로 부르다. 앙겔리카 카우프만이 그의 초상화를 그리고, 트리펠이 고대풍으로 그의 흉상을 제작하다. "아름다운 밀라노의 처녀" 마달레나 리기와의 만남. 운문으로 개작한 『이피게니에』를 헤르더에게 보내다. 『에그몬트』를 완성하여 원고를 바이마르로 보내다. 『파우스트』를 집필하다.
1788년(39세)	5월 17일에 카를 아우구스트 공에게 편지를 쓰다. "이 일 년 반 동안의 고독 속에서 나를 다시 발견했지요. 무엇으로요? 예술가로!" 로마를 떠나 6월 18일에 스위스를 거쳐 바이마르로 돌아오다. 슈타인 부인과의 관계가 소원해지다. 7월 12일, 평민 출신의 23살의 처녀 크리스티아네 불피우스와 만나 동거 생활을 시작하다. 주변 사람들이 싸늘한 반응을 보이다. "아무도 나의 언어를 알아듣지 못했다." 9월 7일, 실러와 처음 만났으나 절친한 관계에 이르지는 못하다. 로마에서 겪었던 에로틱한 사랑을 고대의 율조로 노래한 「로마의 비가」를 집필하다.

1789년(40세)	8월, 『타소』를 탈고하다. 12월 25일, 크리스티아네와의 사이에서 아들 아우구스트가 태어나다(그 뒤로 네 명의 자녀가 더 태어났으나 모두 불과 며칠밖에 살지 못했다). 당대의 학자 빌헬름 폰 훔볼트와 친교를 맺다. 프랑스 혁명이 일어나자 불쾌감을 감추지 못하다. 본디 민중의 교화에는 관심이 컸지만 사회의 폭력적인 물결이 거부감을 일으키다. 혁명의 책임을 구체제에 묻다.
1790년(41세)	4~5월, 두 번째 이탈리아 여행, 베네치아에 가다. 이탈리아에 환멸을 느끼고 자연과학에 경도되다. 4월, 두개골에 대한 척추골 이론을 발견. 여덟 권짜리 괴셴 판 괴테 전집에 『파우스트. 단편』을 수록하다. 색채론과 비교 해부학 연구에 몰두하다. 『식물 변형론』 출간. 6월, 바이마르로 돌아오다. 실러와 가까워지다. 늦은 여름, 슐레지엔 여행길에 헨리에테 폰 뤼트비츠라는 처녀에게 청혼을 하다. 여기엔 크리스티아네가 하층민 출신이라서 바이마르 궁전에서 환영을 받지 못한 이유도 있다. 하지만 크리스티아네의 천성적으로 쾌활한 성품을 괴테는 좋게 여겼다. 1806년 결혼을 통해 그녀의 신분을 확실히 해주고, 1816년 그녀가 세상을 뜰 때까지 그녀와의 인연을 지켜주다. 『색채론』을 집필하다. 생을 마칠 때까지 『색채론』에 관심을 쏟다.
1791년(42세)	바이마르 공국의 자잘한 정사에서 손을 놓고(물론 주요 직책은 유지한 채) 궁정극장의 감독을 맡다(1817년까지). 작품 선정에서부터 연출, 재정까지 궁정극장 일을 모두 책임지다. 바이마르에서 「에그몬트」가 초연되다. 공작령에 속하는 예나 대학교의 고문 역할을 하다. 이 대학에 피히테나 헤겔, 셸링, 실러 같은

	명망 있는 교수들을 임용하다. 1807년 이 대학에 대한 권한을 위임 받고부터는 자연과학 학부를 갖추는 데 힘쓰다. '금요회'를 열고 1797년까지 자연과학에 대한 강연을 하다.
1792년(43세)	아우구스트 공에게 4월 18일자 편지, "빛과 색채가 자꾸만 나의 사고 능력을 갉아먹고 있습니다." 아우구스트 공의 부탁으로 프랑스 혁명군에 대항하는 프러시아 군에 소속되어 9월, 베를린 공방전에 종군하다. 12월, 귀환하다. 이 종군기가 나중에 「프랑스 출정」에 쓰이다.
1793년(44세)	「라이네케 여우」, 「시민장군」, 「독일 피난민의 담화」 등을 전쟁과 혁명에서 취재한 글거리로 집필하다. 연합군의 일원으로 프랑스군 점령지인 마인츠 포위전에 참가하였다가 8월에 귀환하다. 그 체험을 살려 희곡 『흥분된 사람들』을 쓰다. 셋째 아이 카롤리네가 태어났으나, 13일 뒤에 죽다.
1794년(45세)	새로 건립된 예나의 식물원을 맡아 관리하다. 『빌헬름 마이스터의 수업시대』의 개작을 시작하다. 실러가 바이마르에 있는 괴테의 집에 와서 머물다. 예나 대학에서 교수 생활을 하던 실러와 잡지 《호렌》 제작에 함께 협조하면서 가까워지다. 혁명에 대한 반대 의사와 예술적 이상으로서 고대에 대한 관심 면에서 둘은 심정적으로 일치를 본다. 둘이 서로 자극을 줌으로써 이른바 바이마르 고전주의가 꽃피는 시발점이 된다. 시인 프리드리히 횔덜린과 만나다. 변형론과 색채론에 대한 연구. 『빌헬름 마이스터의 편력시대』를 개작하다.
1795년(46세)	4월, 시 「연인의 곁」 쓰다. 훔볼트 형제와 교류하다. 『독일 피난민의 대화』를 출간하다. 훔볼트 형제와 해

	부학 이론에 관심을 쏟고, 실러와 공동으로 풍자적 단시 『크세니엔』의 출간을 구상하다. 이탈리아 여행을 떠나다.
1796년(47세)	라이프치히로 여행하다. 다시 이탈리아에 가려던 계획을 포기하다. 시 「나를 빛나게 해주오」에 대해 실러가 극찬하다.
1797년(48세)	여름, 실러와 소박문학과 감상문학에 대해 대화를 나누다. 세 번째 스위스 여행. 서사시 『헤르만과 도로테아』를 집필하다. 횔덜린과의 마지막 만남.
1798년(49세)	노발리스 및 셸링과의 만남. 6월, 비가 「식물 변형론」. 10월 12일, 개축한 바이마르 궁중 극장을 「발렌슈타인의 야영」의 상연으로 개장. 실러의 격려와 독촉으로 『파우스트』에 다시 매달려 「헌시」, 「천상의 서곡」, 「발푸르기스의 밤」을 집필하다.
1799년(50세)	티크, 슐레겔 등과 친교를 맺다. 희곡 『사생아』의 집필을 시작하다.
1800년(51세)	2월, 실러의 발병. 자신이 번역한 볼테르의 「마호메트」를 상연하다. 『파우스트』 2부의 헬레네 장면을 집필하다. 연작시 「사계」 완성.
1801년(52세)	1월 2일, 안면 단독의 발병으로 질식사 위험에 처하다. 고열로 온갖 환상을 보다. 시 「변화 속의 지속」. 괴팅엔, 카셀 등지로 여행하다.
1803년(54세)	프리드리히 빌헬름 리머가 아들 아우구스트의 가정교사가 되다. 『첼리니 전』의 주석과 번역을 완성하다. 절친했던 친구 헤르더가 사망하다.
1804년(55세)	마담 드 스탈과 중요한 대화를 나누다. 9월 13일 추밀고문관으로 임명되다. 『사생아』 작업.
1805년(56세)	안면의 통증과 간장염을 앓다. 5월 9일에 실러가 죽다. 그의 죽음을 애도하며, "내 존재의 절반을 잃은

	것 같다."고 술회하다. 실러의 죽음으로 이른바 바이마르 고전주의는 끝을 맺는다. 제4차 하르츠 여행을 떠나다.
1806년(57세)	4월 13일, 슈투트가르트에 있는 코타 출판사에서 그의 전집을 준비하기 시작하다. 이를 위해 『파우스트』 제1부의 집필을 끝내다. 나폴레옹 군대에 의해 바이마르가 점령되다. 10월 19일, 크리스티아네 불피우스와 정식으로 결혼식을 올리다.
1807년(58세)	4월, 베티나 폰 브렌타노의 첫 방문. 소설 『빌헬름 마이스터의 편력시대』의 집필을 시작하다. 11월, 서적상 프로만 가와 친하게 지내던 중 그 집안의 양녀였던 열여덟 살의 민나 헤르츠리프를 짝사랑하다. 이때의 경험이 1809년의 『친화력』에 기록되다. 「소네트」를 집필하다.
1808년(59세)	1월 8일, 베티나에게 첫 편지를 쓰다. 『파우스트』 1부가 출간되다. 소설 『친화력』을 구상하고 집필을 시작하다. 9월에 어머니가 별세하고, 10월에 나폴레옹과 두세 차례 회견하다. 프랑스의 유명한 배우 프랑수아 탈마와의 만남.
1809년(60세)	자서전을 쓰기 시작하다. 『친화력』 완성. 사람들이 프랑스의 통치에 반대하는 사이 정신적으로 근동의 세계로 도망치다. 아랍과 페르시아의 세계를 공부하고 코란을 읽고 페르시아의 시인 하피스를 읽다. 마법서와 카발라 문학도 읽다.
1810년(61세)	칼스바트와 드레스덴으로 여행하다. 초호화 장정의 『색채론』 출간. 세 권의 『괴테 작품집』을 발행하다.
1811년(62세)	자전적 기록인 『시와 진실』에 전념하여 9월에 1부를 완성하다. 『에그몬트』의 서곡에 대한 베토벤의 편지를 받고 2부를 집필하다.

1812년(63세)	베토벤의 음악을 곁들인 『에그몬트』가 초연되고, 칼스바트에서 몇 차례 베토벤을 만나다. 『시와 진실』 2부를 집필하다.
1813년(64세)	『시와 진실』 3부를 완성하고, 『이탈리아 기행』의 집필을 시작하다. 8월, 일메나우로 말을 타고 가던 중 시 「찾았네」를 쓰다. 25년을 함께 살아온 크리스티아네에게 바친 시이다. 11월, 쇼펜하우어와 가깝게 지내다.
1814년(65세)	평화 축전극 『에피메니데스의 각성』을 만들다. 『시와 진실』 3부를 간행하다. 페르시아의 시인 하피스의 시집 『디반』을 읽고 자극을 받아 『서동시집』에 착수하다. 라인 지방과 마인 지방을 방문하다. 프랑크푸르트에서 은행가 요한 야콥 빌레머와 그의 애인 마리안네를 만나다. 괴테의 나이 65세였지만 스스로 전혀 늙지 않았다고 생각하고 마리안네에게 반하다. 그녀는 그를 위한 뮤즈가 된다. 『서동시집』이 나올 때까지 나이팅게일과 장미와 사랑, 포도주를 노래한 수많은 시들이 생겨나다.
1815년(66세)	바이마르 공국의 재상으로 임명되다. 12월 12일 '바이마르 예나의 학술기관과 예술기관의 감독'을 비롯, 대공국의 문화기관 전체의 책임을 맡다. 희곡 『에피메니네스의 각성』이 공연되고, 『서동시집』에 수록할 140편 정도의 시를 쓰다.
1816년(67세)	바이런 경의 시를 읽다. 6월 6일 아내 크리스티아네가 오랜 와중 끝에 중병으로 사망하다. "내 아내의 가까운 임종. 그녀의 내부에서 격렬한 마지막 싸움. 정오쯤 그녀는 떠났다. 내 안과 내 밖에는 공허와 죽음의 정적뿐." 『이탈리아 기행』 1부를 완결하고 곧 2부의 집필에 착수하다. 잡지 《예술과 고대》의 발간을

	시작하다. 『파우스트』 제2부의 첫 스케치.
1817년(68세)	궁정극장의 감독직을 그만두다. 그의 지시를 어기고 무대에 개를 등장시켰기 때문이다. 6월 17일, 아들 아우구스트가 오틸리에 폰 포그비쉬와 결혼식을 올리다. 공국이 오랜 나폴레옹 전쟁의 회오리에서 벗어나다. 영국 시인 바이런의 시를 탐독하다. 시 「지혜의 말. 오르페우스적」. 『이탈리아 기행』 제2부가 간행되다.
1818년(69세)	첫 손자 발터 볼프강 태어나다. 이를 기회로 「자장가」를 쓰다. 코란을 읽다.
1819년(70세)	쇼펜하우어의 『의지와 표상으로서의 세계』를 쇼펜하우어의 여동생 아델레를 통해 받다. 『서동시집』을 마무리 짓고 출판하다.
1820년(71세)	두 번째 손자 볼프강 막시밀리안 태어나다. 『빌헬름 마이스터의 편력시대』 집필을 다시 시작하다. 『온순한 크세니엔 2』.
1821년(72세)	『시와 진실』 제4권을 구술하다. 『빌헬름 마이스터의 편력시대』를 완성하여 출간. 『온순한 크세니엔 3』.
1822년(73세)	만초니의 『나폴레옹 찬가』를 번역하다. 『프랑스 종군기』 완결. 『마인츠 공방』 간행.
1823년(74세)	심낭염으로 중태에 빠지다. 그러나 완쾌된 뒤 더 활기를 되찾다. 울리케 폰 레베초 일행을 따라 칼스바트에 가다. 19세의 울리케에게 구혼하다. 울리케의 어머니가 청혼을 거절하다. 칼스바트를 떠나 울리케를 그리워하면서 「마리엔바트의 비가」를 쓰다. 이후로 내면의 평화를 찾고 은둔자처럼 지내다. 6월 10일, 괴테 숭배자 에커만이 찾아와 조수가 되다. 그는 『만년의 괴테와의 대화』의 필자로 유명하다.
1824년(75세)	『실러와의 왕복서한』의 출판 준비. 4월 19일, 바이런

	경 죽다. 베티나의 방문. 10월 2일, 하인리히 하이네가 바이마르로 찾아오다.
1825년(76세)	2월, 『파우스트』 제2부를 다시 쓰기 시작하다. 바이마르 극장에 화재가 나다. 9월 3일, 카를 아우구스트 공 재위 50주년 행사. 11월, 괴테의 바이마르 내도 50년 축하연이 행해지다.
1826년(77세)	"세계문학"에 대한 구상. 코타 출판사와 "최종 판본"에 대한 계약을 맺다. 이는 "독일 제국의 권익 보호법에 의거하여" 맺은 포괄적인 저작권 계약의 첫 번째 예이다. 작가에게 6만 탈러를 지급하다(괴테는 10만 탈러를 요구했다). 9월 18일, 실러의 두개골을 보고 그것을 집으로 가져오다.
1827년(78세)	1월 6일, 샬로테 폰 슈타인 죽다. 봄의 대목장에 그의 최종본 전집 중 첫 열 권이 나오다. 『타소』를 영역하다. 『파우스트』의 프랑스 번역을 허락하다. 『온순한 크세니엔』을 속간하다. 코타 판 『괴테 전집』 40권이 출간되다. 바이에른의 영주 루트비히 1세가 바이마르로 찾아와 괴테에게 훈장을 수여하다. 12월 중순, 괴테의 희망에 따라 실러의 유골이 두개골과 함께 영주의 무덤에 안장되다. 관의 열쇠는 괴테가 보관하다.
1828년(79세)	5월 말, 바이에른의 영주의 위탁에 따라 요젭 폰 슈틸러가 괴테의 초상화를 그리기 시작하여 7월 3일에 끝내다. 6월 14일, 베를린에서 귀환 중 괴테의 후원자 카를 아우구스트 공이 사망하다. 괴테, 도른부르크 성에 칩거하다. "너무나 가슴이 아파 내 정신이라도 지켜내고 싶었다." 독일에서 공연되기도 전에 『파우스트』가 파리에서 처음으로 상연되다. 실러와 주고받은 편지가 출간되다.
1829년(80세)	『파우스트』 제1부가 다섯 개 도시에서 공연되다. 1월

작가 연보　423

19일, 브라운슈바이크에서 첫 공연. 『이탈리아 기행』 전편이 완결되다. 『빌헬름 마이스터의 편력시대』를 완성하다. 8월 28일, 괴테의 80세 생일을 맞이하여 바이에른 영주 루트비히가 「니오베의 아들」주상을 선물하다. 12월, 『파우스트』의 프랑스어본이 제라르 드 네르발에 의해 번역되어 나오다.

1830년(81세) 3월 10일, 에커만과 독일 통일에 대해서 의견을 나누다("나는 두렵지 않아요……"). 젊은 멘델스존이 괴테 앞에서 마지막 연주를 하다. 베토벤의 교향곡 5번. "아주 멋져요, 대단해요."라고 평하다. 자꾸만 치근덕대는 베티나에게 거부의 편지를 쓰다. 아들 아우구스트가 에커만과 이탈리아 여행길에 나섰다가 10월 26일 로마에서 사망하다. 11월 10일에야 그 사실을 알다. 11월, 괴테 자신도 폐결핵에 걸려 각혈까지 하게 되다. 『시와 진실』 4부가 간행되다.

1831년(82세) 1월 6일, 유언장을 작성하다. 2월에 어릴 적 친구 F. M. 클링어 죽다. 3월 17일, 전집 최종본의 마지막 두 권이 출간되다. 8월 중순에 완성한 『파우스트』 제2부를 죽은 뒤에 발표할 것을 유언하다. 손자 둘을 데리고 튀링엔 숲의 일메나우로 찾아가 자신이 첫 자연과학적 관심의 영감을 얻었던 곳을 둘러보다. 그곳에서 51년 전인 1780년에 사냥 오두막 '괴테의 집' 판자에 시 「나그네의 밤 노래」를 적었던 기억을 되살리다. 82회 마지막 생일을 일메나우에서 보내다.

1832년(83세) 봉인했던 원고를 개봉하는 것으로 이 해를 시작하다. 며느리 오틸리에가 원고를 낭송하다. 3월 14일, 마차를 타고 마지막 산책을 하다. 3월 16일, 병석. 마지막으로 일기에 적다. "몸이 안 좋아 온종일 침대에 누워 보냈다." 3월 17일, 빌헬름 폰 훔볼트에게 편지를 쓰다. "혼란스러운 행동에 혼란스러운 논리가 세상에 판을 치오." 3월 22일 정오쯤 바이마르에서 심근경색으로 운명하다. 3월 26일, 바이마르 영주의 묘지에 묻히다. 그가 살던 바이마르 저택과 정원은 유네스코 세계문화유산으로 지정되다.

옮긴이 주

1) 하룻밤 12시간을 3시간씩 4등분했던 로마의 전통을 기독교 문화에서 받아들인 것. 이어지는 요정들의 합창은 네 번째 단계로 파우스트의 치유 과정을 노래한다.
2) 그리스의 신화에서 계절과 질서의 여신이다. 『일리아스』에서는 쾅쾅 울리며 열리는 하늘의 문을 지키는 문지기이다. 이 문을 통해 지금은 아폴론의 태양의 마차가 돌진해 오고 있다.
3) 「천상의 서곡」에서 보면 천사들만이 우주의 운행 소리를 들을 수 있다. 여기서도 태양이 다가오는 소리를 요정들이 듣는다.
4) 수많은 물방울의 움직임과 작용 속에 찬란한 무지개가 뜨듯 인생도 그런 노력을 통해서만 존재감을 느낄 수 있다.
5) 사육제의 날을 뜻함.
6) 행성들은 점성술과 연금술에서는 특정한 금속을 나타낸다. 태양=금, 수성=수은, 금성=구리, 달=은, 화성=철, 목성=주석, 토성=납.
7) 만드라고라 뿌리는 그것을 가진 사람에게 건강과 재화를 선사한다는 속설이 있으며, 인간의 형상을 하고 있는데 억울하게 교수형을 당한 도둑의 정자에서 생겨났다는 전설이 있다. 그래서 교수대 밑에서 주로 많이 자라며 '교수대 남자'라는 이름으로도 불린다.
8) 19세기 초 빌헬름 리터나 이탈리아의 포르테제 캄페티 같은 물리학자들이 주장한 견해에 따르면 예민한 감각의 소유자는 땅속에 금속이 있을 때 발바닥이 간지러운 증상을 느낀다고 한다.
9) '무언가 걸려 발을 비틀거리는 곳엔 악사나 개가 묻혀 있다'는 속담이 있다.
10) 연금술사들이 금을 만들어내기 위해 꼭 있어야 하는 비밀스러운 도구.
11) 이탈리아에서 수입한 가장무도회.
12) 고대 로마의 농경과 농작물의 여신.
13) 인조로 만든 꽃을 말함.
14) 그리스의 철학자이자 자연연구가.

15) 상상으로 만들어낸 꽃이니 테오프라스토스도 그 이름을 알 수가 없다.
16) 이 "도발적 어투"는 조화로서의 "환상의 꽃다발" 이 다음에 나오는 생화인 "장미꽃 봉오리"를 향해 하는 것으로 보인다.
17) 고대 로마의 꽃의 여신.
18) 이탈리아의 저음 현악기.
19) 「창세기」의 에덴동산 장면 중 금단의 열매를 암시하는 말.
20) 나무꾼들을 뜻한다.
21) 이솝의 우화 「어느 남자와 사티로스」에 나오는 것처럼 상대의 기분을 맞추려고 같은 입으로 때로는 뜨거운 바람을, 때로는 차가운 바람을 부는 것을 말한다. 아첨하는 태도에 대한 비유.
22) 한밤중의 교회나 공동묘지 또는 수많은 떨거지를 거느린 끔찍한 흡혈귀 등을 주로 다룬 낭만주의 시인들을 말한다. 괴테는 이런 소재들을 혐오했다.
23) 한 인간의 운명을 손아귀에 쥐고 있는 그리스 신화의 세 여신들. 세 여신 중 클로토는 생명의 실을 잣고, 라케시스는 생명의 실을 뽑아내는 일을 하며, 아트로포스는 실이 길어질 만큼 길어졌다고 생각되면 생명의 실을 자르는 역할을 한다. 괴테는 여기서 클로토와 아트로포스가 하는 역할을 맞바꾸어 놓았다.
24) "시간의 영원한 베틀에 앉아 있는" 신—자연을 말한다.
25) 그리스 신화에서 끔찍한 역할을 하는 추악한 모습의 복수의 여신들을 괴테는 궁정에서 벌이는 축제에 걸맞도록 예쁘고 젊은 여자의 모습으로 변형시켜 놓았다. 단, 궁정에서 벌어지는 난교 파티를 맡는 역할을 한다.
26) 구약성서의 외경(外經)인 『토비트』 3장 8절에 나오는 악마. 결혼을 파괴하는 악령의 총칭이다. 라구엘의 딸 사라를 사랑하여 사라가 결혼하여 첫날밤을 치를 때마다 나타나 일곱의 남편들을 차례로 죽였다. 원래는 페르시아의 신화에 등장하는 악령으로 인간에게 걷잡을 수 없는 육욕을 불러일으켜 패망케 하는 인물이다.
27) 괴테는 바이마르 궁정극장에서 개는 무대에 올리지 않았지만 코끼리는 무대에 올렸다. 실제의 코끼리를 무대에 등장시켜 웅장한 무대 분위기를 강조했다.
28) 앞에서 신화적인 가장무도회의 인물들이 나왔는데, 이제 처음으로 우화적인 인물들이 등장하니 그 풀이를 해주겠다는 뜻이다. 코끼리는 여기서 왕국의 백성들이 가진 거센 힘을 상징한다. 이 코끼리를 가느다란 막대기로 잘 부리며 나아가는 것은 국가의 영리한 힘이다. 그 옆에 사슬에 묶여 끌려가는 것은 언

제 쫓겨날지 모르는 '두려움'과 늘 불확실한 미래만을 바라보는 '희망'이다. 저 위편에는 승리의 여신이 서 있다. 이 모든 것은 국가와 사회를 표현하는 정치적 알레고리이다.

29) 초일로-테르지테스라는 이름은, 아테네의 수사학자로서 호메로스의 서사시를 악의적으로 깎아내린 인물인 초일로와 『일리아스』에서 남을 헐뜯기 잘하는 추악한 인물 테르지테스를 괴테가 합쳐놓은 것이다. 이 인물 배후에는 메피스토펠레스가 숨어 있다.

30) 오디세우스가 테르지테스를 "비열한 자식"이라 욕하며 두들겨 팬 장면을 연상시킨다.

31) 초일로-테르지테스가 다시 둘로 갈라져 한쪽은 살무사(=독), 다른 한쪽은 박쥐(=밤)가 되는 광경을 묘사한 것이다.

32) 준비가 되어 있지 않은 의전관은 이들 가면을 쓴 세 인물의 이름을 직접적으로 대지 못한다. 따라서 이어지는 대화에서 이들의 모습만 묘사할 뿐이다.

33) 여기의 플루토스는 파우스트가 가장한 것이다.

34) 시인은 궁중에서 행사가 있을 때마다 시를 지어 흥을 돋우는 역할을 한다.

35) 이상의 것들은 시인이 구사하는 상상력의 산물들이다.

36) 구약성경에 나오는 격정적 표현의 차용. 「창세기」 22장 2절 "내 뼈 중의 뼈요, 살 중의 살이라."

37) 마차몰이 소년이 만들어준 월계관을 말함.

38) 탐욕을 뜻하는 라틴어 낱말. 라틴어 명사로 성은 여성이다.

39) 독일어의 der Geiz이다. 남성 명사로 탐욕을 뜻한다. 라틴어의 명사 '아바리치아'에서 독일어의 '가이츠'로 변용되는 과정을 남성과 여성의 역사적 관계를 통해 규명하면서, 두 언어에서 명사의 성이 다름을 이용하고 있다.

40) 가이츠(=탐욕)로 분장한 메피스토펠레스와 전통적으로 보물을 지키는 형상으로서의 용의 관계를 일컫는 말.

41) 황금으로 주물러 만든 모양이 꼭 남자의 성기 같다는 뜻이다.

42) 의전관이 의전봉으로 법(=도덕)을 집행하여 '탐욕'의 음탕한 짓을 막는 것보다 외부로부터 다가오는 비상상황, 즉 여러 거친 존재들의 공격이 더 효과적이라는 뜻이다.

43) 고대 로마의 신화에 나오는 자연의 신으로 귀가 뾰족하고 이어 등장하는 사티로스와 마찬가지로 색을 밝히는 것으로 알려져 있다.

44) 그리스 신화에 나오는 반인반수의 괴물. 얼굴은 사람이고 머리에 작은 뿔이 났으며, 하반신은 염소의 모습이다. 음욕을 상징한다.
45) 여기서 고대의 신화적 인물들에 이어 땅속의 난쟁이인 땅의 정령이 등장하는 것은 북구의 이 땅속의 요정들이 지하의 보물을 지키기 때문이다.
46) 성경의 십계 중에서 황금과 관련된 것으로서 도둑질과 간음, 그리고 쇠와 관련된 것으로 살인을 금하는 계명을 말한다.
47) 플루토스-파우스트의 보물 상자를 말함.
48) 지하세계의 신.
49) 아리스토텔레스의 『동물지』에 따르면, 서양의 전설상의 동물로 도마뱀 모양을 하고 있으며 불 속에서 산다고 한다.
50) 물고기들이 움직이는 형상을 말함.
51) 그리스 신화에 나오는 바다의 신 네레우스의 50명의 딸들을 이른다.
52) 네레이스들 중의 하나. 미모가 출중하여 제우스의 구혼까지 받은 인물이지만 펠레우스 왕에게는 자신이 먼저 '손과 입'을 내밀었다. 메피스토펠레스는 황제를 제2의 펠레우스 왕으로 치켜세우고 있다. 왕을 신화적 인물로 격상시키는 것은 고대 궁전의 오랜 전통이다.
53) 죽음을 의미하며, 황제를 올림포스 산에 있는 신들의 위치로 격상시키는 것을 말한다.
54) 경제적으로 이용되지 않고 있다는 뜻.
55) 지상의 세계의 지폐가 지하에 묻혀 있는 보물과 동가를 이루어야 한다는 뜻. 지상의 세계의 재화는 재무상이 관리하고, 지하의 세계 것은 파우스트가 맡는다.
56) 남작과 맞먹는 지위의 귀족으로서 재판 권한이 있으며 고유의 문장이 그려진 깃발을 들고 전장에 나갈 수 있다.
57) 아우어바흐의 술집 장면 참조.
58) 지폐를 만든 것을 두고 하는 말.
59) 고대의 신화에 등장하는 거의 신적인 존재의 여인들. 여기서는 헬레네를 말한다.
60) 옛 우화에서 원숭이가 고양이의 앞발을 이용해 혹은 그렇게 하도록 고양이를 꾀어 불 속의 밤을 꺼내 먹은 것을 말함.
61) 물질적으로 특정한 모양새를 갖춘 세상으로부터 그 원형의 공간, 즉 일정한 형태가 없는 절대의 공간으로 가라는 뜻.

62) 고대의 종교 행위에서 이런 도구는 영감의 신탁을 위해 사용되었다. 가장 유명한 것이 델피에 있는 아폴로 신전 내부에 있는 삼발이 향로이다.
63) 파리스와 헬레네를 지칭함.
64) 무대의 배우가 대사나 제스처를 망각했을 때 대사나 제스처를 알려주는 역할을 말함. 객석에서는 보이지 않음.
65) 시인을 말한다.
66) 프랑스 고전주의 연극의 규칙에 따르면 배우들은 배역과 상관없이 궁정의 관객을 상대로 연기를 할 때는 궁정의 예법을 지켜야 했다. 따라서 기지개를 켜거나 아무렇게나 코를 고는 것은 허용되지 않았다.
67) 그리스의 신들이 먹던 불멸의 음식.
68) 헬레네의 아름다움을 칭송하려면 언어를 마음대로 주무를 수 있어야 한다. 오순절의 기적을 이야기할 때 사도들이 보여주었던 그 "불의 혀" 같은 말솜씨를 빗댄 것이다. 「사도행전」 2장 3절 참조.
69) 실제로 여기서 파리스와 헬레네는 목동 엔디미온과 달의 여신 루나와 같은 포즈를 취하고 있다. 달의 여신 루나는 밤마다 영원히 잠에 빠져 있는 엔디미온에게 입을 맞춘다. 이 장면은 이후 수많은 화가의 소재가 되었다.
70) 그리스 신화에서 헬레네는 열 살 때 영웅 테세우스에게 납치당했다.
71) 호메로스의 『일리아스』를 말함.
72) 마법의 환상의 세계와 살아 있는 현실 세계를 말한다.
73) 메피스토펠레스는 스스로를 "파리와 빈대와 이들의 주인"으로 지칭한 바 있다.
74) 교수의 모피로 가장을 한 메피스토펠레스를 말함.
75) 독일어로 귀뚜라미에 해당하는 Grille에는 망상이라는 뜻도 함께 있어 이중적 의미가 된다.
76) 여러 가지 사건 때문에 혼이 나간 조교는 메피스토펠레스를 성직자로 여겨 "경애하는 전하"라고 부르며, "기도합시다." 하며 종교적 표현까지 쓴다.
77) 별로 넓지 못한, 카드로 지은 듯 언제 쓰러질지 모르는 지식의 오두막.
78) 18세기 후반 이후 유행한 짧은 머리 스타일로 군인과 대학생들이 쓰던 변발 스타일의 가발을 대체했다.
79) 여기서 "절대 스타일"은 완벽한 대머리가 되는 것을 이른다. 다른 한편으로는 괴테 시대의 관념주의 체계의 중심 개념으로서 경험과 상관없는, 시간과 공간을 초월한 인식을 말한다.

80) 연기가 자욱한 바그너의 실험실을 뜻하는 것으로 볼 수도 있음.
81) 메피스토펠레스가 도제로서 세상을 떠돌던 시절로, 이 작품의 전사(前史)에 해당한다.
82) 우연에 의해 생명을 배태하는 것.
83) 강단의 별의 위치에 있지만 청중이 물어오는 특정한 근본 문제에 대해 답을 할 수 없었던 상황을 말함.
84) 제우스가 백조의 모습을 하고 와서 레다를 덮치는 장면을 묘사한 것.
85) 북구에서 보낸 중세를 말함.
86) 여기서 강조점은 "고전적"에 놓인다.
87) 그리스의 테살리아 평원을 흐르는 강.
88) 기원전 48년 구 파르살루스 시에서 카이사르와 폼페이우스 사이에 결전이 벌어졌다.
89) 성경과 탈무드에 등장하는 악마.
90) 1821~1829년에 있었던 터키를 상대로 한 독립 전쟁을 말함.
91) 메피스토펠레스는 여기서 사랑의 마법사로서의 테살리아의 마녀에게 관심을 보인다.
92) 바그너가 결정체로 불완전하게 만들어놓은, 유리관 속에 들어 있는 호문쿨루스에게 육체를 부여해 줄 마지막 수단을 뜻함. 마지막 끝손질.
93) 호문쿨루스가 실제의 유기적 생명을 얻는 것.
94) 북부 그리스의 테살리아 지방에 있는 평야.
95) 테살리아의 마녀들 중의 하나. 나중에 헬레네가 그렇듯이 그녀 역시 자신이 문학작품 속에 살아 있는 것을 안다. 즉 로마의 시인 루카누스는 파르살루스 평원의 전투를 묘사한 서사시에서 그녀를 무덤에 사는 뱀파이어 같은 끔찍한 괴물로 그렸다.
96) 폼페이우스의 별명. 로마에 돌아가 젊은 날에 누렸던 개선 행진을 할 수 있을 걸로 꿈꾼 것.
97) 호문쿨루스가 들어 있는 시험관.
98) 메피스토의 마법의 외투에 싸인 파우스트.
99) 안타이오스는 그리스 신화에서 땅의 여신 가이아의 아들로 대지에 발을 붙이고 있는 한 어느 누구에게도 절대로 지지 않았으며 어머니 대지에 발이 닿으면 늘 새로운 힘을 얻었다.

100) 머리와 날개는 독수리이고, 몸은 사자인 괴수(怪獸).
101) 나자레파 즉 당시 낭만주의 화가들이 나체 그림을 될 수 있는 대로 피하고 어쩔 수 없는 경우 성기 부분을 나중에 종이로 붙인 것을 빗댄 말.
102) 독일어로 노인은 der Greise이다. 그래서 그라이스(Greis)와 그라이프(Greif)를 가지고 말장난을 한 것이다. 당시에 쓰였던 독일식 서체(=Fraktur)로 써놓았을 때 두 낱말은 혼동하기가 쉽다.
103) 그라우(=잿빛의), 그램리히(=까다로운), 그리스그람(=불평가), 그로일리히(=잿빛의), 그래버(=무덤들), 그리미히(=격노한).
104) 이를테면 König Greifen, Fürst Greifen 등이 해당된다. 우리말로는 '포획왕', '포획 후작' 등으로 번역된다. 독일어로 '붙잡다(greifen)' 라는 뜻.
105) 헤로도토스에 따르면 인도에는 거대한 개미 종족이 황금이 섞인 모래를 파내며, 이들은 아리마스펜으로서 그라이프 종족에게서 황금을 빼앗았다. 괴테는 이 두 대목을 결합시켜 놓고 있다.
106) 영국의 옛 교훈극에서 메피스토펠레스는 '악덕'이라는 이름의 배역으로 등장한다.
107) 믿음 깊은 사람에겐 메피스토펠레스는 금욕을 위한 버팀벽이 된다.
108) 북구의 악마에게 고대 그리스의 음악은 낯설 수밖에 없다.
109) 오이디푸스가 수수께끼를 풀자 테베의 바위 위에 앉아 있던 살인자 스핑크스는 바위에서 굴러떨어졌다.
110) 세이렌들의 노랫소리를 다치지 않고 무사하게 들어보려고 오디세우스는 자신을 배의 돛대에다 묶도록 했다.
111) 선사시대의 존재이면서도 스핑크스는 헬레네의 시대에 못 미친다고 되어 있다. 헤라클레스가 신화적인 괴물을 때려죽이기는 했지만 스핑크스는 아니다.
112) 그리스 신화에 나오는 반인반마(半人半馬)의 켄타우로스 가운데 하나로 현자이다. 헤라클레스, 아킬레우스 등이 그의 가르침을 받았다.
113) 쇠로 된 발톱, 날개, 부리를 지닌 괴조로 아르카디아의 스팀팔루스 호수에 살았다고 한다. 헤라클레스가 특별히 만든 딸랑이로 이 새들을 호수에서 멀리 쫓아냈다.
114) 레르나의 늪지대에 살던 뱀으로 히드라라고도 하며, 대가리가 아홉 개인데 가운데 대가리는 불멸이었으며 독이 강해서 입김만으로도 사람들을 죽게 하였다. 헤라클레스는 이 뱀을 죽일 때 미네르바가 가르쳐준 대로 대가리를 친

뒤 다시 생겨나는 대가리를 불로 지졌고 가운데 불사의 대가리는 땅에 묻어버렸다.

115) 고대 그리스의 민간 설화에 나오는 흡혈귀. 피를 좋아해서 예쁜 여자로 둔갑하여 온갖 매혹적인 자태로 젊은 남자들을 유혹하여 피를 빨아 먹고 죽였다고 한다.

116) 염소의 발을 가진 자는 사티로스이자 메피스토펠레스이다. 이들은 호색한으로서 여자들을 상대로 무슨 일이든 벌일 수 있다.

117) 이를테면 이집트 기자 지역의 스핑크스는 동쪽 방향의 기준이 된다. 다른 스핑크스는 정반대로 서쪽 방향의 기준 역할을 한다. 이렇게 해서 해와 달의 움직임을 파악할 수 있다.

118) 여기서 꿈꾸는 주체는 강으로 보인다.

119) 『오디세우스』에서 스승으로 자주 등장하는 팔라스, 즉 아테나 여신은 자신의 말을 듣지 않는 제자 텔레마코스와 오디세우스에게 분노한다.

120) 그리스 신화에 나오는 쌍둥이형제인 카스토르와 폴리데우케스. '제우스의 자식들'이란 뜻. 제우스와 레다 사이에 출생한 쌍쌍아이다. 이 형제는 이아손을 지휘자로 한 아르고선의 원정에 참가했다.

121) 보레아스는 그리스 신화에 나오는 북풍의 신이다. 보레아스의 두 아들 칼라이스와 제테스는 이아손 등의 영웅들과 함께 아르고호를 타고 황금양모를 찾는 모험에 참가하였다.

122) 그리스 신화의 인물로 날카로운 천리안을 지녀 땅속의 광맥을 꿰뚫어 볼 수 있을 정도였다고 한다. 힘이 장사인 형 이다스와 함께 아르고호의 모험에 참가했다. 린케우스는 그리스어로 '스라소니의 눈'이라는 의미.

123) 케이론의 눈앞에 이들 태양의 신, 전쟁의 신, 신의 사신 등은 헤라클레스의 모습으로 떠오른다.

124) 거인족의 어머니로서 대지의 여신.

125) 젊음의 여신이자 헤라의 딸로서 헤라클레스를 올림포스 산으로 데려가 자기 남편으로 삼았다.

126) 노래로 헤라클레스를 기리는 것은 시인의 몫이고, 돌로 기리는 것은 조각가의 몫이다.

127) 자유롭게 지어낸 대목.

128) 카스토르와 폴룩스(일명, 폴리데우케스)가 테세우스에게 납치된 헬레네를

아티카 왕 아피드누스의 성에서 스파르타로 데려온 것을 말함.
129) 죽은 아킬레우스는 트로이에서 흑해의 레우케 섬으로 보내져, 그곳에서 역시 저승에서 환생한 헬레네와 결혼했다. 괴테는 텍스트에서 레우케 섬을 페레로 바꾸어놓았다. 헬레네나 아킬레우스나 모두 저승에서 돌아왔으므로 시간에서 벗어난 '초시간적'인 것이다.
130) 아폴론의 여사제이며 테베의 예언자 테이레시아스의 딸이다. 괴테는 신분을 바꾸어 그녀를 의술의 신 아스클레피오스의 딸로 설정해 놓았다.
131) 만토에게 치료를 받으라는 뜻.
132) 그리스 신화에서 제우스와 데메테르의 딸로 명부의 왕비이다.
133) 페르세포네는 저승의 왕 하데스(라틴어로는 플루토 Pluto)에게 약탈당해 그의 아내가 되었으나 지상 세계를 그리워하여 봄과 함께 지상으로 나온다. 아도니스와 사랑하는 관계를 유지하고 있다.
134) 지진으로 강의 하반이 상승한 것을 말함.
135) 자이스모스는 여기서 포세이돈과 동일시된다.
136) 자이스모스는 바다 속에 있던 델로스 섬을 들어 올렸는데, 그렇게 해서 라토나는 그 섬에서 아폴로와 디아나를 낳을 수 있었다.
137) 그리스 신화에 따르면 이 세상은 밤과 혼돈으로부터 생겨났다. 자이스모스는 거인족 출신으로 태고 시절에 펠리온과 오사 산을 우뚝 솟게 만들었으며 파르나스 산엔 두 개의 봉우리를 만들어놓았다.
138) 제우스에게 올림포스 산을 의자로 삼도록 해주었다는 말.
139) 독일어 원문의 'Den Berg lasst fahren.'은 광부들이 쓰는 말로 직역하면 '산일랑 그냥 둬라.'이지만 광물이 들어 있지 않은 잡석은 버리라는 말이다.
140) 자이스모스가 불러낸 '주민들'이 바로 난쟁이족이다.
141) 그리스 신화에 나오는 피그미들보다 작은 엄지족으로 금속 세공술이 뛰어나다.
142) 금을 캐기 좋은 자리를 차지하라는 말.
143) 피그미의 군인들에게 명령을 내리는 장군.
144) 실러가 쓴 동명의 담시로 유명해진 고대의 전설. 이비코스는 고대 그리스의 음유시인인데, 그가 도둑 떼에게 살해되는 장면을 목격한 학들이 그 사실을 세상에 알려 범인들을 잡아 벌을 줄 수 있었다.
145) 하르츠 지방의 지명. 본래는 일젠슈타인으로 암벽이다. 전망이 좋다.

146) 하인리히 언덕 역시 하르츠 지방의 지명으로 브로켄 산의 한 봉우리이다.
147) 엘렌트와 쉬르케 사이에 있는 화강암 바위.
148) 본문은 Abenteuer. 여기서는 모험이 아니라 고어의 의미로 '희귀하고 놀라운 것'을 뜻한다.
149) 메피스토펠레스의 한쪽 발은 말굽이다.
150) 그리스의 유령으로 다리가 하나이다. 혹은 다리가 둘이나 한쪽 다리가 쇠라는 설이 있다. 식물이나 소, 뱀, 파리, 아름다운 여인 등 여러 가지로 둔갑할 줄 안다.
151) 독일의 미신에서 마법적 사랑이나 악마의 장난을 뜻한다.
152) 무화과나무로 깎아 만든 지팡이로 남성의 성기 모양을 하고 있다.
153) 민중의 미신이나 유령을 지어낸 시문학이나.
154) 그리스의 설화에 나오는 산의 요정.
155) 그리스 테살리아 지방의 트리칼라주에 있는 산맥 이름.
156) 화산 폭발에 의해 생겨난 산.
157) 여러 가지 가설과 오류가 많은 이론을 뜻함.
158) 고대 그리스 신화에 나오는 바람의 신.
159) 개미로부터 유래했다는 테살리아 지방의 한 종족을 이른다. 여기서는 앞에서 나왔던 피그미족, 개미, 엄지족 등을 한꺼번에 이르는 말이다.
160) 화산 활동에 의해 혁명적으로 생겨난 피그미 왕국에 대한 통치를 말함.
161) 달을 두고 하늘에서는 루나, 지상에서는 디아나, 지하세계에서는 헤카테로 부른다. 그래서 세 가지 이름, 세 가지 모습이라는 말이 나온다.
162) 나무의 정령.
163) 본디 쭈그렁 할망구들을 말하나 바다의 신 포르쿠스와 여동생 케테 사이에서 태어난 세 자매를 지칭하기도 한다. 이들 세 자매에겐 단 한 개의 눈과 단 한 개의 이빨만 주어져 보거나 먹거나 할 때 이것들을 서로 돌려가며 사용했다고 한다.
164) 알라우네는 사람의 모습과 유사한 형태를 띤 뿌리를 가진 식물 이름이다.
165) 오프스와 레아는 동일한 여신을 가리키는 각각 로마와 그리스 이름이다. 이 여신은 태고의 왕조에 속하는 신으로 거인 크로노스의 아내이자 제우스의 어머니이다.
166) 운명의 세 여신.

167) 네레이덴은 바다의 요정들이다. 바다에서 노닐며 춤추고 노래하는 것이 이들이 하는 일이다. 성난 바다를 잠재우는 역할을 한다. 본래 바다의 신들 중 하나인 데레우스의 50명의 딸들을 일컫는 이름인데, 아버지의 이름을 따서 네레이덴으로, 어머니 도리스의 이름을 따서 도리덴으로 불리기도 한다. 괴테는 이들을 두 그룹으로 나누고 있는데, 한편으로는 "바다의 놀라운 존재"로서 네레이덴이 있고, 다른 한편으로는 "돌고래를 탄" 네레이덴이 있다. 트리톤은 바다의 신으로서 네레이덴을 대동하고 등장하는 경우가 많다.
168) 세이렌들이 선원들을 노래로 유혹하여 그들의 노래에만 귀를 기울이다 암초에 부딪치게 하여 배의 보물들이 바다에 수장된 것을 말함.
169) 에게 해의 트라키아 연안에 있는 섬으로 풍요의 신 카베이로이를 숭배했던 중심지이다.
170) 그리스 신화에 나오는 신들. 사모트라케를 중심으로 밀교의식과 관련된 농경의 신으로 그 기원과 숫자 등 정체가 불분명한 존재로 알려져 있다.
171) 썩은 시체를 먹는 실제의 독수리나 그리스의 전사를 뜻하지 않고 뮤즈의 산 핀두스에 거주하는 일군의 시인들을 말한다. 즉 트로이의 멸망은 시인들에게 끊임없이 좋은 소재가 되었다는 뜻이다.
172) 아이아이에 섬 마녀로 눈이 부실 정도의 외모를 지녔으며 사람을 짐승으로 둔갑시키는 재주를 가졌다. 오디세우스는 그녀 때문에 귀향이 1년 늦어졌다.
173) 그리스 신화에 등장하는 외눈박이 거인족을 이른다.
174) 그리스 전설에서 행복한 생활을 누리던 페아케족을 말함.
175) 탈레스가 사는 테살리아 지방을 말함.
176) 아프로디테(=비너스)는 그리스어로 '거품에서 태어난 여자'라는 뜻을 지니며, 로마식으로는 비너스이다. 비너스는 키프로스 섬에서 살았기 때문에 키프리스라고도 불린다. 기독교로 개종되기 이전까지는 키프로스 섬의 도시 파포스에 비너스 신전이 있었다.
177) 그리스의 신화에 나오는 늙은 해신으로 아무 사물로나 변신하는 힘을 가지고 있다. 사자, 뱀, 표범, 늑대, 물, 나무 등으로 변신한다.
178) 카베이로이는 풍요와 다산의 신들로서 기원과 숫자가 불분명하다.
179) 아르고의 선원들이 콜히스에서 금양 모피를 가져온 것을 말함.
180) 물고기들은 컴컴한 물속에서 빛을 따라 헤엄친다.
181) 로도스 섬에 사는 바다괴물로 넵투누스의 삼지창을 만들었다. 여기서는 해

마를 타고 등장한다.
182) 로도스 섬에서 숭상 받는 태양의 신.
183) 로도스 섬에 세워져 있는 헬리오스 조각상과 텔히네족이 만든 대규모 석상들을 말한다.
184) 고대의 경건한 신화들을 지칭한다. 거기에는 이성적 견해에 의해 전혀 손상되지 않은 "성스러운 것이 살아 있다."
185) 마법에 의한 치료법을 아는 고대의 종족.
186) 키프로스의 비너스의 조개수레를 말함.
187) 인간들을 말함.
188) 네레우스의 딸 갈라테이아를 말함.
189) 로마의 독수리 문장, 베네치아의 사자 문장, 십자군의 문장, 터키의 반달 문장 등, 키프로스를 지배했던 세력들을 말함. 화산과 같은 이들 세력을 프실렌족과 마르젠족은 두려워하지 않는다.
190) 동일한 네레이덴을 말하나, 여기서는 이들 중 굳세고 당당한 무리와 달리 부드럽고 우아한 무리를 이른다.
191) 호문쿨루스가 담긴 유리병을 물속에 담글 때 나는 빛과 느낌, 소리를 말한다.
192) 호문쿨루스가 여성의 품에 안겨 성행위를 하여 오르가즘까지 느끼는 장면을 표현한 것이다.
193) 그리스 신화의 영웅. 스파르타 왕 아트레우스의 아들로 트로이를 공략한 그리스군의 총사령관인 아가멤논의 동생이다. 그의 처 헬레네를 파리스가 데리고 감으로써 트로이전쟁이 일어난다.
194) 트로이의 왕자 파리스를 말함.
195) 그리스 신화에서 라케다이몬은 제우스의 아들로, 에우로타스의 딸 스파르테를 아내로 삼아 에우로타스로부터 지배권을 계승하였다. 스파르타라는 지명은 그의 아내의 이름에서 유래한 것이다.
196) 불화의 여신.
197) 태고의 밤의 품에서 태어난 흉물이 태양의 신 아폴론의 눈앞에 나서는 것을 말함.
198) 태초의 암흑 에레부스는 카오스에서 태어났다. 늙음, 불화, 어둠의 근원으로 메피스토펠레스의 근원은 이렇게 규정된다.
199) 스킬라는 처음에는 아름다운 님프였지만 마녀 키르케의 저주를 받아 모습이

끔찍하게 바뀐 바다괴물이다. 다리는 열둘이며 치열(齒列)은 세 줄, 머리는 여섯으로 바다짐승들은 물론 뱃사람들을 닥치는 대로 먹어치운다. 오디세우스의 용맹한 부하 여섯 명도 이 괴물에게 희생되었다.

200) 티레시아스는 우연히 아테나가 나체로 목욕을 하던 장면을 보게 되어 여신에 의해 장님의 저주를 받았으나 다시 그녀로부터 예언력을 부여받은 테베의 장님 예언가로 일곱 세대에 걸쳐 살았다.

201) 오리온은 잘생긴 거인 사냥꾼으로 신들에 의해 황소의 가죽에서 태어났다. 메피스토-포르키아스를 늙은 황소에 비유하여 욕하기 위해 등장시킨 대목이다.

202) 하르피이아는 그리스 신화에 등장하는 전설적인 괴조로 특히 이아손과 아르고 선원들의 전설에서는 끔찍하게 더럽고 불쾌한 여자의 얼굴을 가진 것으로 묘사되었다. 눈이 먼 피네우스 왕의 음식을 가로채 음식에 똥을 싸놓아 악취와 오물 때문에 먹을 수 없게 만들었다.

203) 둘 다 지하세계에서 왔다는 뜻이다. 선창자는 하데스에서, 메피스토-포르키아스는 지옥에서 왔다.

204) 트로이의 멸망은 헬레네에게서 비롯한다.

205) 아킬레우스와 절친한 친구로서 어렸을 때부터 함께 자라고 현자 케이론에게 교육도 같이 받았으며 트로이전쟁에도 함께 나가 싸웠다.

206) 전설에 따르면 헬레네는 메넬라오스가 고향으로 데려갈 때까지 이집트에 납치되어 있었으며, 파리스가 트로이로 데려간 것은 유령이라는 것이다.

207) 케르베로스를 말한다. 저승의 문을 지키는 개로 머리가 세 개 달려 있다.

208) 그리스 신화에 나오는 트로이전쟁의 영웅.

209) 연출자에게 하는 지시.

210) 헤르메스는 황금의 지팡이를 들고 사자들을 지하세계로 안내하는 신이다.

211) 여기서는 포르키아스를 말함.

212) 린코이스는 그리스어로 살쾡이의 예리한 눈을 가진 자라는 뜻.

213) 헬레네를 강탈한 테세우스, 유혹한 파리스, 싸움을 한 메넬라오스, 이집트로 도망친 신, 악마 같은 포르키아스 등을 이른다.

214) 이중의 모습을 지닌 헬레네를 말함. "트로이에서도 보았고 동시에 이집트에서도 보았다"는 표현 참조. 여기서는 스파르타로 돌아온 뒤 린코이스의 마음을 홀린 것을 뜻한다.

215) 망루지기는 북방의 사람이라서 멋진 사랑시를 각운에 맞추어 노래했다. 이

런 것에 익숙지 않은 헬레네는 이 모든 것이 희한하면서 아름답게 들릴 수밖에 없다.
216) 스파르타와 이웃한 펠로폰네소스 반도의 항구도시. 늙은 영웅 네스트로의 영지다.
217) 레다가 오이로타스 강 갈대숲에서 백조의 알을 낳은 것을 말함.
218) 아르카디아에서 영원히 똑같은 형태로 누리는 행복의 상태.
219) 헬레네는 제우스에게 뿌리를 두고 있다.
220) 그리스의 펠로폰네소스 반도 중앙에 위치한 고원지대로 스파르타와 인접해 있다. 사방의 산에 의해 폐쇄된 지형 구조를 갖고 있으며, 로마의 시인 베르길리우스가 전원시의 무대로 삼고서부터 목자의 이상향으로 칭송되었다.
221) 바다의 신 포세이돈과 땅의 여신 가이아 사이에서 태어난 아들로 땅에 몸이 붙어 있는 한 당할 자가 없고 땅에 쓰러지면 더욱 힘을 얻었다고 한다.
222) 이제 동굴 밖으로 나간 걸 말한다.
223) 제우스와 님프 마야 사이에서 태어난 헤르메스를 말함.
224) 그리스 신화에 나오는 대장장이 신.
225) 다리를 걸어 상대를 넘어뜨리는 경기.
226) 그리스 신화의 인물. 펠로폰네소스 반도는 그의 이름에서 왔다.
227) 늘 타민족의 지배에 눌렸지만(=옛 위험) 새롭게 해방전쟁(=새 위험)을 치른다는 뜻.
228) 괴테는 터키의 지배에 대항하여 독립을 추구한 그리스 전쟁(1821~1829)에 많은 관심과 애정을 보였다. 이 대목은 이 관점에서 이해할 수 있다.
229) 이카로스는 그리스 신화에 나오는 다이달로스의 아들. 밀랍으로 만든 날개를 달고 아버지의 경고를 잊은 채 하늘 높이 날아오르다 결국 태양열에 밀랍이 녹아 바다에 떨어져 죽었다.
230) 이 애도의 노래는 영국의 시인 바이런에게 바쳐진 걸로 보인다. 바이런이 그리스 독립전쟁에 참전했다가 죽고 나서 두 달 뒤 괴테는 다음과 같은 글을 썼다. "시인의 세기에서 가장 아름다운 별이 졌다. 뒤에 남은 사람들은 꺼지지 않는 그에 대한 추모를 크고 작게 계속해야 할 의무를 진다."
231) 그리스가 터키에 대항한 독립전쟁에서 큰 패배를 당한 날을 이른다.
232) 지하세계의 지배자 페르세포네 여왕을 말함.
233) 그리스 신화에서 저승에 피는 꽃 불조화를 말한다.

234) 나무와 숲의 정령으로 변한 정령들.
235) 메아리로 변한 정령들.
236) 물의 정령들.
237) 포도의 정령들.
238) 그리스 신화의 태양신.
239) 디오니소스의 스승. 수염이 더부룩한 노인으로 대개는 술에 취한 모습으로 그려진다. 나귀를 타고 다닌다.
240) 파우스트가 겪은 첫사랑을 말함. 오로라는 로마 신화에서 아침노을의 신이다.
241) 18세기 후반의 혁명에 대한 근거를 자연사적인 재앙에서 찾고 있다.
242) 구약에 나오는 명계의 왕으로 밀턴의 『실낙원』과 클롭슈토크의 『메시아』에도 등장한다. 여기서 그는 지옥의 영주로서 여호와의 공격에 맞서기 위해 바위 조각들을 끌어와 새 산맥을 만들었다고 한다.
243) 악마들을 믿는 넓은 민중 계층.
244) "악마바위", "악마다리"는 고트하르트 고갯길에 있는 지명.
245) 고대 아시리아의 제국의 마지막 왕으로 폭군이었으며 극도의 방탕한 삶을 살았다. 반군이 왕의 병사들을 무찌르며 궁실로 공격해 들어오는 순간에 자살을 택했다.
246) 칠리장화를 신고 황제의 나라를 지나오는 길에.
247) 1막에서 황제에게 지폐를 만들어주었던 일.
248) 그리피우스의 희극 「페터 스크벤츠 씨」(1657)의 주인공. 아마추어 수준의 배우들로 구성된 극단의 우두머리다.
249) 당시에 연극무대나 소설 작품 중 중세 기사를 소재로 하여 대중적 성공을 거둔 작품들을 겨냥한 표현.
250) 젊음의 들끓는 피와 공격성을 상징한다는 의미에서.
251) 그리스 신화에 나오는 쌍둥이형제인 카스토르와 폴리데우케스(로마 신화에서는 폴룩스). 뱃사람들은 이들을 항해의 수호신으로 섬겼다. 제우스는 그들을 하늘로 데려가 쌍둥이별이 되게 하였다고 한다.
252) 승리에 승리를 거듭하며 밀어붙이는 우익의 황제 군을 바라보면서.
253) 독일 낭만주의 시대의 물의 요정. 여기서는 이들이 갖고 있는 능력 중 인간의 눈에 홍수의 허상을 만들어내는 능력이 이용되었다.
254) 앞에서 나왔던 사비니 지방의 노르치아 산(山) 출신 무당을 말함.

255) 베네치아산 유리잔은 중세의 믿음에 따르면 포도주에 들어 있는 독을 보여주고 술에 취하지 않게 해주는 놀라운 힘을 갖고 있다고 한다.
256) 반역 황제가 폭동을 통해 왕위에 오른 것과 달리 평화로운 선출 방식을 통해 황제를 왕위에 앉히는 것을 말함.
257) 주교와 재상의 역할을 한 인물이 맡아서 한다. 여기서는 주교로서 황제에게 고하는 말이다.
258) 파우스트에게 해안이 주어진 것을 말함.
259) 제방을 쌓아 바다를 막았기 때문에 예전의 항구가 저 멀리 밀려나 있다.
260) 여기의 "당신"은 "큰 배" 혹은 파우스트를 지칭하는 것으로 보인다.
261) 오두막에 사는 노인 내외를 말함.
262) 건설노동자를 위한 오두막.
263) 성경 「열왕기상」 제21장에 나오는 사건이다. 사마리아의 왕 아합은 자기 궁전 옆에 있는 이스라엘 사람 나봇의 포도밭을 사서 나물 밭으로 삼으려 했으나 나봇이 이를 거절하자 강제로 빼앗는다.
264) 독일어에서 "궁핍"은 Not이고 "죽음"은 Tod이다. 독일어에서는 두 낱말이 운어를 이룬다.
265) 마법의 세계에서 완전히 벗어남을 뜻한다.
266) 인간이 악마들의 세계와 맺고 있는 밀접한 정신적 유대를 말함.
267) 고대 로마에서 밤중에 배회하는 죽은 사람의 악령을 지칭했던 명칭.
268) 파우스트와의 영혼 매매 계약의 종결을 의미함.
269) 죽은 자들을 되살려 내는 것을 말함.
270) 인간의 타락, 십자가에 못 박힌 그리스도, 성인들의 순교, 거세 등.
271) 장미꽃에 들어 있는 사랑의 향기를 말함.
272) 그리스도교에서 하늘에서 추방된 천사들의 우두머리를 지칭한다.
273) 치천사(熾天使)라고도 하며 구약성경의 「이사야서」에서 한 차례 등장한다. 여섯 개의 날개가 달렸으며 나중에 유대인들은 세라핌이 사람과 비슷한 모습을 한 것으로 인식하였다. 기독교의 천사 중 가장 높은 첫 번째 계급의 천사들을 이른다.
274) 태어나자마자 죽어서 세례도 받지 못한 아이들을 이른다. 미신에 따르면 나쁜 징조를 가진 아이이지만 다른 한편으로 미래를 내다보는 눈을 가진 존재이다.
275) 「마태복음」 5장 8절 참조. "마음이 깨끗한 자는 복이 있나니, 이들은 하느님

을 보게 되리라."
276) 파우스트의 영혼을 말함.
277) 천사가 되는 징표를 말함.
278) 막달라 마리아를 말함.
279) 알렉산드리아에 살았던 창녀. 뱃사람들을 상대하는 창녀로 예루살렘에 와서 그리스도의 무덤이 있는 교회에 들어가려 했으나 보이지 않는 힘에 의해 출입을 거부당했다. 성모 마리아는 그녀의 간절한 기도를 받아주어 구세주의 십자가에 다가갈 수 있게 해주었다. 사막에서 47년간에 걸친 속죄 생활을 하고서 기독교도로서 묻어달라는 기원의 글을 모래 위에 써놓고서 죽었다. 훗날 성녀의 칭호를 받았다.

PENGUIN CLASSICS

유토피아 토머스 모어
서문 폴 터너/류경희 옮김

젊은 베르테르의 슬픔 괴테
김재혁 옮김/작품해설 마이클 헐스

크로이체르 소나타 레프 톨스토이
서문 도나 터싱 오윈/이기주 옮김

동물농장 조지 오웰
서문 맬컴 브래드버리/최희섭 옮김

좁은 문 앙드레 지드
이혜원 옮김·작품해설

성 프란츠 카프카
홍성광 옮김·작품해설

도리언 그레이의 초상 오스카 와일드
서문 로버트 미겔/김진석 옮김

노생거 수도원 제인 오스틴
임옥희 옮김·작품해설 매럴린 버틀러

인간의 대지 생텍쥐페리
허희정 옮김·작품해설 윌리엄 리스

위대한 개츠비 스콧 피츠제럴드
서문 토니 태너/이만식 옮김

벤자민 버튼의 시간은 거꾸로 간다
스콧 피츠제럴드 서문 오도넬/박찬원 옮김

아가씨와 철학자 스콧 피츠제럴드
서문 오도넬/박찬원 옮김

홍길동전 허균
정하영 옮김·작품해설

금오신화 김시습
김경미 옮김·작품해설

소송 프란츠 카프카
홍성광 옮김·작품해설

지하로부터의 수기 도스토옙스키
조혜경 옮김·작품해설

이탈리아 기행 괴테
홍성광 옮김·작품해설

첫사랑 이반 투르게네프
서문 빅터 S. 프리쳇/최진희 옮김

차라투스트라는 이렇게 말했다
니체 서문 홀링데일/홍성광 옮김

별에서 온 아이 오스카 와일드
서문 이언 스몰/김전유경 옮김

고독의 우물 래드클리프 홀
임옥희 옮김·작품해설

오페라의 유령 가스통 르루
홍성영 옮김

기쁨의 집 이디스 워튼
서문 신시아 그리핀 울프/최인자 옮김

데이지 밀러 헨리 제임스
서문 데이비드 로지/최인자 옮김

이반 일리치의 죽음 레프 톨스토이
서문 앤서니 브릭스/박은정 옮김

대위의 딸 푸시킨
심지은 옮김·작품해설

군주론 니콜로 마키아벨리
서문 앤서니 그래프턴/권기돈 옮김

지킬 박사와 하이드 스티븐슨
서문 로버트 미겔/박찬원 옮김

PENGUIN CLASSICS

주홍 글자 너새니얼 호손
김지원, 한혜경 옮김·작품해설

자유론 존 스튜어트 밀
서문 거트루드 힘멜파브/권기돈 옮김

채털리 부인의 연인 D.H. 로렌스
서문 도리스 레싱/최희섭 옮김

오만과 편견 제인 오스틴
서문 비비엔 존스/김정아 옮김

톰 소여의 모험 마크 트웨인
서문 존 실라이/이화연 옮김

대위의 딸 푸시킨
심지은 옮김·작품해설

로빈슨 크루소 대니얼 디포
서문 존 리체티/남명성 옮김

한밤이여 안녕 진 리스
윤정길 옮김·작품해설

야간 비행·남방 우편기 생텍쥐페리
서문 앙드레 지드/허희정 옮김

세월의 거품 보리스 비앙
이재형 옮김/작품해설 질베르 페스튀로

광막한 사르가소 바다 진 리스
서문 앤젤라 스미스/윤정길 옮김

그렌델 존 가드너
김전유경 옮김·작품해설

전원 교향악 앙드레 지드
김중현 옮김·작품해설

7인의 미치광이 로베르토 아를트
엄지영 옮김·작품해설

인상과 풍경 로르카
엄지영 옮김·작품해설

왕자와 거지 마크 트웨인
남문희 옮김/작품해설 제리 그리스월드

논어 공자
논어집주 주자/최영갑 옮김·작품해설

소공녀 프랜시스 호즈슨 버넷
곽명단 옮김/작품해설 크노이플마커

크리스마스 캐럴 찰스 디킨스
서문 마이클 슬레이터/이은정 옮김

헨리와 준 아나이스 닌
홍성영 옮김

켈트의 여명 윌리엄 버틀러 예이츠
서혜숙 옮김·작품해설

셜록 홈즈: 주홍색 연구 코난 도일
남명성 옮김/작품해설 이언 싱클레어

피터 팬 제임스 매튜 배리
서문 잭 자이프스/이은경 옮김

퀴어 윌리엄 버로스
조동섭 옮김

드라큘라 브램 스토커
서문 프레일링/박종윤 옮김/작품해설 힌들

정키 윌리엄 버로스
서문 올리버 해리스/조동섭 옮김

1984 조지 오웰
서문 벤 핌롯/이기한 옮김

모피를 입은 비너스 자허마조흐
김재혁 옮김·작품해설

PENGUIN CLASSICS

오셀로 윌리엄 셰익스피어
서문 톰 매캘린던/강석주 옮김

리어 왕 셰익스피어
서문 키어넌 라이언/김태원 옮김

맥베스 윌리엄 셰익스피어
서문 캐럴 칠링턴 러터/김강 옮김

메피스토 클라우스 만
오용록 옮김·작품해설

코·외투·광인일기·감찰관 고골
서문 로버트 맥과이어/이기주 옮김

가든파티 캐서린 맨스필드
서문 로나 세이지/한은경 옮김

알렉산드리아 사중주 : 저스틴
로렌스 더럴 권도희 옮김

공산당 선언 마르크스, 엥겔스
서설 개레스 스테드먼 존스/권화현 옮김

알렉산드리아 사중주 : 발타자르
로렌스 더럴 권도희 옮김

80일간의 세계 일주 쥘 베른
서문 브라이언 앨디스/이효숙 옮김

알렉산드리아 사중주 : 마운트올리브
로렌스 더럴 김종식 옮김

무도회가 끝난 뒤 레프 톨스토이
박은정 옮김·작품해설

알렉산드리아 사중주 : 클레어
로렌스 더럴 권도희 옮김

월든 헨리 데이비드 소로
서문 마이클 마이어/홍지수 옮김

셜록 홈즈: 바스커빌 가문의 개 코난 도일
남명성 옮김/작품해설 크리스토프 프레일링

허클베리 핀의 모험 마크 트웨인
백낙승 옮김·작품해설

사랑에 관하여 안톤 체호프
안지영 옮김·작품해설

인간 불평등 기원론 장 자크 루소
김중현 옮김·작품해설

이상한 나라의 앨리스 루이스 캐럴
서문 휴 호턴/이소연 옮김/존 테니얼 삽화

사회계약론 장 자크 루소
김중현 옮김·작품해설

거울 나라의 앨리스 루이스 캐럴
주해 휴 호턴/이소연 옮김/존 테니얼 삽화

정글북 러디어드 키플링
서문 대니얼 칼린/남문희 옮김

햄릿 셰익스피어
서문 앨런 신필드/노승희 옮김

감정교육 귀스타브 플로베르
서문 제프리 월/김윤진 옮김

제인 에어 샬럿 브론테
서문 스티비 데이비스/류경희 옮김

레 미제라블 위고
이형식 옮김

목요일이었던 남자 체스터턴
김성중 옮김·작품해설

더블린 사람들 제임스 조이스
서문 테렌스 브라운/한일동 옮김

PENGUIN CLASSICS

말테의 수기 릴케	낙원의 이편 스콧 피츠제럴드
김재혁 옮김·작품해설	서문 오도넬/박찬원 옮김
마지막 잎새 오 헨리	고흐의 편지 빈센트 반 고흐
서문 가이 대번포트/최인자 옮김	서문 로날트 데 레이우/정진국 옮김
자기만의 방 버지니아 울프	죽은 아버지 도널드 바셀미
서문 미셸 배럿/이소연 옮김	김선형 옮김·작품해설
타임머신 허버트 조지 웰스	비의 왕 헨더슨 솔 벨로
서문 마리나 워너/한동훈 옮김	이화연 옮김
시학 아리스토텔레스	허조그 솔 벨로
머리말 토도로프/서문 뒤퐁록, 랄로/김한식 옮김	이태동 옮김·작품해설
작은 아씨들 루이자 메이 올컷	오기 마치의 모험 솔 벨로
서문 일레인 쇼월터/유수아 옮김	이태동 옮김·작품해설
쟈디그·깡디드 볼떼르	목로주점 에밀 졸라
이형식 옮김·작품해설	윤진 옮김·작품해설
반짝이는 것은 모두 오 헨리	카르멘 프로스페르 메리메
최인자 옮김	송진석 옮김·작품해설
어느 영국인 아편 중독자의 고백	사랑의 사막 프랑수아 모리아크
토머스 드 퀸시 서문 헤이터/김명복 옮김	최율리 옮김
테레즈 데케루 프랑수아 모리아크	독을 품은 뱀 프랑수아 모리아크
서문 장 투조/조은경 옮김	최율리 옮김
밤의 종말 프랑수아 모리아크	그림 동화집 그림 형제
조은경 옮김	서문 데이비드 루크/홍성광 옮김·작품해설
벨아미 기 드 모파상	안나 카레니나 레프 톨스토이
윤진 옮김·작품해설	서문 리처드 피비어/윤새라 옮김·작품해설
사물들 조르주 페렉	대학·중용 자사, 주희
김명숙 옮김·작품해설	대학장구, 중용장구 주자/최영갑 옮김·작품해설
W 또는 유년의 기억 조르주 페렉	슬리피 할로의 전설 워싱턴 어빙
이재룡 옮김·작품해설	권민정 옮김